网络文学名家名作导读丛书

骷髅精灵与《星战风暴》

第一辑

乌兰其木格 著

作家出版社

网络文学名家名作导读丛书

主编：肖惊鸿

第一辑编委：庄　庸　夏　烈　西　篱　乌兰其木格
　　　　　　林庭锋　侯庆辰　杨　晨　杨　沾　瞿笑叶

序

　　20 世纪 90 年代以来，文学与这个伟大的时代一道，经历了巨大的发展变化，其中一个标志性的现象，就是网络文学的兴起。以通俗大众文学之魂，托互联网与媒介新革命之体，网络文学如同一个婴儿，转眼已成为青年。网络作家们朝气勃发，具有汪洋恣肆的创造力，架构了种种可能的和不可能的世界。科技与商业裹挟着巨大变革中释放的青春、激情和梦想奔腾向前。时至今日，作者是有的，作者群体大到过千万人；作品是有的，作品总量已逾两千万部；读者就更多了，读者群体数以亿计。

　　网络文学是新生事物，也是一片充满活力的文化热土，是中国特色社会主义文学生机勃勃的组成部分。习近平总书记高度重视包括网络文学在内的网络文艺的发展，勉励广大网络作家加强精品创作，以充沛的正能量满足人民群众特别是青年一代对美好精神文化生活的新期待。

　　所以，这套《网络文学名家名作导读丛书》生逢其时，它将有助于探索网络文学艺术规律，凸显网络文学的艺术价值和社会价值，推动网络文学的主流化、精品化；同时，它也是精确的导航，通过这套丛书，我们将能够比较清晰地认识网络文学的重要作家和重要作品，比较准确地把握网络文学的发展历程和发展前景。

　　这套书的入选作者是目前公认的网络文学名家，入选作品是经过一段时间检验的代表作，而导读部分由目前活跃的网络文学青年评论家群体担纲。预计这套丛书的体量将达到 10 辑至 20 辑、全套 50 册至 100 册。无疑，这是一项浩大的工程，但也是值得耐心地、持续地做下去的工作。网络文学必须证明自己不是即时的快消品，它需要沉淀、甄别、整理，需要积累经验，逐步形成自身的传统谱系，需要展开自身的经典化过程。这套丛书就是向着经典化做出的努力。

这套丛书的主编肖惊鸿长期从事网络文学相关的研究和组织工作，她的眼光和能力值得信赖。尽管网络文学的理论建设近年来已经取得重大进展，但是，将理论落实为面对作品的、具体的分析和判断，实际上仍然是艰巨的课题，也是网络文学理论评论工作的薄弱环节。希望肖惊鸿和其他评论家们深入学习贯彻习近平新时代中国特色社会主义思想，以习近平总书记关于文艺工作和网络文艺的重要论述为指导，自觉运用历史的、人民的、艺术的、美学的观点评判和鉴赏作品，向现在的读者，也向未来的读者交出一份令人信服的答卷。

李敬泽

2019 年 3 月 7 日

于北京

目 录

导读

选文

第十五卷　皇室风云

导读

第一章
骷髅精灵其人其作

骷髅精灵，本名王小磊，汉族，1982年7月13日出生于山东省烟台市，毕业于华东政法大学法律系。2004年，面临大学毕业的骷髅精灵在准备司法考试的同时，在舍友的鼓动与激励下开始网络文学写作。令人欣喜的是，他的第一部作品《猛龙过江》甫一发表便迅速得到广大读者的认同并备受推崇。此后，十几年坚持不懈的写作和大量作品的推出令骷髅精灵成为阅文集团的白金作家。他拥有了众多粉丝，并被广大读者誉为"网游小说叙事模式的开创者"。2014年7月，骷髅精灵开始担任上海网络作家协会副会长。目前为华东政法大学客座教授、上海视觉艺术学院客座教授等。

迄今为止，骷髅精灵的代表性作品包括：《猛龙过江》《机动风暴》《界王》《斗战狂潮》《武装风暴》《雄霸天下》《海王祭》《三眼艳情咒》《圣堂》《星战风暴》等。在网文界，骷髅精灵既勤奋又幸运。他的"成神"之路相对来说比较顺遂，其处女作《猛龙过江》受到广大读者的热烈追捧。该作品以经典游戏"传奇"为蓝本，主要讲述了男主角王钟在青春年少的叛逆日子里，凭借超越常人的天赋能力与无数的好运气的叠加，逐渐成长为屹立在金字塔尖上的成功人物——王钟不仅在事业功名上获得巨大的成功，而且收获了真挚的兄弟情谊，如愿过上了与形形色色的红颜知己相伴而行、纵横四海的潇洒生活。该作品共计两百三十余万字，作品网络点击量达两千多万，并曾获得百度贴吧文学类第一名的优异成绩。

《猛龙过江》的火爆与成功，改变了当时网游小说并不景气的状貌，宣告了网游小说在网文世界的异军突起，更是掀起了此种类型文学的创作风潮，后来的网游类小说写手纷纷借鉴与模仿《猛龙过江》的叙事方式与写作套路。总之，《猛龙过江》成为网游类小说中的"现象级"作品，而作为网游类小说的奠基人与耕耘者，骷髅精灵也因此聚拢了大量的人气。更重要的是，第一部作品的成功，极大地激发了作者的创作潜能。此后，骷髅精灵毫不懈怠地在网络文学写作道路上继续探索与前行。截至目前，骷髅精灵的作品总点击量高达五亿多，简体出版的实体书籍销售量超过三百万册，港台地区繁体出版书籍高达一百万册，并连续六年斩获港台玄幻类畅销冠军。其作品《武装风暴》被改编为网页游戏；《圣堂》被改编为客户端网络游戏；《雄霸天下》《圣堂》《斗战狂潮》被改编为同名漫画；《机动风暴》《海王祭》进入电影制作。网络文学写作与商业化的成功运作，令骷髅精灵连续多年成为"网络作家富豪榜"中的上榜人物。当然，在这些令人艳羡的统计数字和成功背后，是骷髅精灵十多年如一日的笔耕不辍。在2016年澎湃新闻的一篇专访里，骷髅精灵曾谈到自己的写作状态："现在还保持着每天五千到一万字的创作节奏。每当进入创作状态，我会断网、断手机、断一切能打扰自己创作的东西。……其实更重要的是让自己集中，强迫自己摒弃一切杂念。对我而言，这世界上没有任何事情能跟创作相比。"① 由此可见，骷髅精灵的成功并不是随随便便得来的，他之所以能够取得现在的成绩，与其热爱写作、勤奋创作及不断积淀、寻求突破有莫大的关系。除此之外，从小对文学的喜爱和狂热的阅读习惯也是骷髅精灵取得如此傲人成绩的内在因由。

从事网络文学写作的这些年，骷髅精灵积累了大量的创作经验。他曾在一篇名为《入行要则》的文章中大方而坦率地分享自己的写作经验，并给予网络新人写手具体而细致的指导。譬如在笔名的起法，每天的码字数量，兴趣与爱好相结合的法则，遇到创作瓶颈时的应对策略，写作大纲的设置，主要人物与次要人物的问题，布局谋篇的方式，男女情感关系的推进等方面都给出了自己的意见和建议，从而将

---

① 骷髅精灵、罗昕：《骷髅精灵：这12年来我没有一分钟是浪费的》，http：//www.thepaper.cn/newsDetail-forward-1519894，2016年8月27日。

网络文学创作中必然要面对和解决的问题囊括进去，为网络写手指明了方向，提供了应对之法。事实上，这篇《入行要则》也是骷髅精灵多年来所遵循和推崇的写作秘诀，他的写作从始至终都在贯彻这一准则。尤其在创新和守旧的问题上，骷髅精灵喜欢在熟悉的旧框架内讲述新的故事。他认为一个千锤百炼的框架设定好之后便不可以轻易动摇，但是作品的内容则必须出新出奇。在万变不离其宗中牢牢地抓住读者的阅读心理，完成他们的"阅读期待"。

正是基于此种创作理念，骷髅精灵的作品虽以玄幻类型中的网游文为主，但他却不愿陷溺在机械而毫无节制的重复书写中，而是在玄幻小说的写作中努力开辟新的门类。纵观他目前已经完结的作品，可以发现包括都市奇幻、传统仙侠、西式魔幻、异界科幻及东方神话等类型。2017年，骷髅精灵的新书《八游记》，以《西游记》中的猪八戒作为主人公，在轻松、戏谑的氛围内，讲述猪八戒的生平故事与情感际遇。由此可见作家试图超越自己、寻求变化的创作理念与写作路径。

概而言之，骷髅精灵以恣肆丰沛的想象力书写着青年群体的校园生活、情感世界及青春梦想。幽默、诙谐而又充满时尚化色彩的语言风格，欲扬先抑的情节设置，以及鲜明丰满的人物形象，让读者粉丝在"爽"和"燃"的情感体验中，享受着阅读的无穷乐趣。

第二章
玄幻世界的建构与拓延

　　玄幻类小说是网络文学中最受读者欢迎和追捧的类型。新世纪前后，伴随着网络文学的崛起，玄幻小说便开始逐年走红。"玄幻网""幻剑书盟""中华玄幻网"等一大批网站犹如雨后春笋般生长起来。经过近二十年时间的累积与酝酿，玄幻小说已然成为网络文学世界中风头最健的宠儿。《诛仙》《小兵传奇》《缥缈之旅》《猛龙过江》《风姿物语》等成为此时期玄幻文学的代表性作品。

　　目前中国的网络玄幻小说不仅拥有了风格迥异的故事设定、语言风格和题材类型，而且写作者众多，作品产出数量浩如烟海——"高峰时拥有数十万计的写手，百万计的作品，千亿计的字数。2008 年盛大文学进行第二次商业化，用起点中文网模式进行包装，出现超百万字作品。2010 年，移动阅读达到高峰。"①随着阅文集团等大型文学网站 VIP 制度的建立，动辄千万的网络点击量与高达百万册的实体书销售更加刺激与激发了网文写手的创作热情。面对大众读者的阅读需求和商业资本的格外垂青，为了最大限度地吸引读者的点击阅读，满足他们的"YY 期待"，玄幻文学不断地开疆拓土。庞大的网络作家群体以天马行空的想象力建构起一个梦幻般独特殊异的"异托邦"。在这个无限广阔而另类的新新世界中，人类世界的惯性认知与伦理道德遭到了部分的颠覆与质疑。在"上帝已死"的价值崩解中蓄积着重估一切的青春躁动；玄幻小说中的时间和空间既可以无限延展，也可以无

---

① 杨鸥：《玄幻文学为什么火？》，《人民日报·海外版》，2015 年 2 月 6 日第 15 版。

穷缩减。读者和作者共同穿梭在不同的异世界中，直率地表达着突破现实束缚、突破边际的渴望；作品中的主角既可以是人或兽，也可以是神、鬼、魔的杂然相处和错综交织；文本内容则包罗万象，从星际战争到修仙升级，从异人侠士的惩恶扬善到屌丝青年的"逆袭"成功。

总之，在读者粉丝的拥护和网络作家们的努力迎合中，玄幻文学成为网络文学中最为成熟、产出量最大的类型之一。2014 年以来，网络文学界开始走向泛娱乐化，玄幻小说的超长性和架构宏大的特性极易改编成网络游戏。在网络文学到网游产业的链条中，玄幻类小说愈加受青睐。正是在以上的背景中，骷髅精灵的《星战风暴》以其独特的样貌和别具一格的创造性探索，成为玄幻文学类型中的典型文本。

一、玄幻小说的前世与今生

骷髅精灵的《星战风暴》是科幻小说与魔幻小说的结合体。众所周知，科幻小说是建立在现代科学发展的基础之上的。在文学界，比较公认的最早的科幻小说是玛丽·雪莱在 1818 年出版的名为《佛兰肯斯坦》的小说。此后，法国的凡尔纳、美国的阿西莫夫、日本的小松左京、英国的威尔斯等作家都创造出大量优秀经典的科幻小说。而魔幻小说的幻想则建立在千奇百怪的魔法想象之上。作家通过变幻无穷的魔法、魔力和魔咒等方式的书写，彰显魔幻的神奇魅力。譬如英国女作家 J.K. 罗琳的《哈利·波特》便是其中的代表作。这部风靡全世界的魔幻小说讲述了哈利·波特在魔法学院的学习生活及其与同学朋友们团结在一起对抗邪恶的魔法师伏地魔的故事。

《哈利·波特》系列小说获得了空前的成功。"迄今为止，《哈利·波特》系列小说已被译成 64 种语言，全球总销量达 3.25 亿册。伴随着它每一次的全球发行，都会掀起一阵购买和阅读热潮，许多孩子以拥有全套的《哈利·波特》为荣，'哈迷'们建立了自己的网站，收集有关哈利·波特的物品，痴迷的'哈迷'甚至代 J.K. 罗琳捉刀而迫不及待地续写了自己想象中的《哈利·波特》故事中人物的后来命运。……从书籍到电影，从游戏到模型，这个戴眼镜的小巫师在流行文化中无处不在。在中国这个文化完全不同的东方国家，《哈利·波特》同样获得了成功，它的中文版系列小说到目前总共发行了900万册。"①《哈利·波特》的巨大成功，与作者天才般的想象力密切相关，小说为读者塑造了一个奇妙无比的幻想世界。正是这份不受现实羁绊、自由自在的超现实表达令不同国度、不同文化传统的万千读者痴迷这部作品。

1988年，香港作家黄易的作品《月魔》出版，出版商赵善琪在序言中首次提出了"玄幻小说"的概念，他写道："一个集玄学、科学和文学于一身的崭新品种宣告诞生了，这个小说品种我们称之为'玄幻'小说。"由于黄易作品在内地的广泛流行，这个概念开始得到认同，并进一步延伸应用到网络文学中。

其实，中国的幻想文学向来资源丰厚，家底殷实。上古时代的《山海经》《神异记》等神话故事，魏晋南北朝的志怪小说，唐传奇中的玄怪集异，明清小说中的神道仙佛、花妖狐魅的繁复书写构成了玄幻小说的前世面影。尤其是在晚清王纲解纽的时代里，在人心浇漓迷茫的氛围之中，这些集幻想、奇谭、神魔于一体的穿越小说更是风靡一时。其代表性的作家作品包括冷血的《新西游记》、陆士谔的《新三国》、吴趼人的《新石头记》等，这些小说通过对名著的寄生性仿写，内容情节多是原著人物"穿越"到二十世纪目睹的社会现实。作家们在传奇般的情节设置中，在戏谑化的语言背后，致力于对现实社会种种现状的批判和对未来自由文明社会的热切召唤，流露出晚清文人对国家民族坚定的自信与期许。由此可见，从上古到晚清的漫长岁月中，中国的玄幻文学构成了连贯而生生不息的创作谱系与历史脉络。

值得注意的是，虽然鬼怪花妖、传奇述异的作品在中国文学世界中不绝如缕，并形成了蔚为大观的文学景观与阅读传统，但儒家文化中的"敬鬼神而远之"的思想，将这类"怪力乱神"的作品统统视为不合正统、有违治道的邪门歪道，是一身正气、以拯救天下苍生为己任的士大夫不屑为之的、应该被删除和摒弃的边缘文学门类。

---

① 张文联：《玄幻小说刍议》，《文艺争鸣》，2008年第8期。

到了近代，在民族危亡、救亡与启蒙成为压倒性话语时，这类被指为情调萎靡、格调低下，并不能与剧烈变化的时代相呼应的小说只会消磨广大国民的意志，无以养育民众健全之精神。这与"五四精神"和新文学构成了尖锐的内在冲突，因此便不难理解何以倡导文学革命的先行者们会将"旧文学"视为洪水猛兽而加以口诛笔伐，奋力将其赶出文学园地了。中华人民共和国成立后，在新的社会历史背景下，中国当代文学呈现出思想方面高度的统一性和艺术方面高度的规范性的特质，决定了此时期的文学朝着一体化方向发展的主导趋势。"随着新中国的成立而展开的大规模的社会主义革命和建设事业，召唤和吸引着作家去体验新的生活，讴歌新的时代，表现新的人物。质朴、明朗、热烈、高昂、激情澎湃的理想主义和英雄主义，构成了本时期文学的基调和主导风格。"[①] 社会主义现实主义作为最高的准则，严格限定了作品的主题和题材的选择，尤其强调正确的世界观对文学艺术创作的决定性作用。基于此，玄幻小说作为怡情悦性的消遣工具，便逐渐销声匿迹，退出了历史舞台。从而可以看出，在中国文学谱系里，玄幻文学从古到今都是上不了台面的边缘文学，是引车卖浆者打发时间的手段而已，它与精英文学有鲜明的界限。

然而，在岁月的流转中，在新的时代语境里，事情正在悄悄起着变化。随着读者的分化和阅读需求的多元化，消遣性的通俗文学被重新唤醒，并在新媒体中得到恢复和巩固。尤其是在青少年群体中，我们能够发现普罗大众对玄幻文学的情有独钟和乐此不疲。所谓"一时代有一时代之文学"，彼时的幻想文学"不是为了反思过去改变现实以创造美好将来，而是在对可能生活的想象中获得当下的价值，其得以流行的根基在于技术手段的发展和社会形态的改变"[②]。玄幻文学卸去了精英文学宏大叙事的包袱，取消了意义深度，将一种久已消失的娱情悦性的传统文学进行了复活与再度传扬。

---

① 王庆生主编：《中国当代文学史》，北京：高等教育出版社，2003年2月第1版，第9页。

② 邵燕君主编：《网络文学经典解读》，北京：北京大学出版社，2016年3月第1版，第82页。

互联网的开放性和传媒技术的发展，尤其是网络游戏的普及，使得新世纪的玄幻文学既对原有西方经典科幻和魔幻类型文进行了借鉴与模仿，同时进行了本土化的改造，构造出更符合中国读者阅读期待的幻想世界。这一糅杂的、多元的玄幻小说成为当今幻想文学中除了科幻小说、魔幻小说之外最为流行的种类之一，被命名为"大幻想小说""奇幻小说"或"玄幻小说"。而骷髅精灵的《星战风暴》便是这一概念中的典型文本——既包含西方科幻小说与魔幻小说的核心要素和情节设定，又坚持和承继了中国传统的传奇与神话的文化理念与思维逻辑。《星战风暴》以星际大航海为时代背景，将广袤的银河联盟作为故事的发生地，除地球之外，还涉及仙女星、飓风行星、双子星等星球中的不同族群。这些不同星球的战士各怀异能，与地球上的人类展开了机甲战斗比拼。

主人公王铮一出场的时候不过是一个失意而普通的中学生。他因为自身的基因测定只有二十八而被取消了考取军校的资格，成为众人眼中的失败者。但随着神秘礼物的到来，他被骷髅型机器人逐步培养成为一名身怀绝技的超级战士，从失败者一步一步成为掌控生活的强者。《星战风暴》建构了一个令人眼花缭乱而又神秘莫测的虚拟世界。庞杂的多元宇宙、空间拓展与时间伸缩的自由、超自然力量体系的描写、世界的设定等都符合西方科幻与魔幻的设定，但在人物塑造、故事讲述与价值观念上则更加趋向中国化。譬如主要人物的姓名，地球上的日常生活与校园生活，人物的思维理念与情感世界都是"本土化"和"中国化"的。这样的设定，令人物、种族、世界的建构更加清晰明白，也易于中国读者接受。

《星战风暴》在合理借鉴西式科幻的同时，没有忽视中国读者的阅读习惯与期待心理，而是经过精心的调整与构思，极力迎合中国读者的喜好。诚如鲁迅所言，"外之既不后于世界之思潮，内之仍弗失固有之血脉"，是一种颇富创见意味的"中学为体，西学为用"的新型玄幻小说样式。

二、网游小说的一座高原

电子游戏诞生于二十世纪六十年代，进入二十一世纪以来，随着网络技术的突飞猛进，网络游戏在全球范围内得到了前所未有的快速发展。在美国、日本等国家，游戏产业已经成为文化娱乐产业的支柱之一，为国民经济和社会发展作出了突出贡献。网络游戏的狂飙突进，促使玄幻小说大量产出。学者邵燕君认为："向'泛娱乐'方向进军是网络文学界的总趋向。随着互联网巨头携带着强大的资本力量进入了网文——网游产业链，网络游戏进一步地从下游'逆袭'上游，影响了网络文学的生产方式与作品内容。易改编为游戏的玄幻类小说愈加一家独大。"①网络文学中的玄幻文学因其艺术样式和情节架构更适合游戏的开发和应用，因此，其 IP 价值除了文学范畴之外，迅速拓延到更为广阔的大众娱乐市场。

出生于二十世纪八十年代的骷髅精灵是一位网络游戏的高手。"'80 后'一代是玩网络游戏长大的一代，这决定了其感受世界的突出特点就是网络游戏化。"②骷髅精灵的第一部作品《猛龙过江》便是以《传奇》为蓝本的网游小说。作为"网游小说叙事模式的开创者"，多年来，骷髅精灵的绝大多数作品都属于网游小说的范畴。在这片前景大好的网络文学沃野中，他在勤谨地耕耘书写，并在不懈的思考中寻求着作品的成熟和多元。

机甲小说《星战风暴》带有典型的游戏特质，作品建构起一个宏大广阔的魔幻世界。紧张刺激的机甲比拼，功能各异的酷炫机甲展示，青春无敌的机师团队组合，机甲与机师的完美匹配，各种族的热血实力大 PK，画面与场景的自由转换……这一切，与色彩绚丽、场面宏大的高科技游戏直接对接。

总体来看，长达三百多万字的《星战风暴》具有以下的范式特征：

---

① 杨鸥：《玄幻文学为什么火？》，《人民日报·海外版》，2015 年 2 月 6 日第 15 版。

② 陶东风：《游戏机一代的架空世界——"玄幻文学"引发的思考》，《文艺争鸣》，2007 年第 4 期。

一、幻异空间的无限拓延。虚拟世界是玄幻小说的基本架构。"如果说传统文本是一个'日月经天,江河行地'的'地球人'世界,那么,漫无边际的网络文本就是一个'天地齐一,和光同尘'的'太空人'世界,这里的太阳和月亮都不过是浩瀚星河中的两粒普通的沙尘。"[①]骷髅精灵动用非凡的想象力,建构了一个庞大复杂的魔幻体系,塑造出银河联盟中各个星座中不同族群的性格特质与体貌特征。在这个联盟中,地球人与外星人既能共处一室,又明里暗里充满了激烈的竞争。IG大战的胜负既与各个战队的战略与能力有关,同时也与国力的强盛和人才的储备相连。任何胜利的取得都不是随随便便的,需要各方面的精心准备和艰苦的鏖战。能够成为超级无敌战士,是王铮历经无数艰苦卓绝的训练的回报。当他因为基因测定遭遇严重打击之时,却收到了老贾送给他的神秘礼物。这个礼物如同潘多拉的魔盒般改写了他的人生。他由此离开了地球,开启了一段奇幻之旅。在兰特帝国的魔方特训空间里,王铮稀里糊涂地被迫接受了骷髅机器人对其展开的超级战士的训练。

在这个异度空间接受培训的王铮"有种去死的冲动,以前他也训练,俯卧撑,长跑,短距离冲刺,但都在正常人的范围,其他的事情这机器人看起来对他挺尊重,但一旦开始训练完全就是个——魔鬼"!(骷髅精灵《星战风暴》)经受过为期两年的第一阶段训练后,王铮在瞬间回到了地球的家中。但他惊奇地发现,培训的两年时光在地球上不过才两天。由此可见,《星战风暴》的空间与时间不受自然世界的物理法则和日常生活规则的制约,可以心游万仞,精骛八极。作者完全可以依凭想象设计宇宙的存在方式与运行模式。

二、循序渐进的升级模式。网游小说的核心要素是不断地提升等级。灵动、线性、通俗的升级模式作为小说情节发展的主线特别适合超长篇玄幻小说的写作。同时能够快速而牢固地吸引读者的注意力,让他们保持持续的阅读热情。

骷髅精灵的《星战风暴》巧妙地运用了欲扬先抑的写作手法,为

[①] 陈定家:《"超文本"的兴起与网络时代的文学》,《中国社会科学》,2007年第3期。

此后主角的成功"逆袭"做足了铺垫。小说的开头，主人公王铮作为曙光中学的学生并不被人看好，相反，他因基因测定远远低于合格线而被提前取消了军校的考试资格。随后，在替朋友送情书的路上，他又阴差阳错地落入了水中，于是殉情之名不胫而走，沦为众人口中的笑料。至此，压抑到极致的主角获得了"金手指"，开始了升级之路。在兰特帝国的魔方中，经过不同阶段的炼狱般的魔鬼式训练，一步一个脚印地从低级升到最高等级。

值得称道的是，骷髅精灵的练级文在节奏的把控上是十分到位的。主人公的升级是分阶段、循序渐进式的。每一个阶段，主人公王铮获得什么能力都被严格限定。而且，获得的能力很快便可以得到现实的验证。在面对来自对手的挑战时，新学到的能力恰好能够保证主人公战胜对手，获得胜利。也就是说，主角升到什么级别，就可以与同级别的对手展开角逐，并最终完爆对手，从而营构出"碾压式"的爽感。这样的设计避免了在等级提升过程中的重复书写。而线性叙事的选用则有效地保持了小说的悬念和爽点，给读者新鲜、刺激的阅读快感。同时，升级模式规则的明确性和连贯性，也易于为长篇巨制的网游小说制造出环环相扣、高潮迭起的文本效果，是吸引读者的制胜法宝，对点击量的提升作用巨大。

启人深思的是，玄幻小说中等级观念的设置和对力量的崇拜，投射出青年群体在社会急剧分层并且固化的语境下一种压抑后的焦虑式反弹。但这种焦虑并不导向行动，而是在幻想的世界中寻求替代性的补偿，更类似于阿Q式自我安慰的精神胜利法。《星战风暴》的作者骷髅精灵深谙市场脉动，更理解广大读者的精神负累。作为青年群体中的一员，他愿意与读者绑在一起，互通声息。《星战风暴》虚构出一个自由的、梦幻的欲望空间。在杀伐决断、唯我独尊中，让广大的青年读者在"爽"和"燃"的感受中进行"代入式情感投射"，满足了他们深埋在内心的渴望，为欲望和精神提供了一个另类的通孔。

三、战斗场面的繁富描写。骷髅精灵的《星战风暴》最为引人注目的是小说中不计其数、规模不一的战斗场面的细致描摹，可以说是一部"全景性机甲战斗"网游小说。骷髅精灵不厌其烦地描写了主人公王铮在成长为战神的道路上遇到的形式多样、大大小小的战斗。从亚洲区，到太阳系，再到银河联盟的大比拼中，其历经的战斗次数之多和花费在战斗上的时间之多即使是在同类型的网游小说中也是不多见的。

难得的是，骷髅精灵经过精心的构思，在不胜枚举的战斗场面中，主人公或单打独斗，或与团队精诚合作；在武器和机甲的选择上，有时会挑选性能优良的高科技武器与酷炫机甲，但更多的时候则是低开高走，武器与机甲的选择完全随性任意，利用绝对的实力轻松完爆对手，变不可能为可能。在叙事时间上，举凡重大的对抗场面则会不吝笔墨、无限延宕，而小型、初级的比拼则会干净利落地结束，绝不拖泥带水。

在作者笔下，《星战风暴》的战斗比拼场面虽然火爆激烈，但并不着重渲染酷烈可怕的战斗后果。作者更钟情于在昂扬激荡的格调里，集中展现力与美的迷人魅力。有时在激烈的对抗中，作者故意穿插一些轻松戏谑的场面。譬如在 IG 大赛中，太阳系战队在第一轮的三场比拼中战胜对手后，便是盛大的庆祝仪式。队长王铮在庆祝会开到一半的时候，偷偷溜出来与爱娜甜蜜幽会，并被回音撞到两人接吻的画面。由此，把紧张的战斗场面写得有张有弛，令人阅之而自生美感。总之，骷髅精灵在《星战风暴》中描摹的战斗场面既含纳宏大，又不避微小，投入的笔力既饱含情感，又"烧脑走心"，因此才能够使战斗的场景各具特色，鲜少雷同，为读者展现出战斗的复杂性和丰富性。

三、虚实相生的艺术建构

《星战风暴》作为玄幻小说在艺术上的最大特色，就是以奇崛的想象，极度的夸张变形，突破时间和空间的限制，跨越星座和种族的界限，建构出一个光怪陆离、神异奇特的幻想世界。

在《星战风暴》的架空世界中，环境可以是地球、太阳系或银河联盟，生物族群既可以是人，也可以是形貌各异的外星人。他们从属于不同的国度与文明，与人类展开多方面的竞争与较量。在不同的空间中，人物可以来去自由，任意转换，给人眼花缭乱、目不暇接之感。骷髅精灵将这些臆造的万千事物熔于一炉，构筑成一个和谐统一的艺术整体，展现出一幅奇幻的图景。作家在对虚拟世界的摹写中建构起别具特色的审美空间，增强了文本的可读性与感染力。

在奇幻的背后，潜隐着作家与读者的内心期许——对生命和自由的无限渴望。网络玄幻文学的出现，为这种渴望提供了载体。诚如学者江兵、田忠辉所言："自由是网络的精神实质，也是网络文学之魂。网络的无限空间迅速且极度地拓展了'80后'心灵自由驰骋的空间，尽管他们试图将这种自由延伸到现实空间，却屡遭阻击，但文学艺术本身其实就有弗洛伊德所言的'白日梦'的性质，在梦幻空间中追求现实人生的自由，表达此种渴望，倾诉此种压抑，对'80后'而言，网络与文学真是再好不过的地方。"[①] 作为"80后"，骷髅精灵与他的读者粉丝年纪相仿。相似的成长经历和时代背景，让他深谙广大粉丝的阅读期待，更容易以感同身受的方式进入同代人的精神肌体。

毋庸置疑，在"上帝已死"的呼声发出之后，现代人类无可奈何地从伊甸园中出走、溃逃。信仰的倒塌，造成了精神的迷惘。而现代社会的商业属性和激烈的竞争使人们面临着精神与物质的双重压力。尤其是在转型期的中国，在二十世纪六十年代后，一种发展主义思维逐渐成为社会主潮，"发展主义思维所导致的负面结果，一是对于生态环境的严重破坏，二是物质对于精神的强势挤压……发展主义盛行的另一个恶果，就是消费意识形态的横行无阻，就是极度膨胀后的物欲对于精神世界的强势挤压"[②]。年青的一代在现实生活的无序和混乱中泥足深陷，迫切需要情感的释放和某种形式的补偿。网络玄幻小说建构起的虚拟世界为人们提供了一个暂时逃离现实羁绊的所在。"这种'功能性'的网络文学作品以最直接的方式满足我们的需要。'功能性'的作品，它不直接关注人生意义、生命价值等宏大而深刻的命题，但

---

① 江冰、田忠辉：《文化视野中的合法性突破》，《南方文坛》，2010 年第 3 期。

② 王春林：《以"罪与罚"为中心的箴言式写作——关于张好好长篇小说〈禾木〉兼及"小长篇"的一种思考》，《当代文坛》，2017 年第 4 期。

却是满足个体情感需求与匮乏的补充剂。"①

骷髅精灵在《星战风暴》中，通过天马行空的想象力建立起犹如"世外桃源"式的幻境，作者和读者一道，既是幻境的设定者，也是实践者，以此获得对世界的"建构感"和对人生的"主宰感"。在虚拟和幻想中，实现对现代人类的心灵抚慰与灵魂养护。

此外，在精心构筑虚拟世界的同时，骷髅精灵又书写了一个世俗的社会。在极幻的同时，又令广大读者感到"极真"。立足于青年群体的日常生活，作者在《星战风暴》中精心书写了一个根植于人类生活的市井世界。此市井空间既包括地球，当然也连接着广阔的其他星系。作家倾力塑造的人物大多为青年一代，譬如身怀绝技的王铮、幽默搞笑的严小酥、阿斯兰帝国的美丽公主爱娜、来自月球的玛萨斯、洛克星的杰克曼、飓风行星的李东阳、太阳系的李尔、弗莱托星的伊莱德斯等，他们普遍具有青年人的思维特征和行为方式。所传达的情感和经验也是不折不扣的青年诉求。譬如王铮、严小酥和谢雨欣的亲密友情；王铮和爱娜第一次见面时的英雄救美及他们之间发生的甜蜜恋情；为了成为生活的强者，这些青年人在成长的道路上都要经过刻苦的学习和艰苦的磨炼；这些天赋异禀、身怀绝技的地球人与外星人普遍具有人的七情六欲和爱恨情仇。

骷髅精灵在《星战风暴》中直率而大胆地张扬了年轻人的内在欲求和时代精神风貌，卸去了加诸青年群体身上的种种枷锁，归还了年轻人本该具有的热情本真与所思所想。作者用生活化、平民化、狂欢化的语言，在亲切蔼然中讲述新一代青年人的成长悸动与生命欲望，体现出鲜明的民间审美特质。大量的校园生活的描摹，青年男女之间的爱情纠葛，日常生活中琐碎家事的书写，也拉近了与青年读者的心理距离，给人一种身临其境、亲睹亲闻之感。

《星战风暴》虽然为网游小说，但其内里却并不乏对人世里人情世故的书写。譬如王铮在没有成为超级战士之前，所受到的歧视与白眼；岳晶仗着出身高贵和美丽的容貌而肆意践踏别人的自尊；章如男在一

---

① 薛静：《他与月光为邻：甜宠也要自我成长》，《文学报》，2015 年 12 月 31 日。

段时间内因外貌威猛而被人当面讥讽为丑女的辛酸难言。在弱肉强食的丛林法则中，每个人物要想获得别人的认可和尊重，都要拿出实力来证明自己。胡兰成曾说："中国的文学是浪漫与平明为一。如《红楼梦》的高情，而都是写的人家日常的现实。中国的文学是立在人世的仙境里。"①《星战风暴》的根基是立于人世的，但它同时又啮合了幻想的元素，有仙境的超脱和玄妙。虚与实的巧妙结合，互相搭配，使小说创造出一种"奇趣"，同时也在客观上增强了小说的新奇性和趣味性。

---

① 胡兰成：《中国文学史话》，中国长安出版社，2013年6月第1版，第189页。

第三章

青春与成长的携行

　　生活永远是文学创作取之不竭的源泉。尤其是童年经验的累积和青春情怀的缅怀，促使作家们热衷于书写成长过程中历经的懵懂、欢乐与悲伤。在成长小说的文本中，作家们将个体经验作为主要的写作资源，具有自传体性质。这类小说往往以过来人的身份审视反省着成长道路上个体所历经的肉体和精神上的种种遭际。

　　"在网络文学的生产过程中，粉丝的欲望占据最核心的位置。网站经营很大程度上利用了'粉丝经济'，有人称之为'有爱的经济学'。粉丝既是'过度的消费者'，又是积极的意义生产者。他们不仅是作者的衣食父母，也是智囊团和亲友团，与作者形成一个'情感共同体'。从媒介革命的角度分析，这种根植于'粉丝经济'的'情感共同体'正是网络时代人类重新'部落化'的模式。"[①] 对许多读者粉丝而言，《星战风暴》不单单是一部网游小说，它同时是一个有关民间精英成长的故事，讲述了一个有"缺陷"的青年如何成长为生活和命运的强者的热血传奇。它保留了热衷于网络游戏的一代人的青春印记，能够引起网游一族青年群体的情感共鸣。他们因之与作者一道，在这个"部落"文化里，形成亲密的写与读的关系。

　　与经典的成长小说《麦田里的守望者》一样，《星战风暴》也不避烦难地书写了新的社会语境下，青少年的个人生活简史，它直接面对的是一代人的日常生活与精神生活。不同的是，前者的主人公霍尔

---

① 邵燕君主编：《网络文学经典解读》，北京大学出版社，2016 年 3 月第 1 版，第 4—5 页。

顿在叛逆、愤激、忧愁的同时，着重表现的是"垮掉的一代"青春期成长的烦恼与精神的彷徨虚无；后者的主人公王铮则在生活的诸种困境中，通过后天的努力与先天的禀赋而逐渐转变成生活和命运的强者。《星战风暴》中，王铮的心路历程和成长故事不再是叙述的重点，小说着重表现的是青年群体的世俗成功和进取精神。借助网络这一自由和开放的媒介，《星战风暴》在自我欲望的宣泄和进取道路的写作中展现了青春热血的一面，那种青春欲望的躁动以及对成功的赤裸裸的渴望，虽然缺少纯文学的思虑深厚，但自有其稚拙、可爱之处。由此可见，成长小说因社会历史的不同，时代精神的更迭，也在发生着价值观念等方面的巨大变化。

一、成长小说的历史脉络

"'成长小说'这一概念最初为俄国理论家巴赫金所提出。从史诗叙事的角度看，它和《奥德修记》式的历险叙事应该同属一种原型，时间成为结构的要素，空间移动是在时间中完成的，其中构成的'命运的悬念'成为叙事的推动力。"① 按照生活经验来理解，所谓成长小说的"成长"应是个体生命从出生伊始，直至完全成熟，脱离开父母和家庭的庇护而独立自主生活的整个过程。但这种理解只是生理层面的，"成长"除了身体的长大成人之外，还应该包括精神方面从懵懂到成熟的养成过程。在成长小说的书写向度中，作家们将成长道路上的个体经验作为主要的写作资源，并往往以过来人的身份审视和反省着成长道路上的叛逆之举与失败之悲。这种追溯，最终变成了长大成人的"老人"对过去童稚"小人"的俯视性伦理观照，从而带有总结性的道德劝诫功能。

中国古典文学谱系里，在《西游记》等文学作品中，成长的道路遵循的是从叛逆到归依的路途。孙悟空从"大闹天宫"到最后获得"斗战胜佛"的封号，表明了成长的无奈与荒凉。这种规训与招安也许

---

① 张清华：《"类史诗"·"类成长"·"类传奇"——中国当代革命历史叙事的三种模式及其叙事美学》，《陕西师范大学学报》（哲学社会科学版），2008 年第 5 期。

是宿命的，因为没有人能够永葆青春，也没有永远长不大的"顽童"。社会化的规约和个体的成熟早晚都会到来，如同鲁迅笔下的"狂人"一样，他的"疯病"总会痊愈，甚至成为与父兄一样的人，安之若素地"赴某地候补"。

尤为重要的是，中国古代类似成长的小说都涉及"父法"对青少年的巨大形塑作用。如果"父亲们"是道德败坏、品质恶劣、生活糜烂的"坏人"，那么在他们身边成长起来的青少年在长时间的耳闻目睹的熏染后，大多会成长为他们的后继者，而人性的卑劣也如同血缘遗传般获得延续，其中尤以《金瓶梅》和《歧路灯》为代表。比如西门庆最为器重的小厮玳安就是在主子的影响下逐渐成长起来的又一个小西门庆。作者兰陵笑笑生毫不客气地指出，正是西门庆这个"上梁"的不正，导致了玳安等一大批生活在他身边的奴婢"下梁歪"的结果。玳安的整个青少年时期都是和西门庆一起度过的，主人的一举一动，都被他看在眼里，记在心间。潜移默化中，玳安学会了西门庆式的荒淫无耻与豪横蛮霸。小小年纪的他，情感生活一片混乱。不仅与丫鬟小玉偷情，而且与主子共用情妇叶五姐。此外，他还和别的小厮一起去蝴蝶巷的妓院寻欢作乐，为了争抢妓女，也像他的主子西门庆一样蛮不讲理地打架斗殴。由此可见，玳安的行事方式和思维方式与西门庆一般无二。

同样，在李绿园的长篇小说《歧路灯》里也深刻地探讨了少年的成长在"榜样"的影响下所发生的巨大改变。主人公谭绍闻在威严父亲的管教下性格懦弱、遇事毫无主见。父亲去世后他获得了难得的"自由"，但却在机缘巧合之下结识了夏鼎、张绳祖、管贻安等不务正业的朋友，而逐渐染上狂嫖滥赌的恶习。他的堕落与他亲小人、远君子的处事方式关系甚深。当然，谭绍闻在堕落的过程中曾经有过愧悔，也有过挣扎，然而在肉体放纵和物欲享乐思想的强力引诱下，终于使他从一个驯良端方的子弟堕落为人人不齿的败家子。他是在不良朋党的影响下，在没有父辈的监管中逐渐堕落的。

在西方哲学史中，也有类似的成长观点。比如在叔本华的论著中就特别强调父辈对子辈成长的影响。他列举许多的例子来支撑他的论点："众所周知，古罗马的狄修斯·穆思是个崇高圣洁的大英雄，他把自己的身家性命都奉献给祖国，与拉丁军之战，虽歼敌无数，却不幸以身殉国。儿子在与加利亚人战争时，亦壮烈殉国。这是贺拉斯所说'勇敢的人是勇敢善良的人所生'的最佳例证。莎士比亚亦曾就其反面说出一句名言：'卑鄙无耻的父亲就有卑鄙无耻的儿子；一个卑贱的人，他的父亲必定也是卑贱的。'古罗马史中有几篇忠烈传，记载他们全家族代代相传皆以英勇爱国著名的史迹，费毕亚家族和费布里基亚家族即为典型的例子。——反之，亚历山大大王和他父亲菲力普二世同属好大喜功、权力欲极强的人。"①哲学家叔本华非常认同贺拉斯、莎士比亚等人的看法，认为子女日后成长为英雄还是卑鄙之人与父辈关系甚深，所以父辈尤其要注意对子辈的言传身教。

中国古典文学之后，整个二十世纪的中国文学依然非常注重成长主题的书写。譬如现代白话文学起步阶段的《狂人日记》及随后兴起的"问题小说"、"零余者"小说、"革命文学"都有成长小说的质素。中华人民共和国成立后，当代小说的书写脉络中依然不乏成长小说的面影。但成长小说的写作随着历史与政治的变化而出现若干变化也是不争的事实——"在八十年代中期之前的成长小说，基本上是从非常态的历史思潮背景中汲取个性成长的力量，'幻灭'——'动摇'——'追求'的历程清晰可辨，并逐渐显示新的人生观、世界观，从热情过剩的忧郁、彷徨到热烈有余的抉择、歌唱，充盈了成长的'现代性'。正是这种成长小说，一方面使得'个人性'与'历史'通过主人公的成长达成了既对抗又共生的结构关系，另一方面更让'成长史'成为社会变革史或者说'历史大事年表'的文学注解。"②此时的成长小说将国家、社会的"成长"和自我的"成长"连缀缝合到一起，以此呈现现实世界的常量和变量，并为社会发展作出文学的注脚。

而二十世纪八十年代以后，尤其是在大多数"80后"作家的笔下，成长小说不再有沉重的理性压力，而是感性倾诉的孔道。作家们

① ［德］叔本华著，李成铭译：《叔本华人生哲学》，九州出版社，2003年，第241—242页。

② 施战军：《论中国式的成长小说的生成》，《文艺研究》，2006年11月。

在小说中围绕成长主题叙写个人的生活与生存状态，叙述青年人的迷茫、忧伤、叛逆、孤独的成长，并尽可能地"去意识形态化"。这些成长小说虽然在语言方式、结构设置以及思想内涵等方面不尽相同，但在文本中表达的对于现实和未来既充满希望又饱含绝望的相同感受却惊人地相似。他们笔下的成长小说"以一种极其个人化的叙事姿态与宏大叙事拉开距离，在舒缓、清醒又充满忧伤的叙述基调中讲述自己关于青春成长的孤独、压抑、恐惧、创痛的故事，让我们在这种自述性、细腻性和自省性的讲述中，验证时代的癫狂与错乱对他们青春成长所造成的精神暗伤；他们往往将个体的'成长叙事'化约为一种对现实社会秩序的一种'无边的挑战'，以此来确立自我存在的姿态和意义，以致形成这一代际作家创作的停滞，读者的审美疲劳和批评阐释的模式化"①。诚然，模式化的背后，是一代人共同的成长感受与精神难题。那些充斥在作品中的孤独情绪，甚至是无厘头的戏谑内容正是他们宣泄的焦点，同时也是作家与青年群体寻求慰藉的别样方式。

二、成长的奇遇与喜乐

虽然同属"80后"，但依赖网络写作的骷髅精灵与主要借助于传统期刊发表作品的"80后"作家在成长叙事中也表现出较大的不同。传统期刊中的成长小说多表现青春期成长时的忧伤与残酷，而《星战风暴》里的成长故事则以奇遇与喜乐为主，少有挥之不去而又触手可及的遍地忧伤。

在传统文学中的成长小说创作中，主人公在社会化的过程中往往历经从纯真激情到失败归依的过程，着力突出了成长群体在面对生活与宏大历史时的软弱无力与被规训之痛。这类成长小说普遍缺少灵魂的冒险和自我精神的张扬与建构。网络文学的兴起和商品经济的高速发展改变了成长小说的价值取向与人物结局。譬如骷髅精灵《星战风暴》里的主人公王铮在中学校园里虽然是一个名不见经传的小人物，

---

① 张婷、杨丹丹：《"成长叙事"的突围与"生长叙事"的演进——〈长势喜人〉的另一种意义》，《文艺争鸣》，2010年第8期。

但在接受了老贾的神秘礼物后，一系列的奇遇便接踵而至。奇遇到来后，主人公的"先天缺陷"得以弥补。此后，王铮的人生步入了上升和进取的征途中，并最终扭转了命运，取得了辉煌的成就。典型的是他穿越到魔方中接受骷髅的秘密训练。增长本领后的他随后便遇到阿斯兰帝国的第一公主爱娜并英雄救美，从此与之结下了不解之缘。值得一提的是，在巧遇爱娜的故事中，明显带有《罗马假日》和《射雕英雄传》的经典桥段——在美人落难时，英雄适时出现。美丽、高贵、多情的女主人公从此倾心于市井中还未发达的落魄少年。

奇遇的发生，在玄幻小说创作中是制造悬念、达于高潮的屡试不爽的法宝。而在《星战风暴》中，奇遇的情节设计还不受现实羁绊，人为地删除了成长道路上必然要遭遇的失败和历练。所以，从某种意义上来说，《星战风暴》并不是一个严格意义上的成长小说，而是一部从一个成功走向更大的成功、从一个胜利走向更大的胜利的成功小说。但同时也应该看到，奇遇的发生虽然不可控，充满了随机性，但经历奇遇的主人公身上却有着坚忍、执着、永不放弃的性格特质。所以，奇遇也不是随便什么人都能遇到的，被奇遇选中的幸运儿本身也是具有实力的。

"网络为这一时代的文学张扬了一种纵情恣意的舞台，在这里的一个关键问题是，网络形式的文学，从媒介的角度回归到了真正文学性的意义上来——情感的自我表露和张扬，尽管这种表露和张扬实质上无法离开其出生的土壤、前辈的资源，但是'80后'留给我们的不是一个时间概念，而是以新锐的方式告诉我们'能不能说自己想说的话'这样一个经由文学必然走向文学之外的话；不管怎么说，'80后'的出场以至其张扬的舞台表现欲是有突破性的，它告诉我们，在这一代更少文化羁绊的群体身上，那种人类与生俱来的自由意识是以纯真的方式出场的。"①

《星战风暴》中的男主角王铮在故事的一开始虽然在基因测定上存在异常和缺陷，但他却没有在别人的歧视和鄙薄中消沉，而是依然坚

---

① 江冰、田忠辉：《文化视野中的合法性突破》，《南方文坛》，2010 年第 3 期。

持锻炼，用惊人的毅力和冷静沉稳的态度面对生活的打击。即便他经过犹如炼狱般的痛苦训练，成为太阳系联盟的队长，并率队参加 IG 大战之时，也依然会遭遇到各种歧视：

> 说真的，自从来了阿斯兰，太阳系似乎走到哪儿都是路人，莫名其妙地被各路鄙视，这也是人类起源地所要背负的，整天觉得自己有多伟大，有多么重要的意义，可是若是实力不足，这种意义就是负担了，换一个其他的联邦，根本没人在意。（骷髅精灵《星战风暴》）

面对这种状况，骷髅精灵并没有叙写青年人遇到挫折时常常表现出的彷徨、迷惘和绝望的悲观情绪，反而认为这是必然的。或许，在作者看来，当今的现实社会是一个以实力论英雄的时代，失败者和实力不足者是没有权利得到别人的尊重和优待的。只有加强和提升实力才是正确化解生活中的困厄和别人歧视的解决之道。

所以，在《星战风暴》中，无论是地球上的现代青年，还是银河联盟里的外星人，他们均以率真的姿态与青春的昂扬看待成长的烦恼。在骷髅精灵所建构的成长小说中，没有暗黑到令人恐怖的人性，没有精神的彻底虚无，更没有灵魂的内在残缺。遍布其中的是唯美的爱情，绚丽的梦想，拼搏上进的人生以及活色生香的沸腾生活。男主角王铮凭借卓越智慧和绝对的实力终于获得了众人广泛的认可和尊重。他曾经的青春梦想，逐渐变成了现实——成为军事学院的高材生，练成了超级战神，拥有美丽而又出身高贵的女友，身边还不缺乏可以两肋插刀的真挚朋友。

《星战风暴》里的成长，可以理解为一代青年对迅捷变化的外部世界的努力适应，人物获得成长和成功的前提正是对现有秩序的遵循和服从。骷髅精灵也许厌倦了"80 后"小说中常见的失败的成长故事。它选择性地避开了成长小说书写中常见的套路性景观：叛逆和失败。而是在现实的铁幕中撕开一道口子，在心造的幻象中讲述一个不一样的成长传奇或成功传奇。以此来证明一个特定群体的自我激励，为热血、为青春、为奋斗保留一点位置和记忆。尽管这种成长故事在线性的叙事方式和精神视野方面有其单一、匮乏的一面，但从反映论的角度来看，《星战风暴》里的成长叙事与主流认可的"80后"作家的成长小说相较，呈现出了更加积极、更加燃情的成长史。

三、热血青春的燃情书写

成长甫一开始，便向着青春的方向逐步靠拢。青春期的喜怒哀乐融汇为成长的底色，连缀成同时代人抱团取暖的精神纽带。对青春的崇拜和自恋，彰显出"80后"一代对往昔历史和现代生活的独特体验和价值观念。

成长小说与青春文化具有天然的亲缘关系。从痞子蔡的《第一次的亲密接触》发表以来，网络文学在二十余年的发展历程中以其鲜明而独特的青春文化特色著称于世。如果说青春文化是一个时代的晴雨表或风向标，那么网络文学便是彰显青春文化的专属舞台。不论是价值观抑或爱情观，也不论是社会问题还是心理问题，网络文学负载着当代青年最核心的价值指向与情感宣泄。

当前，在网络文学的书写者和阅读者中，"80后"和"90后"成为绝对的主体。大部分年轻的网络作者根据自身经历致力于书写出当代青年的成长故事和青春梦想，而年龄相仿的读者群则在强烈的认同之下甘之如饴地阅读着网络作者们书写的青春故事。可以毫不夸张地说，网络文学张扬和探究的是一代青年人的成长故事与精神欲求。借助网络，成长中的青年一代实现了表达渴望、倾诉欲望、实现自我抚慰的功能。

与"五四文学"缔造出的"少年中国"式的青春崇拜一样，青春文化在网络文学的发展脉络中一直占据着主导地位。网络文学中的青春书写充满了自由、激越、浪漫的精神火焰，力图摆脱诸如伦理、权力、规范、秩序等种种束缚人性的规约。网络文学鼓吹和弘扬生命中的欲望、爱恨、勇气的充分展开，拒绝中庸含蓄的情感表达，高度迎合当前青年们的所思所想、所欲所求，真正实现了"我手写我口，古岂能拘牵"的率真和随性。

"在传统的青春文学描述中，我们判断其写作水平往往是以这一青春写作向成人世界靠拢的程度，是否能揭示世界的本原、深度、厚度和本质成为判断标准。其实青春写作的评判标准不一定非得是深刻和本质，相反应该以其写作'捍卫青春权力'的程度来判断，不放弃鲜活的'青春感受'，才是最好的青春文学。"[①]"捍卫青春权力"，描写"鲜活的青春感受"，恰恰是骷髅精灵《星战风暴》里的一大特色。小说中的人物历经着从懵懂青葱的中学时代，到充满竞争的大学生活的历练。从男女主角到形形色色的次要人物，无一例外都拥有青春和无限的可能。他们的主要身份是学生，学习生活和增长本领、苦练技能构成他们日常生活的重心。课余时间里，他们有的利用暑期兼职打工；有的沉迷在游戏的对战中；有的则情窦初开，为了获得对方的好感，费尽心机地讨好爱恋的对象……即便是在激烈的 IG 对抗比赛中，青年男女也在互相打量，寻找心仪的爱慕者。

此外，五光十色、青春飞扬的大学生活也在《星战风暴》中得到细致的呈现。譬如迎新活动、联谊活动、形式多样的社团活动、寝室夜晚的卧谈、新生与老生的争斗、校花与校草的评比等。这些活动与场景是如此的令人熟悉，让每一个经历过大学校园生活的人不由自主地回忆起自己的青春岁月，从而发出会心的微笑或陷入深深的感慨之中。

骷髅精灵在《星战风暴》的成长叙事与青春书写中自始至终灌注着对奋斗青春的高度赞扬。与大多数只注重青年人的世俗成功及对世界的呓语式抒发的网络作品不同的是，《星战风暴》里青年人物的奋斗动力除了实现人生理想，为家族增添光彩之外，还自觉担负起振兴地球文明，为人类重新崛起而努力奋斗的伟大使命。这种殊异性，既令骷髅精灵的成长写作充满了正能量，又在青年形象的建构中增添了热血与庄严的美感。作家的写作路径接通了"五四"一代文学所承担的"时代的使命"和"民族国家的崭新缔造"的宏大传统，将一种久已生疏的精神文脉，嫁接和安放在他的小说世界里。在"小我"与"大

---

① 田忠辉：《情绪体验：80 后写作的审美突破》，《文艺争鸣》，2013 年第 4 期。

我"之间，搭建起兼顾的通道。理想主义的高扬和信仰伦理的重建赋予《星战风暴》多重阐释的可能。更可贵的是，这样的玄幻小说创作为饱受"犬儒主义"指认的网络文学提供了一条可供借鉴的写作"正途"——内容含量不失通俗文学的娱情悦性，艺术思想又含蕴传统文学的责任良知。

比如，在《星战风暴》的文本里，王铮和他所带领的战队成员都有强烈的求胜心态。为了达成这一目标，他和他的小伙伴们经受着常人不可忍受的魔鬼训练。虽然他们的成功离不开"金手指"的助力，但幸运的降临却不是无缘无故的。它总是将机会留给那些有毅力、有恒心、能吃苦、时刻准备的人。譬如王铮和叶紫苏在进入战神学院前，便开始了四年如一日的艰苦锻炼：

> 叶紫苏微微一笑，轻轻挽了挽被微风吹散的头发，"不知道你信不信，我从一开始就觉得你可以成为一名机动战士，无论是否能进入战神学院，从没一个人能四年坚持不懈地训练，风雨无阻"。
>
> 王铮一愣："你怎么知道？"
>
> "呵呵，你太专注了，喜欢晨练的人不止你一个。"
>
> 叶紫苏是另外一个坚持训练的，从很久之前就注意到了王铮。记得一次暴雨，叶紫苏在宿舍里休息，以为那个人不会去了，却通过望远镜看到暴雨中的王铮依然嗷嗷叫地训练，那大雨中的微笑，至今还记得。（骷髅精灵《星战风暴》）

骷髅精灵清醒而又睿智地证明了生活中的常识——没有人能随随便便获得成功。只有努力拼搏，才能获得幸运女神的青睐。而成功，不仅是为自己，更是青年一代必须背负的使命和职责。在激烈的星球与星球的现代竞争中，王铮和他所生活的地球早已失去了昔日的荣光。在广阔浩渺的银河联盟里，地球已经远远落后于其他更为发达的星球。彼时，地球早已落伍于时代的潮流，不仅科技落后，文明衰落，而且还要遭受来自强悍星球的歧视和压迫。一种危机来临的不安感充斥在这些地球精英们的心间。于是，作为地球人，如何摆脱弱国子民的地位，如何重振地球的雄风，成为时代青年必然面临的沉重之责。王铮和他的同代人，代表着地球文明重新崛起的希望，而他们也确实怀着"骚动不安的灵魂"思考着地球的命运和未来的走向，并以坚忍不拔、勇敢承担的精神肩负起这一神圣而又沉重的使命。

显然，《星战风暴》里的青年群体用他们对地球文明的钟情热爱与永不言败的拼搏奋斗赋予成长与青春迷人的色泽。青年们走出了狭隘物欲的"幻城"，真正地融入了更为广阔的社会空间，承担起宏大的使命。在网络文学中，在新的世代里，书写出我们时代强悍浩大而又英勇为人的青春故事。

第四章

娱乐性与商业性的"双宿双飞"

　　关于网络文学，一个已经形成的共识是，网络文学是断裂的通俗文学的接续，它恢复了中国古典小说最为原初的故事性与传奇性的书写。将文学革命以降，直到新时期以来精英文学中被打压和驱逐的大众化、娱乐化、商业化的通俗文学重新唤醒并赋予其蓬勃的活力。网络文学的平民化和自由性不仅拆除了纸质文学发表和出版的森严壁垒，为万千热爱文学的作者提供了发表作品的渠道，而且网络文学的写作改变了一代人对文学价值的单维度确认，宣告了多元文学格局的形成和众声喧哗时代的来临。加达默尔曾说："艺术作品就是游戏。"而网络是一个人人可以参与的游戏平台和狂欢广场。"网络文学的生产原则就是多巴胺原则、快乐原则，就是读者哪方面欲求不满足，就提供对应的白日梦。"[①]在这里，网络文学的作者与读者一起做梦与狂欢，以此释放现实生活的诸多压力，进而获得精神的"甜宠"与抚慰。

　　消费主义的盛行带来了文化产业的繁盛，促使高雅文学与通俗文学合流共存。普通大众放松心情、追求娱乐休闲的需求得到了正视。故事性与传奇性兼具的小说颇受青睐，而根植于"粉丝经济"的网络文学决定了其必须满足粉丝的"快感机制"和娱乐心理。

　　如果说"娱乐性"是网络小说的天职，那么"商业性"则是网络小说赖以存活和壮大的土壤。在网文的世界中，"娱乐性"与"商业性"和谐一致，二者双宿双飞、相辅相成。也就是说，一部好的网络

---

① 李敬泽：《网络文学：文学自觉和文化自觉》，《人民日报》，2014年7月25日。

小说，必须最大限度地满足读者群体的欲望投射，反过来，读者越喜欢，打赏、跟帖、点击、付费订阅的越多，越证明了该部作品的成功。网络文学与粉丝同乐，在本质上，它是一种休闲娱乐方式和宣泄狂欢的精神途径。

一、娱乐至上与方生方死

在艺术发生学的探讨中，"游戏说"是人类艺术发展史上一种重要的学说。游戏与快乐联系在一起。人的心灵是需要快乐的，但平庸的现实和生存的艰难常常会抑制与阻碍快乐的发生。于是，人类发明了文学艺术，其功能之一就是帮助人们找到快乐、释放压力、超越现实。

"弗洛伊德在他的《巧智与无意识》一书中论述了艺术与快乐原则的联系。他指出：'人的心灵永远追随快乐原则，现实原则却要限制它，而艺术（即"巧智"）的功能就是帮助人们找到返回快乐源泉的道路，这种源泉由于我们屈服于现实原则而变得可望而不可即。换句话说，艺术的功能就是要重新获得那失去了的童年时代的笑声。'弗洛伊德还指出，艺术作为对快乐原则和童年时代的复归，本质上必然是一种游戏活动，也即是一种寻求自由的活动。现实生活中人失掉了许多为规范制度所不许可的快乐，但是人又很难放弃这些快乐，因此，他们就运用艺术来重新获得失去了的那些快乐。"①现今，网络文学借助媒介变革的东风已经实实在在地进入了公众的文化视野，成为当代文学园地中令人无法忽视的文学景观之一。

庞大的网络作家群体、浩如烟海的网络文本和万千粉丝的追捧阅读，无可辩驳地确证着网络文学的在场性和新锐性。中国的网络文学在近二十年的蓬勃发展中，恰好鲜明地体现了文学写作的快乐原则与娱乐至上的理念。可以毫不夸张地说，网络文学将人类压抑的各类欲望——复活在文字中。现实生活中亏欠我们的，以及不得不压抑的情感得到了最大限度的满足。网络文学犹如一个疆域辽阔的童话王国，

---

① 蒋承勇：《感性与理性 娱乐与良知——文学"能量"说》，《文学评论》，2014年第3期。

在这个王国里，每天举行着盛大的狂欢派对。只要你愿意，可以随时加入狂欢的队伍，从而获得极致的精神愉悦与情感满足。

通过对网络文学读者粉丝的观察和了解，可以发现他们之所以成为网络文学的铁杆粉丝，就在于网络文学最大限度地满足了他们的各类欲望，匮乏的情感和压抑在心底的梦想在阅读网络文学中实现了"代偿"。而且，越是现实生活中不如意之人，越是需要"梦想"的照亮和理想的实现。

骷髅精灵的《星战风暴》是一部典型的网游文。游戏性、娱乐性、消遣性成为其作品最为显著的特征。在文本中，作者着重塑造了王铮从人生的低谷一步步走向辉煌的励志故事。在不断的练级过程中，他在一开始总是不被看好的那一个。譬如在 IG 游戏中，从对机甲的选择，到武器的使用，再到游戏地点、团队组合及强悍对手的存在等方面，王铮都会处于绝对的劣势，遭遇到各种困难，饱受别人的质疑。在每一次大战展开前，骷髅精灵都不厌其烦地做足了铺垫。然而，就在所有人都认为王铮必败的时候，他却凭借绝对的实力和睿智的头脑将眼前的困境——化解，最终总能险中求胜，完爆对手，取得看起来不可思议的成功。

在行文过程中，作者有意采用快捷、恣意和戏谑的方式来叙述故事。在《星战风暴》中，骷髅精灵有意采用"瞬间转换"的叙述模式来推进故事。视点的转换和连绵不断的新的冲突赋予文本摇曳多变的风格。令人称道的是，作者可以毫不费力地在血脉偾张的战斗比拼后，马上安排一段温情缱绻的男女爱恋。情窦初开的俊男美女传奇般地邂逅，经过互相了解建立起患难与共、生死相依的美好恋情。松与紧、张与弛的诗意捏合，使《星战风暴》的文本显示出跌宕起伏、耐人寻味的艺术效果。同时，这种叙事方式也制造出高强度的感官刺激，其所产生的快乐，不仅是精神的，甚至是一种关乎身体的"享乐"与"狂欢"。由此，就不难理解动辄几百万字的网络小说能够长时间地吸引读者，并拥有铁杆粉丝了。

不可否认的是，网络文学的娱乐属性在亲切、蔼然、令人开怀大笑的同时，也在一定程度上埋下了其朝生暮死的速朽命运。尤其是各大网站 VIP 付费阅读机制的制定，网络作家为了在最短的时间内实现最大的经济回报，会在有意无意中放弃对作品的细致打磨。晋江原创网主编王赫男就曾说："在自由、个性化和非功利化等优点之外，网络文学也有一些天然缺点——盲目性、媚俗性、游戏性，甚至有写作机器的出现，这些都是网络文学跟娱乐结合得更紧，从而导致缺乏思想性和深度性的结果。"

在大多数网文中，很难看到精巧匀称的艺术形式、内涵丰厚的哲学意蕴和过目难忘的细节描写。杰姆逊曾把"主体性的丧失、距离感的消失以及深度模式的削平"描述为后现代艺术的突出特点。而这些，恰好与网络文学高度契合。大部分的网络文学作者并不把创作出"经典文学"当成他们写作的第一要义。网络写手们清醒地知道最广大读者的阅读需求和期待心理，网络文学追求的是"不求天长地久，只求曾经拥有"的短暂风流。在浩如烟海的网络文学世界中，网文与商品的批量生产一样，如何最大限度地吸引匆匆而过、四处张望的读者停留驻足，才是作者们苦苦思考和为之奋斗的目标。

但是，还应该看到事物的另一面向。网络文学的娱乐性必然会导致消极写作的发生吗？网络文学的娱乐性一定是人文关怀的死敌吗？其实，网络文学天然携带的娱乐性应该更容易达到既劝谕读者，又"寓教于乐"的理想境地。"将文学的娱乐性完全等同于消遣性，从而与严肃性、思想性对立起来，这仍然是延续了'新文学'传统建立之初奠定的价值模式——五四先贤们当年迫于救亡图存的压力，从西方引进现实主义定为唯一正统，将消遣性的类型小说作为传统腐朽的'旧文类'压抑下去。新中国成立以后，文艺大众化工作也是由革命大众文艺承担的，对代表资本主义腐朽文化的通俗文学进行严厉批判驱逐。如上文所述，在全球资本主义文化体系中，承载一个国家主流价值观的'主流文学'必定是大众流行文学。对于文学研究者和管理者来说，面对拥有如此庞大读者群的网络类型小说，建设性的态度是如何引导其将快感机制与'主流价值观'对接，积极参与'主流文学'的建构，而不是继续怀傲慢与偏见将之定位在消遣性的'快乐文学'

的位置上。"①将网络文学称之为消遣性的"快乐文学"也没什么不对，这正是大众通俗文艺生生不息的根源所在。而且，消遣不等于泯灭意志、虚度光阴，而是现代人类在繁忙的工作学习之余，所需要的精神小憩。当前，网络作家需要注意的是在娱乐性的同时能够兼顾作品的人文精神与艺术承担。唯如此，才能让网络文学的未来之路走得长远而稳妥。

二、商业化写作与文学网站运作

爬梳古今中外的文学史，不难发现文学与商业的关系源远流长。在中国古代社会里，随着广大市民阶层的发展壮大，人们对文学这种精神产品的需求大大增加。说唱文学在勾栏瓦肆的流行和大受欢迎，使精明的书商们看到了其中蕴藏的丰厚利润。譬如在梳理《三国志演义》流传与发展的历史中，可以看到："在宋代的'说话'艺术中，已有'说三分'的专门科目和专业艺人。苏轼《志林》载：'王彭尝云：涂巷中小儿薄劣，其家所厌苦，辄与钱，令聚坐听说古话。至说三国事，闻刘玄德败，颦蹙有出涕者；闻曹操败，即喜畅快。'可见当时'说三国'的艺术效果很好，且已有明显的尊刘贬曹的倾向。"②在古代，经过书商们的精心运作，文学已经作为商品开始在市场上流通。

郑振铎在《中国俗文学史》中论述弹词这种艺术形式时曾说："弹词是为妇女们所喜爱的东西，故一般长日无事的妇女们，便每以读弹词或听唱弹词为消遣永昼或长夜的方法。一部弹词的讲唱往往是需要一月半年的，故正投合了这个被幽闭在闺门的中产以上的妇女们的需要。她们是需要这种冗长的读物的。"③其实，不仅幽闭在闺门内的妇女需要精神上的娱乐，有闲的广大市民阶层也是通俗文学的热烈拥护者。

晚清民国时代，随着报刊、杂志的出现，现代稿酬制度得以建立

① 邵燕君：《网络文学的"网络性"与"经典性"》，《北京大学学报》（哲学社会科学版），2015年1月。
② 袁行霈主编：《中国文学史·第四卷》，高等教育出版社，2003年版，第25页。
③ 郑振铎：《中国俗文学史》，团结出版社，2006年版，第547页。

和完善，一大批失去了科举考试机会的读书人凭借稿酬为生，而他们的身份也转型为自由知识分子，由此保持了思想上的独立性。正是在此种情状中，面向大众、面向市场的通俗文学得以蓬勃发展。

　　而在西方，现代小说与商业资本的密切关联也是不争的事实。伊恩·瓦特曾指出，早在十八世纪时，英国小说就与书商密切地结合在一起。小说降低了写作难度，不再以贵族庇护人和文学精英的标准为金科玉律，而是迎合了读者大众的口味。"十八世纪的英国文学以现实主义的长篇小说成就最高。小说家们在唯物主义思想的影响下，在继承流浪汉小说和市民文学的基础上，比较广泛地反映了英国资产阶级的发家历史和生活现实，并使小说这种艺术形式臻于完善，为欧洲十九世纪批判现实主义长篇小说的繁荣发展做了有益的准备。"[①]由此可见，文学艺术与商业化的结合源远流长。社会的现代化程度愈高，文学的商业气息便会愈浓厚。

　　网络文学的商业运作机制是时代文化转型的一部分，能够使文坛格局更加多元化。借助网络平台，商业化网络写作的群体更加壮大，网站通过付费阅读模式的建立、签约制度的实行和 IP 的全版权运营为网络作者提供了比较丰厚的物质回报，激发了网络作者们的创作潜能，提高了网络作者的写作积极性并体现出网络作者的个人价值和写作意义。关于网络文学作品与商业的密切结合的问题，可谓仁者见仁，智者见智，赞成者有之，反对者亦有之，更多的则是客观而全面地看待这一问题。

　　例如，欧阳友权认为："汉语网络文学发展的过程也是一个文学与商业和资本关系日益密切，网络文学日益功利化、产业化的过程。在网络文学诞生初期，网络上的文学活动均是无功利的，人们常用'超功利'来描述网络写作行为。但是，消费社会的商业化观念和市场化行为的无孔不入很快便侵入到网络文学创作领域，文化资本的利润最大化本性不会放过网络文学这块'蛋糕'，网络文学的'净土'上不久便被沾染上了'铜臭气'，它们浸染了网络文学的'纯洁性'，但在一

---

① 朱维之、赵澧、黄晋凯主编：《外国文学简编·欧美部分》，中国人民大学出版社，2004 年版，第 80 页。

定程度上也拉动了网络文学的快速发展。"①毋庸置疑，商业化网站的建立与运营是网络文学发展的助推器。网络文学以"产业化"为价值本体，注重文学的市场价值。网络文学的发展过程就是艺术与商业资本逐渐接轨并不断磨合的过程，成熟的商业模式是网络文学生产的重要保证，也在一定程度上拉动了网络文学的快速发展。网络文学的商业化并不是其原罪，成熟的商业化网站的建立是网络文学发出的时代召唤，它的欠缺无疑会在一定程度上限制网络文学的良性发展。目前，需要警惕的是网络文学在商业化道路上所面临的媚俗写法和低俗质地等问题。

骷髅精灵的《星战风暴》是典型的商业化模式下的文学写作。他的作品因文本创作的连贯、迅捷、丰富以及类型化而获得了商业资本的格外青睐。此前，他的多部作品被改编成游戏和动漫即证明了他的写作在商业化上取得的成功。在小说中，骷髅精灵倾情书写了一个热血激情的机甲故事，为网游一族提供了感官刺激，再现了一种热血、青春、战斗的故事与生活方式。此外，通过塑造青年群体的时尚生活，拉近了与读者的情感联系。恋爱、上课、游戏、奋斗、友情等生活正是读者们所熟识和关心的。值得注意的是，梦想的制造也是这部小说令人称道的一个原因。小说的主人公王铮及他所率领的太阳系联盟在赛前均不被看好。但就是这样一个队长率领的队伍，却在强手如林的大战中一一击败对手，取得了看似不可能取得的胜利。小说非常注重情节的出人意料，运用悬念、转折、快速推进等叙事策略增强了文本的可读性。

总之，轻松、活波、幽默的语言，汪洋恣肆的想象力，青春梦想的制造，快速的情节推进，曲折的传奇故事……这一切，赋予《星战风暴》文本的可读性与鲜活性，广大的读者在阅读中得到了情感的满足，愉悦地沉溺在小说的情境之中。

---

① 欧阳友权：《网络文学行进中的四大动势》，《贵州社会科学》，2008 年第 10 期。

三、商业化写作的意义与局限

在网络文学快速发展的二十年历程里，商业资本与网络文学的"亲密接触"是有目共睹的事实。公允而客观地说，网络文学的商业化写作是具有积极的价值和意义的。

首先，网络文学的商业化写作让网络文学的作者从最初单打独斗式的"孤独写作"变成了团队啸聚在一起的集体合作化写作。网络作家的主要职责是完成在线更新，写出好看有趣的故事，而商业网站则负责作品的推广、订阅和版权运营等方面的事宜。这种合作，大大节省了网文写作者的时间，使他们不必为作品之外的琐事而操心，从而更加积极地进行创作。譬如骷髅精灵的写作便是将对游戏的兴趣爱好转变成文字，经过读者的付费阅读获得不菲的报酬，从而成长为一名出色的网络文学作家，并实现个人价值的典型例子。

其次，"互联网＋"和传媒市场的双重力量改变了精英文学一统天下的文学格局，实现了创作的多元化和类型化。网络文学的商业化写作促使通俗文学的回流和繁盛。网络写作者更能精准地把握文学市场的动态，明白大众读者的所思所想。成功的网络文学作者都具有一大批"铁杆粉丝"，网络作家在写作的内容、风格、语言等方面都尽量迎合读者粉丝的需求，从而实现了话语权向民间审美的回归，一定程度上突破了现有文学惯例的束缚，真正实现了文学的"私人定制"或"部落定制"。

再次，互联网的开放性、草根性、平等性、共享性等特点，决定了网络文学的艺术民主机制。野蛮生长的网络文学曾被认定为"野孩子"——这个孩子因来路不明、血统含混而遭到一大批人的口诛笔伐。但网络文学商业化写作的成功与万千读者点击的火爆，让庞大的网络文学生产群体无可阻挡地进入了公众的文化视野，成为时代文学殿堂中的新锐和后起之秀。"网络写作常常以平民姿态、平常心态写平凡事态，用大众化、生活化、凡俗化的心态和语言，展示普通人最本色的生活感受，显示出平凡的亲切感。于是，崇拜平庸而不崇尚尊贵，直逼心旌而不掩饰欲望，虚与委蛇和矫揉造作让位于率性率真，鲜活水灵冲淡纯美过滤和理性沉思，便成为网络写作最常见的认同模式。"①

最后，网络文学的商业化写作模式决定了它与其他文学形式的兼容性。近些年网络文学的 IP 热潮成为文化市场中最为引人关注的事件。根据网络文学改编而成的影视作品层出不穷，风光无限。例如《甄嬛传》《琅琊榜》《芈月传》《亲爱的翻译官》《楚乔传》《三生三世十里桃花》等作品均来源于网络文学。除此之外，网络文学作品还容易衍生为网络游戏、动漫产品等，有利于商家的全版权开发和利用。网络文学的商业化写作令文学走出了单一和匮乏，它们不仅满足了读者阅读文字的休闲需求，而且更容易从文字变成影像和漫画，给予"读图时代"中成长起来的读者全方位的感官刺激。网络文学的商业化运作机制蕴含着新的活力，是现代文化转型的一部分，而文学的无限活力和可能也在潜滋暗长。

但是，在确认网络文学商业化写作具有意义和价值的同时，也不应忽视文学与商业之间固有的矛盾冲突。其实，文学与市场如何兼得调配，不独困扰网络文学，也是传统精英文学与通俗文学争论不休的问题。二十世纪四十年代海派文学就因与商业的密切结合而被指认为商业的帮闲，海派文学因其格调的从众和取悦市场而饱受批评与诟病。所以，"当文化资本的市场逻辑与文学创作的价值理性出现落差的时候，究竟是把握'艺术正向'还是屈就'市场铁律'就成了一个让人焦虑的难题"②。商业化写作的确促使网络文学众声喧哗时代的到来，为文学转型及类型文学的繁盛作出了贡献。但商业化网站的强势介入与操控，商业资本的逐利特性以及高强度更文与稿酬的奖励机制的制定等，也会在客观上造成网络文学媚俗化和消极化写作的泛滥。

"在商业价值主宰一切的时代，它把自己变成商品。我们时代的消极写作，主要是一种异化形式的商业化写作。它追求印数和码洋，把经济效果置于文化价值和道德效果之上。它放弃印刷文化对意义和深

---

① 欧阳友权：《网络文学的本体追问与意义体认》，《文艺理论研究》，2007 年第 1 期。

② 欧阳友权：《网络文学：前行路上三道坎》，《南方文坛》，2009 年第 3 期。

度的沉思与追寻，而自愿在消解意义的可视文化的聚光灯下倚门卖笑。对这种写作来讲，评价作家的尺度，不是精神性的，而是物质性的；不是内涵性的，而是形式性的；不是质量化的，而是数量化的。它同伊格尔顿批判后现代主义文化一样，'用它那种游戏的、滑稽的和流行主义的精神使纯粹现代主义吓人的严峻变得堕落，这样，在对商品形式的模仿中，它成功地增加了市场所产生的更加有害的严峻。它已经释放了局部、地区和个人物质的权利，并且帮助它们均匀地分布到全球'。确实，消极写作不仅不给人的精神生活提供一种解放性的力量，而且还瓦解人的生存意志和内在激情，使人在对感官体验和物质享受的沉醉中，丧失对灵魂品质和精神生活的敏感和沉思，丧失对现实生活质疑的能力和改造的冲动。"① 对于许多网络写手而言，他们最为关注的是作品批量化生产后，能不能最大限度地吸引广大读者的订阅，进而获得商业资本的青睐，将自己的写作转化为真金白银。

商业化写作容易导致艺术上的粗制滥造。为了在最短的周期内完成网站规定的任务量，网络作家们往往陷入同质化的创作泥淖中，甚至有的写手不惜抄袭他人或重复自己之前的创作。他们凭借对类型文学的熟悉，依照惯性，采用相同的情节模式、相似的故事冲突、雷同的人物形象、制造千篇一律的翻转结局等手段而达到快速写作的目的。以至于当我们单独阅读一部网络文学作品时，往往会产生新异之感，但当我们将多产作家的多部网络文学作品集中到一起进行阅读的时候，便会产生审美疲劳。

作为网游小说最具代表性的作家，骷髅精灵的部分作品也没能够有效地避免这一现象。尽管在创作谈中，作家有意识地去规避写作的同质化倾向，不愿无节制地重复自己。然而，由于在线更新的压力和写作惯性的操控，他的《星战风暴》与此前完成的《猛龙过江》《机动风暴》《武装风暴》等作品确有相似之处。也许，在网络文学写作中，越是大神级的作家，越容易陷入自我重复的创作怪圈中。纵观网文世界中的作品，可以发现许多网络作家的作品不过是旧作品的翻版而已。

---

① 李建军：《消极写作的典型文本——再评〈怀念狼〉兼论一种写作模式》，《南方文坛》，2002 年第 4 期。

文本中的人物性格和故事架构仿佛都是从一个模子刻出来似的，而且拼凑和编造的痕迹也会极其明显。这样的写作虽然可以在短时间内制造出大量的作品，但长此以往，网络文学的重复书写和同质化创作也会引起读者的厌倦与不满。更严峻的情况是，网络文学会因之威胁到文学艺术作品的诗意性与审美性，不再能承担起文学艺术的现代性理念和人文艺术的良知。

应该看到，网络文学商业化写作利弊参半，忧喜皆备。网络文学作家和网文研究者要意识到，在一个商业资本和多元开放的变革时代，网络文学与商业资本之间是能够互惠互利的，而且这种互补互惠既是文学生态良性发展的内在需求，也是无可阻挡的文学发展潮流。因此，网络文学的商业化并不是判定文学水准高雅或低俗的标准。真正需要网络作家注意的是，如何规避商业化写作带来的消极写作和媚俗化写作的困扰。

晚近的这几年，随着对网络文学"经典性"的呼唤与质询，网络文学的从业者在保证作品不掉粉的情况下，开始注重对生活的深度开掘，对人性和存在的执着探索。例如骷髅精灵的《星战风暴》虽然与他之前的网游小说在某些方面让读者产生似曾相识的感觉，但也应看到作家在写作中力求新变的不懈努力。在《星战风暴》的鸿篇巨制中，消遣性质素逐渐减少，而思想性和艺术性都有所增强。尤其是作家对历史、文明、人类生存的宏大书写，表明了骷髅精灵艺术视野的宏阔以及思想境界的提升。这些迹象表明，骷髅精灵的网络文学作品开始注重文学的精神品格和价值承担的表达与弘扬。

相信在未来，只要骷髅精灵坚持不懈地进行艺术实践和辛勤的探索，他是能够比较合理地解决文学的诗学规范和商业资本之间的矛盾的。在远方，在通俗文学的谱系坐标里，网络文学作家也许更有希望成为与张恨水、金庸、阿加莎·克里斯蒂、斯蒂芬·金等中外大家比肩而立的文学巨匠。

第五章
"有情"又"有爱"的温情书写

　　骷髅精灵在《星战风暴》里，精心描摹了一个充满温情的情感世界。在广阔的银河联盟中，形形色色青春靓丽的男女行走其间。相聚在一起的他们经历了从相识相知到相爱相守的青春历程。一路走来，青春男女们以其炽烈的爱情与真挚的友情构建起理想中的"伊甸园"。在这里，无论是地球、月球、太阳系，还是扩延到浩渺无边的银河联盟，青年男女们都会被美好的异性所吸引，与宿命般的爱情相遇。爱情既是他们青春生命的华彩，也是他们念兹在兹的毕生期许。

　　在开合自如的空间维度和时间维度里，骷髅精灵在《星战风暴》中让无数的欢喜冤家尽情地演绎着传奇又感人的爱情神话。这样纯洁、至美的爱情往往会唤醒读者心底早已尘封的深情往事，一定程度上抚慰了我们时代爱情神话的朽腐，滋润了现代人类日渐干涸的心灵。

　　除了对浪漫爱情的唯美描写，骷髅精灵也没有忘记对真挚友情的热烈歌颂。在日常生活中，在激烈的对抗比赛里，正值青春的少男少女团结在一起，互相信任，互相欣赏，互相扶持，共同作战，共同面对种种困境。凭借友情的力量，他们不仅取得了比赛的胜利，而且也在更深层次上理解了生命的意义和情感的宝贵。

　　在《星战风暴》里，骷髅精灵用一种当代文学久已生疏的理想主义情怀确证着爱情、友情和梦想的永恒存在。客观上，《星战风暴》犹如一束光，照进现代人的灵魂深处，唤醒了沉醉在角落里的关于爱情与友情的如烟往事。或许，在存在的深渊中，在庸常的世俗里，唯有这些可珍重的爱意构筑了生命中最初的信守与最后的依凭。

一、爱情的发生与流变

在人类社会的发展历程中，爱情是普遍而永恒的存在。爱情与社会、历史、人性扭结在一起。通过爱情，可以看出一个时代精神文明的发展程度，也可以窥探出社会伦理道德的风尚。爱情历来是文学作品最为热衷书写的文学母题之一。伟大的文学作品往往都与爱情有关。在中国古典文学传统里，从两千多年前的《诗经》到唐诗宋词，从宋元戏曲到明清小说的发展脉络里，对爱情的书写可谓汗牛充栋、绵延不绝。

清末民国时代，言情小说获得了空前的发展。彼时，随着西学东渐之风的盛行，恋爱自由、爱情神圣成为主流的价值观得以宣扬。"民初言情小说所表现的男女恋爱，大都有一个共同点：违背父母之命、媒妁之言、守节从终一类礼教规范，自愿自主地相爱。这样的男女相爱，一方面因违背礼教而属非道德或非正统，另一方面又与传宗接代、财产门第等等礼俗不相干，是'非功利'的感情关系，因而具有一种纯洁性。更重要的是，在哀情小说中，恋爱男女最终总会因父母的干涉（如吴双热《孽冤镜》），或礼教的桎梏（如徐枕亚《玉梨魂》）而难成眷属，他们一般没有胆量模仿相如文君的'私奔'，也没有《西厢记》《牡丹亭》那种虽有钻穴逾墙之举却最终获得父母谅解的大团圆结局。民初哀情小说的男女主人公们，大都发乎情而止乎礼，个人的幸福最终被父权和礼教扼杀，主人公或以死殉情，或黯然回归旧式的家庭生活中。'五四'新文学运动开始后，新文化阵营对哀情小说这种不反抗、空悲切的情节模式，大抵视为'旧'伦理而鄙弃。"[①]文学革命发生以来，爱情至上曾是一代知识分子的浪漫理想。

"自由"与"恋爱"的生发与密不可分不仅是中国社会流行的婚恋观，同时也是新文学大书特书的重要部分。爱伦凯的"恋爱神圣论"和高德曼极端推崇恋爱的独立自足成为报刊媒体的热门议题。爱情至上观念曾是开风气之先的时代男女彰显个性风采、反抗封建旧道德的

---

① 杨联芬：《"恋爱"之发生与现代文学观念变迁》，《中国社会科学》，2014 年第 1 期。

主要途径之一。在新文学作家笔下，凄美缠绵的爱情背后或多或少地承载着或是挑战权势财富、或是蔑视朽腐社会结构的现实意义。金钱、权势、容貌、才华、门第等都与爱情无关，恰恰相反，真纯的爱情应该尽力摆脱这些世俗化、庸俗化的枷锁，它应该成为反抗权力阶层压迫的有力法宝，也是我们守护和认知生命与人性美好的星空和灯塔。

中华人民共和国成立后，从"十七年"到"文革"十年的时段内，延续的是"革命＋恋爱"的婚恋模式。政治革命的意识形态话语逐步在婚恋叙事中占据了主导地位。婚姻成了政治和阶级利益一致的共同体，而基于灵肉合一的男女之恋则被认定是无聊、腐朽的小资产阶级的恶趣味，是应该得到批判与贬斥的思想和行为。新时期开启后，被驱逐的爱情重新回到了文学的园地。此时的爱情书写，弥漫出浪漫主义的情调和理想主义的色彩。例如，刘心武的《爱情的位置》、茹志鹃的《丢了舵的小船》、张洁的《爱，是不能忘记的》、古华的《爬满青藤的木屋》、张弦的《被爱情遗忘的角落》、郑义的《远村》、张抗抗的《爱的权利》等作品摆脱了加之于爱情婚姻之上的政治化、道德化的极端强调，呼唤一种建立在美好情感、自由人性基础上的真纯爱情，从而恢复和确立爱情在社会生活和人的精神生活中的位置，形成一种朗健兴旺的创作势头。

二十世纪九十年代以来，随着中国社会逐渐步入市场经济的大潮，理想主义在这样的时代背景中黯然退场。世俗社会中纯洁而又超然的爱情神话遭到前所未有的质疑与挑战。在千疮百孔的现代生活中，相濡以沫、不离不弃的纯美爱情何处藏身？至此，纯洁凄美的爱情神话遭遇全面的溃败。爱情与沉重的现实正面遭遇。尤其在"新写实"小说中，世俗生活击溃了爱情的甜蜜与美好，一地鸡毛式的慌乱日子，让男女两性情感无处安放。"新写实"小说对爱情的书写为我们打开了一个新的叙述空间，它拒斥了爱情的诗意性想象，而是从精微的日常生活中入手，让爱情在柴米油盐的磕磕碰碰中逐渐消解。"不谈爱情""懒得离婚"成为了婚恋叙事的主导话语。

譬如刘震云的《一地鸡毛》、池莉的《冷也好热也好活着就好》、苏童的《离婚指南》、刘恒的《白涡》等作品的集群式出现。这些作品诉说了被日常生活磨损的爱情，以及进入婚姻围城中的男女的疲惫感与厌倦感。此后，在主流文学的爱情书写中，爱情叙事回归到凡俗庸常的本真状态里。男女两性在婚恋情感的选择中，除了情感的契合之外，更重要的是要充分考量金钱、地位、才能等现实性因素的制约与平衡。于是，启蒙时代以来依靠爱情神话确立自身主体性的现代人，似乎徒然地转了一个圈，然后又回归到原点停滞不动。彼时，不论是作家还是读者均坦然接受了爱情神庙的坍塌，只能在回忆中追寻曾经单纯与唯美的恋爱。

借由这个写作背景观照网络文学中的爱情书写，不难发现网络文学写作者也在用自己的创作实践画出大致相同的路线。在网络文学发展史中，具有里程碑意义的《第一次的亲密接触》就是一部纯真浪漫而又凄婉唯美的爱情小说。小说主要讲述了痞子蔡与轻舞飞扬在网上相识相恋的爱情故事。痞子蔡才情兼备，轻舞飞扬美丽聪慧，他们的邂逅相遇遵循的是古典文学"才子佳人"式的模式。但遗憾的是，原本佳偶天成的两人虽然真挚地爱着对方，但却因轻舞飞扬的骤然离世而黯然收束。爱情的炫美与生命的短暂，构成了强烈的对比。痛失爱侣的痞子蔡只能孤独而痛苦地面对整个世界。爱情的悲剧性结局，纯情的男女主人公，网恋的时尚气息，传统爱情模式的重现等因素的叠加，使《第一次的亲密接触》打动了万千读者，让人们再一次感受到爱情的迷人魅力与永恒存在。

但到了金子的《梦回大清》、桐华的《步步惊心》、流潋紫的《后宫·甄嬛传》等网络小说里，这样纯洁的男女两性之爱早已难觅芳踪。取而代之的，则是对纯爱小说的远离与批判。在这些小说中，虽然文本中的男女在青年时代都曾期待"愿得一心人，白首不相离"式的美好爱情。但残酷的现实与人性的多变在不知不觉中改变了爱情原本的模样。爱情理想幻灭后，这些饱受情殇的男女终于意识到爱情不再是人生的第一要义。在万丈红尘中，如何求得更好的生活与生存才是王道。而爱情，什么都不能拯救，也并不能凌驾于生活之上。在这些网络作家的文学世界中，无论古代社会还是现代生活，爱情总是无法摆脱现实利益的考量和计较。

"爱情的消亡则意味着即使在纯粹的理念和逻辑的层面上，爱情所具有的超越性力量也无法再在当代人的价值、信仰体系中存身。2015年，爱情叙事在'甜宠文'浪潮中甜蜜回归，但这时的爱情已经永远褪去了神性的光环，失去了救赎的力量，而成为一种生活情态，以及日常性的温馨点缀。"[①] 由此可见，网络文学中的爱情书写与传统文学中的爱情书写呈现出殊途同归的一致性——均历经了从言情到反言情、从纯情到世故、从相信爱情神话到将爱情拉下神坛的发展思路。而言情模式转型的背后，则与广大民众的时代心理和精神变迁息息相关。

二、纯爱与传奇的再造

与"女性向"反言情小说不同的是，骷髅精灵在《星战风暴》中接续了古典言情小说的写作脉络，作者饱含着酣畅的情感，倾情讲述了令人感怀又充满时尚色彩的爱情故事。

在王铮和爱娜的爱情故事里，当他们相遇的时候，王铮还是一个籍籍无名之徒，他在偶然间遇到了落难的阿斯兰帝国的公主爱娜。当时，自顾不暇的王铮挺身而出，救助了素不相识的爱娜：

> 刚准备开门，门竟然自己开了，这么有诚意？
>
> 一个身影朝着王铮就撞了过来，王铮几乎是本能地闪过。
>
> "救命，坏人追我！"
>
> 一双白皙如玉的小手一下子抓住了王铮的胳膊，鸭舌帽微微抬起，露出一张脏兮兮的小脸。
>
> 唉，同是天涯沦落人。
>
> 冲出来的两个身穿黑色西装的黑人侍者，其中一个立刻爆粗口："小兔崽子，敢吃霸王餐，找死啊，快交钱，不然你们两个一起打。"
>
> 说实在的，王铮很想潇洒地摆摆手，不带走一片云彩，但是

① 王玉王：《论"女性向"修仙网络小说中的爱情》，《中国现代文学研究丛刊》，2016 年第 8 期。

不知怎么，那双可怜兮兮的眼睛，一下子就让他心软了，要是被骨头看到，不知道又要怎么批斗了。

"多少钱？"王铮无语，这地儿一顿饭几十块就够了，何必要打人。

"很好，五百三十块，给你们折扣，五百整就算了。"

"别蒙我，你们这地儿最多也就一百几十块！"王铮愣了愣说道。

"屁话，这丫头进来把每一道菜都点了一遍！"

王同学又明白一个道理，没钱就别充英雄。

"我浑身上下就三百块，你们要就拿走，要么就让警察把我们带走吧。"

王铮很光棍地耸耸肩："要不，打我一顿也成。"

虽然有点郁闷，但半途而废不是王铮的风格。

两个侍者一愣，望着王铮的三百块，一把抢了过来："你们两个小混蛋，快滚！"（骷髅精灵《星战风暴》）

这一段"英雄救美"的情节，与金庸笔下郭靖和黄蓉的相识相逢颇为相似。王铮的正义与坚持，爱娜的天真与懵懂让这个爱情故事笼罩在诗性的氛围中。骷髅精灵以现代青年人的感同身受，进入一种古老悠久、梦幻想象的爱情叙事方式——情窦初开、纯情儿女的爱情故事体现出生命的真纯质朴之气。纯爱的故事，远离了夹杂在爱情中的现实计较，让纯美的爱情在一种不受历史钳制的自由境界中展翅高翔，从而体现出现代文明中尚未彻底失落的抒情浪漫传统，从而激荡起现代人内心深处梦幻般的生命激情与爱情理想。

在《星战风暴》中，骷髅精灵致力于一种天真纯粹的爱情观念的宣扬。在他的笔下，人物是真纯、善良、纯净的。在对待爱情上，他们更多的是基于单纯的情感和一见钟情式的爱恋。没有复杂的现实考量和斤斤计较的衡量。爱情的发生与存续只是因为爱情，而不是任何其他的缘由。

而在传统文学里，尤其是二十世纪九十年代以来，随着思想的解放、文化的多元与经济的高速发展，文学内部也随之发生了裂变——

从此前的压抑身体的生理欲望到极力张扬身体与肉欲在文学中的合理合法地位。随着"下半身"文学与"身体写作"等文学命名的提出，身体的生理性书写成为甚嚣尘上的写作理念。

于是，在爱情书写中，触目可见性爱场景的细致描摹。婚恋小说陷入了低级的、庸俗的甚至是淫秽的市侩趣味中。在言情小说脉络里，性与身体的生理属性突然获得了前所未有的关注。或许是压抑得太久，所以一旦获得自由呼吸的机会时，作家们在书写的过程中便显得失之于节制，表现出过于泛滥和恣肆的态势。此时，在大多数传统作家的笔下，身体的生理性写作被严重地狭隘化。他们将精神与身体彻底剥离，作家只关注人的欲望层面，完全的形而下，缺失或者根本没有精神上的观照。

这当然是一次偏激的矫枉过正。爱情小说的叙事仿佛离不开对性与欲的展示，在这些小说中，几乎找不到任何关乎灵魂、关乎生存的形而上叩问。但在《星战风暴》中，作者在书写爱情时，力避格调低下的肉欲描写，而是用简净通透的语言呈现爱情的诗意与朦胧之美。完全是纯情儿女发乎情止乎礼的有节制的书写，在一种梦幻、唯美的氛围中展现爱情的纯净与美丽，还爱情以自然、淳朴、天真的本来面貌。

此外，《星战风暴》里的爱情还具有传奇性。它有传奇小说"记述奇人奇事"的特征和较为完整的传奇式结构——一个超级英雄与贵胄公主的恋爱加奋斗的故事。骷髅精灵极力渲染这种传奇之爱的神秘性和宿命性。当王铮第一次出现在爱娜面前时，他对她的好感确实是建立在对容貌倾慕的基础上的。而王铮的正义感和同情心，救人于危难之中的良好品质，也给爱娜留下了良好的印象。此后，她感激他，并相信他。当王铮第二次救她性命时，爱娜更加坚定了自己的判断。当她得知王铮遭受议员之女岳晶的嘲讽和蔑视时，便及时出现，维护了王铮的尊严，化解了他的尴尬境遇。随后，他们在屡次的相遇相处中慢慢了解和走进了对方的内心，经过层层考验，逐渐从知己到知心，真正做到了志同道合、心心相印。

除了主要人物外，其他人物的爱情故事也具有传奇文体的要素。比如土豪酥在喜欢岳晶而不成的情况下的奋发图强。经历打击的他从富家小开摇身一变成了一个为了家族事业而努力拼搏的成功商人。再比如年纪轻轻就能取得不凡成就的天才物理学博士肖菲老师对王铮的特殊好感和亦师亦友的关系等。

纯爱的精神追求，传奇性的故事架构，活色生香的热血生活，纯情儿女的真情告白，共同为《星战风暴》的爱情叙事涂抹上一层诗性和浪漫化的色彩，重现了爱情的可贵与纯洁的力量。

三、有情而热血的银河联盟

骷髅精灵在《星战风暴》里结撰了一个有情有爱的情感世界。在小说中，作者不仅书写了男女青年之间的美好爱情，而且也致力于宣达友情的可贵。在广袤的银河联盟中，人与人之间、星球与星球之间虽然存在激烈的竞争和比拼，但是，在《星战风暴》的小说中，更多的是青年人彼此之间的互相欣赏与坦诚相待。

《星战风暴》作为网游小说，文本中不可避免地会涉及厮杀、角力、胜负、热血等等。与此相关联的，则是情谊、团队、天赋、实力、合作、智力、境界等综合因素的作用。骷髅精灵在小说中努力而逼真地摹写了不同时段、不同级别的战斗场面。在大大小小的比拼中，小说中的人物如武侠小说中的各路高手一样纷纷施展绝技，他们所采用的机甲与战术也如游戏教科书一般精彩绝伦。然而在这些胜负背后，作者的着力点则是对人性堂奥的窥探及对珍贵情感的敬重。"文学是人学，是人的生命之学、人的情感学、人的心灵学、人的精神现象学；文学的核心是具有活生生的生命的个体人的整体性的心灵活动。真正的文学艺术创造活动务必是建立在'尊重人的自然天性''珍惜人间一切真情'的基础之上的。"[1] 诚然，"文学是人学"，伟大的文学作品都是关乎人和人类的情感的。

骷髅精灵在《星战风暴》中努力书写出他对人类情感的深度理解。对善好人性的礼赞，对人的生存态度和生存方式的哲学式的追问和体

---

① 钱谷融：《文学是人学，艺术也是人生——序鲁枢元新版〈创作心理研究〉》，《文汇报》，2016 年 7 月 18 日。

悟构成了他整个艺术世界的内在景观。诚如胡兰成所言："艺术是这样的使人间成为亲切的，肯定的。因为稳定，所以能豪放。豪放起来也没有那种无家可归的惨淡决裂。"①骷髅精灵的小说虽然在外表上看起来是放浪形骸、潇洒不羁，但在骨子里，他所坚守和秉持的，恰是古典而雅正的文学信念——向善向美；相信天道与人世的公正，只要努力付出就会获得丰厚的回馈。

正是因为信，他笔下喜乐顽皮的章节和插科打诨的语言传达的是昂扬的情感与健康明朗的意趣。行走在《星战风暴》中的人物，既敢爱又敢恨，既有趣又严肃。他们之间，惺惺相惜，缔结了亲密的友情，一起面对战场上遇到的诸种困境，分享胜利的喜悦。譬如李尔和罗非的友情，丹格其利和蒋臣的友情，烈心和章如男的友情等。

除了真挚友情的弘扬与礼赞外，骷髅精灵在《星战风暴》里着重强调了人与人之间互相信任以及团结合作的重要性。在科学大发展的银河联盟时代，星球与星球之间的竞争越发激烈。各个星球都在谋求大国崛起，没有哪个星球愿意落在后面。而整个星球的崛起，需要的是政府高层与民众的同心同德，需要所有人各尽其责，砥砺前行。正因为深切地明白这个道理，作为队长的王铮并没有任人唯亲，或是凭借个人英雄主义蛮干。他充分地了解每一个队员的特长和技能，所有的决定都是深思熟虑的结果。他相信他的队员们，不会因为一场输赢而改变既定的方针。正是凭借这些，太阳系联盟才能在强手如云的比拼中化险为夷，一步一步地走向胜利。

团结的力量是巨大的。这个常识性的认识在《星战风暴》中也得到了进一步的确证。IG 大战是团队作战，只有团结的队伍才能战胜对手，获得晋级。为此，每个星球的代表队员都是优中选优，都要经历残酷的淘汰选拔才能代表星球出征。而在太阳系联盟选拔队员的过程中，那些遭到淘汰的队员非但没有怨天尤人，冷漠麻木地黯然退出，反而继续怀着热情一如既往地参加训练。为了太阳系的胜利，这些无名英雄毫无保留地将自己的独门技能讲授给晋级的队员，真诚地期望这些晋级的队员能够掌握更多的绝技并载誉归来。

---

① 胡兰成：《中国文学史话》，中国长安出版社，2013 年版，第 240 页。

例如"月球八星"在残酷的淘汰赛中最后只剩下唯一的代表玛萨斯。面对这样的结果，月球人虽然痛苦，但他们却未消沉，而是将痛苦和伤心小心地掩藏，将所有的希望寄托在玛萨斯的身上。在玛萨斯出征银河联盟前，这些被淘汰的月球人——"IG训练营后，月球众人解散了，原本，除了他和阿克琉忒斯，其他人都该各过各的生活了，大家都不是普通人，日常其实都很忙的，各家族的继承人，有着继承人的繁重培训课业，但是，每天训练时间，大家都仍然像是没事一般照常训练，只是有着一个小小细节，每个人都变着花样在他面前将自己最擅长的东西拿出来，让他看清楚，让他学习，让他懂得如何破解这样的敌人。"（骷髅精灵《星战风暴》）月球人的无私帮助和热情鼓励让玛萨斯万分感激。他也暗下决心要为月球人争光，要在比赛中上演月球的智慧和能力，不辜负众人的期望。

"纯正的文学对人的处境从来都是慈悲的打量、深切的体恤和贴心的思忖。包括对民族生活的态度，不应该是窥探，也不该总是羡慕、向往，更是对每一个个体的人的生活的感同身受。"[①]《星战风暴》虽然是消遣娱乐型的通俗文学，但作者对有情世界的执着建构为当今浮躁、暴力、冷漠的现实人生营造了一方惬意而轻松的精神家园。

在欲望泛滥、金钱至上的时代氛围里，社会生活主潮永远是求新求变的。古今中外无数伟大的作家在作品中以其特有的敏感和本能来质疑历史新变和"丛林法则"对人性的异化，对人的精神的剥蚀和人格尊严的伤害。更严重的是，美好的人性与人心也在这样恶劣的情状中悄然萎缩，诗意化的生活无从寻觅。长此以往，无所信的人生唯剩下怠惰与苟且。

但相信现状可以改变的骷髅精灵在他的作品中重申了爱与善、团结与信赖的力量。他的作品有力地反拨了现实生活功利庸俗的一面，大声地呼唤人际关系的真诚和谐，让那些纯洁和美好的观念得以伸张。在《星战风暴》里，作者始终持守着人之为人的底线，讴歌善意的人际情感关系的存留，并对其进行整体性的观照。

---

① 施战军：《传说附体于生活，人文想象之渊薮——新世纪少数民族题材小说一瞥》，《文艺报》，2009年12月10日。

第六章

幽默风与口语化的语言特色

戊戌变法前后，裘廷梁等人开始力倡白话文，进行文体改革。彼时，裘廷梁在《苏报》上发表了著名的论文《论白话为维新之本》。1917 年文学革命发生后，白话文运动轰轰烈烈地展开，从而引起中国文学内部结构的变迁和文学的转型。

网络文学兴起后，在这个虚拟的空间里，白话文学发生了巨大的变革。主流汉语文学推崇的典雅、崇高、深邃的语言风格不再一统天下。网络语言追求的是幽默、诙谐、直白、平民化的语言风格。网络文学的语言特点带有典型的后现代主义文化的特质："后现代主义一词通常是指一种文化形式，一种文化风格，它以一种无深度的，无中心的，无根据的，自我反思的，游戏的，横行的，折中主义的，多元主义的艺术反映这个时代变化的某些方面。这种艺术模糊了'高雅'和'大众'文化之间的，以及艺术和日常经验之间的界限。"[1]在后现代主义中，高雅的艺术与大众的艺术之间不再泾渭分明。网络文学语言作为一种文化风格，已经实实在在地走进了我们的日常生活。

娱乐性与时尚性在网络小说文本中贯彻得淋漓尽致。为了吸引年轻读者群体的点击和订阅，网络作家们使出浑身解数来抓住读者的眼球。在小说中，他们不断制造笑点和爽点。网络作家们不仅在语言形式上进行大胆的创新，而且大量地引入青年群体的日常口语，启用新奇流行的语言表达方式。网络文学的语言在嬉笑怒骂中彰显着作家的

---

[1] ［英］特里·伊格尔顿著，华明译：《后现代主义的幻象》，商务印书馆，2002年版。

文本个性，给读者带来全新的阅读体会与感官刺激。

一、幽默戏谑的语言风格

作为以娱乐、消遣为目的的小说，幽默戏谑的语言风格是网络文学最大的特色。互联网是一个鱼龙混杂的、生动的、交互式的语言空间，它能够快速地制造出鲜活而又有趣的网络流行语，而且这种流行语大多来自网民们的智慧结晶。网络文学充分发挥网络的包容性特性，创作性地运用夸张、反讽、戏拟等修辞方式，综合融汇后创造出一种新的文学语言，大大丰富了现代汉语的表现力，也极大地增强了网络小说的趣味性与娱乐性。

譬如在《星战风暴》中，骷髅精灵熟练地运用比喻、反讽、夸张、戏拟、类比等修辞手法来构成幽默的情境。例如：

1. 文白夹杂：

神殿的顶端，是一座祭台，高高在上，代表着行使神的权柄，女王一个人，伫立其上，手执神之权杖，华丽的女王服饰，每一个装饰，都有着沉重如山一般的历史意义。

她的目光，即是神的瞩目。

现场仪式，所有亚特兰蒂斯人的脸上都涌现出一种荣辱与共的肃敬神情。

"在神所指引的女王陛下的领导之下，亚特兰蒂斯生生不息，永世长存，吾等，必将荣光带回，奉献于女王，而荣耀将归属吾等……"

一段悠扬的歌声从每一个亚特兰蒂斯人口中颂唱，似诗非诗，似歌非歌，有点誓师的感觉，但又不同，要更加厚重，历史的气息在这歌颂声中，仿佛化为了实质，沉甸甸地展现在每一个亚特兰蒂斯人的身上。（骷髅精灵《星战风暴》）

这一段关于亚特兰蒂斯人出征仪式的描写因为文言文与白话文的

错综嫁接而给人肃穆、庄严之感。

2. 对比：

> 完全不像杰克曼那么暴烈，但是一枪接一枪，有一种入魔的感觉。杰克曼好像是傻了一样，躲都不知道该怎么躲。九枪，杰克曼的两把钛金刀竟然被击飞。杰克曼一声暴吼，不退反进，能量盾打开，这是要玩命了。
>
> 但是章如男依然不紧不慢，银枪蓦然点出。
>
> 轰轰轰轰……
>
> 圣天使二代被击飞，波……
>
> 能量盾爆裂，但是谁也没想到的是，洛克星战队的队长竟然……逃跑了……（骷髅精灵《星战风暴》）

狂妄傲慢的杰克曼在章如男利落的进攻中一败涂地，他的败落和狼狈与此前的骄纵与蛮横形成了鲜明的对比，令人阅之而忍俊不禁。

3. 夸张：

> 随着一声爆响，大一号的凯旋之王直接被拍飞了……
>
> 上帝，这他娘的跟拍苍蝇一样，直接把重量体积都大一号的凯旋之王拍飞了。
>
> 驾驶舱里的潘肃一口血到了嗓子眼，刚刚若不是他的X能力瞬间抵挡了一下，只是这一击他就完了。
>
> 暴退二十多米的凯旋之王竟然五六秒都没爬起来。（骷髅精灵《星战风暴》）

在王铮对潘素的这场比拼中，他选择了大力神来应对凯旋之王。在所有人都认为王铮必败无疑的情况下，他却能凭借一把铲子拍飞了对手，获得不可思议的成功。这种夸大其词的写法，制造出意想不到的效果，带来阅读的快感，能够牢牢锁定读者的眼球。

4. 比喻：

　　蒙敖虽然走了，但是基地大厅里众多将军依然在看着屏幕上的回放，无论看多少遍都会觉得不可思议，尤其是马纳拉索的博列中将，像是得了羊癫风一样，整个人都处于癫狂状态，看金轮斗神的眼神跟初恋的情人一样心醉，这意味着金轮斗神的设计没问题，是方法的问题。（骷髅精灵《星战风暴》）

这样的比喻形象生动，充满了趣味，凸显了博列中将发现人才时的激动心理，和对自己的星球设计的产品重新充满了信心的狂喜心态。

5. 反讽：

　　劳勃格带领着十一名队员上台，望着王铮："虽然是对手，我还是要为你愚蠢的勇气表达敬意，不过有一件事儿还是要告诉你，我的黑暗天幕，可以五分钟不间断。"

　　劳勃格笑得很灿烂，也很骄傲，这是绝了王铮拖延时间的想法，没有这样的实力，他怎么会渴望成为黑暗之王，等进入四强战，他的黑暗天幕能力更是会发挥到极致，什么阿斯兰、亚特兰蒂斯，还有亚比坦那个蠢货，都是菜而已！（骷髅精灵《星战风暴》）

"愚蠢"与"勇气"搭配在一起，将劳勃格狂妄自大与蔑视对手的心态展现得淋漓尽致。

6. 类比：

　　一个嗜血的魔狼在扑倒猎物的时候才会真正疯狂，不死不休！

　　爪刃如同疯子一样抓了过去，漫天爪影，足足是刚刚拉西雷的一倍有余。

　　愣的怕横的，横的怕不要命的，不要命的怕神经病的。

　　天下武功，唯疯不破。（骷髅精灵《星战风暴》）

民间谚语的类比引用和灵活的改写、重组令语言的主观感情色彩得以加强，叙事语言的表达功能得到提升，令人感到新鲜、有趣。

7. 拼贴：

这个时候那些所谓精英的表情当真是百花齐放，各式各样，可能面对千军万马都不会皱一下眉头的人，面对屏幕傻眼了，像是中毒了一样。

"请阐述行星引力与恒星引力在星际航行中的具体作用？请写出具体参数……"

貌似很简单，高中也有学过，算是常识题，但是，尼玛平常大家训练这么忙，能记下常识就不错了，具体参数鬼会记啊？考的是机甲系，不是战舰指挥系！

王铮和张山略显嘿瑟，写得行云流水，这是考试吗？幼稚园水平，太小觑哥们的智商了，哥们可是物理系的高材生啊！（骷髅精灵《星战风暴》）

直接引用大家耳熟能详的语录、标语等，将之放在小说里，消解了词语原本具有的严肃性与神圣性，在新的语境中，产生了新的意义，表现出调侃和游戏性的特质。

在骷髅精灵的《星战风暴》里，多种语言艺术手法的巧妙运用和插科打诨的趣味性段子比比皆是，语言的个性化与时尚化的特色，增强了文本的可读性。从而牢牢地锁定了读者，让他们在一种愉悦、搞笑的氛围中得到身心的放松。

二、简洁畅达的语言形式

网络小说具有平民化与大众化的创作特征。"根据西摩·查特曼在《故事与话语》中的分析，话语就是一个表达平面，是小说叙事结构的一个组成部分。当不同的媒介与故事结合在一起的时候，就会形成具有媒介特点的话语系统。查特曼说，'每一个故事——按照本书的理论观点——都是一个结构，它含有一个内容平面（称为故事）和一个表达平面（称为话语）。'根据这样的理论，报纸故事、期刊故事、电影故事、电视故事都有自己的话语系统，网络小说当然也有自己的话语系统。这是网络给予小说的特有元素，并与故事一起构成了网络小说的结构。"[1]与其他的媒介相较，网络小说最重要的特点是与读者粉丝的互动，越是读者参与度高的小说，越是成功的网络小说。这种特质决定了网络小说的语言系统带有鲜明的交互性。

网络小说的语言要简洁而流畅，要符合广大网民的阅读习惯与智识水平。他们不需要传统文学中古奥、晦涩、寓意化的语言表达方式和语义系统。曾经的"吟安一个字，捻断数茎须"式的苦吟和反复锤炼以及带有隐喻性的语言系统在网络文学中并不讨巧，甚至会遭到读者的抵制和弃置。网络文学的读者在繁重的日常工作和生活后，期望得到畅快淋漓的情绪释放，而不是费尽心思的斟酌和苦思。

深谙读者阅读心理的骷髅精灵在《星战风暴》里运用的语言呈现出大众化和平民化的特色。为了吸引读者，作家在文本中制造出激烈的冲突，情节上追求传奇性与突变转折，从而形成波浪形的高潮滚动。为了不给读者造成阅读障碍，最大限度地节约时间，简洁畅达的叙述语言成为作家的首选。在《星战风暴》里，语言承担的主要任务是交代清楚故事的来龙去脉和始末情由即可。在长达三百多万字的篇幅中，小说里没有大段的环境描写和心理描写，意象化、寓言化的语言也被极大地压缩。

《星战风暴》中常见的是迅捷而凝练的短章、短节和短句的组合。这样的形式，符合互联网的媒介属性，也在形式上给读者一种轻松和毫无压力的感觉。容易让读者产生阅读的兴趣。这种例子在《星战风暴》中不胜枚举。

例如：

比赛开始，双方队长上前。

---

[1] 汤哲声：《中国网络小说的特征》，《中国文学批评》，2015年第4期。

杰克曼傲慢地俯视着地球的队长，嘴角泛起一丝不屑的笑容："其实你们直接投降更好一点，省得浪费大家时间，也少丢点人。"

王铮微微一笑，伸出三根手指。

杰克曼愣了愣，没有搭理王铮："勒夫兰，第一场是你的，给我打爆他们！"

战斗一旦开始，队员之间可就没什么好客气的。

五战三胜，预选赛很简单，谁够强够狠，谁就晋级。

阿克琉蒂斯等人都很淡定，到目前为止，他们给予了王铮这个队长足够的选择权，骨子里，阿克琉蒂斯和李尔也并没有把洛克星战队放在眼里。

替补里面，张山已经坐不住了："王铮，让我上吧！"

张山主动请缨，古特等人倒是皱了皱眉头，这么重要的第一战肯定是上主力啊，别玩火。

可是一旦战斗开始，由队员全权抉择，其他人都只是观众。

王铮微微一笑："第一战，张山，搞定他，不用留面子！"

张山一跃而起，冲着洛克人那边挥舞着拳头。

从位置上看就知道张山是替补，搞得杰克曼脸色一黑，妈的，他派的可是主力前锋，也是队伍中最勇猛的勒夫兰，对面却搞个替补，都说地球人喜欢玩花样，搞什么田忌赛马，真是脑残啊。

（骷髅精灵《星战风暴》）

这几段描写中，故事紧凑，语言凝练，短句和短章被广泛运用，甚至一个短句便可构成一段。给人一种自由、随意、亲切的阅读体验，而且内容幽默风趣，文字浅显直白，即便只有小学文化的读者阅读起来也毫无障碍。

为了拉近与读者粉丝的距离，骷髅精灵在《星战风暴》中运用了大量的网络流行语，尤其是青年群体比较熟悉和推崇的词语来传情达意，以此增强文本的时尚性和戏谑性。

例如：

"要不要脸啊，这也太赖皮了，亚特兰蒂斯混血，有本事上自己人啊！"

　　"混血算个毛啊，不用怕，照样拍死！"

　　"你当别人也是猪啊，一般的混血屁用也没有，骷髅以前不是打爆一个吗，只能在CT上厮混，在现实中，能操作机甲的混血，遗传上至少要有七成以上的能力，而拥有七成以上的能力几乎就是亚特兰蒂斯人，可以驾驭亚特兰蒂斯机甲，还可以学习理解人类的战术，这才是真正可怕的。"（骷髅精灵《星战风暴》）

　　"要不要脸""算个毛""拍死"都是网络流行语，在青年群体中应用率极高，让读者在亲切中产生情感的认同。

　　在句意上，为了兼顾大多数读者，骷髅精灵尽量使用浅白质朴的语言来书写故事。作家在语言上的伸缩离合显得即兴随意，较少顾及语言的精致与意蕴，而是趋向于动态性与散文化。体式上也表现得自由无拘，好像作家完全是依照自己情绪的舒展变化来对句子结构进行组织，从而使文本显得变化多端、错落有致。

　　除此之外，随着互联网的飞速发展，诞生在网络上的新生词汇越来越多。作为玄幻小说，骷髅精灵在《星战风暴》中也为建构虚拟的世界编造了大量崭新的词汇。例如：扎戈虫子、X能力者、诡变重力区、归一诀、艋胛战队、魔鬼峡谷等。这些词汇新奇而神秘，为虚拟的世界蒙上一层奇妙而独特的色彩。对汉语词汇的再创造，反映出异质空间事物的新奇性，将玄幻世界进一步具象化和形象化，满足了读者粉丝们的好奇心与求变心理。

三、告别含蓄，拥抱俗白

　　毋庸置疑，小说的表情达意要建立在词汇与句子的运用之上，因此它需要遵循语言的基本语法规则，要受到语言秩序的约束。中国古典诗词和文言文的书写均有严格的规则，在字数、格律、音韵等方面有一整套特定的语法规则，这套规则历经数百年的发展而形成稳固的系统。文学革命发生后，急遽变动的社会与历史格局的改变，尤其是翻译文学的大繁荣，造成了国人思维方式与语言行为的改观。而不断出现的新体验与新现象，也在客观上要求文学表述方式的创新与变异。正是在这种背景之下，现代白话文取代了文言文。相较于文言文，白话文学在语言上是随性所遣，句子因而获得了极大的解放，表现出伸缩自如的特性。而白话文的兴起，扩展了文人的倾吐空间，有利于叙事或抒情的表达，弥补了文人"言不尽意"的遗憾。

"新媒体背景下，网络语言发展如火如荼，正在以一种前所未有的态势影响着现实的通用语言，冲击着现代汉语的规则。网络语言因其言简意赅、形象生动、诙谐幽默、方便快捷、富有创新性等特点丰富了人们的语言生活，体现了一种新的时代特征。"[①]网络文学的出现，对我国汉语言文学造成了巨大的冲击。有学者甚至认为网络文学是中国的又一次"新文化运动"。它的变革性、狂飙性和激烈性并不亚于"五四"时代的文学革命。其中，语言方式的变革最为引人注目。网络语言是互联网时代一种新兴的语言现象。网络语言是网民们交友、聊天的工具。网络流行语大多是网民们的即兴发挥，没有语法、章法等的严格限制。网络语言追求的是简单幽默、方便快捷的效果。越是有个性、超越常规语法规范的语言越容易得到广大网民的拥护与运用。网络语言的流行与大面积的传播在语言史上是具有划时代意义的大事，也是语言发展必然历经的发展阶段。而依托互联网存在的网络文学天然保有网络语言的特质与属性。

总体来看，骷髅精灵在《星战风暴》的小说中是不避俚俗和口语化的。为了最大限度地满足读者的阅读期待，他的小说语言风格是力避含蓄蕴藉的。

在《星战风暴》里，为了贴近生活，给读者营造平易亲切的交流氛围，充斥着大量的简洁化的对话性场面的描写。例如：

"这一届，不一样了，这是我们太阳系百年以来的最强阵容！"

[①]　周梅：《新媒体背景下网络语言规范问题》，《淮北师范大学学报》（哲学社会科学版），2013 年 12 月。

"阵容是很强，但是，队长是怎么回事？王铮？完全没听说过的样子。"

"OUT了吧？大学生科技贡献奖物理奖项的得主，那个肖菲的得意弟子。"

"物理？你这么说，我更迷糊了，一个搞物理的当上了IG的队长？我怎么听着感觉太阳系这次出征IG的队员不是更强了，而是……"

"呸呸，这届的队长，是真刀真枪选出来的，我相信王铮的实力。"

"呵呵，自我安慰得不错，但是，我们要看清事实，我刚收到最新的情报，看看亚特兰蒂斯这次派出来的选手的视频吧……"

（骷髅精灵《星战风暴》）

在这一段对话中，口语中常用的象声词被大量应用，英文与汉语的夹杂使得文本充满机趣。丰富多彩的词汇一方面为作者提供了展示个性的平台，另一方面又丰富了网络语言的空间。

虽然《星战风暴》里幽默风趣、平易近人的语言风格使得小说充盈着时尚化和流行化的活跃力量，但它也不可避免地带有网络文学共有的通病。

首先，网络语言在一定程度上对汉语言的典雅之美构成了损毁。汉语言文学固有的精致凝练、含蓄蕴藉之美在《星战风暴》的语言系统中遭到了有意的弃置。过于口语化的语言无法构筑精美的意蕴，致使小说显得寡淡浅白。因此，对于作者来说，如何在对语言有所创新的同时还能保有汉语言文学的蕴藉凝练之美，是亟待解决的本体性问题。

其次，在大部分网络小说中，部分语言有低俗化的倾向。比如在《星战风暴》中出现频率极高的"尼玛""装×""靠""他妈的""牛×""干翻"等不文明词汇。低俗化和粗鄙性的语言伤害了汉语的诗意与纯洁，在潜移默化中也会给读者的阅读与审美造成负面的影响。尤其网络文学的读者大多为青少年，在心智尚未完全成熟的阶段会不分良莠地全盘接受，并将其作为个性和耍酷的标榜。因此，网络文学语言的粗俗化和低俗化应该得到遏制，形成文明、洁净的语言风气。

最后，随意乱造词汇违反了汉语的构词与造句的严肃性与神圣性。大量的生造词汇涌入小说之中，有的甚至利用键盘上的特殊字符来表情达意，也有的网络文学将英文字母、数字、汉语拼音等随意拼凑混杂在一起，令读者感到莫名其妙、不知所云。这些语言也被读者气馁地指称为"火星文"，是一种只有"新新人类"才懂得和欣赏的语言。

网络文学语言是读屏时代的新生事物，也是现代白话文学从旧规则到新规范过渡阶段产生的语言现象。理想的态度是，我们既不能带着有色眼镜一味地指斥网络文学的语言缺憾，也不能完全无视网络文学语言存在的失范及其对汉语言文学的损毁性，而应本着积极的态度去探寻和建构起一个外不失畅达平易、内不失蕴藉灵动的语言世界。

第七章

直率讲述与循环往复的艺术特色

罗伯特·麦基曾说:"人类对故事的胃口是不可餍足的。听故事的欲望在人类身上,一直就像对财富的欲望一样根深蒂固。有史以来人们就一直聚集在篝火旁或者市井处相互听讲故事。"大千世界,离奇诱人的故事为我们平庸的生活增添了情趣,带来新的感官体验和想象世界。而小说是故事的生产基地,作为"街谈巷议"的"小道",小说一开始便与故事密切结合在一起,是以讲故事为宗旨的古老艺术门类。作为"讲故事的人",小说的叙述方式将直接关系到故事的性质与读者的喜恶。

耐人寻味的是,随着先锋小说和意识流小说的兴起,淡化情节、淡化故事、跳脱时间的现代小说颠覆了古典小说的叙事模式。但网络小说的写作却复活了传统小说的叙事模式——网络小说在时间上大多采用线性的叙事方式,视角上多运用全知式,结构上侧重情节的变化。大多数网络作家热衷于单纯地做一个讲故事的人。他们关注的焦点在于故事是否传奇动人,是否能够让读者保持持续跟踪阅读的兴趣。在轻松愉悦的氛围中,为读者书写一个有趣、曲折、传奇的故事。而平等地分享故事所释放出的快乐愉悦,是骷髅精灵在《星战风暴》中突出的艺术特色。

一、情节模式的设置

综合分析骷髅精灵的《星战风暴》,可以看出作者在情节模式上的设置具有如下的艺术特色。

首先是矛盾冲突的重复出现。

故事中的人物在遇到矛盾——解决矛盾——新的矛盾出现——解决新的矛盾的系统中循环往复。矛盾冲突的不断出现，又被人物不断化解的情节单元的链接绵延，是《星战风暴》故事发展的一般规律。经过逐级的"打怪"跨越关卡，而且每一个关卡，都会比上一个关卡更艰难、更困苦，但人物也在这样的过程中增强了实力，得到了锻炼，帮助主要人物从初级的"菜鸟"逐步成长为超级无敌战神。

总之，主人公总是处于"打怪物、升级、拿装备"的模式里，在这样的循环往复中，主人公不断地遭遇困难，不断地升级，直到战胜所有对手，成为超级无敌战士。简单的情节组合和线性的叙事方式因为作者天马行空的想象力和各种冒险经历赋予小说新奇、刺激、饱满的艺术效果。这一情节铺排的模式，呼应了人们追求刺激与达于巅峰的心理投射，最能体现出网络小说的娱乐性与趣味性。

其次是善于营造峰回路转的意外情节。

《星战风暴》中的男主人公王铮在成长为超级无敌战士之前是具有先天缺陷的平庸之人。先天缺陷代表着人生的失衡与困境，为了摆脱这种困境，人物必然要采取行动，发生故事。于是奇遇随之而来，人生也发生了突然的转折。经过艰苦训练后的王铮循序渐进地增长着本领，走上了强者的道路。此外，在情节设置上，《星战风暴》也善于为读者制造意外之喜。比如在与飓风战队的对决中，王铮选择了大力神来迎战对手的亚特兰蒂斯幻龙。对于他的选择——

> 全场如同炸锅了一样……别说对手了，连队友都呆住了。"王铮，你是不是选错了，现在改还来得及！"张山叫道。这尼玛绝对是开玩笑的，大力神的旋转铲子确实很好，可是面对亚特兰蒂斯幻龙，你就是把自己转疯了也没用。（骷髅精灵《星战风暴》）

在所有人都不看好王铮的情况下，王铮却在关键时刻逆转了比赛，将强大的亚特兰蒂斯幻龙钉死在墙上。类似的例子在《星战风暴》的小说中不胜枚举，骷髅精灵善于将不可能变成可能，书写出一个又一个奇迹，不间断地为读者制造出"山重水复疑无路，柳暗花明又一村"的惊喜之感。

最后是扣人心弦的故事情节。

骷髅精灵的《星战风暴》以紧张、曲折、刺激的故事取胜。在网络小说中，故事情节是小说结构的基础。与中国古典小说一样，网络小说"在情节、人物、环境三要素中，故事情节具有凌驾一切的独立地位，其余二者都在故事情节中得到统一"[①]。网络小说为了留住读者，必须要奉送给读者好看好玩的故事。传奇性、金手指、奇遇、突变等的发生自然成为网络小说的写作重心与叙事策略。制造紧张的故事情节并且让读者欲罢不能地阅读下去成为每一个网络作家殚精竭虑欲达到的目的。因为"网络小说面临着'最刁钻'的读者，只要觉得不好看或者不合胃口，读者马上就会轻点鼠标（或者手机转换键）换过，哪怕他还是你上部作品的忠实读者。为了抓住读者，具有人气的网络小说一定是设计抓住读者的开头，千字一个小高潮，万字一个大高潮，一层一层地波浪式滚动。网络小说的读者并不在乎小说是否结构完整，也不在乎情节似曾相识，他们在乎的是在阅读时是否获得了阅读快感。千字一停，万字一变，这样的情节起伏滚动最符合网络读者的阅读习惯"[②]。骷髅精灵的《星战风暴》长达三百多万字，正是因为扣人心弦的故事营构，读者在对终局的渴望中，在急切地想"欲知后事"的热情中，如痴如醉地保持着阅读的兴趣。

二、直率简洁的叙事节奏

网络作家是一种在线写作，更文的速度在某种程度上决定了作者收入的多寡和作品的成败。大多数网络作家一天更文的字数少则几千，多则上万字数。如此快速的写作，如何保证读者不疲倦、不懈怠地追

---

① 王富仁：《中国反封建思想革命的一面镜子：〈呐喊〉〈彷徨〉综论》，北京师范大学出版社，2000年版，第333页。

② 汤哲声：《中国网络小说的特征》，《中国文学批评》，2015年第4期。

文是摆在每一个网络作者面前的严峻挑战。于是，叙事节奏的掌控与运用便显得至关重要。

米兰·昆德拉曾以音乐做比喻阐释出小说的叙事节奏问题："请允许我再一次将小说比作音乐。一个部分也就是一个乐章。每个章节就好比每个节拍。这些节拍或长或短，或者长度非常不规则。这就将我们引向速度问题。我小说中的每一个部分都可以标上一种音乐标记：中速，急板，柔板，等等。"①

在《星战风暴》中，骷髅精灵叙述的快节奏与读者阅读的快速使作者与读者达成了心照不宣的谐顺关系。《星战风暴》里的故事讲述始终处于高速运转的亢奋状态中，接踵而至的挑战和冲突令人目不暇接，读者在急管繁弦的节奏中追随着作者的步伐，在一个接一个的故事海洋中忘情地遨游和阅读，猜测着故事的走向和最终的结局。网络小说的读者总是更关心故事的结果，他们关心事物的果更重于关心事物的因。"这场比拼的结果如何呢？"要比"这场比拼的结果为什么会这样？"更具吸引力。骷髅精灵深谙读者心理，所以他在层层铺垫后，将结果放在后面揭示出来，这样才能把读者一直导引到小说的结尾，不使其丧失对小说的兴味。

譬如《星战风暴》里的 IG 比赛越来越激烈，王铮和他的团队成员面临的挑战也一次比一次困难。无论是最初的洛克星战队，还是实力强大的马纳拉索战队，太阳系联盟在取胜的道路上都不是一帆风顺的。在众人的质疑、轻视和嘲讽中，他们精诚合作，凭借着实力与智慧艰难地晋级、前行。每一次胜利的取得，都是不容易的，有好几次，太阳系联盟都是险中求胜。在马上就要失败的情况下又一次次起死回生。骷髅精灵在每一章节中几乎都会设置足够吸引读者追文的悬念或矛盾冲突，让读者对未来的故事走向充满期待，从而巧妙地抓住了读者的兴奋点，保持持续阅读的兴味。

值得注意的是，骷髅精灵在保持快节奏叙事的同时，也极其重视"闲笔"的运用。童庆炳曾在《现代学术视野中的中华古代文论》中指

---

① 昆德拉著，董强译：《小说的艺术》，上海译文出版社，2013 年版，第 109—110 页。

出："所谓'闲笔'是指叙事文学作品人物和事件主要线索外穿插进去的部分，它的主要功能是调整叙述节奏，扩大叙述空间，延伸叙述时间，丰富文学叙事的内容，不但可以加强叙事的情趣，而且可以增强叙事的真实感和诗意感，所以说'闲笔不闲'。"《星战风暴》中，一个紧张惊险的比拼之中，往往会穿插进若干"闲笔"，以保证文本的张弛有度，使读者的阅读神经不至于一直处于高度紧张中而产生不适和疲惫之感。

例如在太阳系联盟大战强队马纳拉索战队的时候，在正面描写比赛的残酷和激烈的同时，作者也细致地描写了围观者的议论纷纷，亚特兰蒂斯战队队员和他们的王子昊霖的到场观看，以及胖子罗非完胜对手后的表现等。从刀光剑影的厮杀中转折变换为轻松、搞笑的场景，这种轻重缓急交替的节奏有效调节了读者紧绷的情绪，进入身心的放松和休憩之中。

毋庸置疑，闲笔与小说的叙事节奏密切相关。好的小说，因为闲笔的恰切书写，折射出一种含蓄从容的精神气度，从而彰显出一种雅致诗意的气质。而大多数网络作者在唯快唯故事的追求中放弃了对闲笔的合理运用。为故事而故事的网络小说在浮躁和浅白中有意或无意地做了故事的奴隶。他们创作出来的作品虽然有曲折离奇的情节、目不暇接的矛盾冲突、激烈刺激的热血场景，但作品的价值内涵却显得过于浮泛和可疑。

"闲笔作为叙事材料的一部分，实际上是作者对创作材料的一种特殊的选择和应用，不仅是通过叙述上的轻重缓急对节奏的控制，更是内心深处不可言表的真意的隐晦表达方式。"[1]《星战风暴》的作者注意到了闲笔的巨大作用。在骷髅精灵的小说中，对于闲笔的书写不胜枚举。往往在一个激烈的比拼场面中，作者总会在恰当的时刻停顿下来，加入看似无关紧要的闲笔描写，赋予文本一种摇曳多姿的情致。《星战风暴》也因之既具有引人入胜的情节，同时又发散出一种余裕闲适的风度。让读者在阅读故事的同时，也能够体味到文章含蓄和雅致

---

[1] 鹿珊：《比特世界的"神话"——网络小说叙事模式研究》，东北师范大学硕士学位论文，2016 年 5 月，第 43 页。

的裕如之美。

三、线性叙事的遵循

线性叙事是一种通俗的叙事方式，在叙事的过程中讲究故事的完整性、时间的连贯性和情节的因果性。其叙事理念的背后反映出对世界的秩序感和确定性的诉求。"二十世纪以来，传统的线性叙事方式受到了前所未有的挑战。受现代派、后现代主义文学的影响，八十年代以来的汉语文学叙事方式也发生了很多革命性的变化。但值得注意的是，诞生于九十年代高科技浪潮中的网络文学在叙事结构上却明显地呈现出线性化的倾向，这与民间话语写作方式非常契合。大多数网络小说非常明确地定位于用富于故事性的情节来表现主题内容。"①

诚然，在网络这个虚拟的赛博空间里，绝大多数的网络小说遵循着线性叙事的规则。毫无疑问，网络文学是平民化的而不是贵族化的，读者定位是大众的而不是精英的。网络作家采用平民化的视角，趣味化的内容，将线性叙事结构作为叙事的主干，用清晰、简洁的方式讲述故事情节，并竭力在小说发展中突出曲折性和传奇性。而线性叙事的强调，意味着网络文学对读者的尊重，同时也意味着阅读市场这只"看不见的手"在文学再生产中所起的重要作用。网络作家必须把读者放在第一位，读者的需求变成了最为重要的事。而线性结构的模式可以将事件发生发展的过程，有头有尾地反映出来，使故事的来龙去脉非常清楚，因此，寻求消遣性娱乐性的网络读者特别容易接受和认可线性叙事模式。

《星战风暴》里，太阳系联盟在 IG 大赛中一场接一场地参加比拼，每一场次的比赛里，作者均按照时间的先后顺序组织情节。在战事开始时，作者总会事无巨细地描绘每一场比拼中双方队员的技术特点、特殊能力、场上表现、选择的机甲及其机甲的性能等。在简短利落的段落中，读者可以毫不吃力地阅读作者书写的有趣故事，而且每一场

① 周丹：《论网络文学的民间立场》，《山东理工大学学报》（社会科学版），2007年3月。

比拼都会交代出胜负情况，并分析出胜负的主观和客观原因。一场比拼结束后，紧接着将是下一场更为残酷也更为紧张激烈的"升级"比拼。由此制造出环环相扣、高潮不断的艺术效果。

除了单一的时间向度的线性叙事和因果逻辑之外，《星战风暴》的叙事结构在开端、发展、高潮和结局方面构成了完整和统一。小说从主人公王铮的中学时代起笔，以时间为基本线索，讲述了王铮及其同代人的校园生活和奋斗历程。在成长的道路上，王铮经过奇遇和严苛的训练逐渐从一个籍籍无名的小人物一步步养成为超级无敌战士。读者在这个完整的故事中，看到的是王铮等主要人物和一大批次要人物的成长与成熟。长大后的他们走出了校园的狭小空间，在"出走"和"漫游"中与广阔的世界相遇，并担负起重振人类文明的重任。从叙事结构上看，《星战风暴》属于典型的纵式结构，而放在时空的坐标系中来考察的话，纵式结构属于线性的发展。它所遵循的是时间线——顺着时间的先后顺序，将一个接一个发生的故事清晰、有条理地展现在读者面前。

"接受美学的创立者姚斯提出了'期待视野'这样一个概念。所谓'期待视野'包括读者接受作品的一切条件，既包括读者受教育的水平、生活经验、审美能力、艺术趣味等，又包括读者从已阅读的作品中获得的经验、知识以及对不同文学形式和技巧的熟悉程度。在我看来还应包括读者所处时代、民族、阶层对读者欣赏倾向和趣味的影响。作品必须适合读者的期待视野，才会引起读者的兴趣，才会建立起通道，从而进入欣赏过程。如作品与读者的期待视野相去甚远，则作品对读者就没有吸引力，通道不能建立，也就无法使读者进入接受过程。任何作家都不应盲目写作，都应对读者的'期待视野'作出预测。"①

网络文学的商业属性，使网络作者更加注重迎合读者的"期待视野"。在网文的世界中，读者的需求才是王道。只有建立起顺畅沟通通道的网络文学才能与读者建立起亲密的"情感共同体"，所谓"得粉丝

---

① 童庆炳：《文学活动的美学阐释》，北京师范大学出版社，1991年版，第281页。

者得天下"。为此，网络文学的作者在叙事模式方面要竭尽所能符合读者的阅读习惯，尽量在有限的时间和固定的章节内讲述一个离奇、刺激的故事，并在每一章的结尾处，留下新的悬念——欲知后事如何，且听下回分解——让读者始终保持着饱满的阅读兴趣和探究的欲望。

第八章
鲜活蓬勃的人物形象

人物形象塑造是文学作品的重要组成部分，在漫长而辉煌的文学史谱系中，一个个令人过目难忘的文学形象永久地活在读者的心中。甚至可以说，伟大的文学作品，几乎都会有一个或几个熠熠生辉的典型人物诞生。这些人物形象不仅存留在书本里，同时也如同获得了生命一般活跃在万千读者的日常生活中。如我们会说一个人像贾宝玉般多情；或一个人如林黛玉般高洁；也会将一个唠唠叨叨的妇女比喻为祥林嫂；或者直接指称某些浑浑噩噩、麻木愚昧的人为阿Q式的人物。可见，人物形象的塑造直接关乎作品的文学生命与文学史意义。

作为一部长达三百多万字的长篇小说，骷髅精灵在《星战风暴》中塑造了一大批具有鲜明个性和独特精神风貌的人物形象。在文本中，作者将人物的性格与故事情节交融在一起，在层层的故事推进中，逐步展示出不同人物的思想、行动，以及他们命运的传奇和变迁。

《星战风暴》塑造人物的方式采用了中国传统人物塑造的手法，如以直叙方式展示人物对话，将口语化的语言大量引入文本。与此同时，骷髅精灵在小说中也广泛地采用了现代的人物塑造方法。譬如有意识地将时空错乱，把现实与幻想融为一体，追求快节奏的情节推进，对同一事件采用多角度、多侧面的叙述等。

《星战风暴》以宏阔的笔力描写了形形色色、风格迥异的人物形象。其中，王铮、严小酥、爱娜、烈心、李尔、章如男、阿克琉蒂斯、叶紫苏等形象都具有独特的性格特征与精神气质。在他们身上都饱含着青年人特有的理想主义精神与坚忍不拔、百折不挠的奋斗精神。在网游文学中，这一人物群像的内涵是有一定的创新意义的。而且，这些形象与现代中国的社会历史与文化语境具有内在而深刻的关联，从他们的单纯性格与不懈奋斗中可以窥见中国现代青年的精神风貌，也投射出中国社会与文化嬗变的现实轨迹。

一、时代新青年形象的塑造

二十世纪中国文学主要建构的是青年人物形象谱系。"二十世纪中国文学史上充满了青年人的形象与声音：晚清小说中的革命少年、鸳鸯蝴蝶派笔下多愁善感的少男少女、五四新文学中的'青春崇拜'、社会主义成长小说中的'新人'形象、知青的'青春祭'、'一无所有'的摇滚青年及'像卫慧那样疯狂'的上海宝贝、韩寒、郭敬明、张悦然等笔下的'80后'……'在一定意义上可以说，现代文学的形象世界，主要是青年的世界。'文学形象是多种因素造成的'综合创造物'，故而对此形象的解析，也应尽可能还原出构成因素的多样性：在作家塑造青年形象的过程中，首先参与其间的是作家的气质、心理和审美意识，而这些联系着具体的历史语境中人们的情感态度、认知方式和思想观念，上述因素在渗入创作的过程中显然又和历史条件、社会现实、意识形态等形成互动。"[①]新文化运动以来，随着《新青年》等杂志的创刊与发行，作为对未来理想国民形象的召唤，报刊、杂志上的新文化闯将们不遗余力地形塑出各式各样美好与模范的青年形象。在救亡与启蒙的语境中，此时的青年形象的生成与建构，均被赋予了强烈的政治伦理教化的色彩。

青年形象蕴含的生命活力与力量激情正是内忧外患的旧中国所迫切需要的。彼时，从庙堂到民间，从历史到现实，都在呼求一种敢于推翻旧世界的胆识，解放千百年来加诸旧中国儿女身上的诸如礼教、道德、伦理、皇权等种种束缚人性的陈规陋习，鼓动青年人要具有大胆犯禁的勇气，尊崇热血与力量的挥洒，积极寻求除旧布新、改革社

① 金理：《"角色化生成"与"主体性成长"：青年形象创造的文学史考察》，《文艺争鸣》，2014 年第 8 期。

会的良方。通过塑造理想的青年形象，"把对'新青年'的呼唤与'新中国'的呼唤紧密相连。从青年文化的角度看，这种形象塑造渗透了强烈的时代色彩，融入了相当强大的革命知识分子的意识形态。在此语境中创造的'新青年'形象，不仅为《新青年》发动新文化运动，更对以后青年运动的历史内容产生了重要影响。历史不是'新青年'形象以及青年对这一形象的呼应的过程，而是辛亥以来革命知识分子的革命前提——政治教育的历史本身"。① 可以说，在"五四"时代，青年形象是理想国民的同义语。

一个不容忽视的现象是，一时风光无限、热度非凡的青年形象的塑造是在时代召唤和巨型历史中被挤压出来的——它强调的是青年的社会角色与历史担当。但青年人的内在欲求、心灵世界、成长历程和精神肌理方面的描写则被简化与弃置。在文学作品里，主人公的成长被编织进社会历史的进程中去，青年人所历经的一切，无不具有浓厚的社会意识形态性。

中华人民共和国成立后，在对社会主义新人形象的塑造中，涌现出林道静、梁生宝、肖长春等令读者耳熟能详的青年英雄形象。这些人物都是通过参与社会活动和积极创造历史而确立起作为青年的主体意义，而且这一"意义"往往指向的是被社会理性和国家民族所设定和所称赞的责任担当。但青年人的内在欲求、两性情感、幽微心理在不断强化和净化的书写过程中被宏大叙事挤压得所剩无几。此种情状之下，青年形象不过是某种理念的化身，是贫血的、单向度的人，失去了作为人的丰满的血肉感。

网络文学兴起后，随着多元文化格局的形成，个人叙事的合法化的确立，青年形象的功利化和意识形态化色彩大为削减。绝大多数网络文学作品直率而大胆地张扬年轻人的内在欲求和时代精神风貌，卸去了加诸青年形象上的种种枷锁。网络文学的作者用生活化、平民化、狂欢化的语言，在亲切蔼然中讲述普通青年人的成长悸动与生命欲望，体现出鲜明的民间审美特质，为青年形象的历史演进提供新的选择路

---

① 魏建、毕绪龙：《〈新青年〉与"新青年"》，《文学评论》，2007 年第 4 期。

径。此时，青年形象真正告别了宏大叙事，开始专注书写个人的心灵空间，钟情于主体经验的讲述，归还了青年形象本该具有的本真和诚挚。

骷髅精灵在《星战风暴》里书写的绝大部分为青年形象。小说具有鲜明的青春读物的特质，热衷呈现青年形象单纯与热情的情绪表达，讲述时代青年的爱情故事与奋斗人生。作者毫不掩饰地张扬每个个体均有追求物质成功和享乐人生的"天赋人权"，为青年的激情热血不遗余力地进行鼓与呼。

在传统文学的青年形象塑造中，摆脱了巨型历史的青年在经历了身体欲望的过度禁锢后，不约而同地向内转。启蒙绝境的到来，让他们完全丧失了乌托邦的理想主义激情。"作为改天换地的主力军的一代青年不得不从外部世界退回到个人世界，他将依照个人的利益而不是整体的利益来行使自己的主动权，并放弃了对集体和社会所曾经许诺的使命。"[1] 但与这些焦虑而矫枉过正的青年形象不同的是，骷髅精灵在《星战风暴》里塑造的青年形象除了张扬自身欲望的实现之外，仍然有着为国家民族的崛起而努力奋斗的责任担当。

毋庸讳言，网络文学中的青年自觉背负的使命感与责任感却与"五四"式的"新青年"的书写路径不尽相同。在作家笔下，青年形象没有因外在的理念和巨型话语而掏空作为人的特性欲求和内在空间，而是强调了青年人的世俗成功的合理合法及对世界的不断开拓与征服的雄心壮志。

譬如在王铮这一人物的塑造上，作家既写出了他作为青春少年所追求的梦想逐步实现的快乐——精英集聚的名校、美貌与高贵兼具的恋人、碾压众生的绝对实力、充满情趣的时尚生活，同时也让他担负起带领青年团队、重振地球文明和太阳联盟的伟大使命。令人欣慰的是，经过不懈的努力，历经重重困难和考验的王铮终于不负众望，取得了胜利，感受到成功的巨大喜悦，并实现了自己的高远理想。

---

[1]　杨庆祥：《妥协的结局和解放的难度——重读〈人生〉》，《南方文坛》，2011 年第 2 期。

二、女性形象的暧昧书写

女性形象的塑造在骷髅精灵的《星战风暴》中占据着重要的地位。形形色色的女性人物构成了一道亮丽的风景线，她们或具有美好的容貌，或具备出众的才华，或以独特的气质取胜，或有巾帼不让须眉的本事。在《星战风暴》里，女性群像成为不可或缺的存在，她们与男性并肩作战，共同开创美好的生活，肩负起神圣的使命。在骷髅精灵的笔下，女性形象似乎毫不逊色于精英男性，而是实实在在地当得起"半边天"的称号。

然而，从性别视角来看，在漫长的封建时代，男权文化一直居于主导地位，女性尚未浮出历史地表，更不可能在文学世界中得到公正客观的呈现。直至二十世纪初期，西方女权思想经由马君武等人的译介进入中国，一时间"男女平等"和"男女平权"的呼声响彻华夏。此时，女性的解放不再局限于思想学理范畴，而是含纳了实践的必要性和紧迫性。政治与时代的双重召唤下，秋瑾、吕碧城等时代新女性应时应世而出。作为女性解放运动热情的鼓吹者，她们勇敢地突破了闺阁的拘囿，走向时代的广场中心。在身体力行的实践中，她们用大量的杂文和诗歌写作唤醒女性意识的觉醒，并将女性解放纳入到救亡图存的宏大语境中。由此可见，清末民初的女性写作竭力想要完成的是在历史的公共领域与公共空间内为女性争取到"女国民"的资格。此后，这种女性叙事路径被解放区的丁玲和"十七年"的杨沫所承继。在这些女作家建构的文学世界中，男性不再是唯一重要的中心人物，而是逐渐发出了独属于女性的心音体感。女性作为力量的一极，通过男性导师的启蒙与引领获取进入历史的权利。

随着时间的流逝，越来越多的有识之士开始意识到二十世纪初"男女平权"的倡扬只是启蒙运动再造国家的应急策略，真实的女性境遇、真切的女性心理及真正的女性历史依然处于喑哑的情状。因此，这样的女性形象的塑造非但不能呈现遭到曲解的女性，反而与男权合谋成为巨型异己力量，遮蔽了女性形象的丰富性与真实性。无论是凌力的《北方佳人》，还是王安忆的《长恨歌》，这些作品在对女性境遇的切肤体恤中都表现出女性进入历史的艰难。争权夺利而又遍布残酷的血腥历史里没有女性的生存空间，更不可能为健全女性的精神确立提供生长的环境。她们的偶尔在场，或为男性主人公的情爱陪衬，或被男权文化强势蚕食。

二十一世纪以来，随着时代历史的进步，女性解放思想的普及，以及多元文化的融汇，网络文学中的女性形象的塑造在男性作家和女性作家笔下表现出不同的书写路径。大多数女性作家在描摹女性形象时瓦解了男权历史的"正统"叙事，女性成了生活与历史中的强者。她们轻而易举地抖落了男权历史对女性的种种规训，在个性化体验与个性化表述中呼风唤雨，无所不能。尤其是"女尊文"与"女权文"的大量出现，表露出女性写作者狂飙突进式的性别革命意图。在这类小说中，写作者将女性定位为历史的核心形象，这些女性在虚构的历史中披荆斩棘，她们不再是寻求男人保护的贤妻良母，而是冲破闺阁的狭小天地，进入社会公共空间，用优于男性的智慧和才干去开创基业或引领民众。在历史的坐标中，她们不再需要男性的启蒙和许可，而是带着强者的自信介入历史，成为至高无上的统领者。

"女尊文"和"女强文"的新异之处是颠覆传统社会男尊女卑的性别秩序。女性作家在对旧的父权伦理和性别秩序感到幻灭之后，重新界定了性别秩序和女性的历史地位。为此，网络文学的女作者煞费苦心地虚构出女尊男卑的乌托邦王国。在诸如《阴阳错》《君韵》《一曲醉心》《姑息养夫》等网络小说中，作家将男女两性不论从外貌还是内在心理层面都作了颠覆性的改变——女人置换为男人，而男人则被置换为女人；或者说是女人男性化与男人女性化。在情爱关系中，女性作家也多从女性视角出发，致力于书写女性的身体行为与情感诉求。

与之相对，在大多数男性网络作家的笔下，女性形象虽然获得了有限度的"解放"和"自由"，但却在总体上没有改变女性为男性附庸的地位。在男性作家的女性形象塑造中，绝大多数正面的女性形象依然以姣好的容貌和温柔体贴的性格而获得男性的认可。女性在男性眼中，被当作纯粹的审美物，或欲望化的客体。而要获得男性世界的认可，女性必须极端重视外表和德行的修为。

《星战风暴》的可贵之处在于作者在塑造女性形象时，没有持守陈腐的理念，也不拘泥于对女性道德方面的完满建构，而是以持中的态度塑造杰出的女性形象。在骷髅精灵的艺术世界中，美好的女性不仅要有美丽的容貌、善良的天性，更重要的是要拥有智慧、实力、个性、坚忍不拔的毅力与远大的治国平天下的理想。譬如在对章如男的塑造中，骷髅精灵写出了这个女性的勇气与实力。难能可贵的是，她不屑以美丽的容貌示人，而是以一副丑陋的面容从容自信地生活，用自身的实力证明女性存在的价值和意义。这样的书写改变了女性形象固有的模式化塑造，在某种程度上表现出一定的积极意义，折射出现代女性的心理特质和价值风范。

但在保有上述优长的同时，也不能不正视《星战风暴》在塑造女性形象时面临的矛盾心理与暧昧情感。在弃置陈规与陋习的同时，作家所借助的语言系统和形象系统依然是男权文化的产出。在男女两性关系中，骷髅精灵的《星战风暴》与《聊斋志异》惊人地相似——男性普遍陷入自恋之中。小说中的男性主人公都被美貌的女性所青睐，在危难之时，总有能力超凡的女性来替男性解除危难，并矢志不渝地追随着他们。难怪有的网友直白而尖锐地将骷髅精灵的小说指称为"种马"小说。在作家的大部分作品中，男性主人公的身边，总是不乏美好女性的主动接近与默默关爱。而男性主人公最后的选择，一定是集美貌、智慧和高贵于一身的超级"白富美"。

由此可见，骷髅精灵的《星战风暴》在女性形象的塑造中虽然前进了一大步，但健全的、和谐的两性关系及女性主体精神的确立依然被悬置。作家对女性形象的暧昧情态也反映出他在写作中的思想惯性与分裂矛盾的心态。而如何讲述女性故事，塑造健全的女性形象依然是摆在作家面前的一道值得深思的难题。

三、英雄形象的热情礼赞

翻阅古今中外的文学作品，不难发现一系列让人印象深刻的英雄形象——"在西方文学史上，从希腊神话的普罗米修斯到荷马史诗的阿卡门侬，从莎翁剧中的哈姆雷特到歌德笔下的浮士德，还有迎难而上的堂·吉诃德和具有冒险精神的鲁滨逊，都是具有代表性的英雄形象。在中国古代文学中，有神话中追日的夸父，射九日的后羿，还有传说中治水的鲧和禹，以及开启中华文明的先王尧和舜；再以后有屈原、荆轲和苏武等战国纷争时代的英雄，还有孙悟空、诸葛亮、关公、宋江等虚构的英雄人物。这些形象一方面反映了特定时代人们对英雄的崇敬和膜拜，另一方面也附着了人们的期待和希望。"① 对英雄形象的塑造，反映出作家深埋在心的英雄主义和理想主义情愫。

古典小说终结之后，现代小说的发端，缘起于救亡图存的神圣使命。它从诞生伊始，便由于与政治的联姻而与传统小说的"小道"划开了清晰的界限——不再是不登大雅之堂的"街谈巷语"和"家长里短"，而是担负着庙堂之忧的工具之一。个人的生命被纳入国家的统摄之中，对英雄形象的塑造和英雄主义的弘扬，成为中国现当代小说书写的重中之重。

新时期以来，随着人学的提倡和复苏，"高大全"式的英雄人物逐渐消失。作家们力图全面呈现英雄人物的生命故事和思想情怀，在强调英雄人物与众不同的高贵品质之外，也表现出英雄与普通人相似的幽微情感世界和某些人性方面的缺陷。作家们将艺术探索的触角伸向人的心灵深处，极力避免对英雄人物的脸谱化和单一化的塑造。但也有一些文学作品在书写中表现出对英雄人物和英雄主义的拒斥和消解。在这些作品中，他们放弃了对英雄人物正面的塑造，转而以戏谑、贬低和虚无的方式去解构英雄人物的存在。非理性化、非英雄化、娱乐化、漫画式的写作渐成潮流，一定程度上冲击着人们对英雄形象的认知与追慕。

但这种现状在网络文学中得到了强有力的反拨和矫正。网络空间所涌动的，是一大批作家用热忱的态度、理想主义的情怀、充满自信的语言塑造出的英雄群像，借以传达对英雄们由衷的召唤与敬慕。

骷髅精灵在《星战风暴》的小说中，通过对英雄人物形象的精心

---

① 潘天强：《论现当代文学中英雄主义人物形象的塑造》，《江苏行政学院学报》，2007年第2期。

结撰，明白无误地表达了作者的英雄主义情结和重树民族自信、重振地球文明的宏大理想。在银河联盟的阔大空间里，这些英雄人物表现出一种不安于现状、毫不倦怠的拼搏和进取精神。面对强国环伺、地球文明已经衰落的现状，这些英雄人物并没有自暴自弃和怨天尤人，而是以青年人特有的锐气和锋芒不断前行，绝少受到现实的羁绊和负累，以敢作敢为的气魄，信心十足地化解生活和事业上的困厄。他们明白自己肩负的使命，为了这个远大目标的实现，这些英雄人物义无反顾地选择修炼完善自身，期待用实力和事实去证明自己，实现重振人类文明的伟大使命。

典型性和个性化是成功的人物形象塑造的有效法宝之一。令人印象深刻的人物形象总是典型化和个性化的密切结合。在骷髅精灵的《星战风暴》里，既有天赋异禀、超级无敌的大英雄，也有普通平凡、逐渐完善自我的平民英雄；既有风流倜傥、身强力壮的男性英雄，也有美丽娇俏、身怀绝技的女性英雄；既有在战场上扬名立万的无敌勇士，也有在智力比拼中才华横溢的智慧英雄。

小说中，作者用不同的方式方法描摹英雄人物，尽量书写出他们各具特色的气质和禀赋。为读者塑造出一个个有个性、有热血也有爱国情怀的英雄群像。例如小说中的李尔是一个能力非凡、霸气十足的男性英雄形象，在与对手的比拼中，他能够临危不乱、傲视群雄，最大限度地展现出自己的超强实力。但在拥有这些优点之外，作者也没有隐藏他身上存在的缺点——目空一切的狂妄自大和冷漠霸道的行事方式。不仅李尔如此，其他的英雄人物身上也或多或少地存在着这样或那样的缺憾。作者没有赋予英雄人物近乎完美的性格，不愿重复此前高度理想化塑造英雄人物的老路，而是如实地写出了英雄人物与凡俗人性之间固有的联系。

奇特的故事情节、个性鲜明的英雄人物、令人眼花缭乱的热血比拼和心怀天下的博大情怀共同奠定了《星战风暴》的艺术基底。在骷髅精灵艺术世界中活跃的英雄人物都有一个成长的过程，作家向他的读者反复强调的是一个常识性的问题——没有人能够随随便便获得成功。所有的英雄人物，不论是大英雄，还是小英雄，都需要在生命成长的过程中历经重重的波折和考验，只有坚持下来、不抱怨、不气馁的人才会等到百炼成钢、破茧成蝶的那一刻。值得欣慰的是，这些经受过"苦其心志，劳其筋骨，饿其体肤"考验的普通小人物终于修炼成天降大任的英雄人物。此后，他们逐渐走出了校园和地球的狭小空间，在长大成人的道路上一边"出走"，一边获得了自立自主的能力，进而融入广阔的社会空间。在一个更阔大、更辉煌的舞台上展现出青春的风采和梦想成真的喜悦。

"在发生审美关系的基础上，人物形象还要能满足广大读者的精神需求，有助于提高、丰富和美化人的心灵，才能产生较高的审美价值，广大读者对人物形象的感知和由此而产生的想象，引起自己的喜怒哀乐之情，经历着各式各样的情感体验，进而使人物形象的精神价值得以体现。"[①]阅读骷髅精灵的《星战风暴》，可以感受到英雄人物所具有的真、善、美的品质，能够使读者在审美愉悦中得到情感的升华，并增强了为理想而奋斗的勇气。

---

① 郑国铨：《论人物形象的审美价值和时代特点》，《文艺争鸣》，1987 年第 6 期。

第九章

既传统又现代的叙事伦理

　　伦理学又称为道德哲学，探讨的是道德理论。福柯认为道德具有强制性，而伦理则是自由的。伦理道德致力于人与人、人与自然之间的价值取向和终极关怀。文学作为"人学"，决定了文学与伦理道德的天然联结。叙事必然包含着一定的伦理道德判断。而在所有的文学类型中，小说是最能体现叙事伦理的文学。毋庸置疑，伦理随着时代的变迁也在发生着变化，不同时代具有不同的价值评判标准。在中国传统文化中，伦理常常与道德并列，指涉个体与家庭、社群、民族、国家间的从属关系并从道德层面进行评判。

　　现代以来，自由伦理的发展不再强调规范化的伦理道德准则，而是讲述个人命运的沉浮，展现人类的在世和如何在世的方式，从而唤醒读者内心中关于生命的感觉，并与小说中人物的命运产生情感的共鸣。

　　网络文学作为现代小说中的一种，必然也关涉到叙事的伦理问题。网络文学改变了传统文学的创作与接受模式，形成了互动式、交换式的崭新创作模式。文学创新的变革，叙述节奏的改变，语言风格的戏谑，共同决定了新世纪以来作家和读者的艺术趣味。网络玄幻小说在一个架空和虚构的世界中从容往来于传统或现代的叙事伦理。甚至有些作家还可以随心所欲地建构起一整套新的伦理道德体系，来彰显新的时代青年人与众不同的思维方式及对伦理道德的认知。

一、强者为尊的竞争法则

"叙事伦理的根本，关涉一个作家的世界观。作家有怎样的世界观，他的作品就会有怎样的叙事追求和精神视野。"① 作为网游类小说，骷髅精灵在《星战风暴》中，通过文字的叙述，虚构出一个生机勃勃同时又充满竞争的银河世界的存在。此时，高度发达的文明和不同星球之间的竞争成为时代主题。现代社会丛林法则的残酷与无情赤裸裸地呈现在每一个星球面前。落后就要挨打、没有实力就会受到鄙视的理念畅行无阻。例如在正式比赛尚未开始的时候，作为太阳系战队的张山就遭到洛克星人公开而肆无忌惮的嘲讽。在以往的比拼中，洛克星最好的成绩是八强，虽然不是顶级强队，但面对太阳系战队的时候，他们有足够的资本去嘲笑对手。太阳系战队的成员面对这样的羞辱也感到气愤难耐，但他们更明白"只有实力才能赢得尊重"的道理。

"不论在游戏还是小说中，主人公（玩家）所获得的游戏快感皆与杀戮、暴力、权力等概念紧密相连，游戏世界的技能、装备等属性的强弱竞争，实则表征着现代社会个体之间能力、财富、阶层的竞争。"② 进入新世纪以来，中国社会现代变革的强度与广度达到了前所未有的程度。尤其是伦理观念发生了翻天覆地的变化。网络小说中的叙事伦理不再执着于传统伦理道德观念的探寻和建构，而是无限认同现实生活中存在的伦理。大多数网络作家用现实主义的态度，冷静地叙述现代社会的运行法则，凸显出当前时代人们在伦理道德的变迁中安之若素的接纳态度。尤其在网络小说中，网文展现出利益至上的竞争伦理，适者生存、弱肉强食的丛林法则在网络作家的笔下得到了强化。

在《星战风暴》里，骷髅精灵不厌其烦地书写了数不清的战斗比拼场面，而且这种比拼场面无一例外地紧张、刺激、高潮迭起。譬如在罗非对阵拉米西斯的那场战斗中，拉米西斯认为和罗非的对战简直是对他的侮辱。在马纳拉索人眼中，罗非是一个既庥又恶心的胖子。

---

① 谢有顺：《小说叙事的伦理问题》，《小说评论》，2012 年第 5 期。
② 沈雨前：《网络类型小说新伦理叙事研究》，暨南大学硕士学位论文，2014 年 6 月。

但战斗开始后，罗非一改谦虚低调的作风，开始疯狂而凶猛地进攻，他直接将藐视自己的拉米西斯从驾驶舱中掏了出来——

> 只消一用力，拉米西斯就会变成肉泥……所有人都打了个冷战，那些嘲笑过胖子的人，感觉脖子都凉了。嗜血魔狼的嘴对准了拉米西斯，黑洞洞的口炮，拉米西斯忽然发出一声惨叫……马纳拉索的人忍不住闭上了眼，这绝对是马纳拉索历史上最耻辱的事儿——拉米西斯吓尿了。（骷髅精灵《星战风暴》）

秒杀对手的罗非用绝对实力证明了自己绝非别人眼中的废物，他低调的行事方式更像是隐藏实力的一种策略。战场上，他用近乎完美的表现赢得了在场所有人的敬佩。

主人公王铮被骷髅精灵设定为超级无敌战士。但他刚刚出场时，却因基因测定的超低值而遭受嘲笑和鄙薄。但一路走来，凭借天赋和脚踏实地的努力，王铮用不计其数的胜利解除了基因测定不合格的阴霾。超强的实力，出色的领导能力，使籍籍无名的王铮得大名。此后，他不仅成为了太阳系战队的队长，而且还得到了阿斯兰帝国公主爱娜的芳心。权力、财富、爱情接踵而至，王铮成了不折不扣的人生赢家。此外，围绕在王铮身边的其他人物，也是精英中的精英。他们与普通人拉开了距离，是一群身怀异能、有勇有谋的超凡脱俗的人物。他们代表着太阳联盟的未来，是重振人类文明的希望所在。而且他们确实也没有辜负人类的殷切期望，在激烈的比拼战场上，通过实力与智谋来碾压对手，让衰落的地球文明和太阳联盟焕发了勃勃生机，在浩渺的银河联盟中重获其他星球的尊敬和话语权的实现。

作为一部典型性的网游小说，《星战风暴》推崇和宣扬的是一种公平竞争、强者为尊的游戏规则。在激烈的 IG 比拼中，在现实生活里，竞争的成败决定了现实的利益得失。在小说中，弱肉强食已是常态，力量与实力决定一切成为作品的核心理念。

毋庸讳言，《星战风暴》在小说中也宣扬了血腥与暴力。在生死存亡的激烈战斗中，几乎所有的 IG 精英都会表现出暴力杀伐的一面。因为"在 IG 大赛中，只有强者和弱者两种人，在强者面前，任何敌人都是浮云"。为了突出强者的卓绝能力，作者多次意兴勃发地描写他们"秒杀""一枪爆头"对手的血腥场面。尤其在对战扎戈虫的战争中，加纳星战队的队员们如砍瓜切菜般杀将过去，面对堆积如山的尸体，他们"带着兴奋的表情，似乎完全没有杀够，那眼神中透着疯狂"。作者对英雄们的杀伐征战充满了狂热的膜拜，而对战败者和弱小生命的悲惨丧命则缺乏起码的同情心和怜悯感。

质言之，在《星战风暴》中，暴力杀戮和残酷屠戮异己力量绝不会影响英雄们高大伟岸的形象，反而成为他们勇猛无畏的确证。无论作者，还是文本中大书特书的英雄们，都对暴力杀戮心向往之，都对生命缺乏起码的尊重。普通小人物或其他物种的死亡得不到作家的同情。他们的死亡，要么被视为草芥，不值一提；要么则死得狰狞丑陋，只为突出主要人物的英勇形象。

究其根本，《星战风暴》呈现出的叙事追求和精神视野与社会现实密切相关。小说揭示的真相是，这个世界的规则与秩序是实力与竞争。在发展主义盛行的时代，强者为尊、弱者淘汰的丛林法则无可阻挡地顺畅运行，摆在人们面前的最好道路便是无条件地顺应潮流，默默修炼完善自身，用最后的胜利来证明自己。除此之外，别无他法。

对于年轻的网络读者来说，社会转型期的喧哗和躁动，世俗化与功利化的社会思潮让他们相信现实世界的运行遵循的是竞争法则。生存压力的巨大和内心的焦灼情绪让他们试图逃奔到一个幻想的地带，希望这一别样的世界，暂时取代毫无传奇的平庸现实。在这里，通过天马行空的意淫，将现实生活中亏欠的东西一一补偿。

然而在这一方幻想的天地中，被主导秩序固化的现实法则依然发挥着强力的影响。于是，迎合时代、强者为尊的叙事伦理正在被重新审定与确立。

二、仁义与豪侠的信守

网络文学虽然是一种新生事物，但作为通俗文学大家庭中的成员，也对人类的精神建构发挥着积极的作用。它并不排斥对中国传统伦理的承继和道德审美的建构。"网络文学起于消闲式游戏，在游戏中富含意义内容与精神，又在游戏中建构着一种网络精神，用一种特定的方式延伸着人类精神的地平线。"①网络文学可以凭借想象建构出一个新新世界，但它的基础柱石依然在现实的土壤中。网络作家通过幻想的镜子来照见现实，小说所畅想的美好愿景，与千百年前人类的世外桃源梦想不谋而合。对正义的呼唤，对自由的渴望，对人性美好的召唤如出一辙。某种程度上说，网络文学中正能量的宣扬和传递一点也不亚于严肃文学。

仁义是儒家文化的核心内容，孔子在千百年前便提出了"仁者爱人"和"君子喻于义，小人喻于利"的人格标准。此后，仁义观在中国伦理原则和道德理想中一直居于显要地位。"作为中国人文精神的要旨，'仁'常与'义'相伴而行。'义'即'宜'，指合乎'道'的行为。'道'当然是不偏离'礼'的有度、持中的行为。而'礼'则是一种兼及家族、宗法、典章的统摄社会关系与人伦关系的行为规范。由此而知，在中国传统文化的内在逻辑中，'礼'是协调社会秩序的顶级法则，这种法则一则内塑为以家庭为中心的'仁'意识，一则外溢为影响他人世界的'义'行为。"②在骷髅精灵的《星战风暴》中，小说不倦地礼赞着仁义的道德观念，并以其特有的方式探寻着儒家文化的现代传承与美好人性的圆满建构。

骷髅精灵没有因网游小说的写作而放弃对传统伦理道德的接续与扬弃。相反，他的小说中总是充满了道德激情。不论是主要人物，还是次要人物，不论是地球人，还是其他星球的参战队员，都相信友情、亲情和爱情的可贵。在他们单纯而直白的认知中，为朋友出头，相信队友，痴情而专注地守护爱人，甚或为友情、为爱情而奋不顾身、两肋插刀的举动不胜枚举。譬如罗非对李尔无条件的崇敬与膜拜；王铮对队员们不抛弃、不放弃的搀扶与信任；玛萨斯对月球众位朋友慷慨相助的默默感念；烈心和章如男之间的惺惺相惜与同性情谊。在残酷

---

① 欧阳友权：《论网络文学的精神取向》，《文艺研究》，2002年第5期。

② 刘惠丽：《"仁义"传统与铁凝小说》，《文学评论》，2013年第3期。

的比拼大赛中，太阳系战队中的年轻人在并肩作战中建立起真挚的情谊，互相信任，互相扶持，用仁和善的眼光与情感对待彼此。正是基于这样的伦理道德观念，他们才能不断晋级，成为最后的胜利者。

除了对仁义的信守之外，豪侠精神的承继也在《星战风暴》中得到了突出的强调。在中国古代文学中，侠文化道义与人格模式包括侠义人格、信义人格和自由人格。侠的首要品格就是趋人之急，救人于困厄，表现出民众对平等和正义的朴素要求，是侠义小说秉持的原则。小说中，主人公王铮之所以能够收获爱娜的芳心，就是因为他在自身落魄穷困的时候，还能够急他人之所急，仗义而慷慨地救助爱娜，并充满智慧地解除了爱娜的困境。他的侠义之举和拔刀相助，赢得了爱娜的好感。

诚然，豪侠是正义、智慧和力量的化身，但他们也要时刻面临社会黑暗势力的挑战，在不计其数的挫折和苦难中独自疗伤。值得注意的是，骷髅精灵在《星战风暴》中塑造的豪侠形象都善于以默默忍耐的精神来消解苦难和挫折的轮番折磨。而且这种忍耐精神并不是消极被动的，而是生命主体自救的一种特殊方式。坚韧的忍耐精神成为他们应对困厄现状、拒绝走向平庸的有效武器。忍受，不论是忍受别人的歧视嘲讽，还是忍受生命中宿命般携带而来的困境，都是为了等待人生的辉煌绽放以及对社会和他人所担负的责任而主动做出的选择。柔韧地活是为了守住心中的"一点幽光"，凭借这种信念，遭受苦难锤炼的个体生命守住了身心的尊严和价值，秉持了内心的纯洁和良善，从而在忍耐苦难中获得救赎的力量。从某种意义上说，豪侠所坚守的忍耐是一种自救，一种自我解脱的精神体系，蕴含着悲壮和凄美，自有它高贵的意义和价值。

而自由、独立、豪爽的性格特征与"事了拂衣去，深藏身与名"的散淡无羁与通透豁达的人生追求也是豪侠人格魅力中最具华彩的部分。不屈的精神、无畏的胆识是主人公王铮具备的突出特质，美貌与财富兼具的叶紫苏之所以默默地关注王铮，也是看重王铮身上具有普通人不具备的坚韧豁达与仗义勇敢。处于人生低谷时的王铮没有被生活所奴役和驱使，而是以达观的态度和坚韧的心性抗击和质疑着残缺的生活。以一种决不妥协、决不放弃理想、决不丢弃仁善的自由意志和精神活力的自觉行为去抵制现实的不公与不义。最终，他以他的人格魅力，不但收获了完美的爱情，也得到了珍贵的友情，成为青年人的楷模，得到众人的一致膜拜与尊崇。

骷髅精灵在《星战风暴》中试图建立起一种朴素而粗粝的伦理观：恃强凌弱是不义，以弱抗强、路见不平拔刀相助是义；为个人欲望和价值的实现的奋斗与计谋是小义，而为国家民族甚至种族利益的实现和捍卫则是更高层面上的大义。骷髅精灵以仁义和豪侠精神来书写小说中人物所具有的可贵品性，接续了中国社会几千年来秉承的伦理道德和精神财富，彰显出《星战风暴》的伦理道德世界具有传统性色彩和坚守仁善的内在品质。

三、融汇后的扬弃与调适

网络小说诞生于现代中国，现代性进程中的波折与反复，致使传统与现代、中国与西方的思想伦理潮流融汇在一起。这种复杂、多元的伦理道德观念深切地影响着网络小说创作的思想伦理的表达。不同的网络作家们"拿来"的路径不尽相同，有的偏向传统，以家国伦理为核心；有的偏向现代，以自由伦理为追求重心；还有的，则是将传统伦理与现代伦理混杂后进行扬弃与调适，走出一条独特的新路。

《星战风暴》便是独辟蹊径中的一员。骷髅精灵在小说中的叙事伦理既有现代的一面，同时也有选择地保留了传统伦理中恒常的一面。作者始终用一种理性平和的态度审慎地书写和呈现他对传统文化与现代文化的认同与疏离，试图以自己特有的叙事伦理路途在传统与现代之间建立起新的意义联系。骷髅精灵认同传统伦理道德中对仁义和豪侠精神的张扬，适度地剔除了历史沿袭中封建愚昧的价值偏向。

例如小说中的人物施行仁善的对象一定是弱者和善良者，而那些霸凌者和卑劣者则不配得到同情和帮助。作者遵循的是"人不犯我我不犯人，人若犯我我必犯人"的快意恩仇。他们不掩饰自己的好恶，勇敢而大胆地追求异性，遵照时间的顺序讲述个人成长中的生命故事。

"叙事伦理学不探究生命感觉的一般法则和人的生活应遵循的基本道德观念，也不制造关于生命感觉的理则，而是讲述个人经历的生命故事，通过个人经历的叙事提出关于生命感觉的问题，营构具体的道德意识和伦理诉求。叙事伦理学看起来不过在重复一个人抱着自己的膝盖伤叹遭遇的厄运时的哭泣，或者一个人在生命破碎时向友人倾诉时的呻吟，像围绕着一个人的、而非普遍的生命感觉的语言呼气。"①由此可见，《星战风暴》强调现代自由伦理和个人伦理的正当性与合法化，直白地表现出青年群体的心音体感和所欲所求，但作者又没有推卸个人对国家民族所应担负的责任与使命。民族主义甚至种族意识的立场和态度，决定了《星战风暴》在伦理道德方面占据了制高点，在艺术理念和人文意蕴上提升了网络文学审美创新的广阔空间，喻示着网络写作"正途"时代的来临。

　　网络文学研究者康桥曾说："民族主义以及相联系的丛林法则倾向，与个人主义相混合勾兑，是网络小说最为常见的思想伦理表达。"②骷髅精灵在《星战风暴》中表露出对现代文明朗健自由维度的心仪，同时他又深受传统伦理道德的濡染，不倦地宣达青年人本该具有的使命感和仁善观。这样的叙事伦理，既是世界观，也是方法论。在他的小说中，活跃在文字中的青年群体既是民族主义的信徒，心怀治国平天下的宏大理想；与此同时，也毫不掩饰他们对个人主义和享乐主义的青睐与沉迷。这使得《星战风暴》既具有一种非常难得的现代性品格，同时又包蕴着传统的伦理道德素养。总体上看，小说既具有温暖、仁义、美好的"内形"，又不失网络文学幽默、热血、燃情的"外形"，达到了网络小说写作的精神高度，一定程度上显露出作家逐渐走向经典写作的迹象和勇气。

　　"网络文学的读者主要是青年，很多年轻人由此形成了对世界、对自我的基本看法、基本感受方式和想象方式。如何滋养读者的心灵和精神，增强读者的社会责任感，培养和践行社会主义核心价值观，是

---

① 　刘小枫：《沉重的肉身》，华夏出版社，2007 年版，第 4 页。
② 　康桥：《网络小说与明清小说之比较》，《网络文学评论》，2017 年 4 月第 1 期。

网络文学健康发展面临的紧迫课题。"①从这一层面来看，网络文学的作用不容小觑。好的文学，所赞颂和传扬的应是敬虔端正的伦理观，在欢乐、轻松、戏谑的语言中携带着丰盈的意义与善好的情怀。唯如此，才能在"润物细无声"的潜移默化中达到寓教于乐的理想目的。

经过作家的精心调适和思想扬弃，《星战风暴》在一定程度上提出了新的价值观念和信仰伦理，以一种新锐的方式说出自己真正想说出的话，表明了网络一代的历史意识与责任担当。现代性与传统性的兼备，使骷髅精灵的网络小说呈现出浑朴、厚重的一面。但是，在保持风景独好的同时，骷髅精灵与许多网络作家一同面对着作品的创作数量与艺术质量之间不平衡的现象。尽管作者已经表现出了与众不同的创作路径与艺术追求，但从好作品到经典文学作品之间的距离依然遥远。

"网络文学的意义承担在于它是否拥有一种坚挺的精神，无以回避的人文底色将是它的逻各斯原点。尽管较之于传统文学，网络文学添加了技术含量和游戏色彩，技术装置更大限度地制约了文学的'出场'，文学存在被交付给了电子技术的硬件和软件。然而，媒介和载体变了，文学的创作手段和传播方式变了，甚至文本的构成形态和作品的功能模式也变了，但文学作为一种审美现象的价值命意没有变，文学作为人类把握世界的艺术方式没有变，文学寄寓人文精神、承载人道情怀、表征人性希冀的价值本体没有变也不会变。"②经典的文学，从不停留在梦幻消遣的层面上，而是要涵盖历史与现实，呈现艰难而琐碎的人生，对人性与人心有深刻的体察和理解，提出对世界和人生的新鲜发现。

现出某种迹象的骷髅精灵从网络文学中起航，在乘风破浪的漫漫长旅中，他需要克服许多诱惑和暗礁，才能最终抵达缪斯女神的"应许之地"，采摘到文学殿堂中诱人的硕果。

---

① 李敬泽：《网络文学：文学自觉和文化自觉》，《人民日报》，2014 年 7 月 25 日。
② 欧阳友权：《网络文学的人文底色与价值承担》，《求是学刊》，2005 年第 1 期。

第十章

行走在路上

　　长达三百多万字的《星战风暴》受到了广大读者的热烈追捧。从类型上看，《星战风暴》无疑具有玄幻小说的特质——既包含西方科幻小说与魔幻小说的核心要素和情节设定，又坚持和承继了中国传统的传奇与神话的文化理念与思维逻辑。骷髅精灵在小说中以天马行空的想象力建构起一个独特殊异的"异托邦"——以星际大航海为时代背景，将广袤的银河联盟作为故事的发生地，除地球之外，还涉及仙女星、飓风行星、双子星等国度中的不同族群。这些不同星球的战士各怀异能，与太阳系联盟展开了机甲战斗比拼。在这个全新的幻想世界中，时间和空间既可以无限延展，也可以无穷缩减。人类世界的惯性认知遭到颠覆与质疑，青春崇拜与实力为尊得到了极大的张扬，作者直率地表达着渴望突破现实束缚的企愿。

　　在精心构筑虚拟世界的同时，骷髅精灵在《星战风暴》中又书写了一个世俗的社会。在极幻的同时，又令广大读者感到"极真"。立足于青年群体的日常生活，《星战风暴》讲述了一个有"缺陷"的青年如何成长为生活和命运强者的热血传奇。小说直接面对的是一代人的日常生活与精神生活，着重表现的是青年群体的世俗成功和进取精神。借助网络这一自由和开放的媒介，《星战风暴》在自我欲望的宣泄和进取道路的写作中注入了清新热血的一面，那种青春欲望的躁动以及对成功的赤裸裸的渴望，表现出新的时代语境下青年群体的所思所想与所欲所求。

　　作为一部机甲小说，游戏性、娱乐性、消遣性成为《星战风暴》

最为显著的特征。作者在作品中描摹了一个友爱而又温情的世界，用理想主义情怀确证着爱情、友情和梦想的永恒存在。为了吸引读者，《星战风暴》不仅在语言形式上进行了大胆的创新，而且大量引入了青年群体的日常口语，营造出一种幽默戏谑的语言风格，彰显出小说的时代特色与个性风采，给读者带来全新的阅读体验与感官刺激。同时，小说接续了中国传统小说的叙事模式——在时间上采用线性的叙事方式，视角上运用全知式，结构上侧重情节的变化，热衷于单纯地讲述故事，在轻松愉悦的氛围中，让读者体会到故事的传奇和有趣。

此外，骷髅精灵在《星战风暴》中塑造了一大批具有鲜明个性和独特精神风貌的人物形象。除了主人公王铮外，其他人物形象也各具特色，令人难忘。在故事的推进中，作者逐步展示出这些人物的思想、行动以及他们命运的传奇和变迁。活跃在文字中的形形色色的人物形象既是民族主义的信徒，心怀治国平天下的宏大理想，同时他们也毫不掩饰对个人主义和享乐主义的青睐与沉迷，适者生存、弱肉强食的丛林法则在《星战风暴》中得到了强化。这使得骷髅精灵的小说既具有一种非常难得的现代性品格，同时又包蕴着传统的伦理道德素养，一定程度上显露出作家逐渐向经典写作靠拢的迹象和勇气。

在一个喧哗与躁动的时代，网络文学以其平民性、时尚性、娱乐性迎合了大众读者的趣味并进行价值的建构与传播。时至今日，网络文学已经宣告了它的在场性与新锐性，并且实实在在地参与了一代青年的价值建设，折射出普罗大众的精神世界与审美取向。无论我们愿意与否，都必须承认网络文学这个庞然大物的强势存在。而对于一个正在迅速成长的网络作家，骷髅精灵未来的写作道路尚有无限可能。相信在网络文学的广阔天地中，他会展翅翱翔，书写出我们时代的生命故事与情感状态，为中国网络类型小说经典时代的到来作出独有的贡献。

骷髅精灵主要作品创作年表：

1.《猛龙过江》2004年5月于起点中文网上开始连载，2006年完本，百度文学搜索第一名，是网游类小说的扛鼎之作，《猛龙过江》开创的许多网游模式仍为现在网游小说所沿用。该书2013年由江苏文艺出版社简体出版。

2.《海王祭》2006 年 9 月于起点中文网开始连载，2008 年 5 月完本，海族的魔幻小说，港台地区畅销作品。

3.《机动风暴》2008 年 8 月于起点中文网开始连载，2009 年 7 月完本，百度文学搜索第一，网文科幻小说教父之作，开启了网络文学的机甲时代，起点月票第一，港台繁体出版畅销书位列排行榜冠军 12 个月。2010 年 7 月由新世界出版社简体出版。2013 年湖南少儿出版社再版。

4.《武装风暴》2010 年 4 月于起点中文网开始连载，2011 年 2 月完本，港台繁体出版畅销书排行榜连续两年年度销量冠军，2012 年 4 月由太白文艺出版社简体出版。

5.《雄霸天下》2011 年 4 月于起点中文网开始连载，2012 年 2 月完本，港台繁体出版畅销书排行榜年度销量冠军。2013 年 8 月由百花洲文艺出版社简体出版。2014 年 4 月由上海风炫动画推出改编漫画。

6.《圣堂》2012 年于起点中文网开始连载，2013 年 10 月完本，起点中文网月度第一，简体销量近 200 万册，港台繁体出版畅销书排行榜年度销量冠军。2013 年 2 月由江苏文艺出版社简体出版。2014 年 10 月由魅丽动漫推出改编漫画。

7.《星战风暴》2013 年 12 月于起点中文网开始连载，2016 年 3 月完本，起点中文网月度月票第一，港台繁体出版畅销书排行榜销量冠军。

8.《斗战狂潮》2016 年 8 月于起点中文网开始连载。

选文

引 子

　　随着银河联盟的成立，人类进入了新的秩序时代。地球少年王铮的人生梦想因自身的基因缺陷而遭遇重创，恰在此时，他在为朋友送情书的过程中不慎落水，于是殉情之名不胫而走，成为众人嘲笑和讥讽的对象。然而，处在人生低谷的王铮很快被神秘的生日礼物送进了梦境般的魔方空间，在地球上被判定为废物的他，却在这里被视为天才，由此获得了超级战士的培训资格。在魔方中经受炼狱般训练的王铮，顺利完成了超级战士第一阶段的学习，回到地球的他很快就在泛银河机战游戏战神盟约中崭露头角，使用近乎于废物的战神一号原型机一战成名，并被选拔为太阳系联盟的队长。更重要的是，他在机缘巧合之下救下了阿斯兰帝国的爱娜公主，由此开启了事业和爱情的"逆袭"之旅……

第十五卷
皇室风云

第十七章
出 征

"这哪儿来的土包子。"

"地球的，太阳系战队的，这种菜鸟来不来都一样，还训练什么，占用资源啊。"

"太阳系是有名的一轮游，对他们来说旅游的意义更大一些。"

张山刚准备尝试一下阿斯兰的一款机甲，闻言脚步又收了回来，身后是几个年轻人，但凡参加 IG 的都是穿自己的校服，戴着校徽，这也是一份荣耀。

对方是洛克星人。

著名的佣兵之星，最好成绩是八强，虽然不是顶级强队，可是一般国家都不愿意碰上他们，洛克星人全面，团队意识好，碰上他们不死也脱层皮，整个 IG 大战是一场鏖战，谁都不愿意招惹这种伤敌一千自损八百的。

见张山看过来，领头的一个洛克星人眼睛一瞪："看什么看，找死吗？！"

张山笑了："哪儿蹿出来的狗崽子，乱吠什么！"

洛克人一听，立刻气势汹汹地围了过来，张山丝毫不惧，也迎了上去，妈的，就算太阳系战队以前成绩不好，但他娘的老子成绩好不好关你们一毛钱事儿，真他娘的人善被人欺。

这时兰德里及时地走了进来，分开洛克人："诸位，这里是阿斯兰皇家学院，任何人都要遵守学院的规矩，你们不爽对方可以公开决斗，禁止私斗。还有作为 IG 的成员，有本事就在比赛中说话，不要给自己的国家丢人！”

兰德里身为戒律队成员，专门负责纪律，而且学生会加派了人手，人多了，肯定会有事端，尤其是 IG 这帮精力过剩的战士。

"记住了，我是洛克战队队长杰克曼，有你们哭的一天！"杰克曼指着张山的鼻子说道，"我们走！"

张山当真是被气到了，虽然现在的张山沉稳了很多，但也没想到对方他娘的会吃错药一样地找茬。

倒是兰德里露出笑容："别上当，他们是故意的，从目前流出的赛程来看，你们太阳系战队将和洛克星战队进行第一轮淘汰，洛克星人不会放过任何取胜的机会。"

张山一听表情放松下来，他娘的，这帮人还真他娘的阴险，不过也有点感慨，洛克星人实力很强，竟然还搞小动作，足见 IG 的竞争力够强了。

"多谢了，我不会跟这帮家伙计较，不过真要是对上他们，一定会让他们好看！"张山挥着拳头。

兰德里笑了笑："你是王铮的队员吧，希望你们可以取得好成绩。"

兰德里并没有多说，事儿很多，他也不便久留。张山愣了愣，禁不住笑了，看来就算是到了阿斯兰，王铮依然是王铮。

等训练结束，张山把事儿跟王铮等三人一说，章如男当场就怒了："你怎么不揍他们一顿！"

"男姐，这个时候打了他们也不解气，我们若是真的和他们碰到一起，再给他们一个深刻的回忆！"张山确实比以前成熟多了，若是以前，就算兰德里阻止也出手了，但最终的结果恐怕不会太好。

"王铮，你怎么不说话？"蒙恬感觉王铮有点奇怪，听了刚才的事儿就没声音。

"怎么了，没事，我不生气，比以前沉稳多了，放心吧。"张山笑道，他以为王铮在担心有什么后患。

"张山，以后不用忍，这次 IG，我们太阳系联邦只有一个目标：一个，一个，打爆！"

王铮体内的杀气越来越浓烈，他一直想要寻找一个节奏，争取胜利是必须的，但是面对这次的 IG，应该以什么样的态度来对待呢？

现在他明白了，这就是一次野兽之战，只有实力才能赢得尊重！

亚特兰蒂斯行星，正在举行盛大的出征仪式。

在亚特兰蒂斯，任何一次征战都是神圣的，因为他们的每个战士都肩负着神圣的使命。

自从 IG 举办以来，亚特兰蒂斯毫无疑问是热门 No.1，垄断八届，直到最近几大帝国崛起，阿斯兰拿到两届，亚比坦拿到一届冠军，其他国家实力虽然不弱，但在碰到亚特兰蒂斯共和国的时候最终铩羽而归。

当到了今天，实力并不是绝对的，消耗、战术等等，甚至关系都会发生作用，亚特兰蒂斯有点全民公敌的感觉，所以虽然实力强大，但他们要取得最终的胜利也不容易。

最近的两届，亚特兰蒂斯可能也感觉到了什么，所以派出的都不是最强阵容，大概是韬光养晦的意思，人类心里也知道，但能赢就是好事儿，而这次不同。

"这个阵容，会不会有点夸张了？完全是不给人类机会啊。"

"是要横扫的节奏啊！"

"看来沉寂了两届之后，亚特兰蒂斯人决定重新夺回王座了。"

亚特兰蒂斯并不是只有亚特兰蒂斯人，随着最近亚特兰蒂斯的开放，除了各国大使，还有不少商人也都获得了亚特兰蒂斯的居留权，能在亚特兰蒂斯帝国拿到居留权也是很了不起的事儿了。

这次的出征仪式，各国大使和一些有地位的人类，也都获得了观礼的许可。

这时，各国大使之间，显然也是瞪大了眼睛，希望可以看到有用的情报。

"机会也是有的，阿斯兰，亚比坦，都有可能性，不过，面对亚特兰蒂斯，还是很困难，毕竟这次的阵容……"

"以往都是平均线，还能一战，这次亚特兰蒂斯人恐怕是又要展示实力，向全人类树威，嘿，威慑力。"一名亚比坦的商人不忿地说道。

"最近银盟处于敏感状态，适度地彰显武力恐怕也是这个意思了！"

四周的人类也都微微点头，其实都很清楚亚特兰蒂斯的策略，没有强大的实力作为后盾，亚特兰蒂斯怎么可能在人类为主导的世界当中如此活跃？

这些停留在亚特兰蒂斯的人类都肩负着特殊的工作和使命，但近距离接触了亚特兰蒂斯之后，就更发现亚特兰蒂斯的可怕。

除此之外，亚特兰蒂斯的宣传也很强势，年青一代当中，越来越多的人类将亚特兰蒂斯视为人类的一员，甚至认为亚特兰蒂斯人就是人类下一步进化的方向。

保守派的人类，将此视为亚特兰蒂斯的文化入侵，什么下一步进化的方向，难道是在说现在人类所处的阶层比亚特兰蒂斯人低吗？

但是，保守是制止不了亚特兰蒂斯的，这一届IG，亚特兰蒂斯很明显是要大放异彩，甚至是打算用绝对的实力横扫一切，既是震慑，同时，也是更加强势地加深与人类的关系，强大的力量，亲和的态度，又同是地球的起源，对于人类的认同感是剂猛药。

轰隆！

突然，一声巨响，打断了所有的交谈声音。

亚特兰蒂斯仪仗队的方阵，举枪向天齐鸣。

十二名亚特兰蒂斯IG成员，在小王子昊霖的带领下，从神殿当中一步一步地走了出来，每走出一步，仪仗队的方阵就向天鸣枪一次，一股凝厚的沉重感油然而生。

神殿的顶端，是一座祭台，高高在上，代表着行使神的权柄，女王一个人，伫立其上，手执神之权杖，华丽的女王服饰，每一个装饰，都有着沉重如山一般的历史意义。

她的目光，即是神的瞩目。

现场仪式，所有亚特兰蒂斯人的脸上都涌现出一种荣辱与共的肃敬神情。

"在神所指引的女王陛下的领导之下，亚特兰蒂斯生生不息，永世长存，吾等，必将荣光带回，奉献于女王，而荣耀将归属吾等……"

一段悠扬的歌声从每一个亚特兰蒂斯人口中颂唱，似诗非诗，似歌非歌，有点誓师的感觉，但又不同，要更加厚重，历史的气息在这歌颂声中，仿佛化为了实质，沉甸甸地展现在每一个亚特兰蒂斯人的身上。

观礼的大使们，脸色也都变得肃穆，在他们的感觉当中，就像是亚特兰蒂斯人所崇拜的神，真的在眷顾着他们的出征。

昊霖大步迈出，小小的身体，满载着沉甸甸的荣耀，他的身上，是真的在发光，仿佛正被神所注视着。

随着歌声的一次停顿，一段独特的亚特兰蒂斯语，从他口中逸出，声音在某种神秘的力量的牵引下，在每个人的耳中响起，并不是扩音器，而是一种力量。声音不大，但是无论是谁，都听得真切。

"他说的什么？是亚特兰蒂斯咒语？"大使当中，有懂亚特兰蒂斯语言的人皱起眉头，竟然听不懂。

"是古语中的神语，和符文一样，这种语言，是无法学习的。"

阿斯兰大使目光闪动，他是人类当中最顶尖的亚特兰蒂斯语言学家，大多数的亚特兰蒂斯语，包括古亚特兰蒂斯语他都能读写，唯有昊霖此时所誓颂的话语，是他无法理解的。不是亚特兰蒂斯人不教，而是，以他的语言天赋，无论怎么刻苦努力，都无法学会。

随着昊霖的话音落下，高高在上的女王陛下，从祭台一步步地走了下来，她的步伐并不像是在行走，而像是在优雅地飞行。

落在昊霖和十二名 IG 成员的面前，昊霖和十二名队员都一齐跪拜而下。

女王的双眸散发着炽光，手中的权杖，轻轻地点在了昊霖的头顶之上："神赐予尔等荣誉。"

"吾等立誓！必将荣光带回，奉献于神，奉献陛下。"

"出征！"

轰……

十二名队员一齐起立，而昊霖，已经站在一旁，远处的地面，喀喀嚓嚓地发出异响，只见十二只牢笼升起，里面是十二只巨大的异兽。

这是亚特兰蒂斯出征仪式的高潮，这些异兽代表了这些战士的身份——星兽骑士！

"这真的是……星兽？"

"未成年期的星兽，他们从哪儿搞到的，竟然还能驯服？"

半分钟后，人类观礼的看台之上，所有人的嘴都无法合拢，无论是谁，来自哪里，每一个人的心中，都只剩下一个想法：这届的IG，亚特兰蒂斯是绝对的无敌！

第十八章

野 心

双子星系共和联邦首都星。

行星的中心，双子广场的上空，被巨大的光子屏幕所覆盖，上面只有一个画面：IG 出征！

这一届 IG，双子星出现了一对强者，从上到下，都充满了胜利的信心。

大总理出现在屏幕之上，进行着激动人心的演讲，双子星系从百年之前崛起，无论是科技，还是武力，在这百年当中，人才不断涌现，高手层出不穷，时至今日，已然是双子星系被人类开发以来的最强盛时期。

"证明我们的时代来临了，有人说，双子星系上都是群矮人，我对这种人，只有一个回复。"

啪！

大总理比出了一个中指！

吼！整个双子星系都被双子星人的吼声所淹没，每个人都竖起了他们的中指。

"双子！双子！"

"打爆他们！"

"一群要穿抗压服才能在双子星系生活的弱者，没资格说我们矮！"

双子星的十二名年青一代的强者出现在画面当中，每个人的手中，都举着一柄重锤，这是双子星的强者之证！

整个双子星的吼声，又上扬了一个高度！

驻双子星的他国大使们脸色都有点不好看，绝大多数大使，甚至是大使馆的武官，在双子星都必须住在特别的重力室中，出门活动也都必须穿戴专门的重力服，以抵抗双子星庞大的重力。

在他们暗地里叫双子星为矮子星的时候，他们也同时被双子星人称为弱者……

但是，像这样在公众的场合，由大总理这样的政治人物喊出这个词来，今天是第一次。

双子星人的习惯，是脚踏实地，向来都是以谦虚度人，这一次，竟然吼出了这样的口号，大使们实在是想不明白。

"其实，也没有什么不明白的，看到那些IG选手们手中的战锤了没有？对比往届的IG选手，有什么区别？"

"说起来，往届最多只有一两人持有战锤，其他人都是捧花……"

"这战锤，在双子星联邦就相当于军功章，必须是有过特殊功劳，或者是通过了某种艰难考验的人，才会得到。"

有深度了解过双子星文化的大使目光灼灼："这一届，双子星系绝对是夺冠的大热门。"

"呵呵，阿斯兰和亚比坦的高手，可不是吃素的。"

"看到左边那个最矮的红头发了没有？罗萨拉，据说他是这届最弱的一个，但是，在之前的一场交流模拟战当中，他轻松击败了来自亚比坦的上届IG队长。"

"呵呵，你都说了是上届，这一届，我们亚比坦绝对会让所有人都大吃一惊。"

亚比坦大使，是这群大使当中，唯一一个没有穿抗压服的，一米九的高大身材，挺拔的腰身，充满了深深的自信。

遥远的钢铁帝国——亚比坦帝国！

没有观礼仪式，所有IG成员，都集合在一个巨大的钢铁堡垒当中，每个人都气喘吁吁，在他们的身上，散发着浓重的血腥气息。

一名上将，站在堡垒的最高处，冰蓝色的双眸，冷冷地注视着他们："我们是亚比坦人，唯有胜利，是值得庆祝的，你们的出征，将会是冰冷的，我期待你们的胜利回归，等待你们的，将是帝国的终极奖赏！"

不需要更多的激励了，帝国的终极奖赏，这个词，足以点燃任何一个亚比坦人胸中的战火！

"吼！"

"杀！杀！杀！杀！杀！"

十二名成员，发出的吼声，盖过了一切，血腥的气息，凝而不散，除了这名上将，没有人知道，在这最后一段时间当中，这群人经历过什么，只是每个人的眼神当中，仿佛都藏着一尊魔鬼。

"冰冷的出征，火一般的回归，真正的亚比坦人，只有死亡，没有失败！"

各国各星系，都在动员着，这次的 IG，明显和以往不同，不仅仅是每隔十年的一次井喷爆发，这一届，有更多的深藏的力量的出手，一些以往不参与这类竞争的世家，这次竟然不约而同地派出了他们最优秀的传人。

洛克星，仙蛮星，诺顿星⋯⋯

不同的地方，有着不同的出征仪式，有的热烈，如同国庆日一般，全民普庆。

有的冷冷清清，除了军方，民间几乎没有多少反应，只是新闻的头版，轻描淡写地叙述了一番。

太阳系联邦⋯⋯

显然没有全民共庆的地步，其实除了相关人员，关注的人都不多，总的来说，这对太阳系联邦的人来说，太高端了。

"这一届，不一样了，这是我们太阳系百年以来的最强阵容！"

"阵容是很强，但是，队长是怎么回事？王铮？完全没听说过的样子。"

"OUT 了吧？大学生科技贡献奖物理奖项的得主，那个肖菲的得意弟子。"

"物理？你这么说，我更迷糊了，一个搞物理的当上了 IG 的队长？我怎么听着感觉太阳系这次出征 IG 的队员不是更强了，而是⋯⋯"

"呸呸，这届的队长，是真刀真枪选出来的，我相信王铮的实力。"

"呵呵，自我安慰得不错，但是，我们要看清事实，我刚收到最新的情报，看看亚特兰蒂斯这次派出来的选手的视频吧……"

有骨灰级的军迷在论坛当中放出一段亚特兰蒂斯 IG 出征仪式的视频，画面是偷拍的，但是还算清晰。一开始，还没有什么，然而，播放到后面，每一帧画面，都让看视频的人说不出一个字来，心里面只有一个想法——

亚特兰蒂斯人，真的是人类，真的也是从地球起源的文明吗？

这是某个月球小型军事迷论坛的交流，他们对于阿克琉蒂斯竟然没当上队长无限吐槽，太阳系联邦实在太黑暗了，就这样还不如回家抱孩子算了。

烈心、烈广、阿克琉蒂斯、拉东、塔罗斯等人已经集合出发，没有什么仪式，顶多所在的地区的议会问候一声，学校方面鼓励一下，也就是这样了。

太阳系战队悄无声息地出征了。

队员们许久没见，也在船舱里热情地聊着，以前大家是竞争对手，现在是队友，显然没了那么多的顾忌，就看谁能发挥出来了。

罗非在队伍中绝对是最活跃的，口沫横飞，同行的人很多，包括米露等人，不过他们的身份是代表团成员，经过了这么长时间，心态也都调整好了，无论如何在场的众人都是靠实力进去的，当然阿托斯就没来了，众人根本也不关心他们的动向。

只是谁能想到，这个嘻嘻哈哈的胖子竟然是这里的一员呢。

最终定下的主力名单是这样的：王铮、李尔、阿克琉蒂斯、烈心、拉东。

替补：塔罗斯、罗非、烈广、玛萨斯、蒙恬、张山、章如男。

替补由塔罗斯领衔，艾迪文可能是太兴奋，搞电脑的时候爆炸受伤，只能退出，这可怜的孩子听说是痛不欲生，但这次的 IG 他只能在医院里等候消息了。

阿克琉蒂斯在众人之中，太阳神其实很合群，对谁都挺亲切的，加上王铮不在，他隐隐的就是领袖，没了纷争，烈心自然也不会去较真。

至于李尔，似乎并不愿意跟众人在一起。此时的李尔正一个人站在飞船的景观舱前，望着浩瀚的星际，终于出征了。

他的野心，他的目标，就要从这里开始，无论是他，还是王铮，又或阿克琉蒂斯，太阳系的争斗都是没有意义的，重要的是阿斯兰一战！

哪怕再有背景和实力，想要荣登巅峰，依然需要实打实的成绩，而李尔最需要的也是这个。

家族已经做好准备，现在万事俱备只欠东风。

这支队伍，到底能走多远呢？

第十九章
雪　耻

各国战队陆续抵达，有的在阿斯兰皇家学院，有的是在自己的大使馆，都做着战前最后的准备。

太阳系战队也是一样，以王铮为首的队伍终于聚集，作为队长，王铮获得了战斗的指挥权，队长并不仅仅是个名头。

"我们的首战对手出来了，是洛克星战队，一个很难缠的对手，怎么样，紧不紧张？"蒙敖笑道。

作为整个代表团的团长，蒙敖还是专门找到王铮单独谈一下，可以说太阳系对这一届寄予厚望，尤其是蒙敖所代表的军方革新派，若是再出不了成绩，对他们也是个极其沉重的打击。

蒙敖打量着王铮，这个年轻人能担当如此重任吗？他比较担心的是，训练是王，一到实战就成虫，尤其是怕心态上出问题。

王铮笑了笑："有点兴奋。"

"对战胜洛克星战队有没有把握？他们也算是传统强队，洛克星人的特点就是对各类机甲都很了解，可以做出针对性的攻击和防御，很难缠，我们第一个对手就是他们，对我们很不利。"蒙敖笑道。

"将军，我们对自己很有信心，至少洛克星人不是我们的目标。"王铮说道，"我想知道这次 IG 的具体比赛形式，有传言是实战，也有说是虚拟战。"

王铮内心渴望的是实战，真刀真枪地火拼一把。

"参赛国家和人数很多，所以进入正赛之前是借用阿斯兰帝国的训练场，虚拟战境，进入正赛，将是实战，具体的安排，IG 方面还没有对外公布。"

蒙敖说道，以太阳系的情况，想进入正赛相当不易啊。

王铮点点头，这就是他想知道的，至于对手，只有比了才知道水平。

大赛的氛围开始浓烈起来，张山等人得知对手也是斗志昂扬，这真是冤家路窄，有仇报仇的时候到了。

最终进入正赛的只有十六个名额，阿斯兰帝国、亚特兰蒂斯共和国、亚比坦帝国、马纳拉索帝国、加百利共和国，这五个国家直接进入正赛，其他数百个参赛国家将争夺剩余的十一个名额。

绝对堪称惨烈，对于预赛阶段没有选择实战的理由很简单，只有高手才需要用实战分出胜负。

其实使用了阿斯兰的系统，除了安全系数高之外，操作上跟实战没有差别。

虽然王铮名义上是队长，可是他这个队长对于太阳系战队的统治力并没有那么强。

由于进入敏感期间，爱娜也无法和王铮见面了，而且作为这次 IG 大赛第一公主，她也有不少事情要忙碌，尤其是各国政要出现不少，烦琐的礼节必不可少。

王铮也和众人进入最后的准备期。

严小稣在阿斯兰可没有闲着，通过特殊关系也在找一些商业机会，他可不是光来旅游的，一方面要为王铮加油，另一方面这也是难得的机会，看看 KING 公司在这里能不能寻找到更多的商机。

阿斯兰皇家学院是典型的贵族精英学院，很多学生的家庭背景都很厚重，同时也便于互相合作，至少提供了一个合作的可能，以叶紫苏的商业头脑，自然也发现了不少，只是她偏重于研究机甲，但这些机会可以提供给严小稣。

正如当年王铮和严小稣躺在曙光学院后山坡的誓言，到今天为止，终于有点眉目了，至少两人都迈出了地球，走向一个更大的舞台，也许现在他们还只是微不足道的小人物，但未来是什么样，谁知道呢？

王铮在队伍中没有彰显什么队长的地位，他来阿斯兰早一些，只是为大家提供方便，皇家学院也为参赛的国家准备了地方，但国家太多，时间分配也都很紧张，王铮好歹在这里也有点基础了，倒是为太阳系战队争取了更多的机会和时间。

就这样，看似平静、实则暗流涌动的三天过去了。

银盟 IG 大赛正式开始了，第一轮就有八十六个国家同时开战，其中不乏实力派。

像洛克星战队、加纳星战队、诺顿星战队等等悉数亮相。

洛克星战队的首战对手是太阳系战队，银盟十大常任理事国基本不是种子选手也是传统强国，除了太阳系联邦，按照以往惯例，碰上太阳系联邦就等于免费送一轮。

但对洛克星战队来说其实无所谓，因为以他们的实力根本不在乎对手，至少前几轮是不可能碰上什么特别强大的对手。

作为佣兵之星，他们拥有着全面的技术和优秀的心理素质，碾压将是唯一的节奏。

这次的 IG 大赛的预赛阶段并没有禁止媒体的参与，除了媒体和各自代表团的人之外，还有不少阿斯兰学院的学生来观看。

太阳系战队和洛克星战队这一场，若是有十大强国出战，肯定是热门，但这一场也算是唯一的例外了。

洛克星和太阳系联邦的代表团都抵达了，坐在各自的位置上，蒙敖并没有出现，不到正赛，军方的人是不会露面的，这也是惯例。古特领着众人出现了，跟洛克星那边寒暄了几句，但也都是面子上走一走，看得出，对方比古特更不耐烦。

除了他们，竟然还是有一些阿斯兰观众来观看，大概是来看看热闹的。

斯嘉丽静静地坐在位置上，她也不知道为什么会来这里，但是就这样来了，也许是内心深处想看看王铮在战斗的时候会是什么样子。

比赛开始，双方队长上前。

杰克曼傲慢地俯视着地球的队长，嘴角泛起一丝不屑的笑容："其实你们直接投降更好一点，省得浪费大家时间，也少丢点人。"

王铮微微一笑，伸出三根手指。

杰克曼愣了愣，没有搭理王铮："勒夫兰，第一场是你的，给我打爆他们！"

战斗一旦开始，队员之间可就没什么好客气的。

五战三胜，预选赛很简单，谁够强够狠，谁就晋级。

阿克琉蒂斯等人都很淡定，到目前为止，他们给予了王铮这个队长足够的选择权，骨子里，阿克琉蒂斯和李尔也并没有把洛克星战队放在眼里。

替补里面，张山已经坐不住了："王铮，让我上吧！"

张山主动请缨，古特等人倒是皱了皱眉头，这么重要的第一战肯定是上主力啊，别玩火。

可是一旦战斗开始，由队员全权抉择，其他人都只是观众。

王铮微微一笑："第一战，张山，搞定他，不用留面子！"

张山一跃而起，冲着洛克人那边挥舞着拳头。

从位置上看就知道张山是替补，搞得杰克曼脸色一黑，妈×的，他派的可是主力前锋，也是队伍中最勇猛的勒夫兰，对面却搞个替补，都说地球人喜欢玩花样，搞什么田忌赛马，真是脑残啊。

"雨燕，洛克星很弱吗？"斯嘉丽问道。

碧雨燕摇摇头："具体的我也不清楚，但资料上说，洛克星的排名应该比太阳系联邦高数十位吧。"

"那王铮怎么让替补去打对方的主力？"

碧雨燕耸耸肩："可能是战术吧，太阳系联邦想赢是挺难的，重在参与吧，你还别说，王铮这么看还有点帅啊。"

男人在面对战斗的时候，会不经意地爆发出异样的光彩。

斯嘉丽默然，王铮身上充满了各种不可思议的事儿，虽然她不是很懂，但一个能驾驶亚特兰蒂斯机甲的人应该不会太差吧。

对于王铮的决定，李尔和阿克琉蒂斯相当地淡定，没有任何反对意见，倒是拉东等人有点担心。

王铮是不是有点太任人唯亲了？

首胜，至关重要，以太阳系联邦目前的情况太需要一个开门红了。

张山 vs 勒夫兰。

张山选择了火星的火焰守卫三代，一款人型机甲，属于战士系，很平衡，比较有特点的是这款机甲配备了百炼钛金刀，凶猛突进。

勒夫兰选择了亚比坦的霸王机甲，暴力凶猛，压制战士系的机甲绰绰有余。

两人进入驾驶舱，完成连接，两架机动战士出现在战场之中。

这种战场不会有什么花哨，就是最普通的战场，预选赛比的就是最清晰最基本的战斗力。

谁强谁就可以打爆对手，至于智商什么的也是建立在基本实力的基础上，要进入正赛才有发挥的机会。

基本上想靠运气和投机进入正赛的可能性为零。

"地球的小毛孩子，让哥教你怎么做人吧！"

勒夫兰一声暴吼，霸王战机轰然出击。霸王战机无论是面对重装机甲还是战士型机甲都可以打先手压制。

火星的这款火焰守卫总体表现只能说还可以，移动方面会比霸王好一点点，但其他的特色就真没什么了。

勒夫兰显然是没把对手放在眼里，他浑身的肌肉澎湃震荡，上来就打算一鼓作气把对手轰成碎片，可惜不是实战，否则直接吓破对方的狗胆。

霸王战机气势如虹地冲了上来，火焰守卫也冲了过去，这是要跟他玩命吗？

简直就是找死！

勒夫兰的长矛已经蓄满了力道，X能力已经燃烧，纯粹的力量就算有能量盾的保护也没用，一矛穿心！

两架机甲已经近在咫尺，霸王战机的长矛出手，但火焰守卫竟然还是个准备的姿势……

噌……

火焰守卫消失了。

躲过长矛的同时出现在霸王战机的身后，杀……

憋了很久的张山爆出怒吼，百炼钛金刀迎风斩下！

真男人就要用刀说话！

第二十章
怜香惜玉

真男人就要用刀说话！

轰……

霸王战机根本连反应都没来得及，直接爆机。

一刀在手，天下我有。

赢得了胜利的张山，仰天长啸，这是太阳系战队本次 IG 的首胜，也是近十年来的第一次胜利。

因为以往都是直接剃光头回家。

在对手战机爆成一片火花的瞬间，连古特都跳了起来挥舞着拳头，从一开始他们就没有多大底气，一直忐忑着，直到这一刻才爆发了。

张山也是憋着劲儿，说不紧张那是扯淡，但是他相信自己，既然来了，就不能后悔，从战术上，他也不敢和对手纠缠，以防出现异变，利用自己的 X 能力直接秒杀对手。

这也是太阳系战队迫切需要的一场胜利。

这是头脑和能力的完胜。

李尔和阿克琉蒂斯并没有觉得意外，这两个人的心态更清楚，几乎料定会是这样的结果。

看台上，斯嘉丽和碧雨燕都捂住了小嘴，吃惊的眼神不是故作姿态，而是真的完全没有想到！

空间移动！！！

真的是空间移动的 X 能力！

"太阳系联邦有这么高段位的能力？"

"我看看资料……张山，战神学院？好像和王铮是一个学院的，地球什么时候开始出人才了！"碧雨燕眨着眼。

斯嘉丽看了碧雨燕一眼："怎么？动心了？可以叫王铮帮你介绍的。"

"雨燕，你怎么老往男女的事情上想？哦，我知道了，肯定你发春了，想找男人了，对不对？"

碧雨燕一笑："切，姐就是想男人了，不行啊？倒是你，你不是声称大学期间决不交男朋友的吗？"

"你不说我都忘记了，要不你来？也算是为国家引进优秀人才了。"斯嘉丽调侃道。

"小亲亲，你皮痒了哦，胆子越来越大了。"

"你先开头的嘛……不过，空间移动的 X 能力，的确很罕见，这场比赛之后，移民局的人十有八九会出动。"

碧雨燕没再开玩笑，阿斯兰向来是求贤若渴，不拘一格。

"不过话说回来，这个张山，真的是替补吗？"

洛克星准备区中，杰克曼脸色有点难看，原本以为太阳系耍的是田忌赛马的花招，用垃圾替补兑子换掉他们的主力前锋，没有想到对面竟然直接爆掉了勒夫兰。

"这也不能怪勒夫兰，对手用的是极其罕见的空间移动的 X 能力，看起来，地球人的花样耍得有点多，这个人，十有八九才是真正的主力，故意派到替补的位置来麻痹对手。"

洛克星的副队长阴森森地说道："下一场，让我上。"

杰克曼点了点头："必须给太阳系一点真正的教训。"

同样的花招只能用一次，洛克星副队长沃伦特是全队当中状态最稳定、性格最冷静的重装大师，防御和攻击都是顶尖水平，这一场，无论太阳系人要什么花招，在沃伦特面前，都只会是浮云。也是他们太不关心对手了，其实像这样的 X 能力，若是赛前针对一下，对方绝对没那么容易得手，像这种空间移动的招式，若是太阳系能找出第二个，他就把机甲吃下去。

另一边的媒体看台上面……

则是一阵混乱！七八名军事记者正在跳脚。

"确定是空间移动？走神没看清楚，还好还好，我这边是文字直播，没几个人看。"

"该死，刚才的画面没录像，兄弟，你录了没？借个画面给我……"

"靠，不给。"

"擦，吃喝玩一条龙！给个面子撒！"

"包三天。"

"成交！"

黄石瞪大了眼睛，他被派到这场比赛做实况，其实是没有办法，热门都被其他人抢了，很有可能这次 IG 结束之后，他就会被彻底地边缘化，不至于解聘，但每天也只能做点边角料的事情，外出采访就和他彻底没有关系了，对于一名有理想的记者而言，没有采访，就等于失去了生命力。

"表哥，我说得没错吧，肯定有意外惊喜！"迟慕野嘚瑟地说道。他就知道王铮这小子不是个善茬，别看平时蔫蔫的，一旦动起手来肯定是狠角色，感觉这次太阳系要制造点事端。

黄石点点头："空间移动的 X 能力，虽然能力标准不是很高，但品质确实罕见，一招鲜吃遍天。"

原本他都放弃了，得过且过，这场比赛，他也完全是在混，反正他直播的频道里面也只有二三百人，热闹是热闹，但都是对洛克星有了解的小众人群，和人家几万人群聚的频道完全没法比，但是，万万没有想到，就是在这场完全不受关注的比赛当中，出现了空间移动的 X 能力！

联盟多少年没有出现过空间移动的 X 能力者了？上一次被曝光，是十年前吧？

迟慕野找到他的时候，他还不太相信，只是破罐子破摔，现在看还真有点意思了。

"你说那个王铮更强？"

"开玩笑，这小子绝对厉害！"迟慕野拍胸脯保证了。

黄石感觉到了血液在沸腾，军事时间报是个讲究成绩的地方，拿出硬信息，写出一个有震撼力的报告，他就不信抢不到位置。

太阳系联邦的崛起？黑马？

不不不，这些标题都太普通了，打破他目前的职业僵局还欠缺力量……

下一场！就看太阳系联邦下一场的情况了！

是不是偶然就看一锤子买卖。

"要是真火了，哥请你吃大餐！"

"嘿嘿，跑不了的！"迟慕野小眼睛一直眨，作为一个擅长报道小道消息的人，有一个能力是别人没有的，那就是对人的感觉，刚开始没觉察出来，但那一次群殴之后，迟慕野就感觉到王铮的与众不同，跟他看过的传奇小说里的高手一模一样！

幸好黄石并不知道某人的根据，否则肯定会吐血倒地。

黄石在军事频道当中的声音和文字变得激情起来，倒是让聚集在频道当中的洛克星的小众粉们不自在起来。擦，这货怎么老说太阳系怎样怎样，不过，空间移动的 X 能力，的确很悚人就是了，太阳系什么时候变强了？

"太阳系的人才保护起了效果，一直以来，太阳系积弱，并不是因为不够强大，每一代其实都有大量的优秀人才，不过，由于制度等方面的原因，人才流失很快，一旦有所成就，立刻就被其他各大国以各种优待挖走，但近几十年来，太阳系开始重视人才保护……"

黄石大篇幅地鼓吹着太阳系联邦，他想清楚了什么样的新闻最有价值，怎样才能让他成名！

冷门，超级大冷门！而他，是预测这个超级大冷门的唯一记者！

拼了，反正要被边缘化，太阳系刚才只是昙花一现的话，他也没损失，只是给了对手更多排挤他的理由而已，光脚不怕穿鞋的，万一太阳系暴走……

"下一场，太阳系联邦会派出谁？洛克星派出了他们的副队长冰人沃伦特！冷静的防御者，激进的攻击者，原本矛盾的两种风格，在他冰冷的判断下，变成了一种另类的力量。"黄石旁边传来同行激情的解说声。

黄石咬了咬牙，沃伦特，他是做过功课的，洛克星副队长的实力，绝非浪得虚名，战绩彪炳，多少天才倒在了他的脚下？数都数不清！

太阳系联邦那边会派谁出来？阿克琉蒂斯？还是烈心？他刚到手不久的资料当中说明，这两个人是太阳系最受关注的强者。

太阳系联邦准备区中。

男子汉的爆发，瞬间的秒杀，第一战，张山打出了气势，拉东等人毫不犹豫地冲了上去，将张山扛了起来，吼！

张山猝不及防，被众人一把扔到了空中："我擦，你们给老子接稳了！"

砰！

没人接他！直接屁股着地！

"你们就是这样对待功臣的吗？！"

拉东耸耸肩："抢功的例外。"

"山娘，你就嘚瑟吧，这么好的机会都让给你了，请客吧！"

张山回敬了个中指，不过大家闹归闹，其实看着张山的眼神还是信服的，没人能保证自己上场能打出秒杀。不同的赢法，气势完全不同，现在的张山已经开始展现他空间移动的无限潜力了，这种能力在实战中就是杀手锏。

这时，洛克星那边已经出场了，沃伦特冷冷地盯着这边，丝毫不在乎太阳系这边的对手是谁。

太阳系这边，替补席位的张山开了个好头，其他替补席都有点跃跃欲试地看着王铮。预选赛中，谁能上场，全部都是王铮说了算。王铮扫过众人："蒙恬，这一战你上！"

重装机甲，这是蒙恬的拿手好戏。

蒙恬微微一愣，但很快淡定地站了起来。在队伍中蒙恬的冷静也是出了名的，典型的不以物喜不以己悲，颇有蒙敖将军的风范。

王铮看了蒙恬一眼，点了点头："一击必中！"

对面的沃伦特眼神微微一眯，在他看来，太阳系联邦用麻痹策略赢了第一局，接下来应该是乘胜追分，拿下赛点，二比零的话，想要在心理压力下连扳三局是非常困难的事情。

这样的话，就算是出动队长也不奇怪，虽然说，这次太阳系 IG 的队长竟然不是阿克琉蒂斯。

估计，也是和刚才的张山一样，故布疑阵，太阳系联邦就喜欢搞这种鬼花招，看上去很炫，其实不过就是层纸，在真正的力量面前，只要看穿了，一捅就破不说，甚至被反制，自食其果。

只是，那个叫王铮的队长没出动，阿克琉蒂斯也没动，派出的，竟然是个娇滴滴的女人！

难道以为他会怜香惜玉？

不过这妞长得还真是水灵，他会好好享受的！

第二十一章
吊打洛克星战队

这一分，他们这边是必拿的，无论对面派谁都一样，真被太阳系打成二比零，就算后面扳回来，回去他们也要被骂死。

太阳系的奇葩选人着实让大家很莫名，因为资料上只有队长，以及阿克琉蒂斯和李尔这几个人的资料，但也不是很详细，肯定是 X 能力者，但却并没有更进一步的，但也没人真的在意这一点，你说人家强国隐藏隐藏也就罢了，太阳系战队也这样，谁会有那个心思在意？

不过保密工作做得还真不错。

双方在驾驶舱中就位，开启连接——沃伦特 vs 蒙恬。

轰！

两架机甲出现在标准战场当中。

沃伦特选择的是玛伽共和国的虎卫重装机甲，兽型重装，强悍的防御力下，有着相对优越的移动力，在兽型机甲方面，玛伽共和国的某些技术水平甚至超过阿斯兰，只要掌握好这款机甲的跳跃移动节奏，绝对相当霸道。

而蒙恬的选择，则让所有人都大吃一惊，月球的月痕五型，人型狙击机甲，月球出品，性能都是极为稳定的，可以有保证。

但问题是，这不是小队战！

而是 IG 的个人战场。

这种单挑当中，选择一架狙击机甲，哪怕性能和神一样稳定的机甲，也等于是自寻死路。

更何况，沃伦特选择的是有相当灵活度的虎卫重装机甲，在这种标准机甲战场当中，这种兽型重装机甲，根本就是狙击机甲的克星！

以沃伦特的操作，绝对是可以在能量盾被打爆之前击溃对手。

沃伦特有点莫名的怒，这太阳系战队的队长是不是脑残啊，弄个女人也就罢了，还搞了一架狙击型的破烂，你当这是拍电影啊！

必须给这些太阳系人一点深刻的教训才行！

比赛一开始，沃伦特直接冲向了月痕五型，全速冲击，同时能量盾打开，以重装机甲的能量盾，哪怕是满能量的镭射炮也能挡住，何况是镭射枪。

轰隆，月痕五型在蒙恬的操作下，举起了标配的夜火狙击镭射枪。

瞄准……

蒙恬每一个动作，看似不紧不慢，保持着一个属于她的节奏，其实在举起枪的瞬间，就进入了自己的冷酷世界，这是一个狙击手的世界。

狙击枪的枪口出现了一缕银白。

就在这时，沃伦特的虎卫重装已经冲到了一半的位置，就在蒙恬完成瞄准的一瞬间，虎卫重装猛然做出一个摆脱的扑击动作，虎形态的机甲，随着扑击动作，速度更加快了，直冲蒙恬。

蒙恬淡淡地看着冲近前来的虎卫重装机甲，两架机动战士的距离就剩不到二十米了，而蒙恬竟然一枪都没开出去，这对一个狙击手来说实在是太弱了，瞄准的时间过长。

"太阳系要输了。"

看台上，碧雨燕摇了摇头，有点可惜。第一场，太阳系出乎意料之外地爆出空间移动，第二场没能乘胜追击，接下来恐怕就难了，洛克星的实力毕竟是排在太阳系前面几十位。

"不一定吧？我觉得这就要看她的狙击准不准了。"

"呵呵，恐怕很难，虎卫重装机甲速度提起来了，步伐也很灵活，沃伦特进行过专门的反狙击训练……就算这样还能狙中也没用，虎卫是重装机甲，运用得当的话，能量盾至少能抗住三发狙击……"

斯嘉丽默然了，很明显，蒙恬狙击的速度有点慢，半天过去了，连第一枪都没有放出来。

然后就在一瞬间，传来沃伦特的暴吼，重装机甲猛然腾跃，飞扑过去……上帝！

X能力，肌肉的瞬间爆发力，这是可以瞬间扑到月痕战机面前的节奏啊！

面对敌人毁灭性的爆裂攻击，蒙恬依然冰冰冷冷的，镭射枪轰鸣……

蒙恬开火了！

一道银色的重狙镭光，从狙击枪中径直轰向虎卫重装机甲，预判的轨迹，以对方如此凶猛的动作，肯定是无法回旋了，无论虎卫重装机甲怎么闪避都不可能躲开这一枪！

沃伦特笑了，你当老子的机甲是纸糊的啊。

嗡，虎卫重装的引擎发出一道轰鸣，瞬间，凝实有如实质般的能量盾加厚，这是重装机甲的强化能量场。

轰……

重狙在能量盾上瞬间爆开！

但这一枪根本不足以击穿能量盾，虎卫重装受到了阻碍掉落下来，已经只有五米的距离，再一扑就能把蒙恬扑倒。

沃伦特露出狞笑，想到刚才那水灵灵的美女，心中就像燃烧了一样。

而一旦让他近身，在虎卫重装的獠牙下，狙击机甲就像是砧板上的肉一样，完全就是个送！

但是！

下一秒，沃伦特原本轻松的脸上，笼罩上了一层寒霜！

能量盾还剩三分之二没错，但是，在能量盾上，一层淡淡的白光如同凛冬的寒霜一般正在能量盾上凝结，不仅仅如此，一道道冰寒的气息以一种他无法理解的方式渗透进虎卫重装机甲当中……

不仅仅是动弹不得！平素感应顺畅的G物质，这个时候就像是千年冰铁一样刺激着他的身体。

蒙恬轻轻地举起狙击枪，近距离地对准了虎卫重装机甲。

轰！

轰！

对着不能动弹的重装机甲，蒙恬没有多余的动作，简简单单的两发重狙打了过去。

一切烟消云散！

第二场胜利，仍然是干净利落，自始至终，月痕五型就在眼前，似乎伸伸爪子就能拍死，可是就这样被一枪一枪打爆。

古特这次不仅仅是跳了起来，挥着拳头狂吼！堂堂战神学院校长，在这样的胜利面前，就算是校长也需要激情！

太阳系十年以来，IG 赛事当中，从来没有这样痛快过，尤其是，两个学生都是他学校的，这尼玛，真是做梦一样的爽！

三发重狙，第一发，是带着寒冰 X 能力的神经冻结！

场面来说，也许没有张山来得那么火爆，但是，这种轻飘飘的胜利，更加让对手心寒！

杰克曼的脸彻底猪肝色了！

"怎么搞的，他妈的这都是什么东西，怎么这么多特种 X 能力者！"

身为队长的他，这个时候，忍不住对沃伦特爆了粗口，X 能力者多是力量和速度型的，特殊类型的比较少，这尼玛，刚开始就碰上两个。

堂堂洛克星，竟然被太阳系打了个二比零，一分未得，直接就是太阳系的赛点！

沃伦特已经被送往急救室了，他比上一个惨得多。IG 的对战，跟实战的唯一差别就是机甲并不会真的爆机，其他基本一致，战士所承受的力量以及 X 能力都被传导，这也是需要大量替补的原因，谁也不知道经过一轮轮的淘汰，到最后还能剩几个人，有的时候替补深度也是决定性的因素。

沃伦特并没有大意，一切都在计算当中，对方无论有什么能力，他都算好了针对的策略，他甚至算好了对方有打出连续精速重狙的能力，虎卫重装的能量盾，再配上重装的装甲，再配合他的走位卸力，他足够扛住对方四发重狙，然后近身格杀蒙恬的狙击机甲。

但是……万万没有想到，对手竟然会是……

寒冰 X 能力者！

和空间移动 X 能力一样，寒冰能力，也是极其罕见的能力，千算万算，不如天算，他的计算再多，直接一发冻结，完全废掉。

本来是百无聊赖的媒体看台上面……

暴走了，太阳系真的要跑黑马了？逆天了！

一个空间移动的 X 能力者，紧跟着又是一个强度寒冰属性的能力者，刚刚那一击不但冻结了机师，机甲的移动也明显被凝滞了，这个强度太凶残了！

黄石深吸一口气，让自己平静下来，完全没有理会一旁有点癫狂的迟慕野，在他主持的频道里面更新着最新的信息。同时，他已经开始撰写新闻稿，标题：被轻视的人类起源——太阳系联邦队。

而在另一边的看台上，碧雨燕站了起来拼命地鼓掌，热情无限。

一连出现了两个特别 X 能力者，还且还都属于比较罕见的级别！

接下来……不会有第三个吧？

斯嘉丽目光流转，却多是落在王铮身上，王铮的表情依然平淡，还有阿克琉蒂斯和李尔，这是太阳系最有名的两个人，也都一样的平静，太阳系联邦真有这么大的底气吗？

下一场对方肯定是队长上场了，王铮会不会上呢？

两连胜，大家的紧张情绪都不见了，反而变成了跃跃欲试，都眼巴巴地望着王铮，这是多么好的屠宰机会啊，吊打这帮洛克孙子！

洛克星被逼到绝境了，再输一场，就直接光头回家，正宗旅游队了。

第二十二章
决 胜

杰夫曼是真的怒了，第一场抽签抽到太阳系联邦，这简直就是送，可以热身，又避免硬碰硬，可是谁想到一上来就被狠狠扇了两巴掌，让他赛前的挑衅完全成了笑柄。

近十多年来，每次 IG 大赛，太阳系联邦都是各种叫嚣要崛起，不是这个天赋过人，就是那个天才了得，而且总喜欢起一些高大神的外号，听起来是很强，看起来也好像是那么回事，但每一次，都被人剃光头，预选第一场直接吞蛋出局。

十年如一日，次次如此，抽到太阳系联邦，就等于是被人送分了。太阳系联邦队，早就是 IG 里面最著名的旅游队之一，而且是一轮直接回老家的一日游队。

但是，现在，此时此刻……

二比零！他们堂堂的、伟大的洛克星竟然被这样的太阳系联邦打了一个二比零！

太阳系联邦的赛点。

他们要是再输一场，一日游的旅游队头衔，就真是要落到他们洛克星队头上。

洛克星队的氛围开始变得凝重起来，愤怒不甘，可是有力气却没处发的难受感。

难道，他们真的会输？这次太阳系联邦真的不是嘴上跑战舰了，而是真正的强者来了？

"都打起精神来！"杰克曼深吸了口气，作为队长，他绝对不能尿，哪怕真的是他的决策错误了，这种时候也不能认，不然，不仅仅是他完了，整个队伍，所有人也都跟着一起完了。"前面我们有些轻敌，但现在，我们要把太阳系联邦当成一个对手，把他们打爆送回老家！"

有策略没实力，那叫找死，只要用力量横扫过去，对面自然歇菜，但是，有一定实力又有策略，那就叫战术套路，你还用蛮力去横推，只会让自己陷进去。

虽然零比二落后，但杰克曼还是相当冷静地分析着局面，很可能这两个替补才是最大的杀手锏。

"对面只是强在特殊 X 能力上，突然爆发出来，走的又是非常规的套路，猝不及防之下的确很容易中招，沃伦特虽然已经很小心，但是，他把一切计算得太死了，没有给自己留下多余的反应空间，被对方出奇制胜，但是奇迹不可能一而再再而三，看穿了，其实也就是那么回事，只是他们的基础和我们根本没法比……所以，下一场，我会亲自出场拿下这一局，而你们，必须抢下最后两局的分数！看清楚我的战斗节奏，面对太阳系人，我们不需要太高端，只需要用我们洛克星人最擅长的无敌基础，碾爆对方就足够了。"

杰克曼重重地说道，以队长的身份，定下了接下来的战斗节奏，防他们一手 X 能力！

但是杰克曼怎么都没想到，他一个堂堂的洛克星战队队长登场了，一个小小的太阳系联邦战队队长竟然还稳坐钓鱼台，派一个……晕，这是什么鬼东西，这他娘的还是女人吗？

"王铮，你以为派个丑鬼就能赢我吗？！"

王铮眼神一凛，嘴角泛起一丝冷笑，有些人真是不知死活啊。

连李尔等人都露出无语的表情，这是典型的不知道死字怎么写。

只要是在章如男面前提起与长相相关的词，男姐的战斗力至少比平常要提升百分之五十。

杰克曼的目光直接略过了章如男，落在了王铮身上："队长对队长，敢不敢？"

既然要出手，如果能解决对面最强的队长，后面两场，洛克星这边就更有赢的保障了。

王铮淡淡一笑："你现在道歉还来得及。"

被叫了丑女，章如男的眼神里面却没有一丝怒气，这个样子的男姐，才是最可怕的，不过如果这个时候能及时道歉，则能缓解一部分可怕值，这是通过张山无数次含着血与泪的挑衅所得出来的结论，原以为挑衅会让男姐失去冷静而让他有机会，结果……不提了，血与泪呀血与泪。

杰克曼冷哼一声，知道对方是不肯上了，也不搭理王铮和章如男，直接进入自己的舱位。

章如男一声不发，直接坐进了驾驶舱中，选择了一架轻骑兵D型，月球军方高级机动战士，这是一款冲击型轻骑兵采用的标配钛金枪。

另一边，杰克曼也就位了，是阿斯兰的圣天使二型，全能型机甲，各方面数据都很突出，而在这种突出当中，又体现了一定的平衡，阿斯兰完美理念下的一款出色机甲，这款机甲虽然性能好，但操作难度不小，不得不说洛克星人全是全能，他们的座右铭就是没有不会用的机甲，当然亚特兰蒂斯除外。

看台上，碧雨燕已经一边倒地倾向太阳系了："那个杰克曼有点过分，太不绅士了！"

"那大概是战术吧，希望太阳系这边能忍住，千万不要失去冷静。"斯嘉丽看得很明白，杰克曼能成为洛克星队的队长，在这种情况之下，怎么可能会去做多余的事情，想想就明白了，激怒对手，胜利会来得更容易。

就看太阳系出战的章如男能不能控制住情绪了，一名合格的机动战士，都应该有绝对的情绪控制力。

轰！连线完成。两架机甲出现在一座标准的决斗场中，双方选择的都是偏向近战的突进性机甲，这是一次没有回旋的对决。

杰克曼的动作很轻盈，圣天使二型在他的控制下，行云流水般流畅，只是几个动作，就让人有一种视觉的享受感！

能将最简单的动作，做出这种行云感觉，杰克曼IG队长的位置，绝对是用实力硬碰硬杀出来的。这也是洛克星的特点，硬到骨子里面的基础，就可塑性来说，有点全能的感觉，所以洛克星人无论用什么机甲都能迅速上手，而且做到青出于蓝而胜于蓝。

圣天使二型，在阿斯兰也是主力的近战机甲，轻装甲的配置，使用的近战武器是两把钛金刀，只是长短不同，左手的百炼钛金刀只有右手的一半长短。

双刀在空中划过一个个刀花，不仅仅是为了气势或是好看，而是在控制一种节奏，吸引对手注意力的同时，观察对手的反应，判断对手的节奏……

骤然！

圣天使二型扑了出去，两秒的加速，便达到了一个高速的界限，引擎发出了古怪的风啸声，三秒钟便飙到了最高功率。

"夸张的操作，压爆式启动？不对！是多重爆发式启动，对机甲的引擎是个巨大的负担，但是，在决斗当中，这是个杀招。"

黄石兴奋地记录着，这杰克曼果然不愧是队长级的高手，一出手就比前面两个高出一截。

只是不知道太阳系战队的这位……女侠又是什么样的能力？

多重爆发式启动，杰克曼瞬间将圣天使二型推进到章如男的轻骑士 D 型左侧，双刀攻击，节奏大师的长短配合，这不是军方的攻击术，而是一门杀人技艺。

将人的技艺转化用到机甲之上，理论上，似乎很简单，但实际的操作，涉及方方面面的细节。

当！当当当当……

一步差，步步落后。

在机甲决斗当中，这个道理就更明显了。

杰克曼不惜用出多重爆发式启动，抢到了先手，章如男只能被动防守。

但是，圣天使二型使用的是长短双刀的战术，交替攻击，灵活得就像是名擅长杀人的武艺大师。

轻骑士 D 型的内圈被抢住了，百炼钛金枪的优势在这个距离不仅发挥不出来，相反，有点累赘的感觉。

战斗的节奏也被圣天使二型卡死，怎么都甩不开，杰克曼的基础有点逆天，跟节奏和抓节奏的能力根本就不会给对手任何机会。

长枪只能小范围地移动，抵挡着双刀从内圈的攻杀。

杰克曼打出了他的节奏，暴雨梨花刀，长短百炼钛金刀配合着圣天使二型的高速移动，如同一场三百六十度无死角的刀雨笼罩向轻骑士D型。

去死吧！

杰克曼的速度越来越快，而且，离极限还有很远，彻底压制住了章如男的同时，他还保留了一定的反应能力，防止章如男和张山、蒙恬一样，突然爆出什么特殊X能力瞬间秒杀比赛。

"丑女？你的X能力呢？怎么不用？你该不会不是X能力者吧？还是说，你真是派出来兑子的废物？哑巴还是怎么了？哦，我知道了，你肯定跟队里的人有一腿，谁的眼光这么好啊。"

杰克曼打开了公频，不断挑衅，洛克星，是佣兵之星，在战场上面，什么道德礼仪都是渣，唯有胜者才是正义，必须不择手段才能有正义，骨子里他还是认为对方肯定是有什么大招，与其被偷袭，不如激出来。

章如男默不作声，轻骑兵不断地向后退步，一步，两步，三步，但是，仍然拉不开与圣天使二型的空间。

但是显然章如男被激怒了，不管不顾地一枪杀出，然而异变出现。

当……

钛金枪被双刀死死地扣住。

这就是杰克曼相当著名的夹刀术，专门锁兵器，绝对硬技术杀手锏！

第二十三章
菜 鸟

激将法奏效，杰克曼泛起一丝冷笑，双刀一推，轻骑兵失去平衡，圣天使二代如同旋风一样扫向章如男，一长一短的钛金刀如同狂风暴雨旋转杀向轻骑兵，章如男唯一能做的就是防守。

"受死吧，龙卷暴杀！"

瞬间杰克曼的 X 能力全面爆发，他的身体是兼具了力量和速度的平衡，也正因为这样他才能做出龙卷暴杀这样的极限攻击。

瞬间圣天使二代幻化出漫天的螺旋刀影，爆响之声不绝于耳，章如男的轻骑兵就如同风中枯叶。

轰……

轻骑兵被轰到了半空，然而依然没有放弃，圣天使强控冲天，半空中双刀依然是疾风骤雨般地疯狂打击。

轰隆隆……

轻骑兵被击飞十多步，又跟着滑行十多米半倒在地。

杰克曼振臂一挥，全场的洛克星战队支持者跳起来欢呼，夹刀术加龙卷暴杀，无敌了，对手连开能量盾的机会都没有。

但是洛克星战队的笑容很快凝固了，轻骑兵缓缓地站了起来，钛金枪在手中回旋着，带着微微的呼啸声。

"太小看章如男了。"

"没有压倒性的速度就别想克制章如男的力量。"

烈心笑道，她是有功法的，这也是今年太阳系最大的底蕴，因为各家族功法的效果明显跟以往不同了，功法多带来的增益变强，这也是李尔等人底气十足的原因。

而章如男只是普通 X 能力者，可是她竟然可以把绘画的意境融入战斗当中，绝对是奇葩中的天才。

攻防一体，无比耐心，想要激怒或者击溃章如男，难如登天。

一套狂暴打击，章如男看似危险，却是一招一式地防守下来。

砰……

轻骑兵一个暴突，最简单的一枪轰出，杰克曼双刀迎上，故技重施。

轰……

圣天使二代直接被击飞。

所有人瞠目结舌，这要多大的力量，从机甲性能上，圣天使二代是稳稳压制轻骑兵的。

人随枪走，轻骑兵的速度看似不是很快，但无比流畅，紧紧压着对手的节奏。

张山弹了起来："晴天霹雳十八击，男姐威武！"

这是张山给章如男招式起的绰号，当然章如男是相当地鄙视，不过并不妨碍张山同学的大呼小叫。

噌……噌噌……

完全不像杰克曼那么爆裂，但是一枪接一枪，有一种入魔的感觉，杰克曼好像是傻了一样，躲都不知道该怎么躲，九枪，杰克曼的两把钛金刀竟然被击飞，杰克曼一声暴吼，不退反进，能量盾打开，这是要玩命了。

但是章如男依然不紧不慢，银枪蓦然点出。

轰轰轰轰……

圣天使二代被击飞，波……

能量盾爆裂，但是谁也没想到的是，洛克星战队的队长竟然……逃跑了……

这尼玛又不是在战场，你跑得掉吗？

他想跑回去捡刀……这是不是太天真了。

但还别说，刚刚做得一往无前，这突然之间掉头跑，还确实出人意料。

章如男的一枪忽然脱手，下落，蓦然，一脚踢出，如同水墨画中重重甩笔——踢枪式！

轰……

一枪爆头！

章如男 WIN！

全场为数不多的观众依然很平静，是被惊的，这准头，明显是故意的，章如男也是正常人，怎么可能不生气，连台下的张山等人都打了个冷战，得罪男姐果然是不明智的，她是不会斗嘴的，一切用行动说话！

迟慕野张大了嘴，妈的，就这样轻松地三比零结束了？

太阳系战队 WIN！

公证人立刻宣布了结果，毫无疑问，干脆利索地横扫晋级！

"我擦，真见鬼了，这都能赢！"迟慕野撇撇嘴有点沮丧。

一旁的黄石无语："你不是很看好他们吗？"

"晕死，我是友情支持，精神上鼓励，可是我押了一万块洛克星战队赢啊，我擦，佣兵靠得住，母猪都上树，我的钱！！！"

迟慕野悲催了，他的小金库一下子亏空了。

作为校长，古特很清楚赢了之后就要保持风度，主动和对方握手，互相客套了一番，但对方显然没兴趣搭理古特，即便是这样古特依然很开心。

章如男出来也得到了热烈的掌声，看了一眼沮丧甚至还没回过神来的洛克星队长，淡淡地留下两个字——菜鸟。

第一个冲过去的是——烈心，这真是抢风头啊。

烈心对章如男的欣赏向来是赤裸裸的，这是从里到外的欣赏。

最愤愤不平的是袁野，像男姐这样美若天仙的女子为什么别人不懂得欣赏呢？这群蠢货啊，有没有点眼光。

首战告捷，一直忐忑的叶紫苏和土豪稣也乐和起来，他还要第一时间把战果传回去。

007 寝室里得到消息也是震天动地的欢呼，在战神学院外面，无数的人在等消息，一个得到消息立刻辐射出去，很快整个战神学院都陷入了沸腾，校园网立刻更新消息。

祝贺我太阳系战队取得开门红——战神三杰所向披靡！

谁能想到第一战使用的全是战神学院的人，而且个个摧枯拉朽地取得胜利，完爆洛克星战队。

尤其是章如男那神奇的一脚，这准头，若是踢足球的话，其他人都可以退役了。

碧雨燕和斯嘉丽也都向王铮表达了祝贺，她们不但没料到会赢，更没料到会是这样的节奏。

而在另外一边，爱娜正和林回音击掌庆祝，当然是为王铮高兴，第一关过了，说实在的，两人还是相当地忐忑，一点想法都没有，王铮很强，但这个强放在 IG 中会是什么样？

谁想到太阳系战队竟然主力一个未上就轻松横扫对手。

IG 预赛第一轮结束，太阳系战队三比零横扫洛克星战队爆出一个不大不小的冷门，古特等人肯定是兴高采烈，整个代表团都在为这场大胜开心，只是队员们却已经从胜利中平静下来。

以太阳系战队如此阵容，也许外界会小觑，但是他们内心是傲气的，虽然还说什么要夺冠之类的夸张的言论，不过进入正赛才是他们的目标。

虽然太阳系战队爆冷，却依然没有引起太多的注意，黄石是专业的军事记者，他不在乎外界对他的报道有什么反应，太阳系战队引起了他更大的兴趣，对于一名专业的军事记者，没有什么比好素材更吸引他的了。

特殊的 X 能力并不是关键，因为一旦曝光之后，对手都会加以针对，让黄石比较好奇的是深度，因为阿克琉蒂斯、李尔、烈心才是太阳系最"有名"的，只是这种名气在银盟范围不值一提，可是看了太阳系战队替补的表现，黄石不由得期待起来，而且他竟然看到了一个奇怪的人物。

安吉利，阿斯兰军方新生代的核心人物，她为什么会出现在这里，难道是错觉？

太阳系战队的第二轮对手是诺顿星！

第二十四章
猥琐也是力量

诺顿星同样以三比零击败了来自巨龙星域的卡马龙共和国,诺顿星战士拥有着最强韧的肉体和意志,被誉为银盟的盾牌,最佳机甲战士的选拔星球之一,五倍于标准重力,加上悠久的文化历史成就了诺顿星机甲战士的盛名。

诺顿星战士虽然没有夺过冠,但几乎每届都可以杀入正赛,与洛克星人的全面相比,诺顿星战士可能更单一一些,只有自己的节奏,但稳定性却是无与伦比的,他们不在乎对手是谁,只需要用自己的力量去战斗。

比较巧合的是,诺顿星战队里的袁龙也是用枪高手,而在太阳系战队里,章如男的枪法也是让人印象深刻。

地球要过诺顿星这一关不容易。

还是原来的比赛场地,但是这次围观的人明显多了不少,比起上次小猫三两只的军事媒体,这次来了十多家,来观看的阿斯兰学生也多了起来。

当然他们也有可能是为了来看美女的,斯嘉丽、叶紫苏、碧雨燕、蒙恬绝对是一道风景线了。

这也不能怪男同胞,他们看一个女孩子的时候首先要看长相,其次才是能力,蒙恬的那一箭的风采还是吸引了不少男孩子。

王铮带领着众人入场,另外一边诺顿星战队的队长潘肃也带领着队员入场,跟上一场节奏不同,诺顿星人没有鄙视任何人的坏毛病,他们尊重自己的对手,无论强弱。

"王铮队长，希望这会是一场精彩的较量。"潘肃伸出手来，诺顿星人身材不高，但是每一个人都很稳健，跟这种人在一起可能会无趣，但绝对靠得住。

银盟最靠谱的队友就是诺顿星人，因为他们永远不会出卖你，永远不会丢弃你。

"彼此彼此！"王铮伸出手一握，没有任何试探，只是很普通的握手。

潘肃的年纪看起来要比众人都大一些，队员向场外观众敬礼之后，正式进入比赛。

诺顿星战队出场第一人是袁龙，也是他们凶猛的急先锋。

王铮对袁龙有印象，在CT中交过手，是个很扎实的对手，上次他用战神一号就有相当的表现，这一次用强力机甲肯定能发挥出实力来。

X能力的爆发大招对诺顿星人的用处不大，他们并不擅长一些奇特的X能力，但是针对X能力却非常有心得，对他们来说，X能力不过是一次爆发的攻击，只要稳稳地守住，对手就是强弩之末了，任何X能力释放之后身体都会进入衰竭期，所以诺顿星人并不在乎这个。

王铮扫过众人，拉东等人都有点跃跃欲试，但王铮的目光却落在了猥琐的胖子身上。此时的罗非正在四处看美女，东瞅瞅西看看，阿斯兰真是个好地方，这里的妹子个个美得冒泡，要是能泡一个回去也不虚此行了。

"罗非，这一战你上。"

罗非一愣，脸色一呆："不是吧，队长，这么重要的第一战要交给我吗？"

罗非求救似的望向李尔，李尔冷冷地望着他，罗非打了个寒战："了解，我上！"

周围一阵窃窃私语，太阳系战队什么情况，又上替补，替补只是在没办法的情况才使用的，他们倒好，竟然还在使用，而且还不是上一场的三个人，X能力一旦使用需要恢复时间，越是强大的力量恢复的时间越久，但一般情况下一天也差不多了，蒙恬三人是应该轮休，但主力难道还不上？

这胖子自己都没信心，还打什么？

胖子一上去就跟袁龙握手："大哥，手下留情，多多关照。"

袁龙呆了呆，认真地说道："这是决战，我不会手下留情的。"

胖子一脸委屈，泪汪汪的样子看了真想捏一下。

双方战士进入驾驶舱，战斗开始。

"胖子，你要是输了，回头就把你的零食全分了！"张山在下面吼道。

罗非沮丧的脸就更可怜了。

潘肃倒是很淡定："袁龙，不要受他们影响，这胖子不好对付。"

袁龙稍微一愣，点点头，这胖子很有可能是卖乖的，太阳系战队可以赢洛克星战队本身就说明了实力。

袁龙进入候机室，选择了自己的战机，轨道传送，进入了赤龙机动战士的房间，进入驾驶舱，G物质融合。

机甲的性能不错，阿斯兰这边的机甲都保养得很好，赤龙战机是诺顿星自产的人型机动战士，冷兵器为钛金枪，这款机甲偏厚重，一般人类操控会觉得别扭，不够灵活，但是诺顿星人使用却是另外一回事。

而罗非选择了一架阿斯兰的零度系列的零度八代机动战士，斥候型机动战士。

双方一开战，袁龙驾驶着赤龙战机就开始对零度八代进行压迫式的防守，保持着距离，不给对手用镭射攻击的机会，而罗非确实够尿，在不大的空间里，尽可能地蹿来蹿去，丝毫没有跟袁龙正面对抗的意思。

但是袁龙的技术相当稳健，步步紧逼，终于迫使罗非不得不出手，只是一枪就把罗非轰退七八步才站稳，而袁龙立刻跟进，最擅长的枪法立刻展开，一旦被他一套打出，对方就算有能量罩保护也是个死。

噌……

银枪直捣黄龙，罗非猛然一个侧身，间不容发地躲过了必中的一枪，整个人像是吃了猛哥丸一样的迅速，左手闪电般地抓住赤龙战机的银枪。袁龙冷笑，立刻采用拖枪式，同时步伐迅速变化拉开，转手就能给零度八代一个回马枪，结束这场比赛。

然而异变发生了。

这一抽竟然没抽动，机甲转了一半停在原地。

零度八代的利刃已经突了过来，袁龙本能地想启动能量盾，近在咫尺，可是脑子觉得自己很快，但动作却是那么缓慢，像是被麻痹了一样。

不好，是 X 能力！

当袁龙反应过来的时候，利刃已经插入机甲……

轰隆隆隆！

一直猥琐的罗非一击而中之后，立刻跟进要害一击。

太阳系战队 WIN！

太阳系代表团这次总算没有像第一场那样外露，虽然脸上很高兴，但还没到最后，还不到庆祝的时候。

没有太多的掌声，这人赢得太莫名其妙了，怎么忽然就赢了。

从驾驶舱走出来的袁龙依然脚软，只是受到了一些冲击，倒没受什么伤，可是也是郁闷得要死，完全没有发挥就被阴了。

真想吼一句，有本事真刀真枪地干，可是人家的能力就是实力。

潘肃面色凝重，又是特殊 X 能力者，地球这次哪儿招揽了这么多异能者？看刚才的状况，不是虚弱就是麻痹，虽然只是一瞬间的事儿，却足以完成战斗。

他算准了对方可能会派 X 能力者，但这次又不同，这种根本就是防不胜防，袁龙算是战斗经验比较丰富也比较警惕了，还是着了道，而且对手也太猥琐了，明明有这样的能力还装得那么尿，太阳系战队都是些什么人啊！

黄石却是重重地写上了一笔，只能用一个词来形容这支队伍——成熟！

队员实力很不错，却很低调沉得住气，想要在 IG 上走得更远，不沉稳一点是绝对不行的，这已经具备了进入正赛的必要条件。

不过诺顿星人绝对不会这么放弃的。

第二场潘肃直接走到了台上，他要亲自出手了，若是再输一场恐怕就要重蹈洛克星战队的覆辙了。

太阳系战队这边都是跃跃欲试，玛萨斯等人也觉得可以上场试试了，越到后面肯定越难，若是前面没机会的后面就更难了。

阿克琉蒂斯微微一顿，刚准备站起来，塔罗斯站了起来："这一战让我上吧！"

连张山等人都上了，没道理不轮到他，而且击败诺顿星的队长，绝对是一次荣耀，上一次完全被地球人占了便宜，他可不想来了一趟诺顿星却毫无建树。

但是王铮却没有立刻回答，静静地望着潘肃，而潘肃很淡然，虽然第一场失利，诺顿星的队员在潘肃上场之后也都平静下来。

王铮微微摇摇头："这一场我上。"

塔罗斯脸色一阴："王铮，你这是什么意思，难道你觉得我打不过他，还是你只肯用地球人？这是太阳系战队，不是地球战队。"

李尔依旧平静，阿克琉蒂斯微微一笑："塔罗斯淡定点，你是不是他的对手不确定，但潘肃的风格完克你，你的速度优势毫无发挥之地。"

"潘肃，上一届 IG 大赛排名二十八，历经两届 IG，本届的排名虽然未进前十，确是有数的高手之一，拥有控制气压的特殊能力，塔罗斯，你能赢？"烈心不屑一顾地笑道，自从塔罗斯跟李尔搅在一起，烈心对他就没什么好感了。

塔罗斯脸色更阴冷，他也没想到这个诺顿星的队长这么有名。

"塔罗斯，既然队长发话了，肯定是有必胜把握，我们听从命令就好。"李尔淡淡地说道。

塔罗斯嘿嘿一笑，不再言语，像是什么都没发生一样地坐下。

潘肃，IG 给出的大赛排名是十七位，虽然这个排名并不代表胜负，却也能反映出一个战士的过往和潜力。

王铮直接走到了台上，看到潘肃的时候，他能从这个人身上感受到那种最喜欢的战士的气息，沉稳，意志坚定，充满自信。

他喜欢这种对手。

第二十五章
来自地球的暴力队长

潘肃看着王铮，没有说话，但明显地表情认真了许多。

"靠啊，原来太阳系战队这么凶残，一个比一个狠，而且能力都很奇葩啊，表哥，这次发达了，记得分点稿费给我啊。"

迟慕野很兴奋，他今天押太阳系战队赢了，一万块。

但是黄石却微微摇摇头："这潘肃是真正的高手，太阳系战队第一个难关来了，我可是看过他上一届的表现，诺顿星靠着稳定的发挥最后是倒在了亚比坦的进攻之下，而这潘肃正是上一届的先锋。"

迟慕野张了张嘴："我擦，那你不早跟我说！你不是说太阳系战队很厉害很有潜力吗？娘啊，我又押错了！"

"没错啊，但我没有说对手弱啊。"

迟慕野有一头撞死的冲动了，擦擦擦，王铮啊，给力啊，棺材本啊，不能都赔进去了。

潘肃被传输到了他所选择的机位——凯旋之王，这是诺顿星目前最好的均衡机动战士，没有太花哨的配置，但远程近程都相当均衡，激光剑标配，凯旋镭射枪，最关键的是，这款机甲全部采用了诺顿星自产材料，密度极大，其他国家不太会选，操作难度会高一些，但是所要发挥出的力量要比一般机甲强很多。

这是一个你能用，就可以轻松压制的机甲，也被誉为诺顿星王牌机师的标志，充分地发挥出凯旋之王的威力才可以成为王牌。

而潘肃，正是诺顿星最年轻王牌机师称号的获得者。

只是以诺顿星人一贯的低调和沉稳，他们并不在意这个，此时黄石是随口念叨着，但其他人听了之后立刻不淡定了。

"这人竟然是高手，长得不像啊！"碧雨燕很好奇。

"高手并一定要有多英俊多嚣张。"斯嘉丽笑道，可是不由自主地有些担心。

然而王铮那边的传输时间长了一点，说明选择的机甲很偏门，当抵达之后，全场鸦雀无声。

大力神？

这是什么东东？

所有人窃窃私语，而在场所有太阳系战队的队员脸色都变了。

王铮怎么回事，手抖了吗？！

叶紫苏坐不住了，她知道王铮想帮助OMG，可是她宁可牺牲OMG，也不愿意让王铮冒这样的风险。

大力神确实耐用，但跟凯旋之王完全不是一个级别啊。

古特出了一身冷汗，这王铮搞什么飞机？大力神，你当名字叫大力神，就真是大力神了？

王铮已经进入体验，大力神不是第一次尝试了，这款机甲其实就是基本型，但跟大力士不可同日而语，可以在CT玩玩大力士，但在实战中使用肯定不行，强控之下机甲完全承受不住。但这款大力神就不同了，各方面都很适合，最关键的是，它带铲子！

这铲子并不是常规配备的武器，而是OMG制造的噱头，来自叶紫苏的创意，奉送的。

当看到了对手的选择，潘肃也微微一愣，打开公频："若是选错了可以更换，我可以等。"

诺顿星的战士显然不屑于靠侥幸取得胜利。

虽然是对手，王铮也是心生敬意："没选错，这款机甲我比较拿手。"

顿时下面的议论声更大了，尤其是来自阿斯兰皇家学院的学生，他们听说过诺顿星的凯旋之王，却从没听说过什么大力神，地球人就喜欢搞一些夸张的名字。

对手潘肃完全进入战斗准备，诺顿星人最大的优点就是他们从不轻敌。

两人进入了战斗区域——大力神对阵凯旋之王。

当众人看到王铮的大力神扛着个铲子出现的时候，全场哄堂大笑。

这尼玛确定是在打 IG 比赛吗？

还是在搞笑？

塔罗斯笑得更贱，这王铮绝对是在装×，看了一眼李尔，却发现李尔不但没笑，脸色一下子冰冷，眼神变得无比锐利。

除了李尔，还有一个人，米露。

因为他们曾经遇到过一个对手，那个人也喜欢用铲子。

难道会是一个人？

"米露，你怎么了？"

"不可能，绝对不可能……"

有一些技术现实中是绝对不可能实现的，就像她的华丽连击，在现实中，你就是累死也完不成！

袁龙的脸色也有点疑惑，好像忘记了什么东西。

大力神机甲登场，在 IG 大赛中是有一些绝世强者用基本款机甲，比如阿斯兰战士就有用铁卫登场的，但大力神……

潘肃驾驶着凯旋之王登场了，诺顿星人在遇到这种情况时，会自动假定对方就是高手，他们只会以更认真的态度来对待，有点傻有点愣，但这就是诺顿星人的特点，他们以之为傲。

潘肃的机甲把手臂放在胸口，相当地肃穆，这是诺顿星战士的礼节，尤其是像潘肃这样的"老战士"，这是他最后一届 IG 了，要战得无怨无悔。

王铮的大力神也标准地敬礼，战斗开始了。

凯旋之王的凯旋镭射枪架起，而几乎是同时，王铮的大力神已经发起了突进。

大力神的远程攻击活力是压制不住凯旋之王的，诺顿星人虽然实诚，但并不傻，不发挥自己的攻击优势就是脑子有问题。

镭射轰鸣，但是大力神手中的铲子竟然成了防御的武器，镭射被铲子反弹了，这铲子还可以当盾牌用啊？

不得不说，OMG 在生产的时候，材料上绝对是十足的。

连续的攻击都被挡开，大力神已经冲击到了危险区域，潘肃才不紧不慢地收起镭射枪，掣出激光剑。

难道这家伙真想用铲子攻击？

强控，暴突，凯旋之王发出震天动地的轰鸣，有若猛虎下山，激光剑猛然砍了过去。

刚刚的远程攻击完全是心理战，看似有点平淡，谁想到潘肃一上来就爆发这样凶猛的攻击，这是要一招打爆对手的节奏。

然而这时，大力神手中的铲子旋转起来了，发出嗡嗡的声音。

袁龙略显苍白的脸上出现一抹红晕，心脏怦怦直跳，上帝，难道那是真的？

潘肃虽然觉得莫名，但攻击却并没有因为对手的古怪举动而停止，反而加大力量。

……轰……

一声惊天动地的爆响，激光剑能量爆射，直接被弹起，若不是潘肃的实力了得，这一下激光剑就要脱手，然而对方的铲子已经迎面拍了过来，一股窒息的气息迎面袭来。

"不能挡！"袁龙一声暴吼，可惜他忘了，潘肃是听不到的。

潘肃还是挡了。

嗡……

随着一声爆响，大一号的凯旋之王直接被拍飞了……

上帝，这他娘的跟拍苍蝇一样，直接把重量体积都大一号的凯旋之王拍飞了。

驾驶舱里的潘肃一口血到了嗓子眼，刚刚若不是他的 X 能力瞬间抵挡了一下，只是这一击他就完了。

暴退二十多米的凯旋之王竟然五六秒没爬起来。

第二十六章
就是无解

大力神只是站在那里，举着那个搞笑的铲子，可是却没有任何一个人笑得出来。

塔罗斯张开嘴像是一下子飞进了苍蝇，吞不下去吐不出来，这他娘的是什么玩意！

潘肃做梦都没想到，他使用气压屏障，竟然都无法阻碍对手的爆裂攻击，这气压屏障可是潘肃的杀手锏，可攻可守，相当一层能量防御，在关键时候可是能定胜负的。

但是面对对手的攻击竟然直接被打爆。

凯旋之王站了起来，到了嗓子眼的血硬生生被咽了回去，潘肃的脸上露出了一丝笑意，没想到在第二轮就遇到这样的高手。

凯旋之王轰然跃起，激光剑一摆，大踏步地冲向王铮的大力神。

王铮的大力神也启动了，两人的距离瞬间拉近，但是大力神却一个踉跄，像是撞到了墙一样被绊了一下，重心不稳，而凯旋之王的攻击已经杀到。

这就是气压 X 能力在进攻时候的作用，防不胜防。

激光剑剁下，但是大力神的铲子又转了起来，所有人的瞳孔都收缩了，这是什么，王铮的 X 能力吗？

这次，潘肃是有所准备的，他是诺顿星人，一个最忠实于基础的星球，这不是 X 能力，是旋转力，是让人癫狂的扎实技术。

对付这种技术只有一个办法，必须要突破旋转力，只要突破了，就能造成更强力的伤害，否则……

诺顿星人是绝对不会后退的。

轰……

大力神被击退，但是凯旋之王的激光剑又被挡开，同时像是被反弹重击，后退的距离更远。

潘肃咬着牙，承受着这瞬间反弹的力道，对手在这样的情况下竟然还可以反击，这是什么样的怪物，但是他相信对手同样不好受！

这样的反弹力，王铮的双手应该已经抬不起来了。

潘肃一声暴吼，凯旋之王再度启动，这是诺顿人的意志，杀……

大力神的反应明显要慢那么一点点，凯旋之王的速度和凶猛丝毫不减，激光剑高高举起，暴突——腾空，一往无前地斩下。

面对这样绝门的技术，只有用更强大的攻击击溃对手，一旦后退，就是悬崖！

谁能想到，只是两架机动战士的对战竟然有了战场的惨烈。

大力神虽然反应慢一拍，但是手上一点都不慢，铲子疯狂地旋转迎了上去。

凯旋之王居高临下，气势如虹，而且在攻击的瞬间，激光剑像是被什么推了一下，速度快成了一道残影。

潘肃这是玩命了。

轰隆隆……

激光剑脱手了……上帝……

旋转的铲子拍了下来，嗡嗡嗡……

肉眼可见，空间似乎出现了晃动，三道屏障出现在凯旋之王的面前，但是那旋转的铲子只是轻微地阻碍了一下就拍了下来。

能量盾打开，这是潘肃唯一能做的，X能力阻挡不住这种力量级别的攻击，尤其是可怕的旋转能够荡开阻碍，但是却给他时间足以启动能量罩。

铲子迎面拍了下来。

嗡……

轰……

能量盾应声爆裂。

全场死寂一片，黄石的嘴张得能吞下自己的手，我×啊，这是什么鬼东西，X能力？纯技术？

攻破凯旋之王能量盾的物理攻击？

能量盾告破，凯旋之王退了两步，王铮却没有继续攻击。

凯旋之王也没有动，几秒钟之后，机甲室里响起红色警报声，这是有机师受到重创，急救的警告。

王铮当然不能再攻击了，否则这种反震力之下就会有生命危险了，哪怕是以诺顿星人的体质。

太阳系战队WIN。

但是就算是太阳系这边都说不出话来，掌声和赞美都是多余的，这是王铮吗？

这是他们认识的那个王铮吗？

太阳系战队的队长？

潘肃是预定的本届IG的风云人物，结果被一铲子拍废了。

你敢信，你能信？

"我擦，原来王铮的X能力是旋转铲子，这是哪个系的？"迟慕野喃喃地说道。

砰……

脑袋被敲了："猪啊，你家有这种能力！"

"表哥，我们是亲戚！"迟慕野不甘地说道。

而黄石已经不在意了，他有点疯癫了，这绝对是高手，这是纯实力的碾压，简直就是告诉对手，你永远不能战胜。

在整个IG大赛中，不用X能力还有这样实力的不超过十个人啊，竟然有一个出现在太阳系联邦战队！

发达了！

潘肃被抬走的时候已经昏迷了，可想而知重击有多么惊人，能量盾完全没用，就算没爆开，反震力也足够震伤机师。

这种攻击大家都清楚，破盾之伤，对手可是诺顿星人啊，他们抵抗这种震荡的体质是出了名的。

王铮走出来，这时全场才响起热烈的欢呼声，这简直就是无解的结束，张山直接蹦了过来："我靠，王铮，你小子什么时候偷学了骷髅的大招啊，原来你也玩CT！"

王铮笑了笑："没有啊。"

张山呆了呆，张大了嘴，显然意识到了问题，忍不住擦擦了半天。

李尔的眼神陷入了最复杂的情绪之中，一直以来他就觉得王铮是个事儿，没想到自己的两次挫折竟然是出在同一个人手中。

太阳系战队里对王铮的态度还是比较特别，虽然在最后海盗一战王铮神奇地驾驶了亚特兰蒂斯战机，但后面测试就不好用了，医生认为，这可能是昏迷过程中的X能力异常反应，当然有可能唤醒，也有可能永远不能再使用，而对于王铮的基础实力，众人一直没有直观的认识。

所以哪怕是太阳系战队内部都认为阿克琉蒂斯才是最强的。

土豪稣的嗓门是最大的，只是他不能靠近选手区，但兴奋之情还是溢于言表。

斯嘉丽和碧雨燕目瞪口呆，做梦都想不到会是这样的结果，看着王铮淡定的脸色，好像这只是一件微不足道的小事儿。

"恐怕要让兰德里他们来看看了。"

"他们恐怕不会有兴趣吧，正忙着搜集其他战区的情报。"

第三场，拉东上，本以为会摧枯拉朽地获胜，然而拉东却被诺顿星人击败，还受了点伤。

拉东的风格跟诺顿星人是一样的，但是诺顿星扎实的基础和力量完爆拉东。

谁都以为这种气势之下，肯定三比零横扫了，却没想到在队长受伤离场的情况下还能做出这样的反击，这就是诺顿人不屈的意志。

可以站着死，不会躺着输。

第四场，太阳系战队上的是塔罗斯，塔罗斯果然不负众望，被诺顿星击败，他的速度面对诺顿星人的沉稳完全没有发挥的余地，连续的消耗对拼之下，被对手击溃。

诺顿星人的战术素养也相当高。

谁能想到上来两战摧枯拉朽，紧跟着又连输两场。

古特等人的心一下子又悬了起来，但是太阳系战队的主力们依然稳坐钓鱼台。

李尔和阿克琉蒂斯他们当然知道，王铮这是在练兵，是想告诉众人，这场战斗并不容易，他的选人和安排是考虑周全的。

像这样的战斗，罗非这样的突击手，要比塔罗斯等人适合得多，IG无菜鸟。

第五场，双方都到了悬崖边上。

"烈心，交给你了。"王铮说道。

烈心站了起来，众人心中都悬了一下，这是玩火啊，这样的战斗还是应该让李尔或者阿克琉蒂斯上吧？

烈心妩媚一笑："王铮，看不出你还挺男人的，有胆量。"

别人不知道什么意思，但烈心知道，这是王铮对她的信任和对局面的把握。

以诺顿星人目前表现出的风格和战斗力，烈心是有把握的。

最终烈心以一记威压全场的火焰刀解决了对手，烈火诀的能力并不是能量盾能防御的，不是X能力，胜似X能力，烈家的功法明显变强了。

太阳系战队以三比二击败了他们晋级路上的第二个拦路虎，晋级第三轮。

这一战有惊无险，太阳系代表团可以继续欢呼了。

同样是胜利，第二战比第一战却有了本质的不同，大家在太阳系战队上看到了一点强队的意思。

胜利的消息传到了战神学院，再次引起了轰动，轰动并不仅仅是因为赢了，而是王铮竟然是传说中的骷髅。

这个消息对外面不会有太大的影响，可是在地球，这一直是个巨大的谜，当老鹿得知骷髅就是IG太阳系战队队长的时候也是呆了半晌，竟然真的是军校的学生。

一下子人们忽然开始关心IG的情况了，太阳系战队到底能取得什么样的成绩？

只是CT里的影响力更多的是个噱头，并不会增加什么分量，实战完全是两回事，若是细致地说起来，可能负面影响还大点吧，这是多么不务正业的一个学生啊。

陈秀和姚艾伦可是欢庆了好一会儿，不过他们决定等王铮回来的时候痛宰一顿，竟然伪装了这么久。

严小稣把战斗视频传了回来，虽然录制得有点差，但是 IG 比赛的情况和游戏是完全不一样的，那样的暴力，尤其是对手被抬出去的样子，彻底震撼了一片，索伦也相当给力，直接挂在了太阳系官方首页。

反正没有禁止宣传，用实战来带动一下 CT 也是一种策略，但凡是个玩家，当看到大力神那无敌的旋转铲子拍下去的时候就感觉内心中某一种力量被释放了。

这是无敌的感觉！

原来 CT 里的一切都不是虚幻的，幻想可以成真！

第二十七章

气 势

太阳神什么的，在圈内很有名，可是玩家们哪儿管那一套，他们只认识骷髅同学，IG 大赛更暴力更凶猛更对胃口。

不过没有直播，众人只能等着看录制的视频，这可是真刀真枪的了，限定为十四禁。

战神学院一下子出名了，就连古特都没想到，IG 大赛会有这么大的影响力，准确地说，这是抓住了地球人渴望崛起的心，一颗人类起源的伟大自尊被压抑太久了，那深深的渴望埋藏在每个地球人的心里。

这是要崛起的节奏啊！

战神学院的关注度立刻跃升为地球第一位，超越了不少综合性大学和排名太阳系前十的专科大学，这是前所未有的。

只是准备战斗的小伙伴们并没有想太多，第二战他们胜利了，紧跟着就是第三战。

第一轮有三战，是连续的，太阳系战队的第三战对手是击败了仙蛮星的飓风行星。

也是本届 IG 大赛冉冉升起的一颗明星，战斗越到后面越难，而这一战将是一个坎，渡过这一关就可以得到宝贵的休息时间。

对手的基本情报已经送到。

飓风战队，队长李东阳，强大的 X 能力者，跟太阳系战队有点像，整个队伍就是靠着组合的 X 能力一路过关斩将，太阳系战队将面临同级别对手的攻击，比的就是谁的 X 能力储备更强，谁能打出先手。

这一次比赛，来观看的人数明显翻了几倍有余，瘦死的骆驼比马大，太阳系毕竟不是无名小卒，人们也想看看太阳系战队是不是真的变强了，还是靠运气跌跌撞撞过了两轮，毕竟第二轮也仅仅是险胜。

塔罗斯输了一场彻底老实了，他和拉东都受了点轻伤，看着前面张山他们赢得轻轻松松，可是谁想到自己上的时候却输了。

实力这个东西跟名气真没有直接关系，而且王铮说的是对的，对阵还是要讲究一点战术，尤其是对手并不弱的情况下。

飓风行星是一个 X 能力者出现几率比较高的星球，主要源自他们的星球的特点。人类探险者第一次看到这个星球的时候就被它的美丽震撼了，有点像土星光环，但是它是如同彩虹一样的双环围绕，环境跟地球非常相近，拥有丰富的生物和植物资源，但并没有产生高文明的生物（当然也有小道消息说是有土著文明但被消灭了），人类很快征服了这个星球并成为主要的移民星球。这个星球的居民都很聪明，天生基因数都比较高，可能是由于这个星球元气比较充沛的缘故，很是滋养，在当今的银盟占有非常重要的地位。但这个星球的人类虽然聪明却也有点懒，走精英路线，但武力却并不是太发达，盛产超级战士，输出型星球。但近些年飓风星显然要改变这种现状，提高国力，寻求大国待遇。

这次 IG 也是他们展现实力的机会，基因数普遍比较高的情况下，出现 X 能力者的几率也就比较高。

古特等人本来已经淡定了，目标已经完成，可是看到学生们的表现，禁不住要想一点更大的，能不能进正赛呢？

若是能进正赛，可就真是实现了突破，他这一辈子就值了，作为一个校长还能企望什么呢？

会场里议论声很多："斯嘉丽，你真可以考虑下王铮，你看你们既有共同话题，他又这么帅，感觉很像我们阿斯兰人啊。"

碧雨燕八婆的毛病又犯了。

"你看那个短毛，似乎对你很有兴趣，一直不停地回头看你。"

"谁啊？"

"就是跟叶紫苏坐在一起的那个。"斯嘉丽说道。

"不是吧，那个矬子，不干啊！"碧雨燕夸张地说道。

"说不定人家很有内涵啊，能跟紫苏这么熟悉的，恐怕都很有才能吧。"

"咦，你说得有点道理，反正姐姐我现在也是单身，换个口味也不错。"说着，碧雨燕竟然主动过去了，斯嘉丽无奈地摇摇头，也只能跟着过去，碧雨燕还真是风风火火，想起什么是什么。

台上，队员已经正式出场，飓风战队的队员都穿着银色的制服，胸口闪烁着交叉彩虹的标志，眼神都充满了自信和高傲。

要知道飓风行星是目前发现的跟地球最相近，而又比地球更美的行星，被誉为最美行星，这个星球的人也带着天然的优越感。

只要他们想做的就一定能做到，飓风行星这次的目标是至少杀入四强。

公证人宣布了开始，李东阳并没有搭理王铮，转身走了回去，让走到一半的王铮只能尴尬地站在那里，王铮笑了笑也没有在意。

"王铮，第一战我来怎么样？"阿克琉蒂斯主动请缨道。

阿克琉蒂斯不是塔罗斯，他主动开口肯定是有用意的，因为从情报上了解，飓风战队的前锋队员罗伯尔汗是跟张山一样拥有空间能力的 X 能力者，但跟张山的移动不同，他的能力是错位空间，会让机甲瞬间进入一个扭曲空间，这种扭曲并不会造成身体伤害，但却会瞬间错乱机师的节奏，简单说那感觉跟从地面忽然进入失重状态一样，一旦机师遭受这种古怪的感觉，就完全处于被动挨打的局面，而且这样的 X 能力防不胜防。

不管飓风星人的态度怎么样，实力是摆在那里的，而太阳系战队显然没有丝毫停步的打算。

王铮点点头："第一战，阿克琉蒂斯！"

作为一直以来的太阳系最强者，阿克琉蒂斯是太阳系唯一名声在外的，也是最出名的一个，大概这也是唯一能从对手名单上查到的人。

阿克琉蒂斯登场，李东阳让已经起来的队员又坐了下去："罗伯尔汗，你上，阿克琉蒂斯，太阳系战队的最强者，击败他，对手就废了，小心，他的 X 能力是某种力场。"

罗伯尔汗看起来也就是十六七岁，站了起来，微微一笑："队长，请放心，对付太阳系不需要太费劲，我还想试试那个喜欢玩铲子的农民的，哈哈，你们有福了。"

这个声音丝毫没有压着，就连不远处的太阳系战队的选手也都听得清清楚楚，在他看来什么旋转铲子，一个能力过去直接废了，可惜这个机会要让给别人了，欺负一下太阳系队长还是挺有趣的。

说真的，自从来了阿斯兰，太阳系似乎走到哪儿都是路人，莫名其妙地被各路鄙视，这也是人类起源地所要背负的，整天觉得自己有多伟大，有多么重要的意义，可是若是实力不足，这种意义就是负担了，换一个其他的联邦，根本没人在意。

果然一上台，对手连握握手的打算都没有，直接选择了自己的机位，阿克琉蒂斯的脾气算是比较好的，可是自从来到阿斯兰之后，他感受到了出生以来从没有感受的感觉——无视。

他是——阿克琉蒂斯！

伟大的天王系传人！

整个银盟，乃至整个宇宙都是出自太阳系，这伟大的文明，从太阳系开始，也必将被太阳系掌握！

第二十八章
天生装×加成

战斗即将开始，又有观众进来，竟然是阿斯兰机甲系有名的教官老鬼，还有珈蓝。

"教官我说真的，他们很强，已经第三轮，一定要看看！"

老鬼是冲着王铮来的，阿斯兰IG战队还轮不到他负责，不过作为资深的教官，他也是教官组的成员之一。

台上的阿克琉蒂斯和罗伯尔汗都没有受到影响，各自选择好了机甲。

阿克琉蒂斯——月夜骑士，一款在月球比较中庸的机动战士。

罗伯尔汗——飓风剃刀，飓风行星比较有特点的刺客型机动战士，显然更适合配合他的X能力，不要什么防御，直接击杀对手就行。

阿克琉蒂斯操作着熟悉的月夜骑士，而对手的飓风剃刀则是一个华丽的滑步登场，在IG的赛场上永远不会缺乏想秀的选手。

飓风剃刀指着月夜骑士，打开公频："解决你只需要一分钟！"

初见战前宣言，阿克琉蒂斯面对对手的挑衅却是面不改色，嘴角缓缓露出一丝笑容。

月球众人可是有点被激怒了，阿克琉蒂斯虽然不是队长，但在他们心目中可是最强的存在，不仅可以带领月球，甚至是可以带领太阳系联邦的复苏。

只是月球的精英骄傲，一旦走出太阳系就没什么人在意了，就算是飓风星都比月球有名，银盟发展到现在，正是各国民族自尊心自信心蓬勃爆发的年代，谁都想成为引领银盟风潮的存在。

激光剑掣出，阿克琉蒂斯只是静静地等待着对手，罗伯尔汗的飓风剃刀战机已经迅捷地冲了过去，冲刺的过程中不断变幻着步伐，错频，交叠，左右突击，意思是告诉对手，你的远程射击是没用的，老老实实等着受死吧。

这么爱表现的选手在 IG 上还是不多见的，当然罗伯尔汗也是有信心可以秒杀对手。

飓风剃刀十多秒就冲到了攻击距离，激光剑全力轰出，同时蓄势已久的 X 能力爆发，典型的大招流，围绕自己的 X 能力做出致命一击，直接结束战斗。

以月夜骑士为中心五米左右的范围内，空间出现了扭曲，这一瞬间机师的动作会受到极大的干扰，除非你有针对性的 X 能力！

阿克琉蒂斯既然决定出战，肯定是相信自己的能力可以针对对方了。

但是……怎么都要打先手啊，可是从阿克琉蒂斯身上看不出任何 X 能力的波动。

轰……

激光剑交错，阿克琉蒂斯在极其别扭的情况下挡住了攻击。这种错乱之下，连攻击方向都会错误，可是阿克琉蒂斯依然精准地抵挡住了罗伯尔汗的全部攻击。

而罗伯尔汗的扭曲 X 能力也就能维持十二秒，在战斗的时候这算是一个相当长的时间了，可是整整十二秒占据绝对优势的攻击，硬是被阿克琉蒂斯完全挡住。

轻描淡写。

轰……

罗伯尔汗的飓风剃刀被击退，扭曲的空间恢复了正常，阿克琉蒂斯的月夜骑士爆裂突击。

罗伯尔汗急退，一时之间完全慌了，他做梦都没有想过有人会在扭曲空间中还能判断方位！

嗖……

激光剑划出一道光芒，罗伯尔汗的能量盾急忙打开，同时还击，但是月夜骑士已经不见了。

踏踏踏踏……

月夜骑士如同灵活的斥候，做出了斥候型机甲最著名的四方打击！

轰轰轰轰……

能量盾爆裂，紧跟着激光剑划出一道光芒。

阿克琉蒂斯的月夜骑士做了一个滑步，回旋停止，引擎关闭，激光剑收起，一气呵成。

飓风斥候的胸口已经中了一剑，火花四射。

阿克琉蒂斯 WIN。

米露等人立刻起立欢呼，他们终于等到了阿克琉蒂斯的第一场胜利，这也是太阳神在 IG 正赛上的第一次亮相。

轻松潇洒，而且根本没使用 X 能力。

"在错位空间中，要求机师有极强的调整能力，而且反应要快，阿克琉蒂斯，这个人也要注意！"黄石画了一个圈，作为一个资深军事迷，他对于阿克琉蒂斯的胜利并不感到意外。

在 IG 的战斗史上，那些过早暴露能力，自以为一招鲜吃遍天的全都铩羽而退，想要靠着能力一路过关斩将是不可能的，只能说罗伯尔汗太天真了。

包括太阳系战队的张山等人，出奇制胜肯定是没问题的，可是一旦曝光了能力，想要出奇就没戏了，还是要用自己的硬实力争取机会，那个章如男很不错，但水平并不是顶级的，本以为只有一个王铮很让人吃惊，没想到太阳系战队还有一个。

阿克琉蒂斯，一直被誉为可以让太阳系崛起的人物，当然每隔一段时间太阳系联邦就会捧出这么一个人，但没一个成功的。

只是这个人，有点不一样。

赢得了战斗的阿克琉蒂斯依然很淡定，脸上始终挂着那温和的笑容。

只是这边笑得出来，飓风战队就笑不出来了，怎么都没想到他们竟然被针对了。

这阿克琉蒂斯肯定是专门针对罗伯尔汗的扭曲空间做了专门的训练才能适应的，不然绝对无法适应。

"阿克琉蒂斯，你是不是早就知道他们会派这个人上，专门练习过了？"张山笑着问道。

阿克琉蒂斯微微一笑，摇摇头。

"张山，你觉得对付这么一个小喽啰，我们月球之王需要费那个劲儿吗？"玛萨斯无奈地说道。

在太阳系联邦，并不是只有王铮才是高手，哪怕是放在 IG 这个级别。

牛刀小试，阿克琉蒂斯更多的只是想热热身，同时宣告他的存在。

不少阿斯兰的学生也在议论着，显然他们没想到太阳系这一届的水平还真有那么点看头。

不过对于阿斯兰人来说，他们更喜欢看这些自以为是精英的二流队伍之间的装×，那感觉特别喜庆。

一上来就输了一场，李东阳脸色虽然一沉，却没有太意外，毕竟阿克琉蒂斯才是太阳系联邦的最强者，这次的换子还算成功，这么强的适应能力，以月夜骑士的机甲性能做出近乎斥候的动作，甚至比飓风剃刀还快，这可不是什么人都能做出来的。阿克琉蒂斯等于不声不响地露了一手，只可惜能欣赏的不多。

第二战轮到飓风战队这边先上选手了，李东阳沉默了一会儿："蒋臣，这一场，你上！"

"是，队长！"

蒋臣站了起来，并没有因为上一场阿克琉蒂斯的强势表现有什么反应。

飓风战队的人知道，队长还是感受到了压力，因为蒋臣是飓风战队的秘密武器，本来是打算到了正赛的关键时刻使用的，可是看了太阳系战队的表现，似乎无法忍耐了。

第二场是必须拿下的。

与飓风战队的严肃相比，太阳系战队这边却很淡定，太阳系主力的几个人都登场了，拉东和塔罗斯战败，但王铮、阿克琉蒂斯和烈心都是完胜，可是在太阳系战队还有一个不能忽视的人物。

准确地说，哪怕是内部的一些人都认为他是一条安静的毒蛇，跟他相比，塔罗斯充其量就是一条疯狗。

李尔站了起来，望着王铮："这一场交给我如何？"

虽然王铮是队长，但是显然队员们的主动性都很强，不过无论是阿克琉蒂斯还是李尔都是有智商的，不会像塔罗斯那么鲁莽。

王铮微微一笑，点点头，他和阿克琉蒂斯不经意地交换一个眼神，李尔终于要出手了。

他也有忍不住的时候。

再怎么能忍，也都是年轻人，看着别人一场接一场地表现不可能不动心，而且在这样的战斗中，总是躲着不出来不是个事儿，若是怕曝光就说明底蕴不够、实力不足，显然李尔不应该是这样的人。

也是时候活动活动了。

李尔走了上去，李尔的骄傲是飓风行星的人远远无法比的，赤裸裸地无视，完全当对手是影子。

飓风战队立刻炸锅了，他们可以无视别人，但不能容忍区区一个地球人无视他们，这家伙的眼睛简直是长在头顶上，那眼神像是在看路边的乞丐一样。

还别说，在这方面，李尔的能力是独一无二的，他是天生往那里一站，就让人觉得他在无视你的存在那种样子。

李尔很随意地选了一台巴塔 V 型。

那种随意和轻蔑，以及巴塔这种地球的基本型，彻底把飓风战队的选手激怒了，当场就骂了起来。

被地球狗轻视了，这简直不能忍啊。

"蒋臣，给我狠狠地教训教训他！"李东阳沉声道，胜负在其次，面子最大，这小子竟然如此目中无人，什么玩意儿，地球垃圾而已。

从头到尾，李尔就没在意，还别说，他在激怒人这方面，已经到了一种境界，不说话不作为就可以把对方气个半死。

"看到没，这个李尔可是典型的大地球主义的代表了，还以为这是五百年前的地球统治时代。"

"哈哈，要追溯也要追溯到一千多年前吧，天知道。"

"地球人真搞笑，那高傲的气势以为自己是亚特兰蒂斯王子了。"

"我观察了，太阳系战队中就这小子最装×，好像是高手一样。"

黄石在李尔的名字上画了一个圈，他倒不认为李尔是在装×，在队伍中有王铮和阿克琉蒂斯这样的高手，还这么自负，恐怕是有两下子的。

而这个蒋臣，可是飓风战队数一数二的高手。

蒋臣选择的依然是飓风剃刀机甲，一方面想证明这款机甲的厉害，另一方面也是被对方无视的，竟然选了巴塔战机，哪怕是不太了解地球机甲情况的也知道，这是地球军方都要淘汰的基本装备。

两架战机出现，巴塔战机就这么安静地站着，连引擎都没发动。

这尼玛是挑衅吗？

轰……

飓风剃刀战机发出轰鸣，激光剑擎出，同时在机甲的外围出现了肉眼可见的旋风。

飓风战队的人露出自信的笑容，要知道蒋臣是可以把刺客类机甲发挥到极致的存在。

对手的机甲已经启动，X能力也发动，似乎是操纵空气的，然而对面的巴塔战机竟然还处于熄火状态……

第二十九章

未　知

陷阱？

不！

是轻视！

彻彻底底地无视了飓风行星，大地球主义也要看情况吧？真以为自己开了王霸之气，朝别人面前一站，别人就要跪下臣服？

"这里不是地球，要装×，回地球去！"

蒋臣是彻彻底底地怒了，用巴塔这样淘汰了的机甲也就算了，面对已经发动了X能力的他，竟然连机甲都不启动，引擎静默待机。

尤其是，他还十分认真地用了能发挥自己最强实力的飓风剃刀，非常小心地一开场就酝酿展开了他的X能力。

什么样的人最让人痛恨？

当你倾尽百分之一百的努力时，对手却是轻飘飘地浑不在意，就好像你连一只苍蝇都不如！

最关键的是李尔往那里一站，一句话不用说，天然开嘲讽，谁看到他都不会顺眼，只是没想到战斗一开始，这嘲讽开得更是凶猛。

吼！

蒋臣眼神当中都能喷出火来，他的X能力，在这股强烈的意志之下，展开得更加迅捷快速，空气的流动变得更加快速。

"呵呵，不作，就不会死，蒋臣超水平发挥了，能力系统的展开，比训练时的最好成绩还要快一点三秒。"

飓风行星队伍当中，负责信息统计的人员笑了，在他的身前，有一个光屏，数字如同流水一般飞快地从上面滑落下来，第一串数字，都有着特别的意义，这是飓风行星战斗的特点，飓风般的杀伤力背后，是完善的分析系统，不仅仅是对对手的分析，更重要的是对自身的解析。其实不少强大的战队也都是这样做的，分析对手和队友战斗的状态数据，加以调整和针对。

理念就是，把自己能做到的做到最好，然后突破，那么，就是无敌！

他们有这个自信。

"飓风剃刀机甲几乎就是为蒋臣量身定做的，一旦他的 X 能力系统展开，任何对手，都只有一个结果。"

李东阳冷冷一笑，对蒋臣这个时候的表现还是很满意的，没有因为李尔没有启动机甲引擎而有任何大意，狮子搏兔亦用全力，蒋臣非常认真，也是在用全力去战，而且，摸到了突破的边缘，蒋臣现在的状态是无敌的，不作就不会死？呵呵，就算李尔不装×，面对这个状态的蒋臣，也仍然是死路一条。

看台上……

"这个李尔也太装了吧？还不启动？距离已经很近了，而且，这个蒋臣的能力……不是风，而是空气！他控制的是空气系统，这是一个局域性的超强 X 能力，能创造出一个增益自己速度力量、减损敌人移动和混沌视野的能力场。"黄石瞪大了眼睛自言自语道，喂喂，这个情况，简直就像是在放弃比赛了，机甲都不启动，根本就是让人当成靶子来杀。

两架机甲的距离，随着蒋臣的突进越来越近。

五十米……三十米……轰！

这时，肉眼已经可以看到，地面，一道道龙卷浮现出来，空气的流动，是看不见的，但是，卷起来的沙尘是可见的。

一般情况，可见，就是可以防御，但是，蒋臣的能力，显然不会有这样的漏洞，这些卷起的沙尘龙卷，很明显，是一种视觉障碍，吸引敌人的注意力的存在，真正的杀招，是隐匿无形的，飓风剃刀机甲这时也完全发挥出了它刺客型机甲的特点，在空气的异常流动中，如同发射出去的箭矢一般，猛烈地插向李尔！

巴塔Ⅴ型，仍然淡定地一动不动。

太阳系准备区，王铮、阿克琉蒂斯等人都是稳坐钓鱼台，张山却有点急了："我靠，李尔不会是装×过头了吧？胖子，你老大在搞什么鬼？"

罗非神秘地一笑："想知道？"

"有屁就放，估计你也不知道。"张山越来越熟悉罗大胖子的套路了，不过，要说李尔是消极比赛，故意放弃输掉，也是绝对不可能的事情，问题就是，怕李尔想要秀别人，反而被别人秀一脸，那就难看了。李尔到底有什么招？这情况了，居然还不启动。巴塔Ⅴ型机甲，张山还是很熟悉的，启动速度原本就比其他机甲要慢一拍，对手是速度型的刺客机甲，李尔现在有种玩火自焚的感觉。

"喀，就你这态度，我不告诉你。"

罗非眨眨眼调侃道，丝毫没有担心的意思。

双方机甲距离，十米！

"快要到极限距离了！五米，只要突进到五米的距离，飓风剃刀能发挥出最大杀伤力的绝杀距离，而天时地利完全处在飓风剃刀这边，李尔还不启动？就算有后招，想要秀对手，这个时候也该启动了吧？"

飓风行星准备区中，数据分析收集人员笑了，别人都以为五米是飓风剃刀的绝杀位置，但是，在蒋臣的操控空气系统的Ｘ能力面前，十米，就已做到绝杀，发挥出飓风剃刀机甲的最强杀伤。

就在李东阳点头的瞬间，战斗场中，忽然响起了一道微不足道的引擎声音。

"启动了……"

飓风行星代表团的信息收集人员敏锐地捕捉到了这一个细节。

但是，有什么用？已经迟了……

蒋臣的飓风机甲已经就位！

空间系统的Ｘ能力已经完美就位，绝杀的杀招，无限狂风的起手势已经展开。

蒋臣也是热血沸腾，猛烈地爆发！他，是极度极度极度地认真的，完全地爆发着实力，没有一丝丝的大意。

现在，就是得到回报的时候了，去死吧，大地球主义者！也不想想，现在的地球，在银河联盟当中算个毛？

轰隆！飓风机甲爆发出一道轰响，蒋臣露出了他最凶猛的獠牙。

出……

出……手？

就在这一刹那。

蒋臣的飓风机甲发出一道不和谐的声音。

就好像是被石头绊到了脚一般，整架机甲在最巅峰的气势当中，突然全身一软，扑通一声直接扑倒在巴塔V型的脚下。

……一动不动。

从头到尾，巴塔V型，都没有动上一下，似乎只有引擎轰了一下。

但是，仅仅是启动引擎，完全没有动作，怎么可能对已经达到了绝杀角度，而且完全是巅峰状态的蒋臣造成影响？

呜嗡……呜嗡……

突然，凄厉的蜂鸣警报声从飓风行星的驾驶舱响起！

"这是……"

驾驶机师生命系统垂危的警报！

李尔WIN！

画面上，弹出了最后的结果。

全场静悄悄的，显然李尔是使用了某种X能力，只是这是什么力量，为什么完全无迹可寻？

在众人惊诧的目光当中，李尔淡然地从机甲当中走了出来，就像他不是完成了一场战斗，罗非胖子这时恰到好处地跑过去递上了一瓶矿泉水。李尔淡淡地打开瓶盖，喝了一小口，惬意得就像是刚遛完狗回来。

喝完水，罗非连忙接过瓶子，李尔往那儿一站，目光朝着对手那边一扫……天然嘲讽体打开。

只是这一次，却没人说得出话来。

这就是太阳系战队的李尔。

狗腿子罗非连忙伺候着李尔入座，你很难想象这罗非也是 IG 的正式队员，而且还取得了胜利。

　　忽然之间，骄傲的飓风战队就这样被摧枯拉朽地逼到了绝境，又见二比零，太阳系这是要完虐对手的节奏吗？

第三十章

唯 一

二比零，太阳系战队轻轻松松地拿到了赛点。

飓风行星这边，陷入了危机当中。

蒋臣被送入紧急医疗室了，重度昏迷，诊断的结果是疲劳过度，但是在他的身上没有任何的伤口，难道是自己使用 X 能力过度导致昏迷？

"我肯定有 X 能力波动。"

飓风行星的信息收集分析人员赌咒发誓地肯定。

"现在，这些不是重点，接下来这场比赛我们必须拿下。"李东阳冷冷地说道，现在不是考虑这些事情的时候，而是如何拿下接下来的这一局，若是这样输了，回去他也完了！

这一场，轮到太阳系战队那边先派人选了，李东阳的注意力，全部都放在了王铮身上，王铮已经用大力神这种机甲证明了他的强大，接下来这场，如果王铮上了，那么他就必须上。赛前，李东阳和信息收集分析人员一起，对王铮有过最深度的解析，有着各种预测和针对，他有信心击败王铮。

这是赛点了，一旦失败，就是淘汰。

王铮的目光在太阳系战队众人脸上扫过，一转头，掠过了指着自己鼻子跃跃欲试的张山，落在了玛萨斯的身上。

王铮朝着玛萨斯一笑："玛萨斯，这场轮到你了。"

王铮并不是随性地乱选派队员，每个人都有自己的战斗特色，IG训练营之后，大家每天都有进步和变化，而这些都必须在真正的比赛对战当中才能体现出来。身为队长，必须了解每一名队员的情况。每个队长对 IG 的理解不同，有人喜欢隐藏实力，有人要排除异己，但对王铮来说，这就是一次梦想之旅，不是他自己的，是太阳系战队每一个人的！

何况要走得更远，必须发挥每个人的力量，才有希望在无数强者当中杀出重围。IG 不是一个人的战斗，而是团队，一个人再强，也只能赢下他自己的那场，所以，IG 的队长，除了实力，更重视领导力。

实力好判断，而这领导力嘛……

对于王铮的这个选择，阿克琉蒂斯微微一笑，毕竟是用了月球的选手，但李尔和烈心都禁不住皱了皱眉头，明明可以一鼓作气，非要横生枝节。

玛萨斯回以微笑，点了点头，他也不多话，直接进入了驾驶舱中，熟悉地选择了月球最稳定的骑士系列机甲：月影守护者。

这是一款重视防御和基础的机甲，能将个人基础发挥成为战力。

另一边的准备区中，李东阳眼神一眯露出狂喜，对方派出了一个没出过场的人，不是烈心，也不是王铮！

毫无疑问，飓风战队的机会来了。坦白说，他真不愿意第三场就跟王铮玩命，胜负半对半，而现在……

"丹格其利，拿下这场。还有，小心点，别让对手放了大招。"李东阳下了命令。

丹格其利是飓风行星战队的三大主力之一，是蒋臣最好的朋友，一起喝酒一起把妹的那种铁哥们。把蒋臣送到医疗室，丹格其利早就已经怒不可遏，而发怒的丹格其利，在飓风行星战队绝对是一号人物。

丹格其利一颔首，直接奔向了驾驶舱，选择了飓风行星近战最成熟的风龙机甲，能量盾采用了特别的能量输送技术，虽然比不过重装机甲，但相对其他战士型机甲要更经抗，引擎也是飓风行星最新研发出来的风魔 G 型，五涡轮变速装置，让风龙机甲拥有接近刺客型机甲的灵活度。

近乎完美的一款机甲，防御、攻击力、速度，几乎没有可以挑剔的地方。

月影守护者玛萨斯 vs 风龙机甲丹格其利！

对战开始。

双方，出现在标准的格斗场中。

玛萨斯很慎重，月影守护者偏向防御，与他的性格和能力相匹配，这样的组合，通常会让对手很头痛，没有办法顺利地攻破他的防守。

丹格其利对月影守护者是有了解的，太阳系联邦虽然式微，但是月球一直受到各国的关注，各大强国也许不会太在意，但是对于飓风行星来说，还是值得借鉴和关注的。

现在大家对于太阳系联邦的每一个选手都很期待，毕竟前面两场的阿克琉蒂斯和李尔都很厉害，这次又会带来什么样的惊喜呢？

丹格其利很嚣张，擅长防御的月影守护者？

"看来，还真是小看我们飓风行星了啊，完全没有收集过我们的情报，想防御飓风的攻击？脑残了吗？"

丹格其利冷笑着，打开了公频，直接嘲讽。

其实是李尔的嘲讽后遗余波，反正，现在无论太阳系派出谁，选出什么机甲，在飓风行星战队眼中，都是浓浓的嘲讽味道。

轰隆！

月影守护者摆出了一个防御姿势，角度完美地针对着风龙机甲。

"有点意思，不过，很可惜，你面对的是我，是我们飓风行星最成熟的风龙机甲，这里面凝聚的是我们飓风行星无数设计师集体智慧的机甲，不是你们这些靠一两个人设计出来的垃圾机甲能够比得上的。"

丹格其利在公频当中继续嘲讽着。

玛萨斯皱了皱眉，变换着位置，防守着不断移动寻找攻击角度的风龙机甲。这家伙，废话真的有点多，干扰战术？可惜，对他没有用。

飓风行星战队准备区。

听到丹格其利说着各种废话，李东阳微微一笑，深深吸了口气："我去热身，下一场我上。"

这一场，赢定了。

而下一场，将轮到他们先派出人选，无论太阳系那边派谁，他都必须上，将比分锁定在二比二平。

最后一场，王铮也许会上，但是，就算身为队长的他不能去针对王铮，他们这边，还准备了一个更加巨大的惊喜送给他，原本，是不打算在这场就用出来的。

"队长？这场比赛你不看了？"一名替补队员愣了愣，就算要去热身，比赛还没结束吧。

李东阳笑了笑，伸手在这名替补队员肩上拍了拍："大概你们都还没见过丹格其利说废话时候的状态，也对，在飓风行星，能让他说废话的人，也不多，除了我也就只有……呵呵，时间不多了，很快就要轮到我上了。"

李东阳转过身，头也不回地去热身区域，开始热身了，非常认真，他要让太阳系的人知道，银河，早就已经不是太阳系辉煌的那个年代了，还有，亚比坦，阿斯兰……这些强国们，也看清楚了，他们也并不是独步宇宙，飓风行星，也在强势崛起，无论是机甲科技，还是机动战士，他们都已经有了不输给任何强国的底蕴！

这是李东阳身为飓风行星 IG 队长的觉悟和信心。

但是，替补队员还是愣愣地眨着眼，什么时间不多了？这场比赛才刚刚开始吧，而且对手选的还是极擅长防御的月影守护者，月球的机甲水平还是相当不错的，就算是丹格其利的风龙机甲能赢，时间绝对不会少。

轰……

风龙机甲出击了，他并没有耐心去寻找月影守护者的防御死角破绽。

一边在公频嘟囔着垃圾话，一边直接正面强攻，风龙机甲有着这样的突进攻击能力。

玛萨斯淡淡一笑，对手这样的攻击，正中他的下怀，这也正是他最擅长应对的局面。他敢先选月影守护者机甲，就是有着绝对的自信，他用月影守护者的防御是全面而成熟的，对面口口声声说着风龙机甲是什么智慧的结晶，月影守护者也代表着月球防御型机甲的最高成就之一，在他手上，这份成就，将会成为月球不破的证明！

正面战？那就战个痛快！

轰！！！

正面的硬碰硬，两架机甲就像是两头斗牛凶猛地对撞在了一起，互相角力。

咔嚓!

瞬间,双方又交叉分开,各自移动脚步,换了位置,玛萨斯眼神非常坚定,对手好强,在外人眼中,也许只是短暂的一次硬碰硬的碰撞,但是实际上,风龙机甲在这一次碰撞当中,做出了十一次不同角度的攻击,动作非常小,隐蔽而惊人地迅速。不过,现在,正是玛萨斯精神状态最好最完美的时候,对手虽然强大,但是,不会输!

玛萨斯有着绝对的自信,只要他的这个状态继续这样维持下去,那么,他就绝对不会输。不破的防御,月影守护者,他要在这场比赛上演月球的智慧。

月球八星,淘汰得只剩下他一个人……

残酷,但是,没有办法,结果就是结果,月球人的高傲,让他们在面对痛苦时不会发出任何声音,打碎了牙也要往肚子里面咽,回头还要露出完美的笑容,这是月球人的风格。

但是……

真的不痛吗?

不!

而是将所有的一切,都负担在了唯一的他身上。

IG训练营后,月球众人解散了,原本,除了他和阿克琉蒂斯,其他人都该各过各的生活了。大家都不是普通人,日常其实都很忙的,各家族的继承人,有着继承人的繁重培训课业。但是,每天训练时间,大家都仍然像是没事一般照常训练,只是有着一个小小细节,每个人都变着花样在他面前将自己最擅长的东西拿出来,让他看清楚,让他学习,让他懂得如何破解这样的敌人。

所以,这一战,第一次出场的他,必须要赢下来!

玛萨斯深深地呼吸,操纵着机甲,又一次迎上了风龙机甲的第二次突进。

轰轰轰……

这一次,对手的攻击,和之前的风格完全不同,不再是小动作,而是大开大阖的轰击,一把钛金刀展开,横扫的大动作,接着连续回旋的转身大力劈斩。

好强，动作好快，有 X 能力的波动！

对面的能力，和皮小修有点类似，是一种战斗控场的能力，也可以称之为精神干扰，对方正在掌握战斗的节奏。

第三十一章

厄 队

　　玛萨斯仍然是微笑着，虽然，机甲传导过来的剧烈震动，明显干扰到了他的状态，但是……

　　米露，董潇洒，皮小修……

　　一张张面孔在玛萨斯眼前飘过，不知道远在太阳系的他们是不是能看到这场 IG 比赛。

　　吼……

　　控场节奏的 X 能力，的确很强，但是，那只是攻击的节奏，所有人都忽略了一点，战斗，有攻击，就会有防御，攻击有攻击的节奏，防御也就会有防御的节奏。

　　玛萨斯如同一座大山一般，无论风龙机甲如何强攻，他都岿然不动。

　　公频当中，对方还在吧啦吧啦地说着各种废话，飓风行星如何如何，他们的设计师之间，完全没有壁垒，集合所有人的智慧，为了同一个目标，不像其他地方，为了个人的利益而互相争斗……

　　屁话越来越多，出手越来越重，但是，他能挡住，然后……

　　反击！

　　玛萨斯在撞开对手的一刹那，反手一剑直刺，这是他的第一次攻击。在风龙机甲对他进行了不下五十次的攻击之后，月影守护者做出的第一个攻击动作。

　　火花闪亮！

　　轰……有若一道闪电。

　　玛萨斯的 X 能力，攻击中附带雷电攻击，具有一定程度的麻痹效果。

但这致命的一击，却空了……

擦过了风龙机甲的驾驶舱，电光虽然辐射到了一点对手，却并没有造成实质性的伤害。

哗然……

刚才那一剑要是再快一点，就是贯穿风龙机甲驾驶舱的绝杀一击。

与此同时，公频中，丹格其利的废话声，第一次消失了。

好安静，这一刹那，玛萨斯似乎感觉到了什么。

飓风行星准备区中……

队长李东阳热身完毕了，从热身区域一步步地走了回来，战斗还没有结束，之前那名替补队员正回过头来看他："队长，刚才……"

"没声音了。"

"啊？"

"丹格其利没说废话了，结束了。"

"什么？"

轰！！！

这一刹那。

战斗画面爆起一道火光！

躲过攻击的风龙机甲在这一瞬间，如同一头猛龙，从正面，硬生生地切入了月影守护者的驾驶舱，正面的强行突破，玛萨斯没有防住，双臂直接被风龙绞开，强大的扭力，让他根本就没有机会反应，没有花哨的东西，这是纯粹的硬实力。

你也许很努力，但这个世界上总有更努力的！

爆机！

咔嚓……

太阳系战队驾驶舱轰然打开，玛萨斯脸色苍白地倒了下来，双肩还在颤抖。

输了，就在他以为自己能赢的一刹那！

米露，皮小修……大家的脸庞再一次从他脑海当中浮现，只是，这一次，大家都是失望的神情。

这时，一只手伸了过来，扶住了他，按住了他的颤抖，是王铮。

"对不起，我输了。"玛萨斯也不知道该说什么了，这么关键的一场，他还是输了。

王铮拍了拍玛萨斯："休息一下，胜败乃兵家常事，后面交给我们。"

气氛一下子凝重起来，本来的大好局面没了，不过太阳系联邦依然有优势，只要拿下下一场就可以了！

飓风行星队的队长上了，这是想扳平。看台上的目光都看向了王铮，王铮会派谁出场，或者，他自己上？

王铮笑了笑，看向了懒懒靠在休息椅上的烈广："烈广，该你了。"

"我？没问题，呵呵，够意思，二比一，绝杀的机会，我不会错过。"百无聊赖的烈广立刻精神百倍。

烈心的眉头更紧锁了，王铮的判断能力……这个时候上烈广。烈广的实力肯定不是对方的对手，只能说是兑子了，虽然是个不错的选择，可这是上一个错误造成的问题，却让烈广承受压力了。

"看来太阳系队长不太自信啊，竟然逃避挑战。"

"你真指望地球人多勇猛啊。"

"别这么说，人家可能有大招呢，这烈广好像是火星烈家人，说不定是杀手锏。"

李东阳选择了飓风剃刀机甲，这场大战，这款机甲是第三次露面，同时他也彻底放下心来，这个王铮太嫩了，一个队长不仅仅是要实力强，更重要的是指挥能力，千军易得一将难求，太阳系也就这样了。

飓风行星最热门机甲，也是飓风行星内公认一挑一决斗最强的机甲，对飓风行星人而言，这款机甲完全就是为他们打造的。的确，外面还有性能更强大的相似机甲，在这个场合下，他们也可以选那些机甲，并不受限。但是，性能有时候不代表一切，是否能完全发挥出机甲的潜力，机甲的历史的沉淀和积累，也是一个重要因素。

烈广的选择，是火焰山八代机甲，中规中矩，并没有太出挑地选择性能更好的，而是用了他最熟悉的。

不过王铮的这个选择，还是让队员们和太阳系代表团的人捏了一把汗，因为一旦被逼成二比二，情况就完全不同了，气势也将倒向对手那一边。第三场王铮就不应该让玛萨斯上啊，他过于去平衡内部了，想要赢得所有人的支持，想法是对的，可是作为队长有的时候要霸道一点，看所有人脸色的队长算什么？

无论如何比赛还是开始了。

烈广 vs 李东阳！

轰，火焰山八代合金刀出鞘，烈广一上场，就是烈火诀，有样学样，飓风行星战队的人，从来都没有要保留实力的想法，所以，他也不会留手，而且，见面直接就是干，也是他烈大少的火爆风格。

吼！

烈广这段时间的进步，有点猛，有烈心的支持，烈广的烈火诀连续突破自我，现在，就是展现的时候了。

轰……

"火焰刀！！！"

看台上，一阵惊叫声响起。

烈广的火焰山八代的钛金刀燃烧起来，一种奇怪的火焰，这种 X 能力确实有点明目张胆了，无法完全防御。

烈心也是这么赢的，火焰伤害穿透了能量盾，直接攻击了本体，这种火焰并不是物理火焰，更像是灵魂火焰。

严小稣站起来挥舞着手臂，大声加油。

"不用这么夸张吧，刚才也没见你怎么卖力。"碧雨燕白了严小稣一眼，任谁身边突然有人这么大吼起来都会吓一跳的。

严小稣回过头，借着这个机会，他认真且大方地看着碧雨燕，好漂亮的脸蛋，身材更是一级棒……

第三十二章

决　胜

碧雨燕被严小稣看得心里面毛毛的："干吗？"

土豪酥立刻摇了摇头："男人的激情，和你说了你也不会懂。"

碧雨燕别过头去："说得好像谁稀罕懂似的。"

叶紫苏笑了笑，说道："我记得，烈广好像有说过要给你介绍个火星美女吧？不会是因为这个吧？"

"喀喀，小妹，不带你这样揭穿人的吧，我可是你二哥啊。"

严小稣瞬间蔫菜了。

碧雨燕倒是乐了："我还以为是什么，又是女人，火星美女？呵呵，要不要我帮你介绍个阿斯兰美女？"

"真的？"

"先看比赛吧。"碧雨燕瞬间就把话题揭过去了，"你们太阳系这次真的不弱啊，这个烈广，看上去赢的机会很大，而且人长得也帅。"

"我也很帅的啊，阿斯兰美女的事……"

"别说话，看比赛。"

太阳系战队准备区，烈心微笑地看着火焰山八代，烈广走出了他的迷障，某些方面，其实比她更有天赋。但是，一个人的强大，光靠天赋是没用的，她还是烈家最强，但是，烈广会是她的左膀右臂。

另一边的准备区中，飓风行星信息分析人员，正在不断地更换着一副副眼镜，每副眼镜都带有不同的射线，可以扫描不同的 X 能力。

"不是真的火，而是一种光谱现象，带有一定程度的攻击性，比烈心的反应弱。不过，机甲得到了奇异的强化，G 物质散发出来的信息量很大。"

"分析结果……不是直接攻击性，而是一种穿透，能量盾不可防，可以直接灼烧机师！"

"东阳队长还没有展开 X 能力。"

"没有……"

轰！

话音未落，飓风剃刀机甲猛地冲向了火焰山八代，变速滑步，疾步突刺。

攻击开始了！

烈广的火焰刀猛地挡了上去，刀身赤红，燃烧着 G 物质传导过来的 X 能力，劈波斩浪，一往无前。

轰……

烈广根本就不懂厌字怎么写，要战，就直接开干，试探什么的，直接省略，但烈广并不是简单的莽攻，而是有计划的。

对手是飓风行星战队的队长，实力显然强悍，他的机会，就是抢攻，拿到自己的节奏，然后，不断地压迫对方，利用他的能力可以直接灼烧机师的优势，拿下这场比赛的胜利。

计划，非常顺利，李东阳似乎想要先试探虚实，并没有一上来就爆发，被烈广抢到了先手，这在烈广的计算当中也是必然的发展。李东阳的压力很大，这是赛点，他输了，飓风行星就彻底完了，所以，他一上来，肯定会想先试探，而不是和之前的选手一样，上来就爆，毕竟，他是队长。

轰轰轰……

火焰山八代连续地抢攻，正面连斩，飓风剃刀机甲竟然被压制住了，刺客型机甲一旦被压住，发挥不出速度和高爆发的攻击力，那就等于是失败。

烈广眼神一闪，一记大劈斩后，飓风剃刀机甲反应有点迟滞。

破绽！

但是，烈广压住了心中攻击的渴望，按照之前的计划，继续正面的强攻，一点一点地将他灼烧，打入对方的机甲当中，直接灼烧机师。

也许是破绽，也许是陷阱，男人，要坚持自己的路，不受诱惑。

"不错，没上当，但是，很可惜，上当了，你还有赢的可能，现在，你没机会了。"

李东阳的声音，陡然在公频当中响起。

轰！

一道闪光，从飓风剃刀机甲之上亮起，这道光，比烈广的火焰还要绚丽夺目。

而且，除了光……

李东阳的 X 能力——光爆震荡！

这是对视觉和精神的双重冲击，真正一击致命的大招流！

轰，飓风剃刀机甲以一种诡异的极速，整架机甲几乎是扭曲了一般从火焰山八代中间贯穿而过。

爆机！

飓风行星战队 WIN。

吼……

真正的狂欢声，从飓风行星战队那边吼起。

队长无敌！

队长万岁！

地球去死！

太阳系那边听到这句欢呼，都将目光看向了李尔，明明是太阳系战队，为什么骂的仅仅是地球？李尔淡定地喝了口水，关他鸟事？

但是……王铮要为他的选择负责了，眨眼之间，局势被逆转成二比二平。

作为队长，王铮可是相当不称职啊！

随着烈广和玛萨斯的登场，太阳系战队队员全数在 IG 上登场，但问题是，随着两人的战败，太阳系战队浪费了大好局面，被二比二逼平，再次进入决战阶段。

唯一值得庆幸的消息是，飓风战队的队长已经登场过，而这边的王铮还没动手。

"王铮太自信了，第三场就应该自己上，直接终结比赛，现在倒好，给了对手反击的机会，现在胜负难料了，煮熟的鸭子飞了。"

"不一定啊，王铮肯定是想让队员热身，找到自己的节奏和状态，再说了，虽然是第五场，但以他的实力恐怕是有把握的吧。"

"这是 IG，所谓热身就是曝光自己的底蕴，而浪费好局，更是作为队长不可推卸的责任！"

显然对于出现这种局面，还是产生了激烈的争辩。

"唉，王铮这小子是何必呢，真是玩火啊！"珈蓝狠狠地捶了一下拳头，烈广的水平明显是要比烈心差了一些，而且太阳系的老毛病又犯了，刚赢一点就开始装×了。

老鬼没有说话，依旧看着相当平静的太阳系战队，显然失败的玛萨斯和烈广都有些沮丧，他们败于飓风战队的 X 能力突击之下。

只是比赛还未结束，很多时候成王败寇，若是王铮赢了就是练兵，若是输了就是玩火。

不过从整体局面上看，太阳系战队依然占据上风，因为下一个上场的是铲子王，对手大将和队长都上过了。

所以整体战略上看，王铮有点飘，但也不能说完全错误。

此时的李东阳嘴角露出灿烂的笑容，虽然没想到会跟太阳系战队打得这么费劲，但胜利总是让人喜悦。

"海塞林克，是你登场的时候了，让太阳系的土包子见识见识我们飓风战队的底蕴！"

在飓风战队角落里一直坐着一个戴着帽子的队员，由于他安静，让人以为他只是个拉拉队员。

海塞林克？

说实在的，都以为到了最后关头，地球有王铮出马还是占据绝对优势，但飓风战队似乎信心十足，而海塞林克这个名字好特别，因为这种名字有一个星球特别喜欢用。

亚特兰蒂斯！

海塞林克拿下了帽子，露出了亚特兰蒂斯人特有的尖尖耳朵，难怪他的脸型看起来格外秀气。

亚特兰蒂斯混血！

而且从海塞林克的面相看，虽然是混血，但恐怕血统遗传的几率也相当大，也就意味着飓风战队拥有着一个可以驾驭亚特兰蒂斯机甲的队员。

顿时全场一阵议论声，谁也没想到飓风战队最后竟然玩了这么一手。

亚特兰蒂斯混血很少，而能继承基因、转化为战士的更少，而飓风战队就有这么一员。

这才是李东阳最后的底牌，说实话，他真不打算在这场比赛中用，可是他没有选择。

严小稣正用天讯做文字直播，他也不知道有多少人在看他的简单直播。

而实际上，战神学院的学生，以及数不清的 CT 拥趸差点把战神学院的校园网挤炸了。

二比零的巨大优势之下，被扳成二比二，进入决战的一局，本以为十拿九稳，却突然出现亚特兰蒂斯后裔。

谁都知道亚特兰蒂斯人的水平普遍比银盟高出一个级别，但是亚特兰蒂斯人是绝对不会加入其他国家的国籍，除非是……混血。

同时混血也是人类研究亚特兰蒂斯文明最直接的办法。

李东阳脸上全是自信的笑容，旋转铲子，旋你一脸，亚特兰蒂斯战机完爆你！

当海塞林克登台之后，所有人都看着王铮，这位太阳系队长要为他的选择负责了！

明明有机会三比零，现在却要面临被淘汰的局面。

谁能想到，飓风战队竟然还藏了这么一手，所以战场上常说，绝对不能给敌人一点喘息的机会，因为他是不会给你同样的机会的！

王铮站了起来，这一场必然是由他上场比较有把握，即便是想试试亚特兰蒂斯机甲威力的张山也非常识趣地闭嘴，因为这氛围真他娘的压抑和不爽，亚特兰蒂斯又怎么了，至于这个样子吗？！

一般程度的混血，顶多就是启动，或者一般程度的驾驭，这在 IG 上是没用的，对手既然敢让海塞林克上，恐怕这血统就相当接近了，至少是可以发挥出亚特兰蒂斯机甲的威力。

一想到这个，大家就禁不住有点战栗，无论什么时候，亚特兰蒂斯战机那如梦如幻的控制都让人无奈。

而得到这个消息的战神学院鸦雀无声，虽然只是文字，却依然带来了巨大的压力。

无论是从哪个渠道看到的亚特兰蒂斯机甲的表现都是压制级别的。

"要不要脸啊，这也太赖皮了，亚特兰蒂斯混血，有本事上自己人啊！"

"混血算个毛啊，不用怕，照样拍死！"

"你当别人也是猪啊，一般的混血屁用也没有，骷髅以前不是打爆一个吗，只能在 CT 上厮混。在现实中，能操作机甲的混血，遗传上至少要有七成以上的能力，而拥有七成以上的能力几乎就是亚特兰蒂斯人，可以驾驭亚特兰蒂斯机甲，还可以学习理解人类的战术，这才是真正可怕的。"

黄石也彻底被惊呆了，怎么也没想到飓风战队一路放大招，最后竟然放出这么一个杀手锏。

第三十三章
一力降十会

要知道混血其实很鸡肋，但凡是参加 IG 的，都不会被亚特兰蒂斯的名头吓倒，但若是基因继承程度足够高，那融合亚特兰蒂斯和人类的特点，绝对一霸啊。

这从海塞林克选择的机甲就知道了，一个真正拥有力量的人绝对会选择需要足够力量启动的亚特兰蒂斯机甲。

会是什么呢？

在场的是有懂行的，眼睛都盯着海塞林克的选择。

当海塞林克选择了机甲之后，所有人心里只有一个反应。

……完了。

亚特兰蒂斯幻龙。

亚特兰蒂斯机甲，要么能驾驭，要么就用不了，这海塞林克敢选择，就说明他有足够的力量。

光机甲就碾压了，而且亚特兰蒂斯人还有一个特点，那就是抵御常规 X 能力的力量相当强悍。

比如冰冻、灼烧，对人类机师可能是无法承受的，但对亚特兰蒂斯机师的作用就不大。

太阳系代表团里有不少是官僚，此时也在窃窃私语。

"古特校长，若是失败，王铮要负起责任，他浪费了大好局面！"

"别这么说，王铮同学的实力还是值得相信的，我们期待他的杀手锏，一定可以战胜对手的！"

"哈哈，也是，我们很好奇王铮最拿手的机甲是什么。"

"真是可惜，都走到这里了，竟然遇到这种事儿，飓风共和国还真是下血本啊。"碧雨燕无奈地摇头，"土豪稣，你还是认输吧。"

土豪稣咧开嘴笑了笑："区区一个亚特兰蒂斯混血就想装×，还差得远呢！"

严小稣的信心在于，王铮的杀手锏是风神，风神还没出动呢，以王铮对风神的操作，机动性不会比幻龙差多少。

"哼，我还真不信了，斯嘉丽，你说说看，我是不是一定能赢！"碧雨燕说道。

斯嘉丽微微摇摇头："看了再说。"

碧雨燕一愣，没想到斯嘉丽竟然也有看好王铮的意思，这……

斯嘉丽当然不认为区区一架大力神就能赢亚特兰蒂斯的幻龙，但是斯嘉丽可是亲眼看到王铮是可以驾驶亚特兰蒂斯幻影之王的。

那是亚特兰蒂斯机甲幻系的巅峰之作。

可是从王铮身上丝毫看不出亚特兰蒂斯人的迹象，这要是混血，也混得太不成功了吧。

像海塞林克，那尖尖的耳朵以及脸型都能看出来一点。

所有人都等着王铮选择，李尔嘴角泛起一丝玩味的笑意，让我看看你的风神到底能秀到什么程度！

阿克琉蒂斯也是一样的眼神，显然他也从米露那里得到了情报，这王铮最擅长的就是风神战机。

太阳系战队的竞争可不仅仅在外部。

王铮微微一笑，确定了自己的机动战士。

登时全场如同炸锅了一样。

面对对手强势的亚特兰蒂斯幻龙，王铮……选了大力神。

尼玛……大力神……

李东阳一愣，紧跟着嘴角冷笑不断："当真是不作死就不会死！"

别说对手了，连队友都呆住了："王铮，你是不是选错了，现在改还来得及！"

张山叫道。

这尼玛绝对是开玩笑的，大力神的旋转铲子确实很好，可是面对亚特兰蒂斯幻龙，你就是把自己转疯了也没用，这完全不是一个量级。

李尔和阿克琉蒂斯对视一眼，他们相信王铮的实力，却不代表相信王铮使用大力神的实力，这是玩火，他这是拿整个太阳系的命运玩火。

"王铮，这是最关键的一场，作为队长，你要慎重。"

阿克琉蒂斯忍不住说道。

其他人也是面露疑惑，塔罗斯嘴角都开始冷飕飕了，若不是因为自己输了一场，这个时候肯定大放厥词。

王铮微微一笑："没有选错，其实对付幻龙，大力神挺好，一力降十会嘛。"

对面的海塞林克都笑了，都说地球人有种脑残的自大，现在看还真是名不虚传。

严小稣随手就把比赛选择的机甲传了上去。

战神学院这边足足几分钟都鸦雀无声……这是要挑战自我吗？

连陈秀他们都不知道该说什么好，老鹿就像个偷窥狂，静静地看着每一个字。

老鹿一点都没有意外，若不这么选，骷髅就不是骷髅了！

老鹿不仅仅是 CT 资深解说，也是一个军事迷，像亚特兰蒂斯机甲这种酷炫的，肯定要了解。幻龙的攻击确实如梦如幻，大力神面对幻龙只有以守代攻，寻找机会，问题是胜算不大啊。

若是在 CT，可能把握大一些，但在 IG 赛场上，这家伙胆子真大……

"这人怎么这样，有厉害的不用！"斯嘉丽都忍不住冒出一句。

周围的人愣愣地看着她。"亲爱的，你跟王铮很熟吗，什么叫厉害的不用，他还会什么？"碧雨燕问道。

斯嘉丽这才意识到一不小心说漏嘴了，摇摇头："我是说，他肯定擅长其他的机甲，竟然使用大力神。"

"教官，你觉得这有可能赢吗？"珈蓝小声问道。

老鬼淡淡地看了一眼，内心极为失望："这么愚蠢的问题问什么？我们走吧。"

"走，还没结束呢，看完吧。"珈蓝小声说道，但看到老鬼凶恶的眼神，只能点头。

比赛开始了。

王铮的大力神和海塞林克的幻龙登场。

大力神和幻龙比起来，真是典型的乡巴佬进城，还碰上高帅富了，当然好看并不代表什么，而实际上，实力上的差距更是碾压。

幻龙机甲的符文全部亮了起来，这说明海塞林克的控制力是杠杠的。

"无论看多少次，亚特兰蒂斯机甲的位移都像艺术一样。"

"是啊，这幻龙的移动就像不带一丝烟火，很容易出现残影，根本抓不到啊。"

王铮却不理会外界，其实在他看来，用大力神对付幻龙要比一般机甲来得好一些，哪怕是风神，以速度压制亚特兰蒂斯机甲并不明智，很费力气。

比较麻烦的是，对手以镭射火力压制，那会麻烦一些，不过也在王铮的掌握之中。

只可惜的是海塞林克根本没有用镭射的意思，初赛之中的场地是空旷的竞技场，远程攻击出现的几率很低，参赛选手除非是擅长远程攻击的，多是近身战，只有这样才能表现出自己的实力和激情，而海塞林克面对一个大力神机甲，根本不考虑用镭射，因为无论何种选择都是碾压。

再说，他用出了自己的亚特兰蒂斯战机，更是要亲手碾爆对手。

什么旋转铲子，什么技术，那些玩意儿早就淘汰几百年了，否则地球为什么这么弱。

大力神引擎轰鸣，显然是做好了强控爆发的准备。对面的海塞林克禁不住露出嘲讽的表情，没见过明明这么搞笑，却又能装得这么认真的。

噌……

亚特兰蒂斯幻龙如风一样地启动，尼玛，这是拥有低空悬浮力的机甲，这种启动完全不带凝滞，这边的强控还在龇牙咧嘴地吼着，幻龙战机已经杀到了。

二十米……

噌……幻龙战机一分为二……

所有人目瞪口呆，虽然听说过，但见识到之后，着实有点无奈，因为人类战机是鉴别不出来的。

十米……

我 ×，能不能干了！

二分四……

四架幻龙，四把激光剑同时杀向大力神。

三个幻影，一个实体，问题是，三个幻影也是具备攻击力的，能量分身，尽管攻击力不是很强，但……

大力神战机的引擎依然轰鸣着，但是无论是谁处在王铮的位置上恐怕都呆了。

若是张山，肯定立刻空间移动躲开，但问题是，亚特兰蒂斯机甲是可以连续释放的，这不是人类的 X 能力。

大力神手中的铲子再次旋转了起来。

问题是，你当你家铲子是万能的啊！

轰……轰轰……

第三十四章

那一铲飞起的风采

连续三声爆炸，三个能量幻影全部轰向了大力神，发出剧烈的震荡。

毫无疑问，大力神是用能量盾抵挡了能量分身的暴击，只是一波攻击就直接被大力神的能量盾炸光。

海塞林克杀到了，也就是不到一秒的间歇，激光剑毫不犹豫地剁向大力神。

那旋转的铲子迎了上来。

李东阳心中一紧，危险！

但是海塞林克的反应更快，他也没想到对方竟然是想孤注一掷，跟他拼一下，他当然知道大力神这旋转铲子的威力，但是幻龙机甲更快。

攻击变成了防守，符文光芒四射，幻龙机甲从冲刺斜向上冲了出去。

虽然会有交错，但海塞林克已经从攻击变成了防守，调整好，之后再来一次四分身，就可以弄死对手。

嗡……

激光剑不是正面冲击而是擦了个边。

只是擦了一下……

蓦然之间，幻龙机甲发生剧烈的震动，明显地发生了一个停顿，斜着飞了出去，但瞬间还是拉开了距离。

好凶残的旋转力！

第一次接触，海塞林克惊出一身冷汗，但亚特兰蒂斯战机就是亚特兰蒂斯战机，这性能也是逆天了，一般的机甲遭受这样的震荡就直接停在原地了，但亚特兰蒂斯机甲竟然还能移动出一块距离，这就是救命的。

然而下一刻，海塞林克张大了嘴。

大力神机甲移动沉稳而慢，有点像个矮墩子，可是这样的机甲，在弹跳方面非常凶猛，很像亚比坦的霸王战机，只是没有冲天炮那么夸张。

海塞林克眼睁睁地看着那旋转身影拍了过来。

轰……嗡……

亚特兰蒂斯幻龙直接被拍了出去，场面上比凯旋之王惨太多了，若说凯旋之王是个羽毛球，那幻龙就像个网球，但是亚特兰蒂斯机甲的优越性体现出来了，这凶猛的一拍，虽然机甲表面的符文能量波被击散，但是机甲和机师都没事！！！

飞出去十多米的海塞林克把血吐了出来，立刻强控机甲，符文闪光，幻龙硬生生地带起一个弧度，他要把对手打得妈都不认识！

难道……要……逆袭？

就当海塞林克铆足劲儿准备爆发的时候，眼前多了一个黑乎乎的东西……

什么玩意？

轰……

亚特兰蒂斯幻龙被钉在了墙上。

铲子！

谁说大力神的铲子只会转来着！

它还可以飞！！！

场外，老鬼正在卖力地数落珈蓝。可怜的珈蓝心中不满，他招谁惹谁了，王铮这小子搞什么飞机，他可是好不容易让教官来看看，为这小子争取福利的，结果他倒好，害得自己也跟着倒霉。

这时场内传来一阵惊天动地的欢呼声。

老鬼和珈蓝面面相觑，显然两人意识到不对劲。

飓风战队的人像是霜打的茄子，李东阳更是如遭重击，他野心勃勃而来，竟然就这样被击败了？

太阳系联邦代表团全体起立欢呼又蹦又跳，谁能想到，他们竟然晋级了！

碧雨燕张大了嘴……这也能赢？

怎么可能啊，是不是飓风战队放水啦！！！

"嘿嘿，美女，愿赌服输，可要请我吃大餐啊！"土豪酥笑道。

"哼，谁还赖你不成！"

"表哥，什么情况，那个亚特兰蒂斯混血是不是拉肚子啊，感觉怪怪的……"

黄石根本没有理会迟慕野，眼珠子瞪得滚圆滚圆，反复看他录制的战斗视频，喃喃道："这是要逆天了，不用 X 能力就能打爆亚特兰蒂斯战机，发达了！！！"

无论是过程还是结果都出乎所有人的意料。

"王铮真敢啊，他怎么知道能量盾能挡住？"

"会不会是偶然啊，没办法的玩命？"

"鬼才知道啊，反正赢了。"

"地球人真有意思，这都能赢，运气也真逆天了。"

"混血就是混血，假货的水平一般吧。"

海塞林克面色苍白，他在 IG 的首战就这么输了，输得这么莫名其妙，怎么可能！

李东阳暴起："公证人，我要提出申诉，这场比赛有问题，大力神的能量盾绝对不可能挡住三段能量分身的爆破，而且，机甲交错的时候，幻龙明显被定住了一下，这不合逻辑，一个破铲子怎么会有这么大的破坏力，这场比赛有问题，若是你们不能给出合理的解释，我们会向 IG 仲裁委员会提出最严重的指控！"

瞬间局面失控了，确实，王铮的这场比赛赢得太莫名其妙了，为什么刚刚好能量盾就能挡住？

为什么被扫了一下，幻龙竟然就被定住了？

为什么铲子飞得那么准？

你当那是镭射枪吗？！

是啊，这王铮怎么就稀里糊涂地赢了，好像都是运气好，哪儿那么多好运气！

顿时在场所有人的八卦之心都燃烧了，只有太阳系战队的人面面相觑。

虽然李东阳叫得很凶，也不甘心，尤其是他的叫喊似乎引起了不少人的共鸣，王铮的整个表现有点过分夸张了，但是IG官方的裁判员却没有搭理他们。

一张脸几乎没有变化，只是淡淡地看着李东阳："你的申诉我们接受了，但结果出来之前，维持原来的判定，太阳系战队胜，成功闯过第一关，王铮队长，恭喜你们。"

王铮打了个敬礼："谢谢！"

顿时太阳系战队的代表集体欢呼，管他们怎么想，这是太阳系的历史性突破，晋级第二阶段是赛前想都不敢想的事情。

蒙敖虽然没出现在现场，但是他们也在看比赛的情况，当王铮最后拿下胜利的时候，蒙敖也忍不住狠狠地挥舞了一下手臂。

"王铮这小子真是喜欢玩心跳！"

"这小子真是要把我的心脏吓出来。"

"不管怎么说赢了就好！"

对于王铮的指挥，还是存在一定问题和质疑的，但是任何事情都要从两面看，成功了，王铮就起到了练兵的效果，为太阳系战队整体积累了信心。

蒙敖望着镇定的王铮，心中充满了骄傲，这小子还真有点大将风度，虽然多了几场失利，可是有的时候失利比胜利更重要，能够让队员们看清楚自己的差距，IG大赛绝对不会一帆风顺的。

毕竟那些拥有压倒性优势的强队还没碰上。

先不管IG第二阶段到底想做什么，至少现在要为这帮勇敢的小家伙欢呼！

只是像李尔和阿克琉蒂斯，对这种胜利似乎完全没有什么太多的喜悦，一切都是顺理成章的，以太阳系战队如此强势的阵容，若是连第一阶段都过不去，太阳系就真没救了。

第三场胜利的消息传回大使馆时，所有工作人员都禁不住高声欢呼，如同节日一样。

三场三胜，太阳系战队终于狠狠地争了一口气，若是以往，大使馆的工作人员都不好意思出门，省得见到同行就要被嘲笑。

这是太阳系联邦时隔多年，久违的畅快胜利，让大使馆不少人眼眶湿润了。太阳系联邦，顶着强国的名义，实力上面，却受到各国的质疑和嘲讽，这么长时间，说实话，连自己人都已经没了底气，有的时候甚至在想，太阳系联邦干脆退出常任理事国算了。

装备落后，士兵素质落后，王牌也落后，好像提到太阳系什么都落后一样。银盟中，对一些地位远不如太阳系的中型国家，甚至是一些只有一颗行星的小国，IG的胜利虽然不能代表什么，但影响力非常大，总算是一次扬眉吐气。

"啊，要不是值班我也就去现场看了，老张，你再说说看，当时大力神是怎么一飞铲干掉幻龙的？"

"哈哈，那叫一个爽啊。你不知道，当时，嘿嘿，都以为王铮输定了，对面可是亚特兰蒂斯机甲，而王铮选的是什么？大力神！我的天，稳稳是输定了的局面，我都看不下去了，差点就拍屁股走人了，还好我的位置是中间，左右都是人，嫌麻烦就没走，幸好没走啊……"

大使馆中，有时间到现场看比赛的工作人员都是一脸兴奋地传播着当时的场景，大力神是如何旋飞亚特兰蒂斯幻龙机甲的，又如何间不容发地一记飞铲绝杀的。

"那一铲的风情，啧啧，就像是'你以为你还活着还有机会，其实，你已经死了'的这种感觉，有没有？"

说得有点夸张，但是大家都喜欢这种爽爽的感觉，这是大家一直期盼甚至祈祷的胜利，再怎么说，也都不过分。

对王铮这个年轻人的来历也是好奇起来，毕竟以阿克琉蒂斯、李尔、烈心的身份竟然都做不了队长，而王铮在前三场的比赛中表现得相当淡定沉稳，在如此关键的一局竟然还敢上大力神，当真是信心爆棚啊。

不管怎么说，赢了就是王。

IG 第一轮就是这三场比赛，接下来调整两天进行下一轮的备战。

而淘汰的国家队伍们，只有默默地退场，这没有什么好说的。IG 的存在，正是建立在其残酷的淘汰机制上，不是真正的强者队伍，绝对不可能赢得胜利。一两个人的强大是没有用的，这考验的是一个国家精英阶层的整体素质水平的真正战斗，反映了国家对于年青一代的培养和潜力，以小见大。

当然，胜利者们得到了他们的权利，庆祝。

到处都是庆祝胜利的会场，不仅仅是胜利的队伍队员们的庆祝，还有各国的留学生、侨居阿斯兰的同胞，也都走出家门，在大街上，酒吧，各个场所举行着庆祝。当然庆祝也有大有小，有些国家进入第二轮完全是顺理成章的，没什么值得庆祝的，只是走走形式罢了，对于一些取得突破的国家则确实值得庆祝一下。

第一轮过后，还有一百二十八支队伍，等待他们的将是什么？

第三十五章
接吻的味道好吗

太阳系联邦的庆祝，格外热烈，蒙敖、烈无情和德拉马克都有些激动。多年的绸缪，其中，不知道顶住了多少的压力，将希望放在了这群年轻人的身上，没有被辜负！

大使馆宴会厅，挤满了人，IG 全体成员都是主角，一些阿斯兰官员也都应邀而至。太阳系实在太久没有在 IG 拿到一个可以拿出来看的成绩了，尤其目前太阳系和阿斯兰处于蜜月期，更是要表示一下。

政治的意味很浓，王铮对于这种环境不是很感冒，但是阿克琉蒂斯和李尔明显是如鱼得水，往来皆大欢喜。

蒙敖轻轻地敲了敲手中的酒杯，宴会厅安静下来："各位，为我们的勇士们敬上一杯美酒。"

"敬勇士！"会场里传来洪亮的响应。

"相信大家都认同，这届 IG，我们太阳系联邦，取得了伟大的胜利。这是集体的胜利，无论是战胜了对手，还是败给了对手，又或是没有机会出战的，胜利是属于你们每一个人的，也是属于我的，属于在场的每一位太阳系人民的，这是全太阳系的胜利，再干一杯！"

蒙敖连干了两杯，看着这群年轻人，尤其是看到蒙恬时，老怀甚慰。他们三大上将，表面风光，其实为了改革联邦军，不知道树了多少敌人，明刀暗箭，一路走一路斗，也曾为了大局妥协过许多东西，但今天，终于有一种值了的感觉。

"第三杯，祝你们继续前行，为太阳系联邦，也为你们自己，争取到最大的荣誉！"

全场举杯，队员们也显得格外兴奋，宴会开始了。

蒙敖走到李尔面前，说了番勉励的话，李尔淡淡听着，不时点头表示尊敬。

两人都是点到即止，蒙敖知道李尔的影响力，在他面前摆谱是没用的，李尔也知道蒙敖的地位，适当地表达了尊敬。

蒙敖随口说了两句，就走到战神学院众人这边："王铮，蒙恬，章如男，张山，你们的表现很出色，没有让我失望，你们是地球的骄傲！"

话是和大家说，目光没有刻意地落在蒙恬身上，显然将军控制情绪的功夫已经出神入化。

但毕竟是父亲，蒙恬还是从蒙敖不经意的小动作中感受到了父亲的骄傲和关心。

虽然是女儿身，但蒙恬绝对不会给蒙家丢脸。

烈无情和德拉马克也分别勉励着烈心、阿克琉蒂斯等人。

"玛萨斯，输一场不是末日，下一场，我还很期待你的出色表现，只要保持你那场的水平，再多一分谨慎就行，能做到，联邦军必然会有你的一席位置。"德拉马克拍着玛萨斯的肩膀，替他减压。

烈广、拉东那边，也有烈无情说着类似的话。输，并不可怕，可怕的是输一场就爬不起来。

蒙敖有点复杂地看着王铮，其他人，需要的是增加自信心，但是，对王铮，蒙敖叹了口气："王铮，这边说话。"

要单独聊聊。

王铮笑了笑，敬了个军礼："是。"

"王铮，身为队长，要以身作则啊，有些话，单独和你说，也是这个意思，你也不要有压力，千万不要太看轻你的对手，尤其是接下来的战斗。"

蒙敖摇了摇头，用大力神机甲把对手搞翻，是很激情，当时他看得也是跳起来大声叫好的，但是事后还是觉得冒冷汗。王铮的每一个对手都很强，稍微大意一点，就可能被人翻盘。

大力神……不靠谱啊。

王铮很认真，保证地说道："是，将军，我会认真面对每一个对手、每一场战斗。"

"你知道该怎么做就行了，去吧，今天除了享受胜利，什么都不要去想了。"

王铮笑着点点头，回去时，就看到叶紫苏和严小稣，两人也是充满了喜悦和骄傲。

"老大，是不是很想听我们说恭喜？"严小稣一如既往地顽皮。

"知道还不快说。"王铮一笑，也很配合。

"不过我觉得现在说还有点早，等拿下冠军再说也不迟吧，区区几个小喽啰怎么能挡住老大你的前进步伐呢！"严小稣用力地眨了两下眼睛，对王铮，他信心十足。

"靠，你小子这是捧杀啊，去去，要是阿斯兰、亚比坦的人听到直接灭了你。"王铮笑道，这小子的野心可真是够大的，尽管他也是这么想的。

就在这时，斯嘉丽和碧雨燕一起走了过来，碧雨燕瞪着严小稣："大言不惭！对了，王铮，恭喜。"

斯嘉丽微微一笑："恭喜。"

碧雨燕可没那么矜持，上下打量着王铮："小子，不错嘛，看不出这小身板还挺有劲儿的。"

说着竟然捏了捏王铮的胳膊："啧啧，果然很有力量感。"

斯嘉丽连忙拉开碧雨燕："别这么花痴好不好。"

"紫苏，你们OMG的大力神挺厉害啊，我得到的消息是不少公司感兴趣了，至少也要弄一些回去研究研究。"碧雨燕不以为意地笑道，"铲子也能当武器，真够特别的。"

"这跟机甲没有太大关系，要看机师的能力。"在朋友面前，叶紫苏也没有装模作样，这种技巧其他人用不出来，哪怕是很厉害的机师，OMG找人测试过了，转铲子完全就是找死。

除了王铮，也有人跟这样的场合格格不入，比如罗非、塔罗斯，这两人都是跟着李尔的。罗非是性格如此，塔罗斯是没人愿意搭理他，得罪了月球众，火星众不待见他，想靠一下大人物，但比赛还输了，也没人在乎他，也只能跟罗小胖一起了。

"王铮真是走狗屎运，完全没有指挥能力，不过我看他也长不了了，李尔早晚会取代他。"塔罗斯不屑地说道。

"呵呵，没你说的那么差吧。"罗非边吃边说道。

"明明可以三比零，非要弄成三比二，而且还用大力神这样的破烂装×，也不怕把自己装死。"反正在塔罗斯眼里，王铮是横竖不顺眼。

罗非还是招牌式的笑容，不置可否。

"咋了，你还不赞成，难道你觉得李尔不如他？"塔罗斯显然很不满胖子的态度。

罗非笑了笑："老大当然厉害了，不过一个人的重要性，并不在于他是不是队长，有的时候队长反而是靶子。"

塔罗斯是心理出问题了，本来参加 IG 太阳系阶段的时候他还是明星人物，谁想来到了阿斯兰之后反倒成了可有可无的人，这个落差有点大。

对于王铮的选择，罗非并不觉得有什么，就像阿克琉蒂斯和李尔的反应一样，那些有底气的人在出战的时候就已经有了判断，选择机甲也是随意选的，塔罗斯反应这么大，只能说他的实力太浅了，没有底气才会担心这个担心那个。

庆祝会到一半，王铮就不见了，休息时间很短暂，王铮和爱娜都很珍惜。

越到后面，两人可以偷偷见面的机会就越少，多亏了小回音帮两人制造这样的机会。

回音看着时间，距离回宫的时间已经很近了，刚刚催促好几次了，表姐怎么还不出来？真是一点都不让人省心。

没办法，回音只能自己去叫。一过转角，回音呆住了。

王铮和爱娜也从甜蜜中醒过来，看到了目瞪口呆的回音。

回音捂着眼睛："我不是来偷看的，时间到了，要回去了。"

但实际上正通过指缝偷看，王铮和爱娜微微一笑。

"回去吧！"

"一定要注意安全。"爱娜温柔地说道。

回去的路上，林回音禁不住问道："姐姐，接吻的味道好吗？"

第三十六章
三大阶梯

第二轮出乎所有战士意料，一百二十八支队伍的所有成员被军用运输机运走。

这也是 IG 大赛的特点，不会一成不变地考量单挑能力，这显然没有价值，战士的能力是要通过全方位的展现，但最基本的是具备一定的战斗力，所以第一轮只是一个入门标准。

太阳系战队坐在第六号运输机上，众人不知道目的地，也不知道等待的是什么，所有人都是在没有准备的情况下被运走。

整个一百二十八支队伍有一千多人，六号运输机里也有一百多人，能通过第一轮多少都有些优越感。

运输机内并不安静，议论声很多，显然大家对于第二轮都充满了信心。

其中一个人的声音特别大，很快周围人都在听他说了。

"第二轮以我的经验，应该是要进入实战了，所以各位做好玩命的准备，而且据我得到的消息，像阿斯兰等国虽然可以直接进入正赛，但也要参加第二轮，所以兄弟们可以提前感受一下这帮人的水准。"

"我只知道亚特兰蒂斯确实强，其他的都是人类，谁怕谁啊！"

"就是，我们难道比他们少一只胳膊还是缺一条腿啊，名气大是大，真正到了战场上，拳头才是硬道理！"

"什么阿斯兰、亚比坦，就算亚特兰蒂斯也是给我们征服的！"

"对，老子来这里就是为了干翻他们！"

整个六号运输机可谓是群情激昂，最开始说话的人却笑了，无奈地摇摇头，他不是第一次参加 IG 了，第一次来的时候，他也是这般雄心勃勃，自信满满，但是很快，他就被教会要怎么做人，有些事，不是亲身经历，永远不会知道。

阿斯兰……亚比坦……的确，他们没有多长一只手或多生一条腿，但是，仍然是怪物。

"大家既然上了同一架飞机，就是有缘分，不管以后会不会碰上成为对手，先认识一下，我是克拉克星系的麦克斯。"这时，有人提议道。年轻人，喜欢热闹，也喜欢交交朋友，关键是他们都通过了第一轮，浑身散发的都是慢慢养成的骄傲和自信。

"哈哈，我是弗莱托星战队队长伊莱德斯，缘分就是朋友。不过，万一遇到了，我们弗莱托人也是不会留情的，该战就战，弗莱托是战士之乡，绝对不会亵渎战斗，这是我的队友托勒密……"

大家一一介绍着，轮到太阳系时，王铮笑了笑，介绍道："太阳系战队，王铮，这边是张山、章如男……"

大家看到章如男时都是一脸敬仰，好威猛的女人，可靠的女队友，就应该长这样，其实越到后面，大家对长相什么的就越不在意，在战场上，力量绝对比脸重要。

介绍到蒙恬和烈心的时候，眼神都变得火热起来。相比之下，李尔、阿克琉蒂斯他们都有点被忽略了。

"蒙恬漂亮是漂亮，不过太冷感了一点，还是烈心够辣，你有没有觉得她在看我？"

"明明是看我，说真的，烈心的身材，能和她滚一次床单，就算死都值了。"

"她是少年 X 学院出来的。"一名接触过少年 X 学院的男生淡淡说道。

"不会吧，排名多少？"

"不清楚，在学院名气不是很响的样子，估计是在一百以外吧。"

"那也不错了，这个王铮又是什么人？也是 X 学院的？"

"好像不是，不太清楚。"

这边介绍着，另一边是窃窃私语的议论，显然大家对于太阳系战队竟然闯过第一轮都感到很意外。

交朋友，也是要分级别的，太阳系这边除了女队员长得漂亮以外，其他方面，大家都不是很看得上眼，更何况用天讯查看了战绩表，太阳系战队第一轮次的表现也不是很抢眼，除了第一场拿了三比零，接下来两场，都是三比二的险胜，差点就进不了第二轮，最后一场还有争议仲裁？

再看看克拉克星系战队和弗莱托星战队，三场都是三比零的全胜战绩。

最后，轮到了最先说话的那人介绍他的战队了。

"呵呵，我叫勒伽达默……"

他刚说出名字，还没有说来历，船舱当中，就有人惊呼起来："不会吧，你就是快刀手勒伽达默？雷霆共和联盟的队长！"

"我靠，偶像啊！"

"上届 IG 排名第三十一，队伍也差一点就能进三十二强。"

"这个太牛×了，上一届就这么猛，这一届岂不是……"

显然众人对排名相当感兴趣，但勒伽达默却摇摇头："这个排名不代表什么，一支队伍只能一个人入选而已。"

勒伽达默可丝毫没有其他人的乐观，这个排名只不过是为了鼓励刺激一下年轻人罢了，一想到那群怪物，他就没任何感觉了。

王铮他们所在的机舱，乘坐了六十人，正好是五支队伍。很快，大家都介绍了一遍，又互相聊了起来，认识之后，大家聊的话题也都放得比较开了。不过，太阳系这边，一般都是主动找烈心说话。

美女效应，火星来的？听说是开放的好地方，美女留个天讯呗，以后常联系啊！

若是换个时候，烈心可能会调侃一下，只是此时此刻，烈心对这种人也没有什么太多的反应，她想的是到底要去哪儿，第二轮到底会以什么形式展开。

李尔和阿克琉蒂斯都是少见地被无视了，李尔始终是淡淡的平静，阿克琉蒂斯则挂着亲切的笑容。

美女只是调节气氛的，大家嗷得虽然响，其实真正受到关注的还是雷霆共和联盟，他们是这支队伍里面最强的！

"既然来了，就一定要为国家夺得荣誉，挑战极限，看来我们这艘船上还是有强者的。"克拉克星系战队的麦克斯说道。这位队长野心勃勃啊，眼神里充满了对于荣耀和冠军的渴望。

"呵呵，能进入第二轮的没有弱者，再说了，王侯将相宁有种乎，风水轮流转啊！"伊莱德斯队长也是一样，短暂的惊叹之后涌起的是更强大的信心，在一艘船上多少说明了些事情。

勒伽达默笑了笑："不是我想打击大家，进入第二轮的队伍被分成了三个阶梯，第一阶梯是以亚特兰蒂斯、阿斯兰等强队为首，就十几支队伍，第二阶梯以玛迦共和国、加纳星、崩雷星等为主，四十多支队伍，其余的都是第三阶梯……我们就是第三阶梯。"

众人一愣，不是吧，他们竟然被划分在垫底的队伍里？

"是依据什么条件划分的？"一直默不作声的李尔忽然问道。

"上一届的战绩以及对第一轮表现的综合评定，当然只是参考，大家也不必太失望。"

李尔嘴角泛起一个不屑的弧度，天然嘲讽，当然他嘲讽的不知道是那些强者，还是IG。

"太阳系战队这次表现很好。"勒伽达默说道，好像这还是太阳系联邦第一次进入第二轮吧。

其他人可没有在意太阳系联邦的，除了妞很漂亮，说实在的，每次都有弱者能有点突破，这也不是什么大不了的事儿。

"勒伽达默队长，你参加过一次IG，这第二轮，我们会到什么地方？"

"每届IG都有不同的项目，不过，以我的经验，接下来肯定是实战，不过是什么样的实战，我就拿不准了。"

勒伽达默看上去很随和，似乎有点缺乏激情，但态度真的很亲和，丝毫没有藏私的意思。

"有点拽啊，不就是参加过一次IG？我要是能再参加一次，一定比他帅。"张山撇了撇嘴，亏他刚才介绍得那么认真，半天都没人和他说一句话，爷可是世所罕见的空间X能力者，居然没人搭理？这什么世道？

"山娘，人家这叫底气，而且不是谁都有机会连续参加两次 IG 的。"烈心说道，"快刀手的称号，是他在上届 IG 和亚比坦近战拼快攻时得来的，具体有多快没多少人知道，只知道那场比赛，他拿下了雷霆共和联盟唯一的一场胜利，也被誉为那一届 IG 的潜力新星。"

虽然众人在讨论他曾经的辉煌，勒伽达默却始终淡然，倒不是装×，有种看透了的感觉，年轻人的野心和激情总是要付出代价的。

时间飞快，军用运输机轻轻一震，封闭的机舱，打开了舱壁的舷窗，这时，一个碧绿色的行星出现在眼前。

"嗡嗡……"

飞机发出了一道提示音，随后，一道威严的声音从扩音器中传了出来："目的地九号行星已经抵达，请按天讯提示的程序进行操作。请注意，从现在开始，就是实战，不是模拟演习，请严格按照程序操作。"

嘀嘀，大家手上的天讯都弹出了提示：进入行星后，即将进行空投，请做好高空空降准备。

在每个人的座椅之下，都有着一套空投服，众人二话不说立刻穿好，这可不是闹着玩的。

"都别紧张，如果我没想错的话，接下来的，将是生存考验，空投之后可能遭遇各类型敌人，也可能让各小队之间对战，大家多注意天讯上面的信息提示。"又是勒伽达默打破了紧张兴奋的沉默。

轰隆……

一阵剧烈的震颤之后，军用运输机快速地穿过了行星的大气层。

第三十七章

开 战

这时，前舱的大门打开，一名银盟军官走了进来，目光扫向众人。

"很好，都准备好了。"

军官冷冷的声音响起："你们即将空投至扎戈族战斗区，任务是从现在开始计时的十个标准日，二百四十个小时以内抵达 A9 行星基地……各队队长请出列。"

啪！

王铮等五名队长一起迈步站出。

"这是队长专属的能量手镯，行星地图信息也都在上面，请设置密码后戴在手上，遇到无法逾越的危险，可以激发手镯上的能量盾，十分钟内，会有空中支援。但是，请注意，一旦激发能量盾，就意味着放弃 IG，听明白了没有？"

"是，听明白了！"

"还有问题没有？"

"报告，我有问题。"张山举了举手。

"说。"

军官并没有不耐烦，而是点了点头，示意张山说话。

"是，万一，我们队伍当中有人受伤不能行动了，是不是有后援？"

"这是实战，一切都以实战为准，除了你们一百二十八支队伍，没有任何支援——除非，你们放弃比赛。谁还有问题？再给你们一分钟的时间。"

"报告！"克拉克行星的麦克斯举起手来。

"说。"

"那队伍因为一两个队员而丧失比赛资格，岂不是很不公平？"

"我有说过要全员抵达吗？只要有五名小队成员能够在不呼叫支援的情况下按时抵达行星基地，就算通过。"军官的声音冷得就像寒铁。

大家的脸色都变了，这是要大家抛弃队员？

"那被暂时留下的队员是否能得到及时的医护？"

"不要让我重复回答一个问题，只有队长通过能量手镯才能呼叫医护或者支援，我们这边唯一的保证是十分钟内必定抵达，该怎么选择，都要由你们的队长去思考和承担。当然，为公平起见，另外还设有复活挑战赛，同样由队长去承担，能赢下挑战，就能弥补复活继续参赛。"军官解释得很详细。

这是为那些保护了队友，但拖延了时间未能按时抵达的队伍准备的。

"时间到了，五分钟后，你们将进行空投！"军官敬了个军礼，便转身离开。与此同时，船舱的两侧，分别打开了四个空投口。

复活挑战赛？

听到这个，大家的面色稍霁："听起来，IG还是蛮人性化的嘛，还可以有复活挑战赛。"

勒伽达默苦笑一声："你们都错了。"

一下子，机舱又安静下来。

"对于军人来说，完成任务才是第一位的，你觉得IG会那么人性化吗？那种复活赛根本就是用来瓦解我们的斗志的，没有退路！"

半晌，才有人摇着头："靠，别自己吓自己了，我们还不一定就会遇到那种情况，大不了，轮流扛着队友一起走。"

"没错，我就不信了，扎戈交战区？只要了解扎戈的习性，把侦察圈做开了，再加上一点运气，平安通过都是有可能的事情。"

勒伽达默还是摇了摇头，不过他没有再多说什么，了解扎戈的习性？IG能有那么简单？大家作为来自各国的精英，平常应该是没少拿扎戈做训练，但是，那些扎戈都是受人类控制的实验货，绝对不只是这样。不过勒伽达默也不想多说了，在场的既是战友也是竞争对手，多说无益。虽然他没有想过走多远，但至少不能给雷霆共和联盟抹黑。

太阳系这边，大家倒是很安静。

空投到扎戈交战区，和太阳系 IG 训练营的恶魔岛特训，其实是大同小异，据说是已经十多年没有选择这一项测试了。

以蒙敖、烈无情和德拉马克为首的军方革新派为了这届的 IG，做了几乎可以说是万全的准备，其实，终于押对了一把。

五分钟准备时间很快就到了，四处空投门都亮起了绿灯，间隔开时间，每支队伍按照顺序，一一地跳出了运输机。

飞行高度一万米，运输机开始进行空投，按照顺序，每间隔三分钟投放一支队伍，避免不同的队伍降落在同一个区域。

"克拉克战队，GO！"

麦克斯带领着队员，第一批跳下了运输机，瞬间消失在云层当中。

三分钟后，勒伽达默带着雷霆战队冲了出去……

太阳系战队排在最后，罗非胖子的小脸煞白，腿也在哆嗦。李尔冷冷地看了一眼胖子，胖子立刻站直了，但看着憋红的脸肯定是强忍着恐惧。

这丫的十有八九是有恐高症，一般高度还行，但这种高度，胖子胆小的老毛病又犯了，但这个时候谁也顾不得他，就算是闭着眼睛也要跳。

王铮带头跳出，高空独有的寒冷气息，抚过脸上就像是在被粗糙的打磨砂纸用力地摩擦。

向下望去，是一片漆黑的森林，茂盛的树木，覆盖了一大片广阔的空间，极远处，有着河流与湖泊。

王铮的目光望向地面，不断地记忆着看到的每一个地形的走向和分布，这种高空观察地形的机会只有现在一次，每一个细节，都要尽可能地深深刻进大脑当中。

轰！

就在这时，一道剧烈的风声陡然从王铮身后响起，一道身影，以不正常的速度向下迅速坠落。

还来不及讶异，王铮就感觉到身上猛然一沉，这种感觉很熟悉，在重力室突然增加重力时，就会有这样的身体反应。

瞬间，王铮下落的速度也加快了一倍！

"大家小心！这里的行星重力是三倍标准重力，我擦，吓死老子了。"张山的叫声从通讯器中传出。

"大家稳住，绝对不能提前开伞……"

王铮打开通讯器，但是话还没说完，就感觉身上猛然一轻，下坠的速度陡然又恢复了正常，整个人都有一种错觉，好像是在空中飘了起来，其实仍然是在向下坠落。

重力，又恢复到一个标准单位的水平。

"我靠！我这是什么情况？是不是现在开伞？"但是，张山的下坠速度没有变慢，而是加快了，似乎他所在的位置，重力又加大了。

"冷静，行星引力场不稳，出现多个极点的交互作用，高空重力异常，下落到四千米后会进入稳定重力，两千八百米再打开伞包！"王铮飞快说道。

张山迅速冷静下来，果然，又下坠了数百米后，他的速度也骤然一轻，恢复到标准重力："还真是，有一瞬间的失重，才又继续出现行星重力，有点像磁悬浮飞车，肉身飞车？酷！"

冷静下来的张山，还玩起来了，在空中做着各种翻滚动作，王铮笑了笑。看起来，这颗行星大有问题，高空引力场异常变迁，地面上的重力，也肯定会有差异，从这里通往行星基地的路，要面对的绝对不只是扎戈虫子。

高空中，重力不断变化，直到下降到四千米时，重力才终于稳定在一点五倍标准重力水平。

有惊无险地在三千五百米打开了伞包，降落的地点，是一条小河的河畔空地。

从脚踏实地的这一瞬间，就进入了战区。

没有人多话，迅速地脱下了伞具，脱离了空投服，将战斗服调制成战斗状态，大家自发地在河边组成半圆防御阵形。

"重力一点五倍标准重力，空气成分，含氧量百分之二十九，氮气百分之六十九，无有害气体，可以自由呼吸，湿度百分之六十一，温度三十一点五摄氏度……"蒙恬负责着环境监测与分析，实时更新。

王铮将戴着的毒气过滤罩脱了下来，氧气含量更大的空气，让身体感觉更加有爆发力。

打量四周，紧靠河边的是一片茂盛的森林，全部都是数十米的参天巨树，树与树之间，是茂密的灌木，看不到任何道路的痕迹。

"这里真的有扎戈虫子？不太像啊，虫子聚集的森林，应该有很多道路才对。"张山皱了皱眉，疑问地说道。

王铮打开了天讯地图，本以为会有一个详细点的路线图，但实际上，只有红色的两点在遥远的方向，那就是目的地，整个路程都是未知的。

"前进的路线，要先穿过这座森林，大家小心。"王铮校准了方位，指出了前进的路线。

阿克琉蒂斯看了王铮手上戴着的能量手镯一眼，说道："出发前，我想，我们有必要安排好战斗队型，防御型战士站前排和两侧保护攻击手，遇到敌人，战士轮流上去抵挡，但是不要出手，由攻击手负责击杀目标。"

"我负责攻击。"李尔向来是干脆利索的表达态度，瞪了一眼还在打摆子深呼吸的罗非，罗胖子立刻站直了。

烈心下巴扬了扬："我随意了。"

张山一甩手，干，这里看起来像是肉盾战士的，也就是他、王铮和章如男了，这是歧视地球人吗？"搞那么麻烦做什么？区区小虫子，遇到了，直接杀掉就是了，何必挡住了又不杀？"

玛萨斯一笑："不是这么说的，IG 不是儿戏，想要在没有后援的情况下，十天以内穿过扎戈战斗区抵达行星基地，我们必须最大限度地提高效率，节省体力，应变突发情况。"

显然月球人进入状态非常快，已经清楚地了解了目前的形势。

第三十八章
虫　群

　　王铮微微一笑："玛萨斯说得没错，就这样，我和拉东走前面，张山和章如男保护侧翼。蒙恬，唯一的侦察眼在你身上，你除了侦察路线情况，还要负责环境分析，尤其要小心扎戈的痕迹，一旦发现，必须绕路。烈广断后，罗非、烈广、塔罗斯，你们三个殿后，注意侦察后面的动静，不能因为是走过的路就麻痹大意。如果遭遇到躲不过去的扎戈，我先上去挡住，拉东掩护我。张山，你和章如男保护侧翼，不要冲动，稳住阵形是你们的责任。李尔、玛萨斯和烈心，你们负责攻击，阿克琉蒂斯负责应对突发情况。"

　　众人点点头，显然也都很满意，阿克琉蒂斯相当于后援，他的实力和洞察力也是最优秀的，显然很适合这个位置。

　　张山撇了撇嘴，王铮还真是老好人，谁不知道防御危险，进攻舒服，阿克琉蒂斯的位置应该让给王铮才对，不过王铮既然说了，他也只能认了。

　　做好了出发的准备，队形按照王铮的安排微调之后，太阳系战队开进了这片漆黑的森林。

　　此时此刻，A9 行星一号轨道上，停留着一艘巨大的母舰，绕着 A9 行星进行着同步运行。

　　母舰的主控室中，大屏幕上面显示的正是以 A9 行星基地为中心的区域地图，最外缘，一百二十八个光点，正在轻轻而稳定地闪烁着。

　　IG 仲裁委员会，正在关注着这些光点的状态。

　　"亚特兰蒂斯战队还没有动作，仍然在降落区休整。"

"阿斯兰战队已经突破外围扎戈虫区，开始进入危险区域。"

一百二十八名工作人员随时汇报着各支战队的情况，另外，还有十二名仲裁人员对情报进行着相关的处理。

"虽然不可能发生那种情况，但是，相关支援战机做好营救准备……"

"亚比坦战队正在朝迪斯星际联盟队靠近，两队距离三公里，分析判断，亚比坦战队已经知道迪斯星际联盟队的位置。"负责亚比坦战队动向的工作人员突然发出叫声。

"亚比坦帝国的老习惯了，提前消灭竞争对手，同时抢夺资源，不过，迪斯星际联盟这次全体队员都是 X 能力者的硬骨头，就算这样还要上吗？打开监视画面。"

唰……一道俯览的画面，打在了大屏幕上，替代了原本的全局地形图。

画面当中，看得很清楚，亚比坦帝国战队展开了阵形，朝着一无所知的迪斯星际联盟战队包围过去。

画面当中，迪斯星际联盟战队还算小心，不过，他们的侦察防御圈只有两百米，在他们看来，全员都是 X 能力者，两百米的距离，足够做出任何反应了。

但是，他们防御的只是扎戈，并没有把人计算在敌人的范畴当中。

亚比坦帝国战队展开了突击，两道身影，从队形当中冲了出来，如同两支利箭，朝着迪斯星际联盟队直插过去。

"只出动了两个人？"

"亚比坦会不会太自大了？迪斯星际联盟这次是野心勃勃，十二名队员都是实力不俗的 X 能力者，二对十二？"

母舰主控室中，不少工作人员都皱起了眉头。亚比坦强归强，但是，再强也要讲道理，面对十二个 X 能力者的超精英，只出动两个人，这不是强，而是自大吧？在 IG，自大必死。

画面中，战斗迅速地展开了，迪斯星际联盟队在亚比坦进入两百米的防御圈后，立刻做出了防御，可以看到，迪斯星际联盟的人正在向亚比坦战队喊话。

"远程战机接收到区域音频，是否播放？"

"播放。"

一阵嘈杂的声音之后，声音响起。

"……我们不是敌人，完全可以避免冲突……"

迪斯星际联盟队并没有立刻开战的意思。

"该死的，镭射准备……"

"可是，一旦开枪，就是真的不死不休！"

"不能犹豫了！该死的亚比坦疯狗，让他们杀进来，就不是什么不死不休，而是我们全部都得死，开火！"

轰……

就在这时，画面猛然一黑。

"怎么回事！"

"重力磁场改变，信号干扰，预计十秒钟后恢复卫星信号。"

十，九……三，二，一……嗡——屏幕上面又显示出画面，仍然带着干扰的扭曲，但是，仍然可以看到，迪斯星际联盟队的队长已经打开了能量手镯。

仅仅一分多钟，全员都是 X 能力者，强大的迪斯星际联盟队，竟然被两名亚比坦队员搞定，两个亚比坦人拿走了迪斯星际联盟战队队长的手环！

这才是亚比坦的真正目的，万一遇到危险，他们可以利用对手的手环获取救援……这一手真是又狠又毒，而迪斯战队的反应也是太慢了，不过也不怪他们，队长第一个被击杀，其他人则是被击倒在地，看样子受伤不轻。

整个母舰控制室都是一片寂静，这届的亚比坦战队，比往届要更加具有攻击性，实力，也更加恐怖。

"派出战机支援，迪斯星际联盟战队，列入淘汰组。"

仲裁小组做出了裁定的声音。

"战斗的视频画面是不是要还原……"负责亚比坦信息的工作人员举了举手，问道。

"不必了，结果已经出来了，记住，我们负责的只是公正裁定，所有的数据都必须保密，任何消息只要传出去了，包括我在内，所有人，都要受到牵连，下场各位都见过，想必不用我来赘言了。"仲裁小组的组长冰冷的视线扫过所有人。

　　残酷的竞争，在这片区域继续不断地上演，也有许多小队互相碰撞，大多数都是互不干涉，各自绕开重选行进路线，也有少数互相合作的小队。这次竞赛的任务，是穿越扎戈交战区抵达行星基地，并没有禁止小队之间的联合。当然，联合的前提是信任，没有信任的联合，还不如各小队单独行进。来参加 IG 之前所有人都已经明白一个道理，这里有的不仅仅是队友，还有敌人。

　　王铮一行，倒是非常顺利，并没有遭遇到其他队伍，由于侦察到位，也没有遇到大量的扎戈。

　　"前方五百米发现十六只骨刺扎戈和大量镰刀扎戈，还有腐蚀虫的痕迹。"

　　戴着侦察眼的蒙恬小声地说道。

　　烈心皱了皱眉，问道："镰刀扎戈？周围有没有巢洞？"

　　腐蚀虫，是扎戈族没有战斗力的一种，在扎戈族位于最底层，用人类的话来说，就是奴隶，一般活动范围都是在巢洞附近，维护巢洞的各项状态指标，这意味着地下不安全！

　　"没有发现。"蒙恬继续侦察了片刻，摇了摇头。

　　"是杀过去，还是绕路？"张山朝王铮看了过去，走了快三个小时了，除非遇到的是落单的扎戈，基本上都是在绕路，速度虽然也不慢，但是，张山有点手痒难耐了。

　　王铮目光闪动，想到了一个可能性："有腐蚀虫的话……大家注意脚下的动静。"

　　片刻，蒙恬点点头："发现轻微地震，应该是在挖掘地道，但是动静不大，判断扎戈数量并不多。"

　　"有没有可以绕过去的路线？"

　　王铮点点头，没有必要，不去惹巢洞里面的扎戈最好。

"前面没有路了，要先退回到……"

蒙恬还没说完，负责殿后的罗非发出了警报的叫声："后方发现骨刺扎戈！二十只以上，正在朝我们扑过来！"

王铮目光一闪："全员准备战斗，阵形首尾交换，各就各位，保持阵形位置。"

张山握紧了手中的钛金盾，他倒是一脸兴奋，终于有大量虫子可以让他大展身手了。

在场的所有人都有实战经验，这次虫子的反应要比他们在恶魔岛遇到的快得多，王铮能感觉到空气中弥漫了血腥的气味，他的感觉向来不会错。

没多久耳边传来沙沙沙的声音，来了！

轰轰轰轰……

地面轰鸣不断，一只巨大的骨刺破土而出，像个兜子一样把众人圈在中间，而树林中疯狂地涌出一只接一只影子。

骨牢合拢，众人只能散开，一瞬间约定好的阵形就被打乱，一道道骨刺像标枪一样飞射而出，众人连忙闪避。

镭射全面开火，地面晃动，一只巨大的骨刺虫将破土而出，整个像是巨大的刺猬，仰天发出刺耳的咆哮，镰刀扎戈从树林里蹿了出来，而一个个骨刺扎戈则猥琐地躲在暗处放冷箭。

"塔罗斯、罗非，你们杀进去解决骨刺扎戈！"王铮话音一落，就冲向了巨型骨刺虫将，镭射精准地轰击在骨刺扎戈的眼珠子上，但是透明的眼睑一挡，镭射根本制造不出伤害，反而激怒了骨刺虫将，其他人立刻陷入了混战当中。

冲进去肯定危险啊，塔罗斯和罗非一愣，李尔一声暴吼："快，不然都要死！"

别说李尔了，阿克琉蒂斯等人都已经全部参加战斗，他们已经嗅到了危险的气息。这跟恶魔岛完全不是一个级别，这里虫子的战斗力完全是另外一个层面。

镭射根本造不成致命伤害，这只骨刺虫将相当会闪避，这说明战斗智商很高。说话间，王铮已经冲了过去，从天而降，钛金刀朝着虫子的头部插了过去。

但是骨刺虫将竟然灵活地一个转身，一根根骨刺像是长了眼睛一样杀向王铮，王铮不得不后退。

第三十九章
梦想与现实

完全不一样的感觉，在恶魔岛，那些虫子除了长相凶恶之外，其实不堪一击，但这帮虫子……

众人一开始的想法显得格外天真，现在只能靠着地形节节抵挡，而且不能撤退，现在一旦放弃了攻击，就真成了虫子的猎物。

塔罗斯和罗非一个擅长速度，一个擅长潜行，对付躲藏的骨刺扎戈再好不过，这个危险性也极高。

塔罗斯不敢怠慢，速度全面展开，没一会儿就有六只扎戈死在他的刀下，不得不说，一到黑暗中他就有莫名的兴奋。而罗非则一下子消失了，他的人在，可是气息全无，而且一眼扫过去总会产生一种跟环境融合的错觉，胖胖的身体移动确实悄无声息的，竟然连虫子都没有察觉。这两个人的反击，也让外面的人稍微喘了口气。

李尔和王铮一左一右不断地试图冲击骨刺虫将，但这家伙狡猾得要死，锋利的骨刺和迅猛的攻击把王铮和李尔不断击退。

跟扎戈作战一定要想尽办法把虫将杀死，否则虫子悍不畏死，战斗力惊人。

从一开始的慌乱到现在，烈心和烈广联手发飙，两个人都如同燃烧了一样，X能力全面爆发。一般的X能力根本吓不住扎戈，一般的火焰也没用，但是烈心和烈广的火焰却完全不同，竟然连不知恐惧的虫子都被惊了一下，而就是这短短的时间给了太阳系战队缓冲的时间。

灌注了火焰力量的钛金刀竟然可以轻松地刺入扎戈的身体，烈心和烈广是有心想去援助王铮，但却被大量的虫子团团围住，陷入了包围当中，扎戈在分割战场。

虽然没有长枪，但章如男的钛金刀一样凶猛，他和拉东组成了一道钢铁防线，给烈广和烈心争取攻击机会，不知不觉中还是形成了攻防阵形。

只有蒙恬的镭射枪比较管用，关注了冰冻X能力，虽然不能一击致命，却可以让扎戈陷入三四秒的缓慢期，帮了众人的大忙。

"李尔，这么僵持下去不行，只会吸引更多的虫子，我来吸引他的注意力，你出手！"两人交错的瞬间，王铮说道。

李尔点头："动手！"

王铮一声暴喝，正面冲向骨刺虫将。一根根尖锐的骨刺扎向王铮，换一个人早扎成串了，但王铮的步伐起了关键性作用，硬是闪避了过去。

面对这种虫子，人类一定是要用机甲才能解决的，谁想到IG竟然让他们裸身战斗，简直是疯了。

在IG大赛中，只有强者和弱者两种人，在强者面前，任何敌人都是浮云。

太阳系战队这边打得如火如荼，在其他战场上，情况就不同，加纳星战队，战场一片狼藉，到处都是虫子的尸体，十二个队员在尸体中缓缓站了起来，脸上都带着兴奋的表情，似乎完全没有杀够，那眼神中透着疯狂。

阿斯兰帝国已经高速深入，他们如同未卜先知一样躲过了三轮虫子的包围。

亚特兰蒂斯……干啊，这帮人是要直接飞向目的地吗？

亚特兰蒂斯战队的十二个队员，虽然出发比较晚，可是已经处于第二的位置了，而且照他们的速度应该没有阻碍，因为除了他们，没人可以飞……

亚特兰蒂斯人强横的精神力量不仅仅可以用于操控符文机甲，还可以浮空……

这尼玛，绝对是人比人气死人的节奏。

轰……

终于一道骨刺王铮躲不开了，钛金刀正面一封，爆响，王铮被直接击退，然而这个时候李尔也有了一丝攻击的机会。

李尔闪电切入，朝着骨刺虫将唯一没有保护的脖子处的骨缝插入。眼看就要得手，谁想到，骨刺虫将脖子附近一下子翻开，一排骨刺像是有生命一样扎向李尔。

李尔眼神一凛，露出杀机，忽然轰的一声，骨刺虫将的动作一缓，远处的蒙恬纵览全局，关键时候一枪冻结了虫将的攻击，只是争取了不到一秒的时间，却足够李尔切入，钛金刀直接插入，瞬间大回环，从左到上，然后往下拉。

绿色的黏液冲天而起，紧跟着一个腾空翻身，猛然一个千斤坠，轰……

裂开的骨刺虫将的脑袋硬生生被直接踹下，巨大的身体在地上翻滚着冲了出去，压死了十多只附近的扎戈。

虫将一死，太阳系战队士气大振，其他人在烈心的带领下开始反击。不得不说，整个太阳系战队的搭配还是相当有战斗力，有章如男和拉东这样能扛的；也有烈心和烈广这样针对性的杀招，这绝对是福音，烈火诀对虫子有很强的杀伤力，可以轻松切开虫子厚重的壳，而且还能给一般的扎戈带来一定的恐惧感；罗非和塔罗斯也是没少零件地从林子里冒出来，这两人也动真格的了；阿克琉蒂斯和玛萨斯的大局观相当赞，两人四处补防，这种见缝插针的能力避免了伤亡；显然叫得最凶却最没用的就是张山，虽然充当了防御的角色，但他的防御功底跟章如男和拉东还是有很大差距，被虫子冲击了两轮就感觉到腿脚发麻了，不是力量型 X 能力者面对这种冲击真的就是无奈，张山的移动能力在虫子面前也很鸡肋，可以聊以自慰的就是他有机甲就会鸟枪换炮了；蒙恬的寒冰能力发挥了大作用，这跟烈心和烈广一样，虽然这个能力不能直接杀伤，但是蒙恬的镭射又快又准，关键是对虫子的凝滞作用实在是太管用了。

不经意之间，众人达成了一个奇妙的默契，击杀虫将，扫清障碍。众人可不敢停留，立刻脱离战场。刚刚进入就陷入死战，那后面的路就不用走了。

后续的虫子在被负责断后的塔罗斯不断击杀之后，众人摆脱了它们，朝着目的地快速前进，只是每个人脸上都没有轻松的表情了，这一战已经让他们清楚认识到严重性，别说按时抵达目的地了，能不能完整地到达都是个问题。

只是一战就让太阳系战队的众人从"幻想"中清醒过来，这里是IG银盟大赛，不是关起门自己耍的小把戏，真正的扎戈族也不是他们想象的那么脆弱，没有机甲的帮助，光凭肉体的力量实在太可笑了。他们可以赢得几次小规模战斗，但付出的却相当巨大，X能力一旦消耗，补充极为缓慢，无论是张山这种爆发型，还是像蒙恬这类消耗型。唯一好过一点的就是烈心这种。烈家心法果然名不虚传，持久力远非一般X能力者能比，这一战烈家确实大出风头。

其实就连烈心和烈广也很惊讶，因为以前烈火诀根本没这么好用，很明显杀伤力变强了，而且灵魂火焰的附着效果也在日益增强，每天增加一点点好像没什么太奇特的，可是一旦发生战斗这差别就出来了。

烈心和烈广虽然没有太多交流，却都看出彼此眼神中的吃惊，难道功法的效果增强了？

当初太阳系的陨落很大程度上也跟功法的失效有关，那曾经通天彻地的能力最终泯灭成为健身操，也直接导致了很多家族的消失，烈家虽然保留下来，可是太阳系的战略地位却失去了。

其实不光是烈心和烈广，李尔也有同样的感觉，从太阳系IG选拔开始，他就感觉到了自己力量的提升，已经超出了他的预计，而让他没想到的是，这力量的提升竟然来自天炼心法。

这也是他对银盟IG拥有信心的根源，在看到烈心和烈广的表现后，李尔心中已经有了判断，功法的效果在增强，只是他城府极深，没有必要是绝对不会表现的。

阿克琉蒂斯完全看不出什么反应，并没有对烈心和烈广的表现有什么意外。

只是他的眼神中的光芒也越来越强盛了，因为太阳系复苏的征兆已经出现了。

不仅仅是他一个人！

塔罗斯和罗非担任了斥候的职责，突前侦察，让队伍尽可能地避开扎戈族，遇到落单的虫子尽可能悄无声息地干掉，不给它们报警的机会。

越是深入，扎戈族的气息就越多，也越强大，真不知道军方是怎么想的，竟然还存在这样强大的扎戈族世界。

人类是一个强大而自信的种族，当年灭虫战争胜利之后，人类就开始研究扎戈族，而且方法也越来越大胆，因为以目前人类的力量确实也不需要惧怕，至少在银河范围内，人类已经不可阻挡，也许唯一能阻挡人类的就是内部了。

越是强大，越渴望力量，国家如此，个人也是一样。

恶魔岛的经历为众人提供了一个很好的经验，连续两天，太阳系战队都规避了战斗，保持了良好的前进速度，同时也尽可能地避开其他国家的战队。

本来大家是有合作的意思，但李尔一句话就给否了，因为救援手环，那无疑是保命的利器，没人会使用自己的，那意味着淘汰，活着还不如死了，但可以用别人的，不但可以保命，还可以消灭对手，一举两得。光冲着这一点，其他战队就是比虫子还可怕的敌人。

不得不说，李尔的一番话让众人连讨论的欲望都没了，其他人还真没往这方面想，不过也不由得揣测，李尔是……

第四十章
妇人之仁

　　还别说，李尔是有这种打算，但评估了一下实力，还是算了，太阳系战队并不具备夺取的能力。

　　他们不做不代表别人也不做，亚比坦、马纳拉索都已经出手，马纳拉索比亚比坦还狠，他们抢夺了两支队伍的手环才开始朝着目标前进，显然经验相当老辣，一些新人队伍连做梦都想不到会被"自己人"突袭，而且丝毫不留情。

　　在银盟范围内，多民族多种族融合，每个国家的法律不尽一致，只要在银盟宪章的大前提下，都是可以自己制定规则，入乡随俗，有像亚特兰蒂斯这样相当文明的，也有像加纳星一样野蛮的，在不少星球依然充斥着奴隶贩卖，银盟一直想要杜绝却收效甚微，最终达成的妥协就是保证奴隶的基本生命权，聊胜于无。

　　这也是整个银盟能维持和平达成的妥协，毕竟银河联盟发展到现在的时间并不是很长，人类星际大航海进入相对稳定阶段还需要很长时间才能形成一个更完善的体制，而这个期间，那些具有强大势力的国家都想制定对自己有利的规则。

　　有人说，政治斗争是人类这个民族产生的最有趣的艺术。

　　一切都很顺利，但意外还是发生了，位于前面担任斥候的塔罗斯和罗非几乎同时发出惨叫，众人急急忙忙赶过去，却发现两人已经瘫倒在地。

　　"别……过来！"罗非强忍着痛苦说道。

　　"快救我！"塔罗斯试图招手，却只是动了一下就趴倒在地。

王铮连忙示意众人停止前进，眼睛扫过周围，没有虫子，这里……植物明显跟他们一路上都不同，显得要厚重一些。

王铮缓缓伸出手，瞬间手臂一颤……诡变重力区！

缓缓地整个人走了进去，王铮也禁不住皱了皱眉头，这大约有十倍多的标准重力，塔罗斯和罗非肯定是一下子冲进去，身体受到了重创。

王铮缓缓地把罗非和塔罗斯拖了出来，两人一离开诡变重力区就一口血喷了出来，肺部受到冲击了。

蒙恬连忙拿出急救针，一人打了一针，两人就只剩下大口喘气的份儿了。

李尔也尝试了一下，十倍重力倒不至于吓倒他们，可是任谁在没有防备的情况下冲进去，身体反应慢一点肯定会受到重创。

出师不利，最灵活的两个斥候受重伤。

他们无法判断这块诡变重力区到底有多广阔，若是区域太大，可能进去就出不来了，最关键的是，有两个人受伤，平常状况背着走就行了，可是两人现在根本受不了这样的重力，十分钟就能要了他们的命。

李尔皱了皱眉头："常规诡变重力区域根据跳跃的重力变化，范围一般在两公里到五公里之间。"

在人类探险当中，已经不是第一次遇到这种情况了，但眼前这种显然有点极端。

绕路？

九号行星的地形相当复杂，他们现在这条路是唯一一条比较好走的，两边的方向更差，时间上他们已经有些落后了。

"你们在想什么，绕路？难不成你们想看着我们两个死啊！"塔罗斯禁不住叫道。

"这周围的路你是探过的，我们现在更换线路至少要浪费半天的时间，而且另外两个方向都有虫子的迹象。"阿克琉蒂斯说道，然后看着王铮。

这个决定谁都不好下。

"两公里的话，是不是可以撑一下？"张山说道。

"撑你一脸，万一不止两公里呢！"塔罗斯立刻骂道。

众人默不作声，这是最不想看到的情况，也最纠结，所有人望着王铮，难题丢给了王铮。

"阿克琉蒂斯、李尔、烈心、烈广、蒙恬、张山一组继续按照原定路线前进，玛萨斯、拉东、章如男，你们和我一起带着罗非和塔罗斯继续前进。"王铮当机立断。

这个时候放弃罗非和塔罗斯肯定是不行的。

"王铮，我要跟你一起！"张山嚷嚷道。

"王铮，你考虑清楚，我们本来实力就不强，这个时候分散，恐怕一个都到不了。"李尔冷冷地说道，罗非和塔罗斯都算是他的人，但谁也没想到第一个"抛弃"两人的竟然是李尔。

塔罗斯脸一暗，咬了咬牙，早料到李尔狠，没想到会这么狠。

"李尔考虑得没错，我们不是来度假的，必须按时抵达，我建议留下一个人照顾他们，其他人继续前进。"烈心说道。

但众人没人应答，只要超过五人按时抵达就算过关，但是没抵达的人也失去了参加后面比赛的资格，谁留下也等于失去了资格，留下照顾是铁定不行的。

谁留下？

而且以太阳系战队的实力，若是人手不够的话，就算过了这一关，后面恐怕也过不去。

王铮却没有任何犹豫："还是按照我的方法，分兵行动，李尔、阿克琉蒂斯，你们全力前进，争取按时抵达，给我们争取时间！"

只要有五人按时到达就可，至于其他的队员，只要不是最后抵达就行，这是唯一的办法，总比放弃好。

见王铮这么果断，众人也没什么好说的，李尔和阿克琉蒂斯率众上路。

"妇人之仁。"说完李尔就出发了，现在是没时间给众人拉家常了。

王铮选择拉东、玛萨斯、章如男也是有道理的，一个是体力上可以跟得上，一方面性格上也会接受，毕竟带着两个伤员就要承担更多。

王铮背上罗非，拉东背起塔罗斯，他们选择了绕路。

"胖子，你该减肥了。"王铮笑道，"放心吧，我们一定会抵达的。"

胖子苦笑，塔罗斯的脸也稍微好看了一点，没想到王铮会这样选择，不过……这确实不是个好的办法，换成他是队长肯定是果断抛弃，只是他现在是被救的一方，就另当别论了。

"相信阿克琉蒂斯他们的实力，他们肯定能按时抵达，我们只要安全抵达就行。"玛萨斯说道。

"好了，不用想那么多，塔罗斯，回去你可要请我好好撮一顿，你的骨头真硌人。"拉东说道。

玛萨斯和章如男负责开路，换了路之后，地形变得复杂起来，树木也太茂密了，需要钛金刀开路。

而李尔和阿克琉蒂斯那边则是沉默上路，这无疑是最郁闷的选择，可是又一点办法都没有，现在唯一能做的就是按时抵达。

李尔也是面露冷酷，他领头的，速度相当快，谁也不能阻挡他进入 IG 大赛，只要能达到目的，任何人都是可以抛弃的。

在战舰上，将军们关注着屏幕上战士们的一举一动，蒙敖作为太阳系的代表也在，但看到王铮的分兵心里立刻咯噔一下，他可是可以看得到对手的表现，太阳系不尽如人意，不过有极大机会按时抵达，可是这一分散，战斗力立减。不得不说，在果断上，王铮比李尔差了不少，在战场上不够狠是不行的。

凡是不够狠的都完蛋了，而像亚比坦等够狠的，则一路畅通无阻，而且手握救命符，立于不败之地。

也许任命王铮做队长是犯了一个错误，他是将才，却不是领袖之才。

太阳系有如此阵容，若是能杀入十六强将是史无前例的荣耀，要是这么半途而废，确实太可惜了，尤其是因为这样的原因。

没人在意地球，大家的目光都在十几个强国身上。由于亚比坦、马纳拉索的"出格"行动，差点让几个将军打起来，不过 IG 的工作人员还是把他们分开了，这些都符合 IG 规则，只是好久没采用这样的淘汰制度，确实有点不适应。

亚比坦的特洛伊中将唯一的表情就是讽刺，只有弱者才会无用地挣扎叫唤。

　　太阳系联邦战队的两个分支的行动还算不错，王铮这边轮流背罗非和塔罗斯，虽然地形很复杂，但速度上并没有减慢太多，而另外李尔那边的队伍速度更快，只是张山和蒙恬跟进得有点吃力，这种高速行进保持几个小时还可以，两人都惊讶李尔他们竟然可以一直这么快。

　　王铮之所以要分兵，是因为他相信以李尔和阿克琉蒂斯等人的耐力和实力，是可以按时抵达的，这大概是李尔他们自己都不知道的，尽管他们隐藏了功法。

第四十一章
最忠实的狗

归一诀对于功法还是相当地敏感，每个修炼功法的人耐力和体力都比一般人好很多，而李尔和阿克琉蒂斯的综合实力丝毫不比他差。李尔和阿克琉蒂斯能按时抵达，而王铮自信可以把其他人带到目的地，但时间上可能就不一定来得及。

只是目前这种分配方式无疑是最好的，让王铮丢下谁，他都做不出来，哪怕这两个人是罗非和塔罗斯。

夜晚，王铮等人都抓紧时间休息，罗非和塔罗斯则负责警戒，毕竟其他人要比他们累得多。

"没想到李尔这么狠，说抛弃就抛弃我们！"塔罗斯心中不满，若是没他的帮助，李尔哪儿这么顺利，结果竟然为了区区一个比赛让他们去死。

如果说只是抛弃还算好，但在这里没人管，可是随时都有送命的危险，而李尔竟然那么轻易……

罗非不说话，塔罗斯看了一眼罗非："这次若是能抵达，我看你也别跟着李尔了，有一天你没价值了，抛弃你跟扔垃圾没什么两样。"

罗非看了看头顶的星空，胖乎乎的脸微微一笑："我就是一条狗，主人可以抛弃狗，但狗不会背叛主人。"

塔罗斯呆了呆，忍不住低声骂了几句，这胖子绝对是个犯贱的神经病。

也就休息了两个小时，众人就继续上路，只是目前情况整个团队是不适合战斗了，王铮也是精神全开，全力避开扎戈，哪怕是绕远路也要绕，他的目标就是安全抵达。

王铮的想法是好的，对于李尔和阿克琉蒂斯的判断也是没错的，但有的时候人算不如天算。

当第五天的时候，李尔他们已经处于整个队伍的中上游，这让蒙敖也面露喜色。王铮的方法其实是不错的，让李尔他们先抵达，而他则照顾伤员，以目前他们的速度在测试关闭前抵达也不成问题。毕竟不是万不得已，蒙敖也不想罗非和塔罗斯有生命危险。

冷血不是天生的。

但若是真这么简单就好了，因为虫子的确是凶猛，正面对抗就算赢了也浪费了时间，甚至造成伤亡，除了有限的几个比较霸气的团队，其他人都是采取了绕开，或者派速度快的引开虫子的方式，这次的测试不是以杀虫数量，而是以抵达时间为胜利条件，所以各支队伍都相当明确。但问题还是出现了，在进入中区的时候，出现了战斗机器人！

突然出现的战斗机器人给队伍造成了不少麻烦，虽然说战斗机器人的战斗力不高，来这里的都是精英，可以针对，但是一旦交火，立刻就把虫子吸引了过来，这给队伍的前进制造了不少问题。

而李尔分队就出现了问题，李尔和阿克琉蒂斯来负责侦察，确实安全躲过了虫群，两人展现出了卓越的洞察力，说实在的，连蒙敖都没有想到，但战斗机器人一出现，这个方法的问题出现了，那就是人手不足。

烈心和烈广大发神威也没用，张山受伤，没有足够负责防御的战士，让蒙恬的实力也无法发挥出来，若不是李尔和阿克琉蒂斯够强，他们很可能全军覆没。好不容易摆脱了虫子，张山却废了，他的大腿被虫子扎穿，虽然进行了紧急治疗，但已经虚得不行了，长时间的行军，也造成了身体的虚弱。

"张山，坚持住，很快就要到了！"蒙恬帮张山包扎好。

"小意思，一个小洞洞而已，皮外伤，我们继续上路！"张山笑道。

李尔点点头，一挥手只说了两个字："出发！"

现在根本没有时间浪费，多了这些该死的机器人搅局，他们必须抓紧时间了。

但是没走几分钟，身后扑通一声，张山摔在了地上，咬着没叫出声来，但浑身冷汗。蒙恬连忙停下："不能走了，要有人背着他。"

李尔眉头一皱："开什么玩笑，我们战斗人手本就不够！"

张山咬着牙，整个腿已经被血染红了。李尔的眉头皱得就更紧了，血的味道简直就是活靶子，这不是把自己的位置暴露给虫子吗？

"张山，你不能走了，找个地方躲起来，其他人继续前进！"李尔说道。

阿克琉蒂斯等人都不说话，因为这确实是最好的选择，张山的机甲能力不错，可是自身的实力太弱了，没有他，众人的速度还能提高，李尔虽然有点狠，但这无疑是眼前最好的方法。

"不行，你们先走，我照顾他！"蒙恬摇头，这个时候把张山丢在这里绝对死路一条。

"蒙恬，我们会因为少一个人被淘汰的！"烈心忍不住说道，尽管她很不喜欢李尔，可是李尔的决定是对的，"张山一个人只要老实躲着，等训练关闭，会有人来救他的。"

蒙恬摇摇头，这不过是自欺欺人罢了："要么带上他，要么我留下。"边说边帮张山清理伤口。

"蒙恬，若是蒙敖将军在，你觉得他会怎么做？"李尔说道。

蒙恬一愣，默默低下头："我是我。"

"蒙恬，你们上路，这次大赛不仅仅是个人的事儿，这关系到太阳系联邦的荣耀，老子福大命大死不了的！"

"我们是军人，在选择这条路的时候就应该有赴死的准备。"阿克琉蒂斯也终于开口了。

就在这时，烈广忽然把张山背了起来："有时间啰唆还不如抓紧时间上路，李尔，阿克琉蒂斯，大家都是明白人，你们两个也装了一路了，该使使劲了，男人要有义气，张山这家伙交给我，你们负责清扫！"

说着就直接冲了出去，蒙恬立刻跟进。烈心一愣，无奈地摇摇头，自己这个弟弟还真是……阿克琉蒂斯会心一笑，他确实留有余地，只是本能选择最佳判断罢了。李尔最后一个行动，他是留有余地，但那也是要应变突发情况，一个想要成功的人就永远不能把自己的路堵死。

这些鲁莽的蠢货，烈家人的臭毛病，都是王铮这个混蛋搞的，队伍一点纪律性都没有，哪儿像军人，但此时其他人想法一致，李尔也没有办法。

理想是丰满的，现实是骨感的，有的时候运气再欠缺一点就更悲惨了。

李尔和阿克琉蒂斯真的是发飙了，很明显，两人表现出了跟平时不一样的战斗力。这不是 X 能力的问题，X 能力在不依靠机甲的情况下对付虫子完全就是给自己找麻烦，太容易造成疲劳了，可是在不使用 X 能力的情况下，李尔和阿克琉蒂斯却表现出了令人瞠目结舌的战斗力，似乎比烈家的烈火诀还凶猛一点。

烈心也才明白，烈广虽然放荡不羁，但心里是清清楚楚的，烈家的烈火诀既然效果这么好，那李尔家族的天炼心法恐怕也一样变强了，而阿克琉蒂斯呢？

肯定是拥有什么样的功法，只是从没听说过罢了，阿克琉蒂斯隐藏得好深。

缺少了人，这边的战斗力却没有减弱，只是该死的机器人破坏了他们想要躲开战斗的可能。

时间在一天天过去。

亚特兰蒂斯战队第一个抵达，这群像人类的非人类，很是轻松，这让其他人颇为无奈，但已经麻木了，不这样就不是亚特兰蒂斯人了，在某些方面他们确实拥有一些优势。

紧跟着阿斯兰战队在剑圣阿瑞奥拉的带领下也顺利抵达，看得出他们经历了不少的战斗，但队员们都表情轻松，抵达之后谈笑风生，并不觉得这样的比赛有什么难的。

这里是阿斯兰的主场，他们提前训练过也不意外，但最重要的是，对于那些实力强大的队伍，在战术得当的情况下，确实不存在问题。

亚比坦、马纳拉索等传统强队纷纷抵达，相差时间不过一两个小时。

基本上都只是用了九天的时间，而在最后一天，大部队开始抵达，IG 给出的时间还是相当有计算性的。

很少有一个联邦或者国家会存在像太阳系这么多的问题，太阳系跟银盟其他国家较劲，内部更较劲，几乎没有战斗会存在指挥权的纷争，至少在这个环节中是不会出现的，但太阳系联邦就出现了，而且是唯一的一个。

李尔他们的速度开始很快，但随后就明显下降，尤其是随着战斗的增加，人手不足，毫无阵形可言，靠着李尔等人硬生生地杀过去，这就有点异想天开了，不得已，李尔和阿克琉蒂斯轮流吸引，虽然两人实力够强悍，没有受很严重的伤，但行军速度却慢了下来。

紧赶慢赶，他们依然没能按时抵达，抵达目的地的时候已经超过了两个小时。

蒙敖气得说不出话来，蒙恬太……她不清楚，这次 IG 的结果对军方来说是多么重要，这不仅仅牵扯一次荣誉，还涉及联邦军的革新，一个优异的成绩可以让他们的政策大步向前。

一个军人要学会赴死！

真是不应该让王铮当队长，他的妇人之仁还会传染，由于队长的风格，就一定会给队伍其他人带来影响，上行下效。

从第一步就错了，后面就更错，硬生生把机会浪费了，如果丢掉张山，至少可以提前几个小时抵达，李尔等人都展现出了超强的实力，这是绝对可以更进一步的实力，结果竟然就这么失败了。

这么多年的努力付诸东流！

"太阳系战队，进入败者组。"当 IG 的军人冷冷地说出这句话的时候，张山瘫倒在地。

第四十二章
S 级，救赎还是地狱？

李尔冷冷地看了一眼蒙恬和张山，一言不发，朝着休息室走去。

耳边传来的是其他战队的笑声，此时的笑声显得格外刺耳。

阿克琉蒂斯轻叹了一口气，医务人员把张山抬走了，躺在担架上的张山捂住了眼睛，在那一刻……他怕了，他怕队友丢下他，他不怕死，但是他怕被抛弃，可是那一刻他应该坚持留下。

烈心拍了拍蒙恬的肩膀，事已至此，说什么也没用了："我们尽力了，说不定王铮他们已经到了，要给我们一个惊喜。"

烈心笑道，但这个笑容很勉强，烈家也是雄心勃勃，尤其是烈火诀的提升，让她燃起了希望，可是却倒在这种测试上。

希望显然是美好的，但如同肥皂泡一样脆弱。

王铮等人依旧没有抵达，直到晚上，十天又十五个小时，他们才在比赛关闭前抵达，罗非和塔罗斯的状况都良好，说明照顾得不错，可是再不错也没用，他们被淘汰了。

得到这个消息的时候，王铮心里也是一沉，从蒙恬那里知道了情况之后也是扼腕，就差一点点，李尔和阿克琉蒂斯果然很强，只是运气差了一点，张山受伤这也是没办法的，不过天无绝人之路，不是还有个复活赛吗？机会还有。

见到张山的时候，腿部肌肉组织重组已经完成，罐子里的张山看到王铮依然是静静的，很沮丧。张山很傲气，他最怕的就是拖累队友，但越怕什么就来什么，队伍被淘汰了责任全在他身上。

王铮敲了敲罐子，靠近传导器："快点恢复，还有机会，IG 有队长复活赛！"

张山的眼睛缓缓睁开，点点头，他也说不出话来，希望太渺茫了。

回去的路上王铮碰到了雷霆战队的勒伽达默，他也是有队友受伤，这次战斗受伤情况不少，但多数都是小伤，张山伤的要不是腿，恐怕太阳系战队也不会被淘汰。

勒伽达默显然知道了太阳系战队的情况："我听说了，你们就差一点运气，下次努力了。"

"勒伽达默队长，我想知道真的有复活赛吗？"王铮问道，这个时候不要问谁的责任，身为队长就是队长的责任。

勒伽达默一愣："是有，应该不久就会联系你们了，但……唉，我也不多说了，你很快就知道了。"

勒伽达默很难有激情，他这次率队参加 IG 就是保持水准，然后把队员安全带回，至于冲击八强什么的，想都不去想了。

这不现实，显然太阳系战队很不甘心，有的时候被淘汰不一定是坏事，塞翁失马焉知非福。

营地里呈现冰火两重天，三十二支队伍进入败者组，其中有三支其实是按时抵达了，但由于成绩最差依然被列入败者组，而剩下的队伍就等待着后续的测试，在此之前他们可以获得充足的休息。

蒙敖来到太阳系战队的房间，房间里一点声音都没有，大家都失去了说话的欲望，失败的压力笼罩在众人头上，若是技不如人也就罢了，明明是可以的，却没有做到，不甘心、郁闷、气愤，各种各样的情绪。

蒙敖进来让房间显得压力更沉重了，所有人连忙起立。蒙敖环顾房间："王铮呢？"

"他去看张山了。"章如男说道。

"报告，我回来了。"

"归队。"蒙敖冷冷地说道，然后只是沉默地望着众人。

"此次失利，主要责任在王铮，次要责任在蒙恬，回去之后你们将接受军方的处分。"蒙敖说道，每一个字都让蒙恬的脸色更苍白一点。

"将军，我也有责任，是我主动背起张山的。"烈广说道。

蒙敖看了一眼烈广，冷哼一声："若是烈无情在，肯定会赏你两个耳光，你的事儿烈家自会处理。"

"将军，我不认为救助队友有什么错！"章如男倔强地说道，一旁的李尔泛起冷笑，愚蠢幼稚加天真。

"帮助队友当然没错，但首先你们要知道你们的身份，你们是军人，你们知道犯了什么错误吗？身为军人，竟然怕死，丢尽了太阳系联邦军的脸！"

蒙敖的声音不高，但直刺心脏，幸好张山不在，否则恐怕自杀的心都有了，塔罗斯倒没什么感觉，妈×的，活着才是硬道理，罗非低着头。

"这次，李尔表现最成熟，会给予嘉奖！"蒙敖说道。

最终证明，李尔才是最适合当领袖的，只可惜一切都晚了，李尔也笑不出来，这不是他想要的，IG 是多么重要的一个机会，却被一群蠢货给耽误了。

"将军，请给我一个机会，完成队长最后的责任。"王铮说道。现在对错已经不重要了，再怎么计算，也算不准结果，至少张山、罗非、塔罗斯还活着，他们还保留了一线机会。王铮并不后悔，若是张山他们死了，就算晋级了又有什么意义？

看到王铮眼神中的坦然和自信，蒙敖没来由地有些愤怒："很好，你还真没让我看走眼，跟我来！"

这明显是反话了，最后的机会，你当这是过家家吗，IG 会给你机会？

"王铮，别逞强。"章如男说道，虽然参加了 IG，可是章如男并没有那么大的野心，在她看来，人命最重要，蒙敖把这个上升到军人职责的角度，但这并不是战争，也不是要去救人什么的，只是训练，章如男不觉得为了一个虚荣牺牲掉队友就是正确的。

在这件事儿上永远没有唯一的结论。

一路上蒙敖一言不发，抵达的时候败者组的其他队伍的队长也都到了，三十一个人，有一个队长死了，据说是被亚比坦人干掉的。

一个满头银发但精神矍铄的中将走了出来："我是银盟司令部的

阿克洛夫，负责此次 IG 选拔，作为败者组的队长，你们有一次拯救队伍的机会，随机抽取一个任务，你们可以选择接受，也可以选择放弃，但不能中途退出，任务分成 A、B、C、D 四个等级，你们可以试试手气，第一个，艋舺战队。"

各队队长按次序进入屋子，谁也不知道等待他们的是什么。

里面是一个宽敞的大厅，坐满了人，都是此次 IG 和各国军方的负责人，当然有些是没来的，基本上多数是会选择放弃，就算选择接受结果也很差，大家只是来看看谁手气比较好。

A 级难度的任务，几乎就不可能，到目前为止还无人可以完成，历史上有十一次尝试，全部以死亡告终，因为一旦接受就没有退路，而抽中 A 级难度的高达百分之九十。

B 级难度，存在一定完成可能，需要相当的实力和一点点运气，历史上有五次成功的案例，但首先你要有那百分之六的运气抽中。

C 级难度，有一半机会可以完成，只有一例成功案例，原因是只有一个人抽中过，只有百分之三的几率。

D 级难度，恭喜你，你撞大运了，基本上只要抽中就可以完成，因为只有百分之一的几率，但到目前为止无人抽中过。

艋舺战队的队长在众人的瞩目下，有点紧张地按了一下按钮，说实在的，在一群闪耀的将星群中，能顺利呼吸就不错了。

A 级难度，屏幕上弹出一个影像，可以选择一台机甲，在十分钟内击杀五百只扎戈。

当场艋舺战队队长的脸一片苍白，这完全是在搞笑，这是绝对没可能的。

"接受，还是放弃？"

在场的将军目光都是平静的，接受还是放弃？

会不会是测试胆量呢，一旦选择了接受就是晋级呢？

这个念头只是一闪而过，因为这不是第一次，显然不会是儿戏，一旦接受了，那就是死路一跳。

A 级难度，放弃……

A 级难度，放弃……

外面的人不知道发生了什么，也听不到，只见走出来的人面色苍白，又遭受了一次打击。

当做出选择的那一刻，就意味着彻底被淘汰了。

剑云联邦的队长是哭着出来的，因为他的队友都在等他的好消息，他不知道该怎么回去，该怎么说。

B 级难度，接受还是放弃？

这运气真是逆天了，仅仅百分之六竟然真的碰上了！

克拉克星系战队的队长麦克斯，毫不犹豫地选择了接受，哪怕是死也要试一试，这样的机会可不多！

众人也是交头接耳："要不要去看一看？"

"B 级难度，没什么看头，本以为有人会有胆子接 A 级难度，现在看来一茬不如一茬，胆子越来越小。"

"有胆子接的也不需要这样的机会。"

"说得也是，弱不要紧，现在的军人连点血性都没有了。"

"太阳系战队队长王铮。"

王铮被叫到了名字，走了进去，一瞬间所有人的目光都在王铮身上，但这种目光更多的是像看动物园里的动物。太阳系战队能走到这一步也算奇迹了，但也就这样了。

蒙敖也在里面，手心都出汗了，抽一个 B 级就行了，以王铮的实力有很大把握通过！

王铮的手往上一放，红光冒了出来。

顿时整个大厅一下子鸦雀无声。

"S 级难度，接受还是放弃？"智脑的声音响起。

蒙敖感觉浑身的力气都被抽光了，这是气数吗？

第四十三章
金轮斗神

太阳系的气数已经完了吗？

S级？尼玛个混蛋，这比抽中D级的几率还低啊。

D级的实际几率是百分之零点九，其实所有任务当中，还存在着一个千分之一几率的S级任务，但从来没有出现过，也不会有人抽中。

这尼玛逆天的运气就被王铮碰上了，你个混蛋怎么不去买彩票啊！

饶是蒙敖这么多年的修养都扔到九霄云外了。

这就是老天爷不给太阳系机会啊！

短暂的平静之后，将军们竟然都笑了起来："蒙敖，你们太阳系的运气真不错啊。"

"看来阿斯兰不是你们的福地。"

就在这时，又一个声音响起，让全场为之一静。

"王铮选择接受。"

所有人交头接耳，这小子是不是疯了，A级可以搏一下，谓之勇气，S级，当初设定的时候就没打算给过人的，这还接受，这不是失心疯是什么，脑残了？

自杀？

军队确实存在自杀倾向，尤其是当犯了错误背负了责任。

"王铮，你乱撅什么！"蒙敖怒道，恨铁不成钢啊，他虽然气愤，可是冷静下来，王铮依然是重要的人才，成长是要付出代价，虽然这次有点大，但承受得起，怎么都没想到他竟然想自杀。

"蒙敖，看来你们地球士兵的素质有待提高啊，竟然这都会紧张，摁错了就给说一声。"阿斯兰的罗德里格斯少将说道，此人只有四十多岁，也是阿斯兰帝国的中坚力量，跟太阳系联邦关系不错。

"罗德里格斯，你当这里是儿戏吗？"亚比坦的特洛伊中将冷哼道，显然，这里的哪个不是成了精的？罗德里格斯的这点小伎俩谁看不出来？只不过 S 级难度有点过了，其他人也不愿意较真。

"当然不是，S 级任务第一次出现，我想事前也没有任何人说明。王铮，你听好了，S 级难度是千分之一的出现几率，也是不可能完成的任务，现在说明清楚了，你冷静做出选择。"

罗德里格斯说道，他还真抓住了一个空子，由于几率太低，确实没人提到过。

但其实是擦边球，因为任务内容摆在上面，有眼睛都看得到。

王铮很平静，从头到尾，对着蒙敖打了个敬礼："报告，将军，我可以完成这个任务！"

很冷静，丝毫没有疯狂的意思。

一秒……两秒……三秒……

全场哄堂大笑："蒙敖啊，我算是服了，原来你们地球选拔人才是按口气来的。"

"马不知脸长，IG 可没有儿戏，既然选了就开始吧，我倒要看看你能不能撑过五分钟！"马纳拉索的博列将军冷笑道。

不少将军是非常讨厌这种浮夸的类型。

蒙敖都不知道说什么好了，忽然之间，一下子惊醒过来，难道……

不可能啊，王铮这是想置之死地而后生吗，又想复制上次幻影之王的奇迹？

"请问，根据任务，我可以选择任何一架机甲吗？"

"没错，这里的机甲库很齐备，只要是目前有的，这里都有，哪怕是亚特兰蒂斯机甲，就怕你用不了！"

"我选择马纳拉索帝国的金轮斗神！"王铮说道。

"小兔崽子，你找死！"博列中将立刻发飙了，这显然是打脸，谁都知道金轮斗神是马纳拉索心中的痛，这小子临死还要讽刺一下。

王铮并不搭理对方，以他的身份和地位说再多都没用。

S级任务，地点魔鬼峡谷，选择一架机甲，在三小时之内击杀五千只扎戈。

九号行星有几个地方是扎戈族老巢，拥有数以万计的扎戈，不乏高级扎戈，不要怕不够杀，问题是，你杀三个小时……能不能活过三分钟都是问题。

"王铮，既然你已经做出选择，现在可以动身了，机甲和运输机在外面等着。"阿克洛夫中将严肃地说道。

无论是送死还是如何，军中无儿戏。

王铮对着蒙敖行军礼，表情依然平静，蒙敖回了军礼，这个时候说什么都没用了，因为这是不归路。

当王铮选择了金轮斗神的时候，蒙敖就已经绝望了，他以为会是幻影之王，尽管希望也不大。

很快三十一个队长都选择完，只有两个队长选择了接受。

"妈的，太阳系战队的运气太好了！"

"会不会是阿斯兰搞鬼啊！"

"谁知道呢，不过这种废物就算选了也通过不了！"

"切，说不定人家还可以继续包装一下。"

"那他们惨了，若是真入选，后面会死得更难看！"

没人知道选择的级别，但理论上只有B级以下才会接受，谁都不傻。

将军们没有走，不差这十几分钟，不得不说，王铮的平静还是让在场的人有点别样的感觉。

完成是肯定不可能的，但这小子还有点骨气，宁死也不给地球丢脸，临死还拉一个垫背的。

马纳拉索的博列将军脸色阴沉，显然没想到对方要让马纳拉索丢脸，金轮斗神不适合实战这是众所周知的。

看你怎么死！

两个全息影像，一个是王铮的，一个是克拉克行星的麦克斯的，只是所有人的目光都在王铮这里，包括克拉克行星的将军。

飞船正在接近魔鬼峡谷，这里有九号行星上三大虫巢之一。

别说五千只了，你要杀，五万只也是毛毛雨。

但凡是虫巢特别复杂的地方，基本上都是相当荒凉的，魔鬼峡谷就是这样。

"这人肯定是疯了。"

"一个人进入这种地方瞬间就会被撕成碎片。"

两个飞行员也无语，别说进去了，靠近这个区域其实都很危险："算了，至少他有赴死的勇气，而且我刚才看他并没有吓尿。"

王铮静静地坐在金轮斗神之中，机甲很好，非常好，比他练习时用的还好，在这方面IG确实做到了最好。

有把握吗？

没有！

有个屁啊，但是他必须去做，他是队长，这是他必须承担的责任。

而此时的阿斯兰，爱娜正和回音唱着歌，少见地，爱娜出手正在弹奏古筝，因为王铮，爱娜越来越喜欢地球，包括地球的文化。

她学了一段时间了，等学成弹奏给王铮听。

砰……

正在音乐美妙的时候，琴弦断了，回音的歌声也戛然而止，两女面面相觑，不知怎么生起不妙的预感。

死亡是什么，王铮不知道，但战斗是为了生存。

飞船弹射出一个无人运输机，因为靠近那个区域就很危险，他们只是负责运输，不包括陪葬。

无人运输机顺利地落入魔鬼峡谷，瞬间似乎无数的眼睛盯了过来，沙沙沙沙沙的声音一旦达到一定分贝都是可以吓死人的。

瞬间就有数千只虫子从四面八方涌了过来，它们的眼中只有一架机动战士。

只是这一瞬间，蒙敖就绝望了，他不该刺激这些年轻人的，谁能想到王铮会选择接受。

周围的将军站了起来，轻轻拍了拍蒙敖，培养一个人才不容易，何况还是队长，虽然犯了错，但用死亡来弥补至少也振奋了士气。

博列望着曾经是马纳拉索的荣耀，现在是马纳拉索的伤口的金轮斗神也叹了口气。

轰……

机甲一声爆响，引擎轰鸣，很显然王铮似乎并没有放弃的意思，不但没有放弃，竟然朝着虫群杀了过去。

这……

瞬间距离只剩一百米了，两把巨大的金轮疯狂地旋转起来，王铮的耳边只有那嗡嗡的声音，望着无数的虫子，恐惧？

那是什么东西！

杀……

两把金轮呼啸杀出，吱吱吱吱……肢体横飞，瞬间就有七八只扎戈被切割，两把金轮瞬间呼啸而归，金轮斗神跟进，几乎只是瞬间的衔接，两把金轮再度杀出，王铮还是没有后退，而是朝着虫子堆里杀。

这才是唯一的办法，后退才会被包围，根据虫子的特性，每个群体都有一个领头的，一般情况是不会交融，所以独立面对的区域会相对较少，而被围在中央那就彻底完了。

瞬间又是一堆虫子肢体横飞。

博列本来还在嘲讽，但很快凝固了，不知不觉站了起来："为什么，为什么他的金轮斗神不会后仰！"

被博列这么一说，所有将军都盯着战场上的金轮斗神，无缝衔接，谁都知道金轮斗神设计的时候可是朝着无敌杀神的方向去的，但是机甲接轮子的后仰，以及角度问题让实际的战斗力只有十分之一，完全是鸡肋。

但是在战场的这个金轮斗神，丝毫没有后仰，而且在接轮子的时候，完全无缝，不但没有抵消旋转力，似乎还顺势增加了旋转力。

这是只有在理论上才存在的，准确地说，连理论上都无法做到。

瞬间就有一百多只虫子死在了金轮斗神的轮子之下。

骨头常说，不要被敌人的长相和数量吓倒，因为你同时面对的就那么多。

但是理论是理论，现实总是不一样的，尤其是面对悍不畏死的扎戈族。

第一波危机来了，一个方阵几百只虫子包围过来，无解，只要被缠住就死定了。

但是金轮斗神依然没有后退，前进，距离越近，金轮的速度越快，杀伤力也更强，瞬发速度更凶残。

第四十四章
我要活

噜噜噜噜……

整个大厅鸦雀无声，在场的都是见过大世面的将军，甚至都指挥过军团战争，毁灭过行星，但这一刻却没有一个说得出话来。

轰……

金轮斗神冲天而起，踏着虫子的尸体，整个方阵的虫子都被肢解，包括一只巨型坦克虫虫将，它唯一的弱点颈部被环切下来，只是一击。

"他在控制旋转……角度，这……是不可能做到的，不可能……"

博列快痴呆了，活了这么久，眼前的一切是那么的不真实。

神级的金轮斗神，这就是所有马纳拉索人心目中的梦想，他们希望以这款机甲冲击最强机甲，却功亏一篑，而现在……

但区区一个方阵算什么，虫子越来越多，近千只虫子，九牛一毛。

时间在这一刻仿佛失去了意义，所有人都是死寂一片，将军们像是被定住了，有的张大了嘴，有的雪茄已经燃烧到了尽头，有的想坐下，坐到一半却忘记了。

根据地形和敌人的体积，你所面对的敌人是有限的，要学会利用遮挡物。

而在扎戈族里面最好的遮挡物肯定是虫将，体型越大越好。

当然你要了解虫子的习性和弱点，同时你要有足够的技术……还有体力！

有的时候体力可能是最重要的！

归一诀全面爆发，方圆百米的情况都像镜像一样在王铮的脑海里。

金轮斗神的速度越来越快，王铮非常清楚如何利用切割达到最大效果同时不被牵绊，一千零七十三……一千零九十六……

这个时候要是有人听到，肯定会疯的，这尼玛，还在数数！

王铮的眸子里是一片金色的光芒，整个人和机甲融为一体，每次转轮接触不到一秒，简直跟飞一样，机甲的走位移动每一步都妙到巅峰，因为一个失误就是死亡，不仅仅是要照顾到金轮，还要考虑到虫子的进攻。

没有失败的机会！

因为，他想活着！

半个多小时，已经击杀了近两千扎戈了。

蒙敖忽然惊醒过来："我×，阿克洛夫将军，我要求军方立刻派遣救援人员，太阳系联邦愿意承担一切后果！"

这个时候时间仿佛从停滞中恢复，各种乱象，此时所有人望着蒙敖的眼神已经完全不同了。

也许，这个人死在里面会更好……

金轮斗神所到之处都是一片尸体，阿克洛夫显然也清楚这意味着什么。

"马洛卡少校，立刻把王铮带回，立刻把王铮带回！"

马洛卡正是运输船的驾驶员，半晌才反应过来："将军，母虫已经封锁了整个魔鬼峡谷，只有军队才进得去……"

此时两人也在看，完全痴呆了，本以为一两分钟就完事儿了，谁想到会是这么一幕，这哪还是人，这简直就是魔鬼啊！

"第六兵团立刻出动，目标魔鬼峡谷！"阿克洛夫立刻下达命令，其实他没必要这么做，但不得不说，这个小子的能力确实值得敬佩。

不能让他死在这里。

但……在场的人听到这个消息的时候，却无奈地摇摇头，等兵团赶过去的时候，恐怕连渣都不剩了，最少也要一个小时，去少了，只会被虫子围歼，徒增伤亡。

把王铮送过去的时候就没打算让他回来，谁想到……

王铮并不知道外面的情况，那个无人运输船早就成了铁渣，最关键的是空中也开始出现虫子。

十多只虫子从空中俯冲而下，而且恰恰是金轮出手的空隙，虫子的战斗智商也相当高。看到这里，蒙敖都绝望了，指甲已经刺到了肉里，是他的错，他竟然让这样宝贵的战士去送死。

噌……

激光剑出鞘，一道光幕，十几只虫子被激光剑划开，同时金轮回收，再度杀出。

上帝！

"这是双控！"

同时多角度多武器操作，但一方面要操作金轮，一方面还用激光剑，这难度何止是双控可以比的。

这尼玛，是超级战士啊！

所有人看蒙敖的眼神都很羡慕，却没有嫉妒，因为这个超级战士就要死了，因为蒙敖的愚蠢，竟然让这样的人接 S 级任务。区区一个 IG 算什么，要知道这样的战士要多少年才能出一个？

地球几百年来都没出现了，刚一出现就这么送去死了，还真是奢侈啊。

王铮的战术和技术都是完美的，没问题，可是在场的人都知道，就算他真的是战神，一直不犯错误，一个失误都没有，但他还是会被活活累死的。

这是一个人的战斗，却无比惨烈，连在场的将军们都有些不忍了。

王铮感觉到了，他的体力在下降，归一诀可以让他运转到这个地步，可是人不是机器，力量是有限的，他开始感觉到疲劳了。

若是将军们知道，他这时才感觉到疲劳恐怕也要疯。这时已经一个多小时了，虫子不知道死了多少，王铮也数不过来了，但是军队至少还要四十分钟才会到。

他在坚持！

应该快五千了吧，完成了任务军方会来接他的。

这一刻，不仅是王铮，其他将军们也感觉到了，这小子在等待救援。

"阿克洛夫，王铮已经完成了S级任务，你们要是救不出他来，太阳系联邦会让你们付出代价的！"蒙敖怒道。

阿克洛夫并没有生气，他很清楚现在的情况，数量已经不重要了。

"苏格雷少将，全速行军，给你们二十分钟，不惜一切代价抵达魔鬼峡谷，否则军法处置！"阿克洛夫沉声道，但这已经是极限了。

可是这二十分钟就跟二十年一样的漫长。

王铮感觉疲劳感越来越大，身体似乎有僵硬的迹象，但是不能僵硬。

他不能死，他不想死，他要活着。

爱娜在等着他，还有严小稣这个混蛋，紫苏、张山、蒙恬、陈秀……

不能死！！！

王铮咬破了舌头，让自己麻木的神经清醒一点，他要活着！

活着！

吼……

魔鬼峡谷上空传来如同野兽一样的怒吼，杀啊……

金轮斗神杀出重围，金轮已经变成了血轮，整个机甲如同从地狱出来的魔鬼，浑身上下每个角落都带着浓重的杀气。

挡我者死！

激光剑疯狂地扫荡，剩下的都是本能了，这是经过无数训练形成的记忆，这一刻王铮的内心却不知怎么清楚起来，他想起了骨头的一次一次惨无人道的训练，正是那一次次濒临死亡的训练让他坚持了这么久，身体已经麻木，灵魂似乎要跟身体分离。

这是快要死了吗？

在遥远的阿斯兰，爱娜正在焦急等待，她知道IG的残酷性，难道王铮出了什么事儿？

叶紫苏一整天都心神不宁，仿佛什么最重要的东西就要离去。

"紫苏，你怎么了，又走神，你脸色怎么这么苍白，要不要去医院看看？"碧雨燕说道，上着课好好的……怎么流泪了？

　　就在这时，叶紫苏忽然站了起来，直接从课堂跑了出去。

　　不会的，不会出事的，不会出事的。

第四十五章
炼狱大魔王

"妈×的，又是鸟屎，今儿怎么这么背啊！"严小稣摇头晃脑，"我擦，好好的天忽然就阴了，奶奶个腿的，老子……"

忽然严小稣感觉心脏猛然一震，脸色大变。

王铮感觉自己快要坚持不住了，他不怕，不会放弃，但是虫子源源不断，他不知道自己杀了多少，但是远远只是一角而已，更多的虫子正在涌出来，而且级别更高。

另外一个影像，克拉克战队的麦克斯完成了 B 级任务，这在以往也算是一个值得庆祝的纪录了，但这一刻已经没人关注了。

"这小子还在坚持，有我们亚比坦人的意志！"

"只要他活着，马纳拉索可以出任何条件换他！"博列喃喃地说道，这小子掌握着金轮斗神的终极秘密，若是建立这样一支机甲军团，马纳拉索将征服世界，就是亚特兰蒂斯又算个屁啊。

但是众人都能感觉到，金轮斗神的反应变慢了，几次被虫子击中，能量盾也消耗得差不多了，恐怕……

这个极限，王铮也知道，他真的想活着。

奇怪的是虫子的进攻速度也在变慢，似乎……

"不好，是母虫！"

在最近的一个方阵中心，虫子的掩盖之下，母虫出现了，扎戈族拥有很高的智慧，显然它对这个人类的战斗力产生了浓厚的兴趣，它要吸食这个人类。

然而就这一瞬间的缝隙，王铮一下子振作起来，他看到了唯一的一丝生机。

牙齿已经崩出了血，他要活着！！！

嗡……

整个机甲炸开一道波纹，瞬间，母虫发出刺耳的尖叫，所有的虫子像是叠罗汉一样挡在母虫的面前。

而这时王铮出手了。

最后一击——冰轮风暴！

金轮斗神四周散发出浓烈的冻气，两把冰轮呼啸而出，直接穿透了挡在身前的扎戈，所有碰到的扎戈直接被切碎，地面留下一米宽的冰冻痕迹。

不到两秒，击穿五百多米，被无数扎戈阻挡中的母虫惊恐地逃窜，只是移动了一点，就被巨大的金轮撕开。

碎成了冰肉块。

整个魔鬼峡谷都一下子寂静下来，刹那间，虫子像是被踩的蟑螂窝，发出恐惧的尖叫，四散逃窜，眨眼间跑得无影无踪。

战场上留下的，只有无数的扎戈尸体，还有那唯一站着的金轮斗神。

最近距离目睹的两个运输船驾驶员已经痴呆了。

"魔……鬼，这不是人，是魔王……"马洛卡痴呆地说道，哪怕是战士，亲眼目睹了这样的战斗也会精神不正常的。

大魔王降世！

这个时候军队还没到……

忽然之间，蒙敖大叫一声冲了出去，但可能太着急了，竟然一头撞在了门上，但是蒙敖根本不在乎，爬起来就一路奔了出去。

这一刻，大厅里依然安静一片，现在所有人的脑海里只有一个念头，这在后面的比赛，万一碰上怎么办？

直接打了个寒战，想都不愿意想下去了，这绝对是世界上最痛苦的事儿。

第二个冲出去的竟然是博列，谁都知道这位马纳拉索的中将打的什么算盘。

其实谁心里不是这么想的？

几分钟后轰鸣的运输机战斗机才抵达，一架架机动战士从天而降，只是看到这个战场，所有人都安静了。

这是地狱吗？

正在基地休息的各战队也听到了动静，这么大规模的军事行动想瞒住人是不可能的，但谁也不知道发生了什么，倒是让一群年轻人异常兴奋。

可能是演习吧，或者是军事行动，若是将来能指挥这样的战斗该是多么豪迈的一件事儿，这也是在场的每个战士的目标。

指挥千军，成就不世功业。

王铮是被蒙敖亲自抬上运输船的，医务人员已经紧急救护，蒙敖简直都不知道该说什么了，但是有一点："一定要救活他，一定要救活他，不惜一切代价！"

蒙敖在王铮身上看到的不是太阳系联邦如何如何，他看到的是地球复兴的希望，那隐藏在每个地球人灵魂深处，甚至都不敢说出口的想法，什么时候地球才能重新回到银盟的"中心"，眼前这个不听话的小子让他看到了可能。

"说话啊，他怎么样了！"蒙敖怒道，几个阿斯兰军医长得挺漂亮的，但是这个时候屁用也没有。

"长官，他……好像没事，只是陷入了昏迷，暂时不会有生命危险，到了基地我们将进行全面检查，请您放心。"军医非常理解蒙敖的心情，很平静地说道。

听到这句话，蒙敖一愣，禁不住笑了出来："这个兔崽子，命还真硬。"

三个军医也是啧啧称奇，她们看到了下面的惨状，像是有军队屠戮过一样："这是哪个部门的行动，怎么就剩他一个了。"

"没听说有什么军事行动啊。"

蒙敖露出淡淡的笑容，别说这几个小丫头了，就算是他也没见过这种情况，想到总部里那些老头的表情，蒙敖就非常非常爽，可惜，也幸好，烈无情他们没看到。

有了王铮这个杀手锏，太阳系联邦在这次大赛中一定会打出优秀的成绩，取得历史性的突破，现在最主要的就是给他足够的休息时间。

蒙敖毕竟是将军，很快就平复了心情，要进行下一步计划了。

蒙敖虽然走了，但是基地大厅里众多将军依然在看着屏幕上的回放，无论看多少遍都会觉得不可思议，尤其是马纳拉索的博列中将，像是得了羊痫风一样，整个人都处于癫狂状态，看金轮斗神的眼神跟初恋的情人一样心醉，这意味着金轮斗神的设计没问题，是方法的问题。

除了蒙敖，博列是最关心王铮的了，他也第一时间得到了王铮没有生命危险的消息，老头竟然也忍不住挥舞了一下拳头。

"这小子竟然没死？"

"啧啧，地球竟然出了这么一号怪胎，这次 IG 有看头了。"

众人的情绪看起来都稳定了，毕竟又不是自己家的人，别搞得跟个没见过世面的老头一样，可是赤裸裸的眼神是隐藏不住的。

不知道这小子能不能及时恢复，若是真能参加后面的比赛，谁碰上他，可就要好好掂量掂量了。

但感觉恢复的可能性不大，就算这样也已经足够了。

地球有这样的表现确实出乎阿斯兰罗德里格斯少将的意料，太阳系表现抢眼一点对阿斯兰是好事儿，毕竟现在处于蜜月期，双方有进一步达成战略联盟的意思，但阿斯兰这边有点犹豫，毕竟太阳系联邦的力量弱了一些，两国走得这么近恐怕会引起一些势力的反弹，一个不好就容易得不偿失。

难道这些年太阳系联邦在扮猪吃老虎？

王铮的一战引起了太多的揣测。

但这些情况只限于在场的人知道，至少在 IG 期间是这样，谁也不能外传，否则就要承担一定的责任，最重要的是，在场的都是有头有脸的人物，谁也丢不起那个人。

太阳系联邦战队的房间里，依然静悄悄的，王铮走后，众人已经失去了说话的兴趣，沉默，依旧是沉默。

时间就这么一分一秒地过去，时不时地有人路过，说说闹闹的声音更像是敲在失败者头上的锤子。

这时敲门声打破了沉寂，众人面面相觑，这个时候会是谁？

噌……

自动门开了，走进来一个阿斯兰少尉："你们是太阳系联邦战队的成员吧？"

"是的，我是阿克琉蒂斯，请问有什么事儿？"阿克琉蒂斯站了起来。

少尉微微一笑："告诉你们一个好消息，三十二支败者组里面有两支队伍的队长完成了复活测试，一个是克拉克星系战队的麦克斯，一个就是你们太阳系战队的王铮，恭喜你们，你们可以继续参加后面的比赛。"

房间里短暂的平静之后，发出了震天动地的欢呼声。惊喜来得太突然，连李尔都忍不住站了起来大吼一声，可能是发现自己的失态，很快又坐了下去。其他人可不管这一套，烈广甚至撕开了衣服，这尼玛绝对是逆袭啊。

"王铮呢，这小子真是给力！"烈广吼道。

"王铮和麦克斯都受了伤，目前正在治疗当中，不过他们被特许免除了下一阶段的测试，希望你们可以好好表现，珍惜这得来不易的机会。"

少尉说完就离开了，房间里的欢呼声更高了，李尔和阿克琉蒂斯对视一眼，一旦机会到手就再也不会放开了。

李尔握了握拳头，谁再敢阻挡他，无论是谁，杀无赦，他要更狠一点才行，若是果断丢弃张山，也就不会有后面这些乱七八糟的事儿，他最讨厌的就是无法掌握命运！

蒙恬、章如男连忙去找张山，罐子里的张山肌肉组织已经复原，补充一下元气就可以出来了，只是精神上依然萎靡。

"你们来了，我这丢人的样子还是不看的好。"张山说道。

"我们不是来看你的，只是告诉你，下一轮快要开始了，你最好快点爬出来。"章如男说道。

"爬什么，我们不是被……等等，你说什么，你是说……"张山眼睛瞪得滚圆。

"没错，王铮完成了，他真的做到了！"蒙恬兴奋地说道。

第四十六章
不是罐头

张山长舒一口气在罐子里手舞足蹈，妈的，就知道王铮最靠谱了。

"王铮呢？"

蒙恬和章如男对视一眼："他受伤了，下一阶段无法参加，张山，就算死，我们也不能倒在下一轮啊。"

这是太阳系战队每一个人的心声，经历过一次，他们才意识到这是多么重要的一件事儿。或许，她们真的是太软弱了，不敢冒一点危险，李尔虽然不近人情，但有些方面他是对的。

而现在，机会重新回到了他们手里。

"医生，医生，我好了，我要出来，医生……我要拉屎！！！"

张山大吼道，奶奶个腿，老子又不是罐头。

虽然第一阶段结束，但是众人都知道，第二波很快就要来了，短暂的休息并没能够舒缓大家的神经，除了亚特兰蒂斯、阿斯兰、亚比坦特强国表现得十分轻松以外，绝大多数队伍，都很严肃，因为一上来就有三十支队伍被淘汰，下阶段据说还要淘汰不少，最终只有六十四支队伍可以参加后面的实战。

王铮的伤情，还是让蒙敖有点郁结，身体检查很快出来，虽然多处受伤，但多是皮外伤，只有两处伤势重一些，但也不是问题。比较严重的是，王铮可能是因为透支，X能力因子的活性几乎为零。这里的仪器水平无疑是银盟顶尖的，现在完全检测不到王铮的寒冰属性，要知道他在大战中表现出来的恐怕是C级的X能力，这杀伤力是相当惊人的。

这种情况并不少见，因子活性降低可以慢慢恢复，只是谁也不知道需要多长时间，这在 IG 阶段却不算是好消息，但总算活着，蒙敖也不敢奢望更多了，至于后面，听天由命吧，不能因为一届 IG 把希望都葬送了。

所以离开医院时，蒙敖的心情还是不错的，想来通过这次的表现，太阳系联邦的印象已经得到了极大的提升。

医院里除了有王铮和麦克斯，还有一个人，马洛卡，运输船的驾驶员，隶属于银盟，但本身是银蛇共和国公民。银蛇共和国，位于射手座，国力相当强盛，近百年崛起的强大势力。

"师兄，什么情况，你怎么受伤了。"一个年轻人走了进来笑道，"太少见了，我以为你不会受伤呢。"

马洛卡缓缓地坐了起来，他已经没什么事儿了，当王铮击杀母虫之后，他是第一个下来并把王铮紧急从驾驶舱里拖出来的，只是接触王铮受到了精神冲击，结果马洛卡就倒霉地躺了，昏迷了一天才醒过来，也是他真的实力很硬朗。

"孔斩，坐吧，还没恭喜你们顺利晋级。"马洛卡微微一笑，现在还是有点虚弱。

孔斩坐下："学长，你这样说我们就不好意思了，我们的目标是进四强，对了，这里有什么军事行动吗？挺热闹的样子。"

四强……

马洛卡虽然在银盟服役，但心却是银蛇共和国的心："前面预赛你们是在 D 区吧？"

"是啊，怎么了？"

马洛卡的心咯噔一下，妈的，太阳系联邦也在 D 区。

看了看四周："我给你看一个东西，你什么都不要说，什么都不要问。"

孔斩挺好奇的，很少见马洛卡这种表情，要知道马洛卡在学院的时候也是风云人物，曾经率队打进过 IG 八强，不然也不可能直接进入银盟军，这是人类的核心世界。

天讯弹开，这是马洛卡的习惯，记录自己的一天，然后进行审视。

调整时间。

孔斩一愣，这是什么，这人是死刑犯吗？

刚想问，却看到了马洛卡噤声的手势，只需要看。

几分钟之后，孔斩的表情凝固了……

房间的空气像是被抽干了，两人都有些窒息，快速放完，马洛卡删除了影像。

"知道我为什么受伤吗？只是碰了他一下，就被残余的杀气冲击到了。"

孔斩像是没听到，整个人有点魔怔，这他娘的还是人吗，简直就是鬼啊！

这是让人绝望的技术。

"太阳系联邦战队队长王铮，一定要小心！"马洛卡说道，他很自负，进入银盟之后一直保持着骄傲，但是他所有的骄傲和自信，一夜被摧毁。

孔斩一句话也没说，整个人都陷入了魔怔，脑海里全是那疯狂的金轮斗神。

马洛卡挥挥手："回去吧，不要跟任何人说，懂我的意思吧？"

孔斩点点头，这样的队伍不可能被淘汰，万一……万一碰上了，就一定要想办法让出一局，否则……

跟这样的人交手，已经不是胜负的问题了，一不小心，整个人的精神都可能被击溃。

越是自信的战士越是如此，仅仅是看了，孔斩都已经失去了战斗的欲望，这对一个战士来说绝对是打击。

外界一直风传太阳系联邦抽到了 C 级任务，结果那个倒灶的太阳系队长竟然还受伤了，丢人丢到家了，不过也没人太在意，这样的太阳系联邦就算爬进了正赛也是被人踩的份儿。

C 级吗？

出了门之后，明明温度接近三十度，孔斩身上依然是冷飕飕的……他想挥散脑海里的影子，可是却像是扎根了一样，怎么都去不掉。

"蒙敖中将，我是博列，听说王铮无大碍，恭喜了。"离开医院，蒙敖接到了马纳拉索中将博列的天讯。

"博列中将，多谢关心，有什么事儿？"太阳系联邦和阿斯兰关系融洽，马纳拉索跟阿斯兰是对头，这道理大家都心知肚明。

"呵呵，蒙敖中将，我听说太阳系联邦准备更新空军的军备，我们马纳拉索在战舰方面可是领先银盟，我觉得我们是有不少共同话题的。"

博列已经抛出了橄榄枝，这也是他郁闷的地方，金轮斗神是可以用于实战，可是刚刚跟研发的人聊完，无论怎么说，这帮人都认为这是绝对不可能的，但是博列是亲眼所见，只可惜这视频他也拿不到。

而现在的关键显然在于这个叫王铮的小子，他既然可以用出来，肯定是明白金轮斗神的使用诀窍，若是能得到这个，无疑将给马纳拉索一个巨大的提升，更重要的是，可以把耻辱变成荣耀。

金轮斗神常被对手嘲笑为轮子妈，只能奶不能战。

蒙敖暗笑："我现在还有些事儿要处理，下午吧。"

"哈哈，好，好，没问题。"博列笑道，心中暗骂，竟然拿捏他，可是没办法，太阳系联邦抱着阿斯兰大腿，确实不需要买他的账，谁让他有求于人呢。

第四十七章
第二阶段

　　蒙敖挂掉天讯，心中也是感慨，这说不定是一条路，虽然和阿斯兰关系融洽，但双方的合作并不顺利，阿斯兰需要太阳系联邦在政治上的影响力，但并没有帮助太阳系联邦提高军力的打算，太阳系联邦处于弱势，再加上议会那帮混蛋只会卑躬屈膝，让蒙敖等人非常焦急又无奈。也许，这是个契机，只有让阿斯兰那边紧张起来，太阳系联邦才能获得发展的机会。

　　什么结盟都是浮云，自身强大才是硬道理。

　　行星基地医院，三〇九病房，躺着十个不同小队的成员，胖子也坐在里面，嘻嘻哈哈地和同室的几个伤友说笑话，说话的声音中气十足，他那点伤，早就好了，行星基地的医疗水平是顶尖级，纳米级的智能手术台，只需要军医做出诊断，智能手术台就能够完成相应的治疗手术。当然，代价十分昂贵，每次手术，平均消耗一万只纳米机器人以上，造价百万银河币起，不过在这里，没人会在乎钱。

　　虽然得知塔罗斯和张山已经出院，王铮也无生命危险，但罗胖子还是赖在医院里，一方面可以躲懒，另一方面是不敢看李尔的脸，作为斥候竟然这么轻易地受伤拖累队伍，想想李尔黑脸的样子，罗非就不自在，还是等他气儿消了再说。

　　"胖子，你们太阳系也好运了一点吧？原本已经被淘汰了，居然还能复活过来，插！你们队长逆天了啊。"

　　"呵呵，还行吧，我们队长运气一直很旺。"罗非笑盈盈的，怎么说呢，虽然王铮救了他，可是罗非还是觉得这并不是个明智的决定，虽然他挽救了太阳系战队，可如果做出正确的指挥，根本就不用去冒这个险。

"唉……我们队长的运气，不提了，直接就抽到 A 级任务，队内投票放弃了。"一名被淘汰了的伤员摇了摇头。

"运气也是实力，没办法，我们队也是运气不好，和虫将交战到一半，突然进入诡异重力区，唉……"

"没事，等养好伤，大家一起开机甲，出去杀它个鸟朝天！"胖子嗷嗷叫。

"胖子，你怎么还在这里，该出院了。"从门外路过的护士长听到胖子的声音，气冲冲地赶着人。

"莉亚姐姐，我还是觉得胸闷，特别是你瞪我的时候，喘不过气了……"胖子立马捧着胸口，一副要死的样子。

"不可能，昨天晚上你就这样骗我……"

"就让他待这儿吧，安慰一下我们受伤的心灵，太阳系战队逃过一劫。"一个小护士站在门外劝说道，朝胖子偷偷眨了眨眼，天知道短短两天时间，胖子是怎么和她有交情的。

自从这胖子好了之后，这里的氛围都没那么阴沉了。

嗡——嗡——

就在护士长犹豫的时候，一道刺耳的警报声从行星基地的训练场方向传来。

瞬间，房间里面安静了下来。

嘟呜……

警报之后，是一声长长的号角声。

这是集合的警报，集结令的号角。

新一轮的 IG 竞赛，在三天的休整期后，又将重新开幕，胖子的天讯来了信号，第二阶段的测试开始了，所有成员集合。

胖子几乎是弹起来的，这不能再装了，李尔会杀了他的。

"美女姐姐，我会再来的！"

罗非一整衣服，冲了出去，不过，没躲过护士长的铁拳，肩上挨了一记："你小子别再进来了！不想再看到你！"

"胖子，你丫的别挂了。"

"狗蛋的，你答应要给我火星最火辣的美女的天讯号，你要是回不来，老子画圈圈咒死你。"

狐朋狗友的叫声，浓浓的羡慕，但是其他人只能躺在那里，眼神中全是渴望。

行星基地训练场。

这里的浩大，可以用"伟岸"这个词来形容，巨大的空间，足以让五十架机甲在这里同时开战而不会互相干扰。

此时此刻，这里汇聚了一整支机甲师，数百架雪亮的机甲，整齐地排列在训练场上，散发着森森的沙场杀气。

与机甲相匹配的，是两个陆战师的步兵，全副武装到了牙齿，全套阿斯兰现役的主流先进装备，两万人，排列在那里，黑茫茫的一片，就好像天上的乌云都是因为受到他们的影响而出现的一样。

阿克洛夫出现了，银发在灯光下显得格外有压迫力："来自银河各地的战士们，首先，恭喜你们通过了前一轮的测试，这意味着你们有不错的判断力和团队实力，接下来一轮考验的则是你们的个人实力。"

话音落下，啪的一声，近千名 IG 参赛者们的天讯，都自动弹出了一个时间数字：6：00。

什么东西？晚上六点？还是早晨？

大家都看向阅兵台上的银发将军。

"在你们面前的，是阿斯兰第七陆战师和第十九陆战师，以及阿斯兰第三机甲师，这三支军队，在阿斯兰战功彪炳，多次获得荣誉。"

轰隆，士兵们做出动作响应着将军的说话，整齐如一的动作，发出雷霆一般的声音，那已经不是威武雄壮能比的了。

只不过这并没有给在场的队员带来冲击，他们内心已然有优越感，毕竟他们是各国精英，不是阿斯兰人也不会有什么其他的感觉，只是……弄这么多人做什么，不是要群殴吧？

"现在，他们，将会是你们的对手，从现在开始，你们有六个小时去隐藏，六个小时之后，他们将会出发，展开联合搜捕，坚持的时间就是你们的分数，当全部结束，全队队员累加，分数最少的十支队伍直接被淘汰，有队伍人数不齐，那只有一个办法，其他人要把缺阵队员的那份承担起来！"

阿克洛夫的话引来了一阵窃窃私语，李尔等人的表情也是一呆，王铮缺席，那他们肯定是要分担的，这没什么好说的，只是没想到会是这样的测验。若是第一阶段如李尔所说，一个接一个地抛弃，就算过了第一关，这一关也要完蛋。

只是这个时候已经没人再纠结谁是谁非了，如何做好这一轮才是关键。

倒计时开始：5：57……5：50……

九十八支战队，一千多人瞬间冲出，这个时候时间就是胜利，能跑多远跑多远，而不远处的军队则是严阵以待，显得格外肃杀。

第四十八章
耐力潜行

这是一次考验耐力和潜行能力的测试，如何最大程度地利用环境隐藏自己。

离开基地一段距离，李尔示意众人停了下来："从这里开始，我们全员分散，每个人都要单独行动，选择自己觉得最好的方法，但是记住了，机会来之不易，谁也不要拖后腿，尤其是张山！"

李尔相当不给面子，张山脸色一暗，但这时其他人也都是沉默，他们可是一点优势都没有，缺一个人，而且还是王铮，对他们来说绝对不是个好消息。

李尔不点罗非和塔罗斯，是因为两人突陷重力畸变区域，而张山是因为实力太弱，就算其他人实力强，在 IG 大赛中也没有当保姆的。

张山的能力除了能出奇搞个偷袭，屁用都没有，只会拖后腿。

半路出家的他，基础实力跟其他人根本没法比。

"李尔，不要欺人太甚！"章如男忍不住说道。

张山拦住了章如男，只有沉默，他确实拖累了队伍。

李尔冷冷地看了一眼张山的腿，刚跑了一会儿，就一瘸一拐，伤还没有完全好。

"出发，为了太阳系的荣誉，也为了我们军人的尊严和底线，我希望这一次每个人都拿出最大的力量，哪怕是生命！"

说着李尔第一个冲了出去，没有理会众人，这种躲避搜索，肯定是人越少越好。

张山不停地奔跑，边跑边琢磨，右腿疼得厉害，可是现在顾不得那么多了，比隐藏，这不是他的专长，对于环境的利用方面恐怕也比不上其他人经验丰富，X能力也用不上，但是他一定要想出办法，就算不为自己，也不能丢了王铮的脸，他是有用的！

倒计时，在十分钟前就已经结束了，搜捕他们的军队，这个时候应该已经出发了。军队可不是用双腿在跑，六个小时，听起来很久，但是，他们是用双腿拉开的距离，战机、机甲很快就能追上。

张山是六个小时没停，但速度在队伍中算是慢的，毕竟这不是赛跑，当然有人是想利用这个时间跑得越远越好，比如塔罗斯，他是铆足了劲儿要表现一下，他的X能力就是速度，他对这个也有自信，但是倒霉的塔罗斯成了第一个被抓住的人。

军方并没有给这些队员无限区域，在外围，五十米高的电磁网把他们团团围住，瓮中捉鳖。

塔罗斯冲得太急，结果触网昏厥，而隐藏在暗处的几十个人却消失在密林之中。

他以为他是最快的，但实际上比他快的人很多。

众多将军看到屏幕上第一个战队人员的名字也都是会心一笑，虽然出了个怪物，但太阳系战队整体实力太差了，这么愚蠢的人真不知道怎么训练出来的，警惕性太差，本来就少一人，结果一上来就又损失了一个，太阳系战队想进入正赛恐怕很难了。

塔罗斯犯了一个心理上的问题，他本来是个很细腻的人，心理也复杂，但是发生的一连串事情让他心态失衡，尤其是他一直觉得自己很强很优秀，总是想证明自己，精力用错了地方。

而张山已经停了下来，他竭力让自己冷静下来，这样一直跑下去肯定不行，绝对不行，本来速度就不占优势，这么下去早晚会被追上，躲到哪里？

四周是一阵阵嘶咕嘎嘎的扎戈叫声，现在，已经是黄昏时间了，随着光线的昏暗，扎戈虫子的活动开始变得活跃起来。

张山不得不放缓了脚步，每一步都非常谨慎，一旦死亡，植入皮下组织的生命体征信号就会中断，计算的时间也就停止，根本就不用军队动手了。

死并不可怕，可怕的是没有做出任何有意义的事情就死去。

眼前豁然开朗，入目的是一处岩石裸露在外的峡谷，几只腐蚀虫正在外部做着一些人类不能理解的活动，十几只骨刺扎戈和镰刀扎戈正在巡弋四周。

通过狭长的峡谷小道，可以看到一个洞穴，虫巢！

避开扎戈活动范围，张山小心地攀爬着岩壁。张山的打算，是爬到峡谷两边的山峰上面，找个可以隐藏的岩洞，虽然肯定会被军方发现找到，但是，想抓他，就必须通过虫巢。初期阶段，军方应该是大面积地广撒网，对这种硬骨头的地方不会太认真，这样，他就能够把幸存的时间拖久一点了。

双腿有些打颤，腿伤虽然好了，但是流失的力量不可能无视时间恢复过来，不能拖后腿……

一想到李尔，张山整个脑子都清醒了，尼玛，这个该死的，一定有办法的！

然而，就在刚刚爬出五米，张山的手陡然一抖，差点就没抓住岩隙，就在前面，一只巨大的虫子，吸附在岩壁之上！漆黑的六只复眼，一眨不眨地瞪着这边。

张山一动不敢动，壁蛛扎戈，身体天生带有特殊磁力，可以和蜘蛛一样，在陡峭的山壁上快速移动。

壁蛛扎戈也是一动不动，只是死死地瞪着张山，就好像猫戏老鼠一样，不到最后时刻，不下杀手。

张山一脸绝望，计划彻底失败，以他现在的状况，平地上面遇到一只镰刀扎戈都要逃跑，何况是在岩壁之上。这个时候，只能用空间移动的 X 能力逃跑了，也许一会儿要面对的是数以百计的扎戈的追击，一旦被一只扎戈发现而不能快速将其击杀，就会有无数的扎戈源源不断地追杀上来。

这只该死的壁蛛扎戈，仍然一动不动，就像是最有耐心的猎人，不到最后一刻，绝不出手。

张山咬了咬牙，就要松开手向下跳，然后用空间移动 X 能力撤离。

忽然，一个很小的细节，让张山原本松开的手又用力地抓回了岩隙当中。

壁蛛扎戈并没有因为张山的动作而行动，而这时周围传来沙沙声……这是虫子大量靠近的声音，张山毛骨悚然……

深夜。

阿斯兰第七和第九陆战师的搜捕行动不仅没有变缓，相反，随着越来越多的 IG 队员被捕捉到，两大陆战师的士兵们更加兴奋起来。

"卡尔，你们那边抓了多少个了？"

"两百人，整数，一群小兔崽子竟然敢小看我的兵，你们呢？"

"哈，你们七师不行啊，我们已经接近三百了，有几个傻×竟然藏在基地附近，有没有智商，就这帮家伙也敢号称银盟精英，我看真应该好好调教一下。"

"不好意思，我这里刚刚又送来了一百，你们十九师不会是抓到一个就送一个到你那里吧？"

两大陆战师的师长都是笑眯眯的，但是，谁都听得出来，两人之间火药味有点浓。

挂断天讯，两名师长都是异口同声地对着下面的人吼了起来："给我把命令传到每个士兵手上，要是输了，全师一个月都别想吃肉！全体三个月无休假！"

命令很快下达到每个陆战师士兵的军用天讯当中。

"吼！加速行动！别磨蹭休息了，你们知道老子一个月不吃肉的后果的，不想出现那种情况，就给我动起来！"

"我还盼着休假去见老婆孩子，谁要是因为麻痹大意让我见不到我刚出世的儿子，我就让谁去守三年边境哨兵站。"

各旅团的团长也开始咆哮了。

天空，一架架哈登无人机，天罗地网地扫过一片片区域，探照灯打了下来，就像是犁田一样，细细地筛过一片又一片区域，配套无人机网络的是一辆辆信号接收车，高耸的信号天线，接收着无人机的视频信号，每辆信号车上配着五名分析人员，通过智能系统，对环境进行分析。

"D5 区，坐标 X59、Y43，发现可疑目标。"

一名分析员发出了叫声，从视频画面当中发现一块岩石散发出来的辐射热能有异常波动。

随着这次发现，D5区上空，原本已经远去的五架哈登无人机又飞了回来，布下层层监视网。

不到一分钟，第七陆战师的一队士兵赶到了现场，重重包围。

岩石动了，泥土被推开，一身泥土的亚罗托举起手，无奈地微笑着，虽然是阿斯兰的主力，但是，他的战斗力是突破和强攻，他已经尽力了："我投降，自己人。"

士兵们笑眯眯的，电光枪一齐举起。

亚罗托一愣："别开枪，好歹给洗个澡……"

砰，扑通……

电光枪电弧射出，强大的电能瞬间将亚罗托击倒在地。

"这里只有敌人，拖走。"

同样的事情，还发生在这片区域的各处，不再是一些菜鸟被抓，阿斯兰，亚比坦，马拉纳索共和国，甚至亚特兰蒂斯，都陆续有被抓捕的。

对亚特兰蒂斯人的抓捕比较困难，独特的符文力量展开，不仅能躲避无人机的各种侦察扫描波，还能够扭曲空气，形成视觉障碍，不过，障碍毕竟不是真的隐形，阿斯兰后方无人机视频分析人员一个个铆足了劲地找亚特兰蒂斯人，有点像是在玩大家来找茬的，但的确有效，两名亚特兰蒂斯队员被顺利捕获。

两万人的陆战师彻底地散了开来，空中的侦察，除了哈登无人机，还有大量女妖战机，配合地面的机甲部队，不断地扩大侦察区域，在优势兵力、全面科技的包围之下，个人显得无比的渺小，哪怕你自己觉得自己是战神，在这里就是个渣。

躲到虫子巢穴附近？

真聪明啊，但是你当阿斯兰军队的战士都是猪吗？每扫荡到一个虫穴附近，很简单，对着洞里发射一枚震荡炮，虫子就跟炸锅了一样蜂拥而出，躲在巢穴附近的人的下场可想而知……

G7区，虫巢区。

一支百人陆战士兵地毯式地搜过虫巢边缘。

"报告，G7区域搜索完毕，没有发现目标。"

"发射震荡炮。"

"队长，这是一个大型巢穴，要不要通知重兵团。"

"嗯，照例报告，五分钟后发射，我们歇一会儿。"

"哈哈，队长，这帮小子真是愚蠢，听说有十几个躲在虫巢附近的差点被虫子吃了。"

"谁让他们这么幼稚，躲哪儿不好，躲这里。"

第四十九章
你争我夺

五分钟后，震荡炮轰入，虫穴炸开锅了，无数的虫子涌了出来，这个时候若是有人躲藏在附近，那就真的是十死无生。

腐蚀虫最先出现，然后是大量的镰刀扎戈涌了出来。

"我靠，还让不让人活了！"

两个人影出现在镰刀扎戈当中，正疯狂地躲避着镰刀扎戈的追杀，是加纳星的队员。

数十架机甲扑向了镰刀扎戈群中，配合着空中和地面的重火力压制，将加纳星的两人从虫群当中救了出来。

然而，下一秒，陆战师军官冷冷一笑："电光枪准备！"

轰……

直接击昏，没有商量，接到队员，队伍立刻火力压制，开始撤退。

这两个是聪明的，若是晚一点，就真的没救了。

章如男从一片沼泽当中被挖了出来，老套路了，躲在沼泽的水中，用一根芦苇秆呼吸，也躲过了两波大搜索，但是军方的搜索不是过一遍就算了，而是梳子梳头式的，一遍又一遍，一块区域，不会因为已经搜索过就不再管，相反，越是没发现人的区域，就越是派重兵层层犁扫过去。

时间一点点过去，蒙恬、烈广、拉东也都被分别找到，烈广是最有想法的，竟然混进了军队里面，可惜，这一招，早就被想到了，一轮突击的内部大搜查，把烈广扒了出来，同时被扒出来的，还有一名阿斯兰人，和烈广打了个招呼，惺惺惜惺惺的基友感觉油然而生。

轰……

一棵巨树被军队层层包围，几条军犬正在狂吠。

"自己出来吧。"指挥的阿斯兰军官喝道。

巨树树干四米左右的位置，忽然一阵扭曲，平滑的树皮消失了，露出一个巨大的树洞，一名亚特兰蒂斯人正在收敛他身上的符文力量，优雅地等待着，紧跟着就被一枪撂倒，装×也没用，管你是什么人。

幻象符文能力，甚至能够抵挡红外线的热能侦察，但是，却不能挡住人的气味，不过战士们还是有点佩服，最难抓的就是亚特兰蒂斯人。

这个时候，仍然没被找到的人，只剩下几十人，除了科技军事手段，军方开始用一些古老的搜寻方法，军犬立了大功，先进的嗅探机器不能发现的目标，反而让军犬发现了，机器是死的，不是百分之一百感觉到了目标气息就不会警报，而军犬只要有一点蛛丝马迹，哪怕不是目标，也会发出警报，有人说是误报，但有的时候有那么点灵性的感觉。躲到这个时候，不少人就是被这样挖出来的。

阿克琉蒂斯也是倒在了这一关上，他锁紧了全身毛孔，理论上，空气中不会有他任何气味的残留，但是，军犬感应到了他，摸摸军犬的脑袋，阿克琉蒂斯完全没咒念。

又是两个小时过去，第七和第十九陆战师的竞争也快落幕了，第七师已经领先了四十七人，而现在，只剩下二十四人还没找到，其中有五名是亚特兰蒂斯人，五名阿斯兰队员，三名利维坦帝国队员，三名亚比坦队员，拉卡托两人，玛迦共和国两人，两名太阳系联邦队员，一名加纳人，一名马纳拉索人。

"怎么？还不肯认输？"

第七师的师长在天讯里面嘚瑟地叼起雪茄来，特制极品雪茄，平常都不舍得抽的。

十九师师长莫里亚黑着脸，一旁，几名团长脸色也都是铁青的，没休假，没肉吃，这种事情师长真干得出来，不是第一次了，接下来的日子，难熬了。

"这不还没结束？越到后面越难抓，我觉得，这最后二十四人，一个顶三个，怎么样？"

军方的搜索手段，是一层层的，现在，整片区域已经被筛了十几二十遍了，用挖地三尺来形容都不为过，但是还是有二十四人没被发现，确实有点难了。不过，没人怀疑会找不到，IG历届大赛，这个项目，从来都是全员发现，没有人能躲过最终搜捕，如果死了的话，总部那边同步的生命监视器就会熄灯。

"那就继续？"

"继续！"

十九师是拼出了真火，原本搜寻是任务，竞争弄点彩头是好玩，没休假、不吃肉难熬归难熬，不过阿斯兰的特殊训练里面也有这个项目，就当是提前训练了。

但是现在是荣誉之争了，相差四十七人，传出去，还不让人以后都小看十九师了？

第七师也嗷起来了，这都必胜了，临门一脚，决不允许高射炮打空门，光有动静不得分，平常"首战用我，用我必胜"的口号不是白叫的。

空中的哈登无人机又多了一倍，女妖战机出动的次数也越来越频繁，一点痕迹，不管是不是人留下来的，先派出去就对了。

机甲师是看热闹，两边都提供百分之一百的机动支援。

"H18区发现目标！亚特兰蒂斯人，两名！"

"Y9区发现亚比坦人！"

……

捷报不断传来，亚特兰蒂斯人的符文力量也挡不住了，阿斯兰军人的素质、军事科技，代表着人类的顶尖水平，真不计成本地花大力气去做，亚特兰蒂斯人也只能认栽。

罗德里格斯看了看时间，快二十四小时了，基本上也应该都抓齐了，虽然是IG比赛，但时间太久也丢阿斯兰军人的脸。

从目前情况看，虽然是一群精英，但面对阿斯兰军队的围捕依然是难逃天罗地网。

"将军，目前就剩十个人还没抓住。"手下的将领汇报道，时间刚刚好二十四个小时。

罗德里格斯微微一笑，他本来的打算是想在二十四小时之内解决问题，可还是有十个漏网之鱼，不过也不算太意外，本届的 IG 号称二十年来最优秀的一届，有这样的表现也算正常。

"让战士们打起精神，把最后几个小顽皮找出来。"

"是，将军！"

广场上，被抓住的战士经过处理之后都已经在各自队伍等待了，先被抓的目睹着后面一个个被拎进来，救醒，治疗，然后被扔回来。

不得不说都有些不好意思，越是早的越丢脸，到了后面，被抓回来已经不算是丢人，反而可以雄赳赳气昂昂，黑压压的一群人只能仰视了。

当然也有人心里不服，有些国家的战士确实不擅长这个，只是比试就是比试，不服也没用，何况这项测试是考验个人综合能力。

随着人数越来越多，大屏幕上的数字也越来越小，最后定格在十，这十个人可够牛了，竟然硬生生撑过了二十四小时。

"阿斯兰的双子星，剑圣阿瑞奥拉，剑魔奥兹，亚特兰蒂斯的波迪亚，亚比坦的奥里维多斯，加纳星的雷安德，马纳拉索的文森特，银蛇共和国的孔斩，双子星系的傲紫薇，太阳系战队的李尔还有张山。"

众将军们也在议论，显然都在为自己的战士自傲，阿斯兰帝国不用说了，真正笑傲天下的绝代双骄；亚特兰蒂斯的波迪亚也是名声在外，精通亚特兰蒂斯能力和人类技法的强者；亚比坦的奥里维多斯……这人算不算人不知道，也许更应该称之为杀人狂魔，但在亚比坦就是英雄；加纳星的雷安德，是娜迦人，这种外星人有着匪夷所思的野外生存能力，并不太令人意外；马纳拉索的文森特，马纳拉索新一代的领袖，老牌强队的队长；双子星系的傲紫薇，唯一的一个女孩子，以女孩子的身份作为双子星战队的队长，实力毋庸置疑。

……可是在这十人名单里竟然还夹杂了两个很碍眼的……

两个太阳系战队的……地球人。

阿克琉蒂斯等人都被抓到了，蒙恬更早，面对军队的庞大数量和优势装备，太难隐藏了，众人也都尽力了，可是没办法，别说他们了，在场有很多强者也都没办法。

所以确实挺佩服那些还没被找到的，可能有运气成分，但光靠运气肯定是不够的。

第五十章
不死战士

罗德里格斯认为整个肃清大概最多还有六个小时，但整整六个小时过去了，剩下的十个人像是从这个行星上消失了一样，愣是找不到。

若是死亡，生命显示器会提醒，但这十个人显然是活得好好的。

在场的其他将军看罗德里格斯的眼神就多了几分玩味，这么多人，占尽天时地利，若是连这么几个人都找不出来，阿斯兰可是要栽跟头的。

蒙敖也是为李尔和张山狠狠地捏一把汗，说实在的，由于张山的表现实在不尽如人意，虽然有天赋和小聪明，可是入门太晚，身体状况跟其他人没法比，这很可能将成为太阳系战队最大的败笔。可是……张山还没被抓到，还以为他会是第一个被抓到的。

其他战士干等了这么久也禁不住聊了起来，听到对方藏的地方也禁不住惊叹，五花八门，什么样的都有，但最终还是被抓了出来，阿斯兰准备得也太充分了。

真不知道这十个人能藏到什么地方。

话说，张山同学看到虫子围上来的第一个反应就是自己完了，以他现在半残的战斗力根本不是虫子的对手，可是就这么死了？

张山可以感觉到自己的心脏瞬间膨胀起来，瞳孔都在放大，一旦被虫子爬上来他就死定了。然而越是这种时候，张山那天马行空的脑子就越变得灵活起来。

他看到了眼前的这只壁蛛扎戈，脑海里闪现了一个大胆的想法。

解剖课上有过对于扎戈族的分析，尤其是壁蛛扎戈这种比较低端的虫子，它们的腹腔有很大的空间，足够藏下一个人。

此时张山也顾不得太多，X能力瞬间启动，身影消失了。

但是身形出现……偏了，挂壁了，身下就是悬崖，这是作死的节奏啊。

张山深呼吸，生死攸关，再来一下！

第二次空间移动，张山的身形再次消失，这时虫子也围了上来，只不过并不很多，其中两只把壁蛛扎戈拖走了。

张山的小心脏怦怦直跳，黑漆漆的，一股子恶臭，说不出有多么恶心的味儿，但是张山不敢发出任何一丝动静，幸亏壁蛛扎戈的嘴微微张开，这丝缝儿也让张山不至于憋死。

张山随着山路翻来滚去，当真是五脏六腑都要被翻出来了，这是要去哪儿？

此时虫子们正拖着各种各样的"粮食"往洞穴里搬，有点像蚂蚁一样，有低端虫子的尸体，也有各种猎物，不知道过了多久，轰隆一声，张山感觉整个被抛起落到了什么东西上，很快周围一切都安静了。

张山也不敢动，就这么躲着，躲到天荒地老。

到了这个时候，还没被抓到的，躲藏的地方就相当极限了。

罗德里格斯又下达了命令，执行B级搜索，这代表着阿斯兰军队并没有尽全力。

罗德里格斯嘴角带了一丝笑容，开始有趣了，他倒要看看还有谁能挡住这一次搜索。

所有人都在等待着，这十个怪物谁是第一个被抓住的。

在执行B级搜索的半个小时之中，有一个人被抓到了。

来自加纳星的雷安德，这个娜迦人有着超乎寻常对自然的融合能力，他把自己藏在一段树干之中，当战士们抓到他的时候简直不可思议，坚硬的卡特兰铁树竟然被他挖了一个树洞出来，而且还是从根部挖的，若不是最高级别的生命探索，直接就被忽略了，但是这一轮的搜索哪怕是有一点蛛丝马迹也要刨根问底。

雷安德归队的时候得到了加纳战队队员的欢呼，这个类蛇人的眼睛也闪烁着骄傲的光芒，他以为自己是最后一个被抓到的，可是当他得知还有九个人的时候也愣住了。

还有什么人能比娜迦人更了解大自然的？

又半个小时过去了，其他九人还是不知所终，极低生命能量探索依然无效，显然这九个人不是消失了。

罗德里格斯也没想到他们会做到这么狠，现在只有两个可能，一个是有人突破了防线跑到外面去了，一个是躲藏在虫穴之中。

若是一般人肯定不可能，但对于这帮小子就不一定了。

"执行A级搜索！"

"是，将军！"

战士们也疯狂了，这尼玛都到什么时候了竟然还没抓到，阿斯兰铁军疯狂地扫荡着，也不讲究什么章法了。

悄无声息突破能量壁垒，这是不可能的，但是壁垒附近呢？

这一波下去，果然有大发现，银蛇的孔斩和双子星的傲紫薇被发现，两人都具备特殊的X能力，借用磁场反而干扰了仪器的侦察，但最终还是被抓住。

但是两人也为自己的国家带来了荣耀。

还剩七个人。

执行了A级搜索，意味着磁场之外也将展开搜索，但外面的搜索则是由其他部队执行了，罗德里格斯有点预兆，虽然磁场没有被攻击的反应，但既然有人能悄无声息地埋在下面，难道就没有人可以悄无声息地穿过去？

要知道，这是亚特兰蒂斯战队的特长，他们对能量的理解要超过人类，所以思维一定要具备跳跃性。

哪怕是在执行命令的士兵都觉得震惊，说实在的他们并不相信有人可以悄无声息地穿越磁场。

越到后面越离谱了，阿克琉蒂斯等人都禁不住迷茫了，张山和李尔躲哪儿去了？

"李尔这家伙确实有两下子，只是张山躲哪儿去了？他伤还没好。"烈心都忍不住对张山另眼相看了，李尔的名气摆在那里，可是张山能躲哪儿呢？

"命令军队开始按照区域扫荡所有虫穴，无论大小，扰而不攻！"

罗德里格斯发布了进一步的命令，双管齐下，只是磁暴弹的水准，对这些顶级高手的影响不会太大，有必要对虫穴进行全面扫荡，他的意思下面人自然知道，通过持续骚扰虫穴来寻找虫穴的问题。

就是要迫使里面的人战斗，一旦战斗，生命能量就会被暴露在仪器的搜索之下。

果然这一招一出，又有四个人被发现，阿斯兰的阿瑞奥拉和奥兹，这两人不知道用什么办法控制了脑虫，隐藏得极深，一般的骚扰不会影响到，但是强烈的威胁，让扎戈全体动员起来，很快母虫就发现了脑虫的异常，进而发动了攻击，阿瑞奥拉和奥兹也确实牛×，两人竟然杀了出来。

另外一个就是马纳拉索的文森特，这家伙竟然在躲过了第一波搜索之后把整个虫穴杀光了，军队进去的时候这家伙正坐在虫堆上吃虫肉，整个一狠角色。

又有三个人被抓到，这三个人也是自认为可以坚持到最后的，但是抵达之后却发现，还有四个人没被抓到。

阿克洛夫笑了："罗德里格斯，什么情况，又快十个小时了。"

罗德里格斯目光中还是比较镇定的："亚比坦的奥里维多斯的位置已经被确定了，只不过这小子……"

众人听了目瞪口呆，绑架了母虫？

这尼玛是什么级别。

在一个大型虫穴里，母虫跟只狗一样趴在地上，不远处就坐着一个年轻人，眼神是一种妖异的血色，门口一堆虫子愣是不敢进来。

外面军队在攻击，可是虫子的反抗不成章法，而且不肯外出，这显然极大违背了虫子的习性，唯一的可能就是内部的母虫受到了威胁。

谁能想到虫子反而成了保护，攻击这个大型虫穴，军队足足花了三个小时才打进来，打进来之后，奥里维多斯才砍爆了母虫，施施然地走了出去，周围的阿斯兰战士纷纷让开，完全被这狂暴的气场压制了。

号称千人斩的奥里维多斯，亚比坦帝国的不死战士，一般战士靠近一点都会感觉窒息。

但即便这样，奥里维多斯也被抓到。

现在仅剩三人，亚特兰蒂斯的波迪亚，太阳系的李尔和张山。

所有人的目光都集中到了太阳系身上，亚特兰蒂斯的波迪亚可是亚特兰蒂斯的队长，有这样的表现丝毫不意外，可是太阳系，而且还冒出两个……

该不会是阿斯兰放水吧？

不至于啊，连自己人都抓了，没必要为外人做到这一步。

可是……

"报告，将军，在磁场之外发现波迪亚的行踪。"有士兵汇报道。

众人也听到了，也禁不住惊叹，亚特兰蒂斯人实在是凶残，悄无声息地通过磁场防御，这对能量的理解恐怕已经出神入化了，真不知道他是如何做到的，只不过一旦被军队察觉了踪迹，想要跑就难了，在圈外，手法就更多样化了。

但是地球的两个……

"加大生命探测，哪怕是一只老鼠的能量也要挖下去！"

罗德里格斯禁不住皱眉，按照推断，已经没有其他办法了，生命探测仪之下，无所遁形，虫穴已经被扫荡了一遍，所有有问题的虫穴都被找了出来，战士的执行力是毋庸置疑的，稍微有问题，哪怕是杀光整个巢穴也会把人找出来。

现在巢穴没问题了，就剩下地下了，或许有人可以把生命降低到跟动物一样。

不得不承认，罗德里格斯的确不拘一格，他还真猜对了。

李尔此时正埋藏在地下，他不要呼吸孔，整个人处于一种假死状态，用地球古代的一种说法，这是龟息状态，心跳维持在最低状态，他所产生的能量跟只地鼠没什么两样，这就是天炼心法的力量，夺天地造化。

第十六卷
逆天魔神

第一章

天生我材必有用

区域内的所有生物遭殃了，阿斯兰军人都被上司骂得狗血喷头，都这样了还没找到，现在是宁可错杀一千也不能放走一个，别说耗子，蚊子都不行。

波迪亚还没抓到，但李尔终于被挖了出来。

连挖到他的战士都瞠目结舌，这家伙被挖出来的时候跟死了一样，可是没过几分钟就苏醒了，身体状况一切恢复正常，醒来第一句话就是"还剩几个"。

对于这样的选手，战士们也不敢怠慢，其实也是一种尊敬。当得知还有两个的时候，李尔淡淡地点点头。

只是听到其中一个名字的时候，李尔愣了一下，张山……

李尔的嘴角泛起一丝奇怪的笑容。

李尔归来获得了英雄一样的欢呼，把自己埋在虫穴附近的沙坑之下，大概有五六米的样子，而且是断绝呼吸这么长时间，确实跟怪物一样的能力。

其他队伍也是有点羡慕，但是也摇头，虽然这种能力便于躲藏，可也太为躲藏而生了。不管怎么样，地球还是狠狠地露脸了。

大概李尔被抓到一个小时之后，亚特兰蒂斯的波迪亚也被抓到了。

只是这一刻却没人在意这个了，因为还有一个人没被抓到，来自太阳系联邦战队的张山。

整个现场都在议论纷纷，这人是不是已经死了，不然怎么可能还没找到？

罗德里格斯望向阿克洛夫，阿克洛夫摇摇头，显然张山没死，活得好好的。

此时的张山同学还躺在虫子的肚子里，这么长时间他觉得自己也快变成虫子了，饿了就吃两口恶心的肉，恶心着恶心着也就不恶心了，低级虫子的肉都是可以吃的，只是这味道就不是文字能表达的难吃了。

但张山没有犹豫，因为这没什么大不了的，在太阳系战队里有人也能做到，所以张山没有矫情，内心能接受也就觉得是一件很正常的事儿。

他需要保持体力，保持清醒，根据这段时间的反应，他应该被拖入了虫子的巢穴，在食物短缺的时候，虫子会出去搜索食物，无论是同类尸体还是其他什么，一切能吃的都会存储起来。

张山没打算动，因为这对他来说无疑是最安全的，哪怕是阿斯兰军队的实力，若是要把所有虫穴都扫荡干净，恐怕也要花上很长一段时间。

若是虫子要用餐……

那他就认命了，总之一句话，打死也不出去！

其实算算时间也差不多了，开始之前他也听到过以往的纪录，一般能坚持二十四小时就可以了，可是张山知道这远远不够，他能在这里，能来到阿斯兰，能参加这场只有真正的战士才能参加的盛会，对于半路从军的他来说，得到了太多的帮助。

刚刚觉醒的时候，他觉得自己会成为大人物，但走得越远见得越多，张山已经知道，他实在太弱了，哪怕拥有空间移动的能力，依然是小人物。但是这个世界是由小人物组成的，给小人物一个机会，他会更珍惜！

有人不惜生命给了他这个机会，他愿意用生命来回报！

张山就这么躺尸，但是外面疯了。

随着波迪亚被抓到之后的六个小时，阿斯兰军队如同疯了一样，但是依然一无所获，这个叫作张山的地球人如同隐身了。

听说他有空间移动的能力，罗德里格斯都怀疑他是不是把自己藏到了异空间里。

但这显然是幻想，因为不存在这样的能力，时间就这么一分一秒地过去，阿斯兰的军队动用了所有的手段，展开了地毯式搜索，整个区域的地皮都被掀开了，哪怕是一点点的生命反应都不放过。

可是还是找不到，针对虫穴的持续骚扰提高到半个小时，但是没有发现有异常的虫穴，以虫子的敏感，绝对比人类还敏锐，不可能在这种情况下躲藏，而且这个张山的实力远不能控制虫穴，何况就算控制也会被发现。

空间移动到了磁场之外？

不可能，这种能力最容易被磁场干扰失效，而且外面也没发现痕迹，他还在里面。

可就是找不到！

其他人议论纷纷，罗德里格斯则是面上无光，这简直就是挑战阿斯兰军人的能力和底线，这都找不到，他还真能凭空蒸发了？

不光是罗德里格斯在猜，其他人也在猜，李尔则是面无表情。

太阳系战队的人却没有太兴奋，因为他们知道张山的情况，隐藏得越好说明越危险，这家伙究竟藏在了哪里？

"李尔，张山立大功了，就算他现在出来我们太阳系战队也过关了。"烈心调侃道。

李尔不置可否："总算还有点用处。"

众人一窒，李尔向来如此，大家也习惯了。

"阿斯兰人太废了，这么简单还找不到，一群蠢货。"紧跟着的一句话就把众人噎了个半死，连周围的人都禁不住侧目。

太阳系内部好像不大太平啊。

"李尔，不吹你会死啊！"烈广忍不住说道。

李尔冷哼一声没有说话，阿克琉蒂斯则是目光灼灼，似乎也想到了什么。

头脑要清晰了，张山既然没死，又没出去，天上地下都没有的话，就真的只有一个地方了。

他不知道用了什么方法，隐藏在某一个虫穴之中，可是这么多虫穴，怎么找？

很快罗德里格斯也想到了，这位年轻的少将下达了命令，所有军队按照区域攻击所有虫穴。

这是大工程了，根本不是一天两天能完成的，可是有人能做到这一步怎么办？

三十六个小时之后，再调集了重武器，所有虫穴被扫荡干净，依然没有发现张山，阿斯兰人束手无策。

地球人出名了，这还是 IG 开始出现以来，第一次这种搜索扫荡之下有人可以让军队束手无策，整个区域都被铲平了，地上地下，除非张山飞向了太空。

最终阿克洛夫使用了定位装置，这是宣告了这项测试的结束，张山才被找到。

当战士们破开虫壳的时候，张山已经吃光了半个虫壳。被找到的张山第一个反应就是非常沮丧，第一句话竟然是"我是不是第一个被抓到的"。

所有阿斯兰战士撞死的冲动都有了，奶奶个腿，做梦都没想到有人能混进虫穴的粮仓还不被发现，这真的逆天了，虫子异常敏感，也只有张山这样靠着空间移动躲进去的才能锁住气味。

说穿了，这个方法一钱不值，甚至很大程度靠运气，但是看着那被吃干净的虫壳，阿斯兰战士也忍不住肃穆敬礼。

也许张山不像奥里维多斯等人那么凶残霸气，可是他做到了其他人做不到的事儿！

天生我材必有用！

第二章

考试是永恒的法宝

张山可以说完成了自我救赎，蒙恬等人可是高兴得不得了，不过也没人跟李尔示威，毕竟人家的表现一样出色，比他们强太多了，若不是他和张山，太阳系联邦肯定直接倒在这一关，但现在太阳系战队以优异的成绩进入下一阶段，而且张山的坚持也给王铮争取了宝贵的休息时间。

望着其他人的庆祝，李尔孤独地离开，跟班罗胖子立刻追了过去："老大，老大，等等我啊。"

李尔没有搭理他，但罗胖子的脸皮厚如城墙才不在乎："老大，真没想到张山这家伙还挺有点运气的。"

"蠢货也有发光的时候。"李尔淡淡地说道。

"嘿嘿，不过，老大，赛前你是不是故意刺激他啊？"罗非相当嗫嚅地说道，他太了解李尔了，李尔从不做无意义的事儿，张山这货属于欠刺激的类型，越刺激越能发挥实力，对这种人鼓励反而没什么效果。

李尔冷冷地看了一眼有点得意忘形的胖子，胖子打了个寒战，轻轻给了自己一个小嘴巴，屁颠屁颠地跟了过去。

一天之后，王铮归队，真正的队长回来了，其实烈心等人也在讨论李尔和王铮谁更适合做队长。一开始觉得是王铮，后来觉得是李尔，现在又觉得是王铮，虽然过程纠结了点，但抛弃张山和留下张山的结果完全不同，因为他们多了一个靠谱的队友，只是也不能说李尔就是错的，毕竟不是每次都有这样的运气。

不管怎么说，太阳系战队内部又恢复了平静，大家的内心都燃烧着熊熊烈火，这次 IG 绝对不能就这么算完。

新一轮赛事开始。

经过了之前的竞赛，大家都期待着接下来的赛事规则宣布。

淘汰到现在也进入了白热化，据说第二轮就剩下最后一项了，结束之后，最终剩下的六十四支队伍进入淘汰赛，原来已经有保送资格的阿斯兰等国家自动要求取消，愿意投入淘汰赛，谓之公平地赢得最后的冠军，不过以他们的实力，提前热热身其实是好事儿。

众人都在大厅里等候着将军的到来。

"这届真他娘的难啊，亚特兰蒂斯这次可真够狠的，看来是铁了心要立威了。"

"听说王子亲自带队，搞得真夸张，不过想拿冠军没那么容易，我更看好亚比坦的怪物。"

"这些还只是小事，关键，还是 IG 的模式，变得更加难以预料了。往届虽然也是差不多，但总归会提前放出一点风声，这次，是完全保密。"

"各大强国，是借着这次 IG 展现实力，可以说，这次的 IG 虽然比往届更难，但的确也是最公平的一届。"

所谓放出风声，一些小国家是根本就不可能听到的，大体上的公平的确是能维持得住，但在细节上，强国始终占便宜，这次则不同了，完全一视同仁，主办国阿斯兰也得不到任何消息。

"不过最奇葩的还是太阳系战队，竟然苟延残喘到了现在，但是不得不承认还有点偏门的水准，鬼能想到他竟然用空间移动把自己弄到死虫子的肚子里，还被当成粮食搬了回去。"

"哈哈，托他的福，我们也能多休息几天。"

"呵呵，反正我是巴不得我们队碰上太阳系。"

对太阳系的讨论，这几天，一直都是焦点，又奇葩又意外，这次太阳系战队可是成了头号黑马。

只是想想也不会太计较，太阳系都郁闷了这么多年，攒人品也攒了这么久，该冲个好名次了。

"看，这不来了。"

"他们队长出院了，看起来，不像是受了重伤。"

"毛的重伤，一个C级任务还受伤，丢死人了。"

"说不定D级呢，哈哈。"

大家都盯着王铮和张山两个人看，这两个人，绝对是太阳系的大功臣。

队长王铮，运气无敌，复活战将战队从死亡当中复活。

而张山，一个将阿斯兰的军队逼疯了还没被找到的猛人怪胎，让太阳系战队的成绩飙到前列。同时由于过度出彩，他们后面的日子可不会太好过，以前灭掉太阳系毫无成就感，现在可不一样了，少说也会出点名头。

阿瑞奥拉淡淡笑着："听说那个王铮，是你们戒律会招的新人？IG结束后，可以对他进行人才引进。"

奥兹微一颔首，不过又摇了摇头："恐怕有难度。"

阿瑞奥拉一怔："他的表现已经够条件了吧？就算是运气，也是受到认同的实力。"

奥兹摇了摇头："不是我们这边有难度，是人家不愿意来我们这儿。"

"这年头，还会有人宁愿留在太阳系而不来我们阿斯兰的？"

阿瑞奥拉显然不信，论各方面的综合条件，银河第一的称号，阿斯兰帝国是当之无愧的，无论是亚比坦帝国，马纳拉索帝国，还是加百列共和国，也许在国力和军力上能与阿斯兰有一争，但在这方面都是完全跟不上阿斯兰的节奏。

奥兹继续摇头："阿瑞奥拉，不是每个人都羡慕阿斯兰！"

贵族的老毛病了，总觉得自己是最好的。阿斯兰是好，但不是谁都愿意抛弃自己的国家，尤其是战士。

剑圣阿瑞奥拉不置可否地笑了笑："也许吧。"

所有未被淘汰的队伍都已经集合在一座操场之上，等待着接下来的行动命令。

这时，十余名IG军官以及IG裁判官，都出现在操场正面的主席台上。

气氛变得紧张起来，这是要宣布接下来这轮 IG 竞赛方式的时候。

"各位，你们是幸运的，能走到这一步，你们的单兵素质和实力，都已经是银河系精英的水平，也许还有少许欠缺，但是你们的优势，就是年轻，许多人，都还是在军校当中学习的学生，非常了不起啊。你们的未来，还没有定形，有着非常多的可能性，你们的未来，会比今天更强大……"

阿克洛夫的演讲充满了激情。

操场下面，大家认真地听着，但是，怎么听都不对劲，听起来有点像是开学典礼的校长致辞，又有点像是升学考试前班主任的动员讲话，不过作为银盟的实权派，大家还是很给面子的，甚至不少人都是以阿克洛夫屁股底下的位置为目标的。

"……好了，我的讲话就到这里，各位，请进图书馆大教室。"

嗯……下面都怔住了，今天不是竞赛日吗？

进图书馆大教室？什么事？

不祥的气息，在队员之间散开……

足以同时容纳下两千人的电子大教室，大家被分隔开来坐好。

不同的语言文字出现在屏幕上，意思是同一个——禁止作弊。

轰……

原本的交头接耳，瞬间变成了嗡嗡的议论。

什么！

真的是考试？

尼玛，有没有搞错，他们是来参加 IG 竞赛的！是来和其他国家的精英，做面对面的男子汉的对决。

"禁止喧哗！作弊，抄袭，交头接耳，将直接判定零分，重则个人淘汰，轻则禁赛。"一名军官暴喝一声，将所有声音镇压了下去。

王铮愣了愣，他也没有想到，这一轮，竟然会是考试，不过想想，也行得通。

IG 竞赛，文武双全，是基础条件，竞选的是银河最尖端的精英人类，这不是能战斗就可以的，所以，IG 最初挑候选人，都是在录取要求水平分偏高的高等军校当中寻找。

一些国家的战队成员脸色直接黑了，这些都是非军校选拔出来的，有的是直接从军中挑选出来的年轻人，战斗实力毋庸置疑，但是，文化考试……

擦！当年要是能考好，也就不会小小年纪就跑去当少年兵了！

考试开始了。

考卷直接发放到所有人的天讯当中，光屏弹出。这时，隔离带发出肉眼看不到的过滤光，让人只能看到自己的天讯光屏，禁止肉眼偷看作弊。

这个时候那些所谓精英的表情当真是百花齐放、各式各样，可能面对千军万马都不会皱一下眉头的人，面对屏幕傻眼了，像是中毒了一样。

"请阐述行星引力与恒星引力在星际航行中的具体作用，请写出具体参数……"

貌似很简单，高中也有学过相关知识，算是常识题，但是，尼玛平常大家训练这么忙，能记下常识就不错了，具体参数鬼会记啊！考的是机甲系，不是战舰指挥系！

王铮和张山略显嘚瑟，写得行云流水，这是考试吗？幼稚园水平，太小觑哥们儿的智商了，哥们儿可是物理系的高材生啊！

阶梯教室里面的气氛越来越糟糕，不会做的人，占了大多数。不过，也有不少奋笔疾书的，尤其是阿斯兰战队，每个人的脸上都是淡淡的微笑。

亚比坦也有几个脸色很嚣张的，嘴里嘟哝着，这种题，小儿科。

一直遥遥领先的亚特兰蒂斯人的脸色，第一次出现了凝重……

前面和战斗相关的题目还好，有共通点，就能回答，但是，后面这些与人类科技相关的题目……

这……该怎么答？

虽然大家长得差不多，但是，大家科技发展的方向完全不同啊。有些问题，在亚特兰蒂斯根本就不会成为问题，符文的基础力量，就自然能够解决这些琐细的问题，而人类，则是舰队指挥官必须认真考虑选择的问题。

难，这太难了！

不会，略过，又不会，略过，还是不会的，继续略过……

好在多数是选择题，不会还可以蒙。

第三章
另类战斗力

第一批完成考试的却不是王铮和张山，阿瑞奥拉第一个完成了考试，天讯上面按下了交卷的选项。一秒钟后，考试卷就回收进入主机，不可再行更改答案了。阿瑞奥拉站了起来，径直离开考场，考试内容的百分之七十都只是阿斯兰帝国高中生的水平，不值一哂。

队长带了头，阿斯兰人一个个交卷起身。

随着阿斯兰人一个个站起来，考场的气氛变得凝重，开始变得焦躁，大多数人都才做到一半，这个时候有人交卷，压力不言而喻，谁都不知道这场考试的评判标准是什么。

分数？

真的吗？真的会这么简单吗？

不可能，这可是 IG 啊！交卷的时间会不会也算在评测分里面？

心里面，矛盾的想法一个接一个，还要兼顾着做题。干，这是什么破题！

太阳系这边……

淡定。

真的是太淡定了，文化培养，一直是太阳系的重中之重，虽然不同的地方有不同的教育方式，但是无论是火星式的开放教育，还是地球式的保守教育，考试，始终是重中之重。大家的经验太充分了，一年两次期末大考，两次期中大考，一个月一次校考，半月一次综合小测，还有各科目教师自行安排的测验……

身经百战人不惊，你交你的卷，我自做我题，波澜不惊。

亚比坦人显得有点凝重，加快了做题的速度，但是，他们的压力，并不是来自第一批交卷搅乱考场氛围的阿斯兰人，而是……

奥里维多斯！

杀气！

奥里维多斯身上的杀气就像是蓄势待发的眼镜王蛇。

不是对电脑，而是对着其他亚比坦人。

考试？奥里维多斯显然从来不在这方面努力，随便填上答案蒙混一下就行了，至于是不是能够晋级，他的那份分数，就落在其他队员身上了。

要是因为考试被淘汰了，其他亚比坦人就要倒大霉了。

除此之外，亚特兰蒂斯人和一些外星种族确实也遇到了困难，虽然众人都觉得这场测试顶多是最后的一个参考，真要靠文化分把高手淘汰了，那也有点说不过去。

但是在当今世界，一个超级战士，确实要拥有全方位的知识面和世界观。

任何事情，都是有可能的。

王铮和张山几乎是同时站起来交卷。张山不用说，物理系高材生，从小学开始就是学霸，要不是转系，恐怕会是一辈子的学霸。这些题？呵呵，他都有出题的水平了，何况答题？

王铮的成绩就更不用说了，自从进入战神学院之后他可是标杆。

李尔抬起头，看了眼王铮，三秒钟后，也交卷离开了考场，一张脸冷得不行。

张山看了一眼："装什么装？"

李尔的战斗实力，山娘是认同了，没办法，强就是强，身为战士，有时候要懂得认怂，这个"怂"不是真怂，而是保存自身，活着才有可能超越，他现在以把李尔踩在脚下为目标。

但是，说到考试，山娘绝不会怂，从小考到大，百考战神是也！

王铮笑了笑，走出门时，和第一批交卷的阿斯兰人擦肩而过。

阿斯兰人的氛围很轻松，隐约可以听到他们聊的话题，居然是今年的阿斯兰足球俱乐部超级联赛。

剑魔淡淡地看了一眼王铮，轻飘飘地扫过，不带一丝烟火。

"这帮小子很屌的样子，阿斯兰就这么牛吗？"张山忍不住吐槽道。

王铮没有回答，张山想了想，对方确实挺屌的，几乎没有死角。

蒙恬、章如男、烈心、烈广、罗非等人，也都一齐交卷了，一下子，带动着大教室里面的气氛更加凝重。

加纳星战队忍耐不住了，也都开始交卷，反正不会做，干脆早点交卷，拖也拖不出正确答案，倒不如在时间上赚点印象分，起码，能表现出加纳星果断敢战的一面。

看到加纳星战队的动作，不少战队一下子都明白了过来，是啊，磨蹭是磨蹭不出正确结果的，倒不如果决一些，超级战士也许可以知识面窄一点，但是绝对不能不果断，性格上的缺点永远是最致命的。

大家都开始加速做题，会的，就认真做一下，太复杂的题，就用直觉去猜个选项。

相比之下……

亚特兰蒂斯人有点认真过头了，完全不受考场气氛的影响。

不会的题？那就尽可能地弄懂，反正，考试时间还有很多，只要分配好，保证在时间内完成全部答题就够了。

他们不觉得提前交卷会有印象加成，路有很多条，关键是选择了之后，要坚定不移，规则给出了，在规定的时间里交卷就不是问题。

时间一点点过去，一个战队接一个战队地交卷……

考场外面，不少人在对答案，骂娘的声音不少，显然是考的结果不理想。

"陷阱题太多了吧！这题看起来很简单，高中也考过了，没想到里面会有陷阱。"

"不要慌，这次考试，只是一个综合素质的加成分，作平衡用的，对我们这些中流水平的队伍，影响很小，真正受到影响的，是亚特兰蒂斯。"克拉克星系队长麦克斯很沉稳地安慰着队员们。

他们是位于第三阶梯的队伍，目标也摆放得很正，一开始的主要目标就是打进一百二十八强，现在是已经完成了国家任务的，现在每前进一步，都是大赚特赚，而且眼下来看，机会还是有的。

大家都等着分数出来，感觉怪怪的，好像又回到了学校。

"请大家不要离开，分数统计结果很快出来，稍后将宣布进入六十四强名单。"一名 IG 人员站出来宣布，这个时候，除了亚特兰蒂斯人还在考场里面，其他战队都已经交卷出来了。

"亚特兰蒂斯人不会要等最后一秒钟才交卷吧？"

大家议论着这些话题，其实，都在紧张，包括克拉克星系的麦克斯，嘴里面说着他们已经完成了国家给他们确定的目标，每向前多走一步都是赚的，但是，谁没有理想？谁不想当黑马冲击冠军？

正是因为走到了这里还没被淘汰，所以希望放大了啊。

第四章
非常规藐视

希望越大，也就越紧张，尤其是在不擅长的领域当中。

第二轮直接淘汰一半，这绝对是一个惊人的数字，除了拥有必胜信心的战队，那些在边缘的就更是紧张了。

太阳系战队这边，也在对答案，李尔站在边缘位置，完全没兴趣做这些小儿科的动作。

张山和烈广对得很热腾，总体上来说，烈广考得不差，但是和张山还是有差距。

"满分一百，哥绝对是九十以上。"

张山很有信心，就差没自号考神了，誓把上一场牛×的气势带到这一轮。

一个小时之后，亚特兰蒂斯人也终于交卷了，正好卡在最后一分钟。

所有人到齐，而批卷算分的统计，早在阿斯兰人开始交卷时就已经开始。

随着考试结束，结果很快出来，分数也都发到了各个战士选手的天讯当中。

阿斯兰人看了看天讯上面的分数讯息，都是淡淡微笑，预料当中，会的题，都得分了，不会的，也蒙对了一两个，平均分在八十五分，绝对是高分了。剑圣和剑魔居然是同分，九十分。

剑魔奥兹一脸遗憾："不会吧，又是平手？阿瑞奥拉，你不会是故意的吧？"

想分个胜负就这么难？考试都同分，搞毛啊。

剑圣一脸淡定："你找个我能故意的方法出来，我就向你认输。"

其他阿斯兰队员都憋着笑。

烈广看了眼分数："插，七十三分，考神三娘，你多少？"

张山在发呆。

烈广凑过去看了眼："八十六？你刚才不是说保证九十分以上？"

张山难得脸红了一下："神也会有失误，何况凡人，这几题错得不应该，我没留意几个要素条件的差异性，会导致不同的结果，经验主义就选择了，中了陷阱。"

太得意的下场。

王铮也笑了笑："我也一样，没留意，还是受了阿斯兰人提前交卷的影响，八十七分。"

烈心等人微笑着，都是七十五分以上，而且，阿克琉蒂斯考了八十三分，太阳系战队这边，八十分档的就有了三人。

烈广摸着后脑勺："不是吧，难道我考得最差？对了，还有李尔。"

这时，大家都看向站在边上的李尔。

边上，其他战队的成绩都不是很理想，隐约听到的分数，是六十分以上七十五分以下的居多，要是李尔也有八十分，那太阳系就有四个八十分档，在这轮算是高大上了。

李尔冷冷的，完全没有报分数的意思。

亚比坦那边，在奥里维多斯的目光下，其他队员都松了口气，成绩不算差，平均分七十二分。

有队伍欢喜，有队伍阴沉。

而最后淘汰的统计结果，也很快出来了。

阿克洛夫走了出来，望着台下众多等待的人，开始宣读获选战队名称：亚特兰蒂斯共和国战队，这次考核平均分虽然不尽如人意，但是前面的表现非常出众，平均水平目前排在第一。

亚特兰蒂斯人没有欢呼声，很淡定地接受着这个第一。

亚比坦帝国战队……

阿斯兰帝国战队……

马纳拉索帝国战队……双子星系战队……银蛇共和国战队……

后面每个名字被念到的时候，都会引起一阵欢呼声，毕竟不是所有人都能像亚特兰蒂斯等强国那么淡定，能进入六十四强已经很不容易了。

太阳系联邦战队……

不出意料，太阳系联邦战队也排在了相对的前面，张山在前一轮为太阳系捞到了太多平均值。

太阳系联邦战队也在欢呼，吼，这个成绩，绝对是里程碑般的胜利！

但阿克洛夫接下来的这句话，让太阳系的欢呼声停滞了一秒钟：另外，太阳系联邦战队的李尔得到了本次考核的最高分九十七分，所以太阳系战队额外加十分！

狂欢着的张山脸上的兴奋都定格了，尼玛，不会吧，李尔？最高分？九十七分？还是这次的最高分？长官，是不是搞错了，那个人名字是不是张山啊？

李尔完全无视来自周围的目光，搞得其他人也是面色阑珊，反正李尔是最擅长破坏气氛的就没错了。

阿克洛夫继续公布着六十四强名单。

欢呼声此起彼伏，每个被念到的战队都疯狂了，甚至有流泪的，男儿有泪不轻弹，只是时候不到，而没被念到的战队则显得更加紧张，嘴里还不断地计算着数字，三十一，三十二……这是被念到的战队数字，每一个数字，都意味着他们被念到的概率在减小。

阿克洛夫的语速很平均，不断地念着一个个战队的名字，时间很快，只剩下十个六十四强战队的名字没被念到。

一些战队已经开始绝望了，但是又满怀希冀地望着阿克洛夫，那种复杂的眼神，就像全世界的压力都压在他们的身上一般。

也有些战队的队长开始安慰队员："不要紧，我们已经够出色了，不是我们不行，而是机缘没到而已。IG，来过就好，带着回忆回去，也许你们当中还有人能在下次卷土重来，我就不行了。所以，别垂头丧气，抬起头，走到这里，我们都已经是英雄。"

一个名字接一个名字从阿克洛夫嘴里念出，这个时候，被念到的队伍，是真的疯一般的狂欢，有一种从地狱边缘爬回人间的痛并快乐的感觉。

最后一个战队，阿克洛夫的语速变缓了，现场的气氛也无比凝重，被念到的战队还在狂欢，而没被念到的，是又绝望又渴望，甚至在祈祷。

"克拉克星系战队，以上，共六十四支队伍进入正赛。"

阿克洛夫在念完的一瞬间，整个世界都两极化了。

已经紧张了半天，甚至打算失望而归的克拉克星系战队队员全部跳了起来，他们挤上了末班车，最后一个被念到，麦克斯用力地拥抱队友，吼吼吼吼吼……

也算是一匹黑马了，自从麦克斯闯过了B级任务，克拉克星系战队的队员也是气势如虹，可以说是爆发了超强的战斗力，士气鼓舞的情况下确实可以发挥出最强的实力。

而其他没被念到的战队，就好像沉入黑暗当中，不少人都受不了地跪倒在地上。怎么可能？怎么会？他们已经展现出了自己最优秀的实力，甚至是超水平发挥了，他们的战斗，是无可指摘的，家人都等着他们向前向前再向前，而他们，却让大家失望了……

甚至忍不住哭了起来，不只是流泪，而是失声痛哭！

他们来这里背负了太多，准备了太多，宁可战死伤退，也不愿意就这样被淘汰，但是，没有机会了。

对他们来说，这一届IG就这样结束了，也许有人还有机会，也许永远没机会了。

只有进入正赛，才算是真正的IG。

太阳系战队的人能感受到周围羡慕的目光，曾几何时，太阳系的人也是这样看着别人，这一刻，他们终于杀入了IG正赛。

得到消息的蒙敖也忍不住挥舞了一下拳头，这帮小兔崽子太给力了，虽然跌跌撞撞，可是他们终于成功了！

进入正赛，已经超出了他们原本的计划，可是在看了王铮的表现之后，蒙敖觉得仅仅是正赛是不够的，太阳系战队有机会更进一步，只要运用好战术，绝对可以更进一步。

入选和淘汰的队员分成两拨离开，只是一拨要打道回府，一拨则要进行更进一步的厮杀——真正的战斗就要开始。

可能对某些队伍来说，在这轮被淘汰，未尝不是一种幸运。

第五章
胜者的权利

军方的运输船正在从行星轨道的太空站离开，朝着行星基地降落。

乘着这个间隙，各支六十四强队伍所属国家的将军们也都出来和队伍一起庆祝。

"干得不错！"蒙敖毫不吝啬地夸奖道，不过，他来这里，不仅仅只是来说话的，而是有重要的信息要交代。

紧跟着蒙敖神情严肃了起来："好了，庆祝的时间以后有的是，现在都听好了，我们之前就是分在D区，经过这轮淘汰之后，D区队伍淘汰太多，所以重新洗牌，马纳拉索共和国被分到了D区，除此之外，还有老牌强队银蛇共和国和摩根洛克帝国也是需要特别注意的。"

蒙敖特别看了王铮一眼，只要下一轮不直接撞上马纳拉索，太阳系在正赛当中继续黑马突破的可能性很大。

第一批运输船降落在行星基地，这是来接六十四强的胜利队伍回蒙塔艾里斯。先行，是胜利者的权利。

将军或是领队们都被分开，乘坐另外的飞船。

阿克洛夫出现在前往飞船的入口处，敬了个军礼。

哗啦啦，所有选手，都一同回礼，亚特兰蒂斯人也都入乡随俗。

阿克洛夫微微一笑："首先，还是恭喜你们，你们是胜利者，你们的权利，是回到蒙塔艾里斯，争夺接下来的三十二强名额！不过，那里，等待你们的，将是正赛，没有空包弹，没有模拟器，是真真正正的战斗。生死状你们都签了，不用我再提醒你们什么，相信你们每个人都有自己奋力去战的理由。当然，规则规定，一方发起认输的话，另一方不能再做出过剩攻击，否则判定为输。"

六十四支队伍安静了一下，然后是震耳欲聋的吼声，在战斗上，没有人会尿。

阿克洛夫忽然话锋一转："好了，在此，银河联盟总司令部祝你们所有人都好运。另外，银河联盟是全银河最有上升空间的，是将军的摇篮，有一天你们可能接到征调令，来银盟……"

远处，被分开的将军们脸色发黑。干，阿克洛夫这是赤裸裸地打广告挖墙脚。

阿克洛夫也是老狐狸了，事实上也是需要，联合军现在急缺有实力的精英军官。近十年来，各国对人才的控制都变得重视起来，渐渐有从军备竞赛转向人才竞赛的趋势，而一些现代的战例证明，局部战争当中，人的作用，往往要大于装备的优势。

为银盟招兵的广告打完，阿克洛夫也不废话，大手一挥："现在，出发！目的地，蒙塔艾里斯！"

轰隆隆！

六十四支队伍，按照分区不同，按照天讯传来的指示，进入了不同的八艘运输船中。

八艘运输船，分别代表着 A、B、C、D、E、F、G、H 八个区。这个区，是一百二十八强时，就已经分配好了的，随着一些队伍淘汰，又有些细微的平衡调整，保证每个区都有八支 IG 队伍。

阿斯兰，亚比坦，亚特兰蒂斯，马纳拉索，加纳，双子星……这些公认的强队，都被分在不同的区。

这是保障强队的利益，让弱队碰弱队、强队碰强队，不符合 IG 的理念。毕竟，正赛就是真正的战争，强队之间的碰撞，谁都不知道会发生什么，总不能让弱队摘桃子。

很快，军方的运输船开始升空，迅速遁入云层当中，只能见到一个个小黑点远离这颗行星。

似乎，没有人注意到……就在另一边，远远的，被淘汰了的队伍，就站在角落。

就像是被无情地抛弃了一样。

他们在等第二批运输船，将直接打道回府。

很多人眼神里都流露了不甘心，尤其是那些上届排名还不错的队伍，更是挣扎，但是这就是IG，失败者只能眼巴巴地留恋。

阿克洛夫走了过来，显然他没有忘记，一次的失败不代表永远的失败。

只是，阿克洛夫还没开口，就听到一个声音响起："这不公平！为什么我们就被淘汰，我们的实力明明比一些进入六十四强的队伍更强，比如太阳系联邦，纯粹靠狗屎运挤进去的，有黑幕！"

一句话，一下子煽动了所有人的情绪。

是啊，他们一点也不弱，他们明明很强大，一路闯到这里，为什么一场考试之后，他们就被淘汰了，他们的实力，明明要比一些过关了的队伍更强大，而太阳系联邦都已经被淘汰了，结果竟然绝地复活。

阿克洛夫神情严肃了，沉声说道："质疑之前，先反省自身，IG是什么？难道还需要我现在来和你们重申？"

大多数人被阿克洛夫的气势压了下去，IG，竞争的不是纯粹的战斗力，而是人类精英大赛，站在人类精英制高点的队伍，不一定非要战斗力第一，但是一定要面面俱到，被淘汰的他们，队伍都是有偏门偏科目的缺陷的，战力或许不错，排得进六十四强，但综合类比，的确没有优势。

"但总比太阳系战队强！"

但总有人不甘心，太不甘心了，特别是看着往年送分队的太阳系联邦光光荣荣地乘坐着第一批飞船回蒙塔艾里斯，特别刺眼，特别揪心，难道他们连太阳系都不如？

"够了，闭嘴！给我回去，别在这里丢人现眼，输了就是输了，不要找理由，找理由是弱者懦夫的行为。"

说话的正是摩挲星将军，从阿克洛夫身后站了出来，呵斥地说道。他，也是那一战的见证者之一，这一届的太阳系战队空前强大，说得越多越丢人。

运输船中，D区的八支队伍被安排在一个船舱当中，分隔开来坐着。

没有客船那么舒服，不过，也更快地穿过大气层，摆脱了行星的引力，进入到了太空当中。

随着运输船进入亚空间，舱内的环境变得稳定，座位上的安全带也都放了开来，回程还有很长一段距离，显然不可能一直这么坐着，而且，谁都知道，同一艘飞船中的其他队伍，就是下一轮淘汰战可能遇到的对手。

超级强队的马纳拉索共和国静静地占据着船舱最前面的位置，骄傲而淡定，很显然，没有将其他队伍视为竞争对手，无论遇到的是哪队，他们都必然出线。

各个战队之间，总体上的氛围还是比较防备，同时又都仔细观察着可能的对手。

克拉克星系战队和太阳系算是老熟人了，队长麦克斯主动走了过来，和王铮微微一笑："没想到，一起来的队伍当中，就剩下我们两支了，还都是复活挑战赛复活过来的，缘分啊！"

克拉克星系打入六十四强，麦克斯已经彻底放松了，有一定的幸运成分在这里面，而在他眼里，太阳系也是攒足了人品，一路跌跌撞撞的才闯进了六十四强，太阳系联邦战队接下来也和他们队一样，是能走多远就走多远，同病相怜的感觉。

王铮点点头："的确不容易。"这也是大实话，差点死过去。

"不过说实话，这几支队伍当中，下一轮，我们最希望碰到的就是你们太阳系。"麦克斯也把话放开了说。

王铮一笑："恐怕要让你失望了。"

要真碰上，他反正是不会客气的。

很显然，麦克斯误会了王铮的话："也是，我们都两次坐同一艘船了，理论上没可能再碰到一起。"

说实话，D区的队伍，基本上都认为下一轮和太阳系碰上是最好的上上签，黑马闯到这里，也该跑累了。

另一边，银蛇战队和摩根洛克战队之间也打成了一片，D区当中，两队是当之无愧的强队，历史上都打入过 IG 八强的，彼此之间，也有过多次交手的经历，这届队员之间有过交手，上届的前辈也有过交手历史。

打的次数多了，英雄总是惜英雄，双方队员之间总是能扯出点恩怨的往事来。

噼啪！双方视线碰在一起，简直就是火花四射。

孔斩的视线，却一直看着太阳系那边，确切地说，是想看王铮，但是……他只是用余光淡淡地扫过。孔斩现在脑子里面，全部都是马洛卡给他看的那个视频，有一种莫名的阴影。和王铮共处一室的感觉，就像是被猛兽盯住了的猎物一样，如履薄冰。

说实话，孔斩有点后悔看了那个视频，让他面对王铮，甚至是面对太阳系时，心理有点失衡。

但是，不看的话……

后果也许更可怕，实战中面对这样的对手实在是太危险了。

"孔斩？怎么？看中太阳系的美女了？"

摩根洛克队的队长博依考皱了皱眉头，总感觉孔斩有点心不在焉，眼神老是朝太阳系那边飘。

太阳系有什么好看的，一群攒人品走到现在的天真派，现在还能嘻嘻哈哈，等真正实战的时候，就会懂得有些地方，不是什么人都可以来的，来了，就要付出惨痛的代价。

唯一能看的，就是太阳系的两个美女，不过，以孔斩的心性，怎么可能会在女人身上花费精神？平常就算了，熟悉 IG 的他们可是十分清楚，现在是真正的战争状态。

孔斩转过头："博依考，你不觉得这届的太阳系的实力很强吗？"

博依考一怔，没想到孔斩居然是在考虑太阳系战斗力的事情，这还需要用脑子去想？

博依考呵呵一笑，直接说道："实力是有些，大半都是运气，多少年没有用过综合考核了？还有隐藏潜伏作战，在 IG 都是偏门，偏偏都是太阳系人擅长的项目。"

孔斩摇了摇头："运气背后，总会有原因。"

博依考一耸肩："要是实力足够，横跨扎戈交战区急行军那轮怎么可能被淘汰？还真是好运，队长参加复活挑战赛捞到了个简单任务过了关，要是我们遇到他们，非乐死不可，呵呵，这样想的，恐怕不只是我们。"

D区的战队，基本上都这样看。

接下来的正赛，是真刀真枪地干了，偏门，太阳系有路数，论真干，还是菜。

孔斩张了张嘴，摇了摇头，李尔、阿克琉蒂斯，还有烈心，他都有信心，可是王铮……万一碰上了，要怎么处理？

而且，李尔他们，是不是也和王铮一样？看上去是绵羊，实际上……

想来想去，只有祈祷不会碰上太阳系战队。

博依考冷冷一笑，孔斩的状态明显不对，不过，这样对他们是有利的，D区当中，除了谁碰谁倒霉的超级战队马纳拉索战队，唯一能对摩根洛克起到威胁的，就只有孔斩带队的银蛇共和国战队，孔斩不在状态，对他们可就是福音了。

第六章
火天师

回到蒙塔艾里斯的皇家卫队的训练基地，争夺三十二强的战斗开始了，完全不一样的节奏，真正的实战，旁观者只有各国的将军，和六十四支队伍的代表团，他们将见证最高水准的机甲大战。

第一天将有八场战斗打响，强队里面，阿斯兰、马纳拉索亮相，而太阳系战队也将在第一轮出场，他们的对手是来自银蛇星系的银蛇战队，老牌强队，多次打入三十二强的战队，历史最好成绩是八强。

面对太阳系这匹黑马，战绩上他们占有绝对优势，银蛇战队的队长孔斩也是这次 IG 大赛的风云人物，综合实力相当不错，据说已经被银盟看中，IG 大赛结束之后将获得进入银盟军实习的机会，这也是源自银蛇星系优良的传统，为日后进阶打下了坚实的基础，所以对于银蛇战队来说，要更好地表现，拿出过硬的成绩。

"队长，这绝对是老天爷帮忙，我们竟然碰上了太阳系战队，这是保送进入三十二强的节奏啊。"

"摧枯拉朽的三比零，直接干掉他们！"

"说不定不用队长出马就直接结束了，我们可以专心准备十六强的战斗。"

银蛇战队的队员信心满满，拿下太阳系战队还不是手拿把攥的事儿。

只是孔斩的表情却显得格外凝重，望着不远处的太阳系战队中的一个身影，依然是喘不过气的沉重。

"真没想到这帮小子这么整齐，若是能再进一步就更好了！"烈无情笑道，说实话，他以为已经没希望了，谁知道这样的不利局面竟然都翻盘了。

第二轮的时候，蒙敖是唯一的代表，烈无情和德拉马克等人并不知道发生了什么。

"老蒙，你笑得怎么这么淫荡，是不是有事儿瞒着我们？"德拉马克淡淡地说道。

蒙敖一愣："啊，不是，我在想事情，银蛇战队很强，尤其是他们的孔斩，更是本届十大新人的有力争夺者。"

烈无情和德拉马克总觉得哪里不对劲，可是又说不出来，在下面就是巨大的格斗场，周围矗立着能量磁场，保证两个战士可以充分地发挥。

至于代表团的人也是经过了处理，来观看也必须经过心理测试，以防出现心理问题，不过有资格来的，基本上都是军方相关或者军校相关人员，还不至于没有这样的承受能力。

经过了两轮的洗礼，太阳系战队的队员也充满了信心，只是信心归信心，到了三十二强的淘汰赛，每一场都不会太容易了。

来自银盟 IG 的裁判宣布了比赛的开始。

两队队长上前。孔斩，银盟新生代的佼佼者；王铮，来自地球的黑马，最近冒出一个小福星的绰号，感觉这家伙跟招财猫一样的福气。

听说不少战队都很羡慕银蛇战队的运气，但是孔斩半点都不羡慕，他真想跟别人换啊，面对太阳系战队并不比面对亚比坦好到哪里。

双方队长对着全场敬礼之后，开始抽签，结果是银蛇战队抽到了红方，所以第一场由银蛇战队先派上场队员。

第一场银蛇战队派出的是唐牧师，据说祖上就是虔诚的天主教教徒，所以就给他起了这样一个名字，一般第一个上场的都是有一定把握拿下的，开门红每个战队都想要。

太阳系这边的人都盯着王铮会派谁上，王铮在选人上还是有一定的争议，可是太阳系已经取得了历史性突破，再去计较这个就真有点不厚道了。

王铮从众人身上扫过，最终落到了烈心身上："烈心，第一战交给你了！"

烈心站了起来："是，队长！"

经过了这么长时间，烈心觉得王铮越来越对胃口，至少他当这个队长并不让人讨厌，而且她有足够的上场机会。

先锋战，战的是气势，所以需要凶猛强悍的。

烈家的烈心，当之无愧。

两个对手互相握手，唐牧师英俊潇洒温文尔雅，烈心性感火辣面带笑容，怎么看都像是相亲而不像是一场生死大战。

两人各自在屏幕上选择了自己需要的机甲，这里的机甲库存丝毫不比阿斯兰皇家学院逊色，绝对满足机师的需要。

到了正式赛，除非你是阿瑞奥拉，你是奥里维多斯，否则，还是拿出全力，这是谁都输不起的比赛。

烈心毫不犹豫地拿出了自己最擅长的机动战士，也是王牌杀手铜——火天师！

这是目前火星最强悍的机甲之一，也是烈心苦练操作的机甲，这一场先锋战，必须拿下。

唐牧师选择的是银蛇星系极其霸道的堕落天使系列——堕天使三代。

这是没有退路的战斗，队员们和代表团的目光全都集中在两个即将登场的战士身上，可是孔斩则是望着那个身影。

万一……万一自己碰上他怎么办？

"孔斩，这是披着人皮的魔鬼，绝对比奥里维多斯还可怕，若不是必要，不要和他交手！"

这是绝对不可能赢的，这恐怖的力量，还有那 X 能力，完全无解，无解啊！

可是越怕什么，就越来什么，银蛇战队就真的碰上了太阳系战队。

也许，避让开王铮，战队依然可以取得胜利，让一场就算了。

两台机甲从升降台出现，烈心和唐牧师脚下一沉开始下降，很快进入机甲。

两人都是信心满满，烈火诀的强势让烈心也非常有决心拿下这一场战斗。她知道王铮的意图，要靠着烈家的霸气给比赛奠定一个基调。

两架机甲的眼睛发出启动的光芒，轰隆，战斗开始，率先发起攻击的是烈心。

火天师，在火星但凡敢用天师做代号的都代表着非凡的成就，整个机甲采用特殊的火矿，属于特种机甲，性能一流，不过据说这款机甲上隐藏着某种秘密，只是目前还不太清楚是什么。

面对对手的冲击，唐牧师倒是微微一笑，这女孩子还真心急，镭射枪瞬间掣出，一边后退一边还击。

一看到对方的反应，太阳系这边欢声雷动，对手很㞞啊，一看就是个娘娘腔，可是李尔等人却没有反应，对手很沉得住气啊。

既然烈心急着交手，那唐牧师就不着急了，先耗耗对方再说，一鼓作气势如虎，但一旦泄了劲儿实力就会大打折扣，太阳系首次杀入六十四强太想证明自己了。

银蛇战队的人都很沉稳，一切都在掌握之中。

烈心的步伐很好，可是对手的堕天使系列在性能上并不逊色，强行逼近肯定会消耗自己能量盾的能量。这个时候烈心要是有耐心一点，应该缓一缓，不应该中对手的计谋，但烈心并不在乎，似乎对自己的进攻很有信心。

用能量盾挡了两记镭射之后，烈心的火天师终于逼近了近战距离，而对手也清楚这一点，堕天使激光剑出鞘，立刻迎了上去。

轰……

一声爆响……上帝！

火天师被击飞了。

一次碰撞，烈心是全力施为，而对手的应对并不充足，可是烈心却被击退。

银蛇战队的人都是笑眯眯的，似乎在嘲笑烈心的天真。

身为先锋，这唐牧师绝对是最暴力的人物。在驾驶舱里，那个温文尔雅的唐牧师不见了，取而代之的是一个浑身充满了爆炸性肌肉的战士。

力量型 X 能力者！

噌……

堕天使一声爆响，强控暴走，瞬间就来到了火天师的身边，疯狂的打击紧跟而来，一时之间烈心完全只有招架之力，感觉随时都有被击溃的危险。

身为力量型的章如男和拉东都看到了彼此眼神中的震撼，这种力量水准绝对高出他们一个级别，甚至是他们一直所追求的。章如男心里盘算了半天，还是叹了口气，若是再给她半年的时间，差不多也能到这个水平，因为当她的 X 能力完全成形，就是这个级别，可是……

烈火诀让烈家人在保持了灵活的同时又拥有了不错的力量，可是面对这样成熟的 X 能力者，就完全施展不开了。

节奏！

力量越强，但长距离速度上不占优势，可是短距离爆发上却更快，所以一开始唐牧师就诱敌深入，一旦反击，对手就进入了他的节奏，想改变就完全没可能了。

只是一会儿工夫差别就出来了，烈心在太阳系范围内的近战水平，一旦到了 IG 六十四强就显得有些苍白。对手的经验太丰富了，充分力量压制，在机甲技法上也是滴水不漏，完全不给烈心机会。烈心几次启动能量盾防御，能量盾被对手削弱了很多，关键是丝毫看不到反败为胜的机会。

王铮这第一战的选择在赛后恐怕又要遭到质疑了，为什么不选李尔或者阿克琉蒂斯中的一个，那不是更保险吗？

王铮不着急，李尔等人也不着急，烈心也不着急，驾驶舱中的烈心很镇定，虽然场面上完全处于劣势，可她竟然还能忍得住。

轰隆隆……

随着堕天使的一次超重击，能量盾告破，唐牧师露出了笑容，胜利就在眼前。

然而就在一瞬间，嗡……

火焰冲天而起，烈火诀全面爆发，近在咫尺的堕天使都感觉到灼热的窒息气浪。

轰⋯⋯

一直处于防御的火天师发动了反击，一刀斩出，炙热的气浪直接轰得堕天使后退两步，火天师紧随而至，这是只有烈火诀才能发挥出实力的超级机甲。

第七章
非主流胖子

轰轰轰轰……

完全不一样的刀法，跟目前银盟的战法完全不同，带着气浪的火焰狂刀如同猛虎下山，每一刀都像是席卷了周围的气场，一往无前，让人无法心生反抗。

烈火燎原十八斩！

一刀接一刀地压了过去，烈心的水准瞬间提升了两个级别，而她抓住的是对手自认为控制局面的唯一一个缝隙，那就是能量盾告破的瞬间。对手刚刚施展了强控攻击，正需要喘息，而她能量盾告破，机甲的灵活性也瞬间得到了解放，也是唯一的反击机会。

烈心是女人，她要远比男人冷静得多！

唐牧师来了一招示敌以弱，她就还一招将计就计！

狂暴的十八烈焰斩笼罩全场，强烈的火焰灼伤渗透能量罩开始灼烧机师，若不是唐牧师自身就是力量型能力者，恐怕早就失去战斗力了。

轰隆隆……

堕天使的能量盾告破，而烈心的杀招却没有停止，火焰刀全力砍了下去。

轰……

激光剑全力一封，但随着爆响，激光剑被击飞，堕天使被轰在了能量磁场壁上，火花四射，机甲缓缓地滑落摔在了地上。

这才是烈心的一鼓作气！

堕天使的机甲光芒嚯的一声暗了下去，太阳系战队 WIN！

烈心霸气冲天地拿下第一场。

烈广第一个跳了起来，这姐姐太霸气太爷们了。

只是下来的烈心也是浑身大汗，她真的是拼尽全力了，若不是战术得当，上来就使用杀招的话，说不定真会被对手赢下来，她也是抓住了对手轻敌的瞬间。

一个香汗淋漓又无比性感的女战士，这模样确实销魂，不过此时人们的欢呼是为她的胜利。

"幸不辱命！"

王铮微微一笑："我知道你一定会赢的！"

太阳系战队一比零，抢得先机，唐牧师已经被士兵从机甲中救了出来，倒没有受什么伤，甚至摇头晃脑地感叹，似乎有点不敢相信这一切，这是什么 X 能力？

火焰力量？

不对啊，火焰力量，为什么感受到对手的力量和速度都提高了？而且这是什么鬼招式，挡都挡不住、从没见过的攻击方式？

其他人也都是啧啧称奇，银蛇战队的代表团那边更是如此。

王铮能感觉到烈心内里气息的运转，非常旺盛，这就是烈家的烈火诀吗？据说这是秘传的力量，感觉很不错的样子。

烈心见王铮看着她发愣，妩媚一笑："怎么，被我的英姿飒爽吸引了？"

王铮回过神来："是男人都会被吸引。"

他想的却是其他的事情，烈火诀显然是自身的修炼引发了某种外界反应，近乎 X 能力，但又不全是。

若非这是烈家隐秘，王铮还真想跟对方好好探讨一下，他太缺乏这方面的经验了。

第二场，轮到太阳系战队先派人选。作为"弱队"，太阳系战队的成员可丝毫没有弱队的觉悟，王铮的目光扫过来，一个个都抬起头想要上场。

张山现在势头正旺，机战才是他的拿手戏，他的空间移动能力只要运用好绝对可以斩杀任何对手，他也是有信心做到的。不过王铮的目光直接从他身上掠过。烈广嗷嗷待哺地抬起头，烈心对烈火诀的诠释，就是最好的示范，这明显是功法崛起的时代，实战无疑是最好的促进。

不过王铮对他也不感冒。

先下一城，除了李尔和阿克琉蒂斯十分淡定以外，大家都或多或少有想要上场的意愿。不过，决定权在王铮，而且，大家的目光大都落在了李尔或者阿克琉蒂斯身上。

实力上，还是他们两个有希望再下一城，毕竟已经进入正赛了，每一场都很重要，不能像前面那样随意，练兵时间已经结束。

这时，人群中有个人拼命地缩着脑袋，生怕王铮叫他似的，王铮指了指龟缩的罗胖子："罗非，第二场，你上。"

罗非目瞪口呆地指了指自己："喀喀，这个，队长，这么重要的比赛，是不是……"

王铮点点头："没错，你上。"

胖子无奈地站了起来，现在的对手跟前面完全不是一个级别，有这么多高手，干吗跟他过不去啊。

罗非咬了咬牙，走到选择机甲的光屏处，手指滑动，开始选择机甲。而相应的，看台的大屏幕上，已经认证了罗非的出战身份，弹出了对战提示：太阳系联邦战队罗非 vs 银蛇共和国战队？

太阳系代表团的看台上，因为烈心拿下首胜而老怀甚慰的烈无情，笑容瞬间僵硬了。德拉马克皱起了眉头，都认为这个时候，就应该让李尔或者阿克琉蒂斯强势拿下第二场。银蛇战队可不是娃娃菜，无论历史战绩和现在的实力都是高于太阳系一筹的，先赢的一局，不代表什么。

蒙敖没有任何反应，如果说前面还有些质疑，在看了王铮的真正实力之后，他就没有任何想法了。王铮现在的内心已经有了属于自己的定数和规矩，无论对错，都不需要外界的干扰。

这源自强大的自信，一个其他人不了解的世界。

在看台上，也有一些其他国家代表团的人，可能是出于收集情报的目的出现。太阳系的三大高手，李尔、阿克琉蒂斯、烈心，据说水平差不多，这王铮是太阳系战队的一个意外收获。

烈心抢下先锋战的分数，烈火焚城般的强势，也让大家看清了太阳系这三大高手的真正实力，银蛇战队的唐牧师水平相当不错了，可是还是被击败，但这些人也能看清楚烈心的底线，显然烈心的实力也拿出九成以上了，这样也可以粗略估算一下其他人的水准。

坦白说，这些人心中有点莫名其妙，这种程度为什么要派他们来？

虽然不错，但最多也就是三十二强的实力，对真正的强队构不成威胁啊。

"呵呵，这不会是抢到先锋一分后的防守反击战术吧？自己先派人就上替补，输了也无所谓的架势，等对面先上时，再派出针对性的高手拿分。思路是没错，但是，这是在双方实力相近的情况下的战法，面对银蛇战队还这样玩火，小心要自焚。"

看台上支持银蛇战队的还是占了绝大多数，太阳系这届的确有点小出色，但是，银蛇共和国可是历史进过前八，这一届也是人才济济，尤其是孔斩，当选十大新人王之一的呼声很高，冲击四强也许有点理想化，但是，冲八强，还是有很大可能性。

孔斩依然面色肃穆，显然是在思考，这也让队员们有点不解，以前的孔斩杀伐果断，最近这是怎么了？

罗非，小胖子，给人的感觉不起眼，明明"胖"这个特征是很容易让人记住的，但是，一转眼，就会把他忽略掉。

孔斩目光一转，一直盯着罗胖子看，视线落在队里唯一的女战士身上："齐雁，你来，小心点。"

齐雁一愣，兴奋地站了起来，拼命地点头，自从参赛以来她都没机会出场，队长总算看到了她的努力，给她机会！

砰……

大屏幕上，最后的对战提示显示出来，这次，还配上了两名选手的影像。

太阳系联邦战队罗非 vs 银蛇共和国战队齐雁。

一边是胖子的半身照，另一边则是齐雁穿着机甲服的形象身材照。

不少年轻的代表发出了各种戏谑的口哨声，罗非的身材……实在不太像军人。

不过论身材，烈心的胸部可比这位大多了。

罗非也看到了，真是火辣辣的大美女，不过，罗非的目光迅速地坚定下来，IG是没有男女之分的，坐进机甲深呼吸，平静了下来。

胖子选的是阿瓦隆陆战二型机甲，月球得意之作，斥候型，主攻击，轻装甲下的双引擎，让阿瓦隆二型拥有一定的爆发能力，这是罗非练习最多的机甲之一。

齐雁的机甲也已经从地下通道快速运输上来，从通道口隆隆升起，一股压力感浓浓升起，泰坦五型！

银蛇共和国的超级机甲，防御力惊人的同时，拥有不俗的攻击力，最擅长对付突进型的斥候机甲。

这是针对了！显然猜到了罗非会选择斥候型机甲。

双方步入战区当中。

轰……

罗非瞬间动了起来，而就在动的瞬间，泰坦五型也开火了，泰坦五型体型是阿瓦隆二型的一点五倍，火力也可以形成压制。

这个时候，毫不吝啬地倾泻着火力，无死角地爆射。

罗非的潜藏特点，在机甲里面显然不会有一点效果，只能走位硬抗，不断闪避，实在躲不过，才开能量盾去挡，尽可能地节省每一分能量。

冒着枪林弹雨般的重火力，阿瓦隆二型不断突进冲向泰坦五型，很快，就要进入近战格斗距离。这个时候，泰坦的重火力显然就没有发挥的余地了。

齐雁目光冰冷，她选泰坦五型，看重的不仅仅是泰坦的重火力压制，很显然，在IG这个级别，一架泰坦五型的火力是不可能起到绝杀效果的。

轰隆隆！

泰坦五型背部猛然喷出大量白色的蒸汽，那是火力系统卸载的同时进行强冷却，一把巨大的弧形巨刀抽了出来，对准了阿瓦隆二型，斩！

第八章

腿在抖汗在流

轰！

暴力到极致的劈斩，又快又准，而且还拥有恐怖的力量。

铛……

阿瓦隆举起钛金刀挡了一下，整架机甲都被轰飞了出去。

太阳系战队准备区中，烈心目光一闪："'精密操作'，也是稀有的 X 能力，没想到可以用来战斗！"

泰坦五型，是重装机甲中的重装，就算是个力量型 X 能力者的猛男都很难驾驭进行近战，大多数情况，拥有重火力的泰坦五型都是用来攻坚和防御的。

齐雁的精密操作，可以通过 G 物质的反馈，让泰坦五型的全部潜力都爆发出来，没有力量型 X 能力者的力量，但是，泰坦五型本身的力量就已经足够，没有速度，精密操作可以让泰坦五型在最佳的时候做出最完美的攻击，看样子持续时间在五秒左右，当然也有可能有所保留。在这种情形下，胖子的情况有点不妙了。

轰轰轰……

冷却完毕的重火力系统在精密操作的控制下，一秒钟完成了载入，对准了被轰飞出去的阿瓦隆二型，开火！

砰砰砰砰砰……

胖子虽然尽力闪避，可是无法突破对手的火力网，而且泰坦战机正在步步逼近，颇有一种猫戏老鼠的感觉，连续的中弹，能量盾彻底告破。

而齐雁更加直接，狙击一停，弧形巨刀就剁了下去，一刀了结！

这……

不是模拟战！

刀光在胖子的瞳孔里不断放大。

看台上，寂静，谁都看得出来，泰坦五型占尽了上风，能量盾都是满的。

"有趣的太阳系，也该认输了吧。"

"呵呵，齐雁的确不错，精密控制，原本只是修理型的能力，没想到她可以发挥到重装机甲上面。"

重装机甲的控制向来缓慢，但那是因为机甲战士的控制很难跟上节奏，无法达到重装机甲的理论最高速度。

"也不是谁都可以做到的，精密控制的能力一般只能对小物件起作用，用在机甲上面，齐雁是有她自己的一套方法，也经历过很多失败。"

银蛇共和国的代表们这时候都露出了笑颜，谁都看得出来，这场已经拿下了，太阳系派出胖子，简直就是送分。

李尔的表情还是一副姥姥不亲舅舅不爱的样子，对这种水平的战斗，李尔还是非常有信心的。

这点王铮也是一样，这胖子虽然尿，但实力是毋庸置疑的，王铮可没打算练兵，而是要一鼓作气拿下。

罗非嗅到了一种味道……

死亡！

会死的，他真的会死，这是真正的杀场，没有退路，要么生，要么死。

轰……

一簇火光，从罗非的眼中跳出，不是反光，而是他的双眸真的在发光。

齐雁想要结束了，她没有犹豫，直接就要爆机，这是战争，而且，越是这个时候，她就越是细心，盯紧了阿瓦隆二型的每一个动作，绝对不会犯下和唐牧师一样的错误，绝对不会有丝毫的松懈。

弧形巨刀距离阿瓦隆二型只有十多公分了，但是就在这一刻，泰坦战机的动作竟然停滞了。

阿瓦隆二型引擎轰鸣，钛金刀扛开弧形巨刀，瞬间横移，紧跟着一连串的攻击轰向泰坦战机，斥候的速度完全发挥出来，齐雁唯一能做的就是打开能量盾。

……虚弱类 X 能力。

足足三四秒的时间，齐雁都感觉浑身无力，而这时泰坦战机的能量盾也在对手毫无章法的劈头盖脸的攻击下爆碎。生死攸关的一刻，齐雁爆发出比男人更凶残的狠劲，面对罗非的一刀，竟然故意没有完全让开，钛金刀贯穿左肩，泰坦战机的左手猛然扣住阿瓦隆的钛金刀，弧形巨刀猛然兜向阿瓦隆战机。

阿瓦隆战机猛然一低头，犀利的刀锋从头顶掠过，钛金刀顺着切口开始往下划，引擎强控，足以把对手顺着驾驶舱切开。

齐雁的眼神终于露出惊恐，剧烈的震荡，以及刺耳的警报声就在耳边。胖子也看到了，再有一秒钟……

然而不知怎么钛金刀竟然在关键时刻顿了一下，泰坦战机重重的一脚直接踢了出来，这是齐雁生死关头的本能一击，用尽全身力气。

轰……

阿瓦隆战机跟个玩具一样被直接踢飞数十米，火花四射……

斥候战机被重装机甲这么来一下，胆汁恐怕都被打出来了。

谁也没想到战局会这样峰回路转，齐雁大口地喘息着，望着失去战斗力的阿瓦隆战机目瞪口呆。胖子急啊，这一击虽然震荡了五脏六腑，但是他的特点就是耐打，肉多，等于多了一层防御。一想到李尔阴冷的脸，胖子拼命地控制机甲，但是机甲却只是吱吱嘎嘎地响应了几声，然后颓然倒下。

第二场，银蛇战队胜！

银蛇战队集体跳了起来，挥舞着双臂，齐雁的实力并不算强，他们也不知道队长为什么让她上，现在明白了，队长太犀利了，孔斩最大的特点就是善于观察，他同时是心理学方面的天才，虽然不知道这胖子的水平，可是从这胖子的眼神中能发现，这是个有特点但心软的人，甚至很可能是宅男。

这并不少见，比如说，不打女人之类的。

罗非虽然不至于到那种程度，可是让他杀个女人……他还是下不去手。

与对手的庆祝相比，太阳系战队这边可是死寂一片，这胖子明明有机会赢的，怎么关键时刻突然致命地一停？

什么情况？对手使用了 X 能力？

罗非坐着升降梯回来，脸上堆着笑容："对不起，我太……"

啪……

一个清脆的耳光，让全场安静下来，李尔竟然给了罗非一个耳光，胖子的右脸立刻肿了起来。

连对手都瞠目结舌，这是什么情况？内讧吗？

被打了一巴掌的胖子依然满脸笑容："老大我错了，我再也不敢了。"

李尔冷酷的眼神像是要刺穿胖子的脂肪，也就是在外面，若是在地球，胖子恐怕不死也要脱层皮。

一比一打平了。

第三场变得格外关键，胖子低着头坐在一边，没人说话，也知道罗非和李尔的关系，但是怎么也没想到会到这种地步，感觉胖子更像是李尔的奴隶一样。张山有点愤愤不平，但也只是张了张嘴，没有说话。

王铮倒是笑了笑，微微摇摇头，他猜测以罗非的实力，除非遇上对方的队长，不然把握极大，可谁想到他竟然还有这样的问题。

第三场，银蛇战队那边出场了，孔斩，作为队长本来是应该压轴的，可是没想到太阳系战队的实力这么强，这第三场的胜利是决定性的，他要拿下。

任何一个拥有王铮这样实力的人，肯定不屑于半路上，总是要把自己放在最重要的环节，那肯定就是压轴的那一场。

果然李尔已经站了起来，对方上对手，李尔丝毫不觉得自己上有什么不对，最重要的是，他要挽回王铮指挥上的失误："这一场……"

王铮笑了笑："李尔，不急，这一场就交给我吧。"

李尔刚想说什么，才意识到王铮才是队长，缓缓坐下。

王铮登场了，这位队长似乎并没有太深刻的觉悟，从开场到现在似乎都很轻松。

看台上的一些人从无精打采中振作起来，这就是他们此行的目的，要把王铮的情况带回去，虽然不知道为什么，但既然上头吩咐了，他们就照做。

"王铮这小子哪儿来这么大自信，你发现没有，他一点都不紧张，真不知道是不是好事儿。"烈无情无奈地说道。

紧张，并不一定意味着害怕，有时也代表慎重、专注而淡定，有时也代表没有责任感，难道他觉得到了这个程度就算是完成任务了？

不想当将军的士兵不是好士兵，没有进取心的战士也不是好战士。

德拉马克看了一眼淡定的蒙敖，蒙敖什么时候这么笃定了？以前他可不是这样。

"老蒙啊，你是不是有什么事儿瞒着我们？"

"啊，我有什么好瞒你们的，该知道的你们都知道，我觉得既然任命王铮作为队长，就要信任他，同时我们也不用妄自菲薄，这届的太阳系战队很强大！"

蒙敖信心满满地说道，却让德拉马克和烈无情面面相觑，这尼玛是什么鬼话，前两天最担心的还是他，怎么转眼之间就变味儿了？

看到李尔站起来的时候，孔斩心中一喜，他的判断完全准确，所有强者都是这样的。

但他弄错了一件事儿，王同学不太喜欢按常理出牌。

台下被打了一巴掌的胖子满脸的无奈，但是这种无奈却不是因为被打了，而是计划跟不上变化，上场前他看到了李尔的指示。

如果是李尔推荐他登场，他一定要赢，但如果是王铮让他登场，他就一定要输，这样紧跟着李尔登场赢回一局，既展现了李尔的能力，又凸显了王铮指挥方面的缺陷，毕竟这是王铮唯一可以诟病的地方。刚刚那一巴掌也是演戏的成分，在军方，这种小事儿根本不算什么，从某方面说，蒙敖他们更会欣赏李尔的果断和统治力，可是……谁想到王铮竟然这么着急地主动出手，这……一点儿大将风度都没有啊。

望着王铮一步一步走来，孔斩感觉自己的毛孔在剧烈地收缩，手心开始出汗，对方的笑容，更像是恶魔的笑容，心狠手辣已经不足以形容眼前这个人了，只有从地狱里爬出来才能笑得这么平静。

跟这种人交手会留下永生难以磨灭的心理障碍，甚至死亡。

怎么办？

怎么办？

战，还是不战？

战，一定要战，自己是队长，代表了银蛇战队，一定要有勇气！

不能，不能战，一定会输，会死得很惨，这人是不可能战胜的，他有大好前程啊！

孔斩觉得全场的目光都在注视着他，浑身火辣辣的，阿斯兰的人，马纳拉索的人，他们在这里不是偶然，肯定是来看王铮的，看自己怎么死的！

将军们是不可以直接表达什么，到了他们这个地位和身份，要脸的，重要的是直接说出来本身也是下乘，但可以通过某些方式暗示一下，比如让代表团的人多关注一下太阳系联邦战队，尤其是那些有可能碰到的。

选什么机甲？

孔斩的手在抖，孔斩先上的情况下，王铮就要先选择机甲。

王铮也没有太犹豫，就选择了马纳拉索的金轮斗神，大力神不太适合这样的战斗了，毕竟罗胖子刚刚丢了一场，这一场是必须拿下的。

孔斩的心头像是被大锤击中，汗哗啦啦地都下来了，会场里也是一片议论声，包括太阳系战队，一脸的疑惑，这是搞什么飞机？

金轮斗神，确定不是头脑发热？

连张山都瞪大了眼睛，若不是习惯了王铮的奇思妙想，恐怕他第一个就叫了出来。

罗非更是心里咯噔一下，李尔喜欢玩火，这王铮也喜欢，都是些什么人，幸好他不需要思考，他只是一条忠实的狗。

只是此时大家不能泄气，但却压制不住心中的疑惑。

金轮斗神是被放弃的机甲，王铮竟然要在这么关键的时刻选择这样的机甲，何况他还是个地球人！

　　有人注意到了孔斩，这位……银蛇战队的队长怎么了？脸色苍白，额头大汗，腿还在抖……

　　那疯狂的影子仿佛就在眼前，不断地放大，不断地放大，无边无际的血色金轮漫天飞舞……

第九章
绝　望

人们的注意力很快从王铮选择金轮斗神转移到孔斩的身上，这位银蛇共和国的希望之星似乎不太对劲啊。

银蛇战队的人也发现了他们队长的异常，孔斩在银蛇战队拥有着绝对的统治力，而他也用实力证明了这一点，无论第一轮还是第二轮都展现出了超绝的实力，因此才被誉为有可能进入本届前十的新星。

队员们正等待着孔斩力挽狂澜，以他的实力战胜一个地球人还不是手拿把攥。

孔斩紧紧地握着双手，大汗淋漓，整个人脸都涨得通红，他的 X 能力是精神系的洞察和预兆……

九死无生，近在咫尺，孔斩可以从王铮身上感受到恐怖到窒息的力量，这样的人在整个 IG 战队中不超过五个，这是真正的恶魔级别。

"孔斩选手，选择你的机甲！"裁判提醒道。

"我……弃权。"一瞬间，孔斩像是被抽干了身体里所有的力量，整个人也失去了血色。

全场鸦雀无声，裁判呆了呆："孔斩选手，弃权意味着认输，你可明白？"

孔斩看了一眼，王铮，整个人仿佛陷入了梦魇状态，他被自己的心魔困住了，准确地说，一直埋藏在心底的心魔在犹豫中被释放了。

"我……"

看着王铮的眼神中，充满了无边的恐惧，孔斩缓缓地张大了嘴，愣是一个字也没有说出来，仰天倒地。

别说其他人了，连王铮自己都惊呆了，见鬼了，自己长得有这么吓人吗？

无论敌友，都不知道发生了什么，王铮只是出场，而且还做一个奇葩的选择，就把银蛇的队长吓昏了？

这尼玛是什么大招？

幸好全场都是人，否则，别人还以为王铮施了什么巫术。

急救人员介入："快，X因子紊乱！"

所有人目瞪口呆，关键时刻竟然发生这种事儿，这是太阳系运气太好，还是银蛇太倒霉？

就这样太阳系联邦战队二比一领先了，再拿下一场就可以晋级三十二强。

与此同时，另外一个场地马纳拉索共和国战队对哥伐利亚同盟战队。

抽到下下签的哥伐利亚战队虽然不是老牌强队，但是，近十年来，励精图治，整个同盟上上下下，前所未有地一气同心。

而且，全队上下，一半的成员，这三年来都是以"交流"的名义放到亚比坦帝国留学，直到IG开始选拔，这才回国，私底下，甚至有人称哥伐利亚战队为小亚比坦队。

而哥伐利亚也的确展现出了"小亚比坦"的气势，一路高歌猛进，每一轮的表现都可圈可点，而且，的确有亚比坦战士的风格，敢战能战。

"马纳拉索的确很强，不过，别忘记，我们所受过的训练，是他们的十倍，必胜！"队长伯尼尔很有信心。这次IG，没有任何一支队伍的成员，比他们哥伐利亚所背负的东西更多，从十四岁被选拔出来，就在为今天做准备。

起初选拔出了三千名十三四岁的少年，一年后，淘汰到只剩下两百人获得了前往亚比坦帝国学习战斗的资格。

亚比坦最疯狂的训练营中……仅仅一年，两百人就被淘汰剩下四十二人还健康地活着，其他的同伴，不是重伤致残，就是精神失常。

到回国的那天，就只剩下七个人，以他们为核心，建立起了这支哥伐利亚战队。

"必胜！"

吼，他们怎么可能在这里倒下？

嗡……

一个光屏，忽然从副队长阿克利的天讯当中弹出，那是一段录像的视频。

视频是上百名身上有着各种伤残的少年坐在看台上面的画面……

"这是将军刚才传给我的，他们，在等我们胜利的消息。"

这是曾经的伙伴，在亚比坦的超级战士训练营中永远失去了机会的失败者。

而站在准备区中的他们，是过去的胜利者。

现在，未来，他们也要当胜利者，才对得起这些曾经的伙伴！

"战！"

吼……

哥伐利亚战队士气如虹。

看台上，各国代表团都蹙起眉头，对哥伐利亚的情报也已经摸得差不多了，一些在训练营里面的视频也都弄了出来，论实力，肯定比不上真正的亚比坦，但是，疯狂起来就不一样了，似乎采用了某种狂化因子，越是疯狂，战斗力就能得到越多的加成，甚至翻倍。

马纳拉索共和国这边，替补们正在做热身，而主力……悠闲两个字，竟然还有人在喝奶茶，太不严肃了。

哥伐利亚，号称小亚比坦队？呵呵，又不是真的亚比坦队，用不着太在意。

"不要浪费太多时间，结束了我要看剧！"

只冷冷地对队员们说了这一句话，转过身，就带着副队长离开了，分别朝 A 区和 B 区的战斗场走去，完全没把对手放在眼里，绝对是赤裸裸的无视。

A 区，阿斯兰帝国战队 vs 岚国战队。

岚国，拥有三颗可居行星、十七座大型太空城的商业联盟国，开放的国情让岚国在人才方面有着不俗的积累，往届 IG 也都是三十二强的有力争夺者。

"看来岚国队这一次要止步于六十四强了。"

第一场刚刚结束，阿斯兰取得了第一胜，替补出战，而岚国是队长亲自出马，原本是看到阿斯兰派出替补，想要抢得一分的，赢一场，就算后面输了，面子上也好看。

马纳拉索队长出现在A区看台上时，正好看到第二场开始，岚国派出了副队长，就实力而论，其实比队长还要强一些，只是性格有缺陷，只会战斗的那种战斗狂人。

可是面对阿斯兰替补，竟然连五分钟都没撑过去就被打爆了，而阿斯兰的队员都很平静，毫无悬念地摧枯拉朽，三比零，阿斯兰晋级。

没多久，马纳拉索对哥伐利亚战斗结束，痛快的三比零，毫无拖泥带水的三场胜利。

号称小亚比坦的哥伐利亚，士气、实力，也许的确是他们历史以来的最高点，运气好点，遇上别的队伍，也许能打出一场精彩甚至堪称经典的战斗。

但是，他们在马纳拉索面前，没有那个资格，根本就不是一个级别。

三场，都是在五分钟内结束，哥伐利亚的确很拼了，也爆发了，疯狂到实力翻了一倍。亚比坦训练营的疯狂训练，的确是有成果的，出战的三名主力都给人脱胎换骨的感觉，但是，绝对的实力差是真实的，很大的进步也不是对手，这不是士气能够弥补的。绝望的队员崩溃了，失声痛哭，但带不走胜利。

回到准备区，前往B区的副队长回来了，目光冰冷。

"亚特兰蒂斯怎么样？"

"不出意料，三比零，而且……"

"怎么？"

"他们用的是阿斯兰的灵卫，并没有用亚特兰蒂斯机甲。"

队长目光一闪："战况呢？"

"不比我们弱。"副队长一句话，让队长的眼神更炽烈了。

亚特兰蒂斯想表达什么呢，是想告诉其他人，他们王者无敌吗？！

第十章
女暴龙

E 区……

亚比坦帝国战队对战枭石联合王国战队，毫无疑问亚比坦的强大吸引了不少关注者，几乎一大半的战队宁可碰上亚特兰蒂斯都不愿意去碰亚比坦，这个国家实在是太狠了。

此时此刻，比分，二比零，枭石联合王国战队的两个队员战死。

半数的国家战士根本没有亚比坦这么大的杀气，他们战斗一鼓作气，对手连投降的机会都没有，对于亚比坦来说，要的都是把所有对手的胆子都吓破！

最后一场正好开始，亚比坦队长奥里维多斯亲自出战，枭石联合王国战队的战士一个个低着头，没人愿意上这一场战斗，谁上谁死，要么就直接投降，这是唯一的机会。但不战而降，等于放弃了自己的军人生涯。

石龙咬了咬牙，奥里维多斯的气场，隔着巨大的战斗场都能清晰地感觉到，冰冷得就像是寒冰炼狱。

"队长……要不，弃权吧？"

队员们低下头，不甘心，但是，身体不听使唤地微微颤抖着，没人愿意面对死神。

石龙想了半天，最终还是摇了摇头，他是枭石联合王国的贵族，代表着石家的荣耀，若是不战而降，对他、对整个家族都是巨大的打击。

石龙选择了自己最擅长的魔石九代，一款防御型重装机甲，不求有功，但求无过，只要撑过五分钟他就认输，想来也不会有人埋怨他了。

奥里维多斯的手横在屏幕的选择键上，系统不断地循环着机甲，蓦然定格……随机。

来自蒙多共和国的一款普通机型拉斐三代，这让石龙看到了一点希望，同时也让所有枭石战队的成员感觉到了希望。

但战斗开始一分钟之后，整个枭石战队的成员如同枯木。

钛金刀直接插入驾驶舱中！大屏幕上，代表石龙生命状态的指示灯直接熄灭，这是当场死亡。

破盾暴杀！

只是一招，对于奥里维多斯来说，什么机甲都是没差别，只是杀人的工具。

"愣着做什么！还不快点救人！"急救队的队长怒斥道。

虽然知道没救了，但是样子还是要做，然而，冲过去，用急救设备打开枭鬼战机驾驶舱后……

所有人，都吐了。

什么叫粉身碎骨？

什么叫血肉模糊，红色地狱？

石龙整个人都不见了，被巨大的钛金刀砸得粉碎，直接命中的部分，直接气化，没有直接接触的，则是碎散成一团又一团的红色。

轰隆！

看台上，枭石联合王国代表团的人集体站起，抗议，故意杀人！

但是……

"肃静！抗议无效，根据规则，贵方自认实力不足时，可以选择弃权。"

IG裁判官看到死亡画面，也在反胃，眼角都在抽动，但是，不得不宣布亚比坦的胜利，亚比坦一直就是这样，又要面子又要命，哪儿有这样的好事儿？

而对亚比坦的队员来说，这就是微不足道的小事儿，对于其他人表现出来的呕吐惊恐感到好笑，这么怕死为什么要参加IG？

谁也无法阻挡强大的亚比坦帝国！

孔斩莫名其妙的认输还是制造了混乱，银蛇战队的队员提出了抗议，但裁判给否决了，因为没有证据。

然而此时，银蛇共和国的马苏将军却制止了这一切。他猜测，很可能是孔斩从某个渠道得知了王铮的真正实力，甚至是看了不该看的东西。有的时候，看了那样的场面并不一定是好事儿，尤其是在实力不到的程度。

银蛇共和国唯一的机会就是采用田忌赛马，兑掉王铮，却没想到太阳系联邦战队其他队员的实力也不弱，不过现在机会仍然存在，虽然落后，但王铮已经被兑掉。

下一场，决定胜负的一战，太阳系这边先发。

李尔目光闪动，阿克琉蒂斯也有一些摸不着头脑，这孔斩实力一看就不弱，怎么会突然这样，吓得？王铮虽然很强，但没那么强啊！

但是，无论如何，王铮是露了一把脸。

"章如男，这一场交给你了。"

众人都知道王铮的意思，还是要每个人都热身，李尔和阿克琉蒂斯不反对，其他人也就不好说什么了，毕竟谁也不想只走个过场，能有机会上场无疑是最好的。

章如男没有犹豫，无论胜败，只要是队长的命令，她都会选择服从！

王铮很淡定地坐着，仿佛根本不在意胜负，IG大赛看似就是一场战斗，但其实能改变很多人的命运，一场势均力敌的战斗带来的不仅仅是经验，还有信心，又或是找到自身的弱点，缺少战斗，永远也无法进步。

太阳系战队里不少人太缺乏了，银蛇战队的综合情况依然适合练兵。

银蛇共和国这边，副队长商越皱起眉头，阿克琉蒂斯和李尔都没有上场，而是章如男那个丑女，太阳系到底哪儿来的这么大的底气？

一旁，技术分析人员立刻将对章如男收集的一些数据送了上来，简单的图表形势，一目了然，力量型X能力者，水平不是很高。

"这一场我上！"商越主动说道。

面对力量型X能力，商越有百分之一百的胜算，而且这一战银蛇共和国必须拿下！

商越点点头，上前选择了堕天使三代机甲。

最暴力，也是最适合他能力的机甲。

力量型X能力？

不好意思，他一样是力量型X能力者，而且，在级别上，他有压制这届所有力量型X能力者的自信，D级巅峰！

轰……

对战开始。

章如男选择的机甲是阿斯兰的重骑兵H型，重攻击、轻防御的一款机甲。

"找死。"

进入机甲之后，商越心里是一股憋不住的火气，在队员面前，他还是保持了对孔斩的一定尊重，但那是因为孔家在银蛇共和国有很高的地位。实际上，他心里早就要爆炸了，银蛇战士，宁愿死，不能降，无论是什么原因，孔斩是把战士的骄傲都扔下了。

这股火气，不能发在孔斩身上，那就只有在战斗当中发泄出去了，而他的对手，显然要倒霉。

堕天使三代 vs 重骑士H。

双方都是力量型X能力者，一上来，就是正面的高爆碰撞。

毫无花哨的一次碰撞！

轰，火光四射，双方机甲瞬间巨震，钛金刀交错抵在一起，迸溅出更加耀眼的火光，双方都没有保留，直接用上了力量能力。

轰！

短暂的数秒之后，双方一齐发力，同时各自向后跃开。

"去死！"

商越打开了机甲的扩音器，怒吼。看上去虽然不分上下，但其实，刚才那一下只是试探，章如男的力量能力的虚实，在碰撞当中，已经完全被他掌握洞悉。D级下等，距离中等很近，在这个年龄，也算是不错了，但是，和处于D级巅峰的他根本就没的比，不需要他爆发更强的能力，就依仗着对力量型X能力的熟悉程度，也都能完虐对手。

打爆！

章如男面色凝重，碰撞地试探，就像是撞上了一堵墙……不，就像是撞上了一座大山！

紧跟着商越发动了几轮强攻，试探之后，直接压制章如男，他以为太阳系战队有多厉害，也不过如此！

肯定是用了阴招，否则孔斩怎么会那样！

同为力量型，尤其是上过一段时间的 X 学院，章如男很清楚对手的级别比她强出不止一筹，根本不是她能对付的。

短短的交手，众人都看得出来，章如男的 X 能力比对手弱了大概一筹，同一类型，这是要被完爆的节奏。

李尔看了一眼王铮，他不相信王铮不知道，可是还让章如男上，为了什么？

实战突破？！

多么幼稚的想法，这是典型的临阵磨枪，可是看到王铮那副淡定的样子，李尔就没来由地有些焦躁，他最厌恶这种看不透的状态。王铮的脑子到底是怎么长的，一个破烂战神学院的学生，一个土鳖，怎么就能坐得住，罗非的失败竟然没给他造成任何心理波动。

这根本不是王铮这个年纪的人能做到的，难道是天生一根筋、乐天派？

李尔竟然陷入了矛盾之中。

战场上，实力差距是明显的，不得不说章如男那奇怪的枪法给对手造成了一定的麻烦，行云流水枪枪连环，颇有枪法的意境，这让商越非常愤怒，下手也更凶狠，激光剑狂暴压制。

但用意境去拖，是拖不住的，章如男轻轻叹了口气，失败还是曝光，她该如何选择？

一直以来，容貌对章如男简直就是个心魔，已经造成了逆反，不到生死关头她根本不愿意使用全力，尤其是还要被其他人看到。

只是……

深深吸气，章如男的眼神露出一丝决绝。

轰！

商越越打越好，尤其还是一个超级丑女，灭了她简直就是为民除害："长得丑不是你的错，出来吓人就是十恶不赦了！"

战斗中，任何言语攻击都是可以的，一个不能控制好心态的战士是不成熟的。

毫无疑问，商越这个叫法当真是见血封喉。

果然，章如男不再逃避，长枪一摆，迎了上来，众人都禁不住皱了皱眉头，章如男怎能上当，这是破坏自己的节奏，跟对手硬拼殊为不智。

但是王铮嘴角却露出了一丝笑容，有些事情总是要去做的，不错，几乎每个人都有自己选择的权力，想当初他被骨头操练的时候，根本没的选。

轰……

一声爆响，两架机动战士各自暴退一步，所有人都吃了一惊，这是做梦呢，这一瞬间，两人竟然是一样的力量水平。

实战突破？这是搞笑，难道这个丑女隐藏了实力？

瞬间启动，双方都在发力，然而在商越出手之前，章如男的长枪已经杀到，迅若闪电，似乎根本没受刚才那一击的影响。

近乎凶残的恢复力！

要知道这还是个女人！

轰轰轰轰轰……

银枪如同水银泻地一样杀了过去，这让围观的其他国家的人都目瞪口呆，有没有搞错，这是太阳系替补的实力？

这枪法，闻所未闻，而且还是女的……

同为力量型，女人是无法跟男人比的，不过也许这女霸王龙是例外，身材巨大，看那衣服就知道下面的肌肉很逆天。

商越怒不可遏，他竟然没一个女人力气大？

这不仅仅是力气的问题，章如男在枪法的理解上自成一家，李尔等有基础的人明显可以看出，用他们的话说，章如男是天生之才。

她竟然从绘画中领悟出这样的境界。

轰轰轰……八枪过后，商越被打成了乌龟，但是也就撑了十三枪，能量盾就被打爆，激光剑被击落，堕天使战机被一枪钉在墙上。

狂风暴雨般的攻击，整个看台也是静悄悄的。

半晌之后，耳边传来议论声，这女暴龙简直逆天了。

当然也有不少讥笑的，这鬼女恐怕只有怪物才敢要，平时都长得这么难看，这要充分使用了 X 能力岂不是要吓死鬼。

感觉不用战斗了，直接出来亮个相就吓死一片。

商越茫茫然被救援人员拖出了驾驶舱，他竟然被一个女人打败了。

还是一个如此丑的女人！

这时所有人都望向章如男的机动战士，舱门打开，一个女战士走了下来，衣服略显宽大。

可是在场的除了王铮，每一个人的嘴巴张得老大，这……

这……是女暴龙！！

第十一章
决战马纳拉索

所有人望着眼前这个熟悉又陌生的章如男……这是章如男？

一步步走来的章如男，无论你多挑剔，也不能说这是个丑女，尤其是脸上带着一种只有女军人才有的英姿飒爽，坚毅的眸子让人过目难忘。

这……

顿时全场议论纷纷，一些见识广的立刻反应过来，这是逆转力量型X能力者，罕见的类型，这才是章如男的真面目吗？

叶紫苏等人都惊呆了，她和章如男够熟悉的，可也是第一次见到这个容貌的章如男，这哪儿是女暴龙，这是女神啊！

战争女神！

章如男根本没有理会周围人的反应，眼神甚至有一丝厌恶，这大概是一直以来容貌带给她的负面困扰。

有的时候丑陋或许能让她更安静，熟悉的，陌生的，那种炙热的光芒让她很不习惯。

王铮笑了笑："这个样子还真有点不习惯。"

"无差。"章如男淡淡地说道，连声线都变细了。

烈心可是直接扑了上来，拉着章如男上下打量："天啊！"

章如男摆脱烈心的手，回到自己的位置，一旁的张山呆了呆，竟然没敢和章如男说话，这"男哥威武"到了嘴边硬生生地咽回了肚子。

太阳系战队三比一战胜银蛇战队，强势挺进三十二强，一边欢庆，一边低下了头。

蒙敖等人面面相觑，看来他们还真没有王铮了解这帮队员，这章如男也太有个性了，宁可扮丑……

战斗结束，太阳系战队等待后面的命令，IG 的战斗并不是固定不变的，越到后面越复杂，越考验个人的全面能力，团队配合，以及替补的深度。

杀入三十二强已经证明太阳系联邦战队是有实力更进一步的，不是靠走运，若是后面的队伍不能正视这一点可是要吃大亏的。

当天，三十二强诞生，这就是目前整个银盟最强的三十二支战队。

A 区：

阿斯兰帝国战队、阿基提纳联邦战队、武仙星战队、人马星系战队

B 区：

亚特兰蒂斯共和国战队、凡尔赛帝国战队、艾斯伦达联邦战队、天狼星战队

C 区：

加纳星战队、仙女星系战队、黑暗帝国战队、天箭联邦战队

D 区：

太阳系联邦战队、摩根洛克帝国战队、马纳拉索帝国战队、克拉克星系战队

E 区：

亚比坦帝国战队、大熊联邦战队、根达亚联邦战队、玛雅帝国战队

F 区：

利亚斯芬克共和国战队、艾普行星战队、皇星战队、冰云联盟战队

G 区：

双子星联盟战队、仙蛮星战队、巨蟹联盟战队、天通星战队

H 区：

玛迦共和国战队、地龙联邦战队、雷神战队、钢铁洪流战队

每个分区只有两支队伍能出线，十六强的比赛是七场四胜制，但

比赛形式没有变化，进入十六强之后，比赛形式将再度发生变化，但首先要有本事进入十六强。

太阳系所在的D区算是一个中游区，除了马纳拉索独占鳌头之外，其他三支队伍都有可能出线，问题是，就看谁的运气更好了。

当三十二强比赛名单出来之后，分区内的最后一轮战斗也随机分配好。

D区的队员们都在房间里静静等候，马纳拉索的队员显得格外轻松，对他们来说，对手是谁都没差别，但是其他三支队伍显然就不一样了，若是能避开马纳拉索就有极大的机会挺近十六强。

麦克斯在祈祷，他们的运气相当不错，简直是人品大爆发，竟然杀入了三十二强，麦克斯也看到了王铮，这小子竟然也带队杀入三十二强，看来太阳系和他们一样，都是多年人品集中性爆发，可惜，分在一个分区，现在就要看谁的人品更好了。

屏幕上，左边出现了太阳系联邦战队的名字，后侧滚动，所有人都瞪大了眼睛，期待心中的名字出现……克拉克星系战队……马纳拉索帝国战队……定格！

麦克斯忍不住挥舞了一下拳头，虽然更想和太阳系战队碰，但总算没碰到马纳拉索帝国战队，至于摩根洛克帝国，就看谁更猛一点了。

倒霉的太阳系战队，人品不够啊。

麦克斯笑着和王铮打了招呼："看来还是我们的运气更好点，啧啧，不过对你们太阳系战队来说，也算是历史性突破了，你这队长足以名留青史。"

另外一边，马纳拉索的队员已经离开了，他们并不关心对手是谁，只要知道一个名字就行了。

"说不定我们可以爆冷，希望可以携手出线。"王铮说道。

麦克斯呆了呆："哈哈，好，携手出线！"

不得不说太阳系人都挺乐观的，看其他人的表情似乎并没有被马纳拉索吓坏，真不知道这帮人是天生大心脏呢，还是太自负了，不过两个战队还是很有缘分的。

"摩根洛克也不好对付。"

"拼呗，都已经到了这一步，不想留遗憾。哦，时间上是我们先开始，说不定我们打完了还能来看你们的战斗，我是肯定站在太阳系这边的。"麦克斯说道，"哦，对了，告诉你一个秘密，这可是我们的人打听到的，你知道马纳拉索的金轮斗神吧，据说这个文森特是唯一一个可以驾驭金轮斗神的，这款机甲说废也废，但据说可以掌控的话，就能发挥出匪夷所思的战斗力。"

"我知道了。"王铮笑着说道，对于王同学的反应，麦克斯还是有点不满意的，这家伙似乎完全没有在意他的警告……不过想想也是，知道不知道又有什么差别呢。

太阳系其他人的反应不一，像塔罗斯已经被边缘化了，随着战斗的深入，他越来越感觉到无力，玛萨斯和烈广的实力在队伍中也偏下，到后面很难登场了，蒙恬的情况也是一样，她不适合这种一对一的战斗，她的作用在团队中更好一些。

而当定格马纳拉索的时候，李尔和阿克琉蒂斯的目光中终于有了一丝兴奋的光芒。

麦克斯和他的队员们几乎是跳跃着离开的，不过他们的表现让摩根洛克的人很生气，从历史战绩上看，摩根洛克要比克拉克星系强不少的。

文森特有点莫名其妙，在确定了下一战的对手之后，博列中将竟然特地把他叫了过去叮嘱一番，好像要特别重视太阳系联邦战队。

这……是搞笑吗？

堂堂的马纳拉索帝国战队……区区太阳系联邦战队……放个屁都能崩塌他们！

第十二章
为了胜利

战斗到这个地步，每一场比赛意味着什么，每个人都很清楚，前进一步很可能就是海阔天空，而现在的艰难程度也大大提高，十六强的战斗需要七场四胜，队伍必须有相当的替补深度。

太阳系战队队伍内部并没有特别紧张，忽然之间，大家发现之所以能有这么淡定的心情，还真要感谢王铮，若是打到现在连场都没上，万一需要上场的时候，就能立刻发挥出百分之百的实力？

那绝对是做梦，前面的预赛，一步一步，无论是胜还是败，每个人都对自己有一个清楚的定位，也可以及时作出调整，想要取得胜利，首先要清楚地认识自己。

决战马纳拉索，这毫无疑问是一场硬仗，也许对马纳拉索不算什么，但太阳系已经很久没取得过一场真正的胜利，准确地说，已经很久没机会跟这样最高水准的战队交过手了。

交流赛？人家根本没兴趣。

太阳系联邦议会也发来了鼓励贺电，一方面祝贺太阳系联邦战队取得历史性进步，同时也希望整个战队再接再厉，战胜马纳拉索。

晚上，队员们被召集起来："这是工作人员收集到的马纳拉索的队员以往的一些战斗视频，给你们做一下参考。马纳拉索的实力毋庸置疑，但大家也不用妄自菲薄，我们既然到了这个位置就拥有一战之力，王铮，其他的交给你了。"

由于前面与马纳拉索并未直接战斗，所以工作人员也颇费了一些心思。

蒙敖拍了拍王铮的肩膀，这是他唯一能做的事情了，面对马纳拉索这样的队伍，除了自己努力，剩下的真要看运气了。这一战是决定太阳系联邦战队命运的一战，到底是靠运气一路蹦跶，还是靠实力过关斩将。

　　台上的女军官是太阳系联邦驻阿斯兰帝国的少校朱紫菱："马纳拉索是本届 IG 综合实力前十的队伍，也是 IG 八强的常客。马纳拉索帝国在机甲方面拥有领先技术，在机师的培养上也有自己独特的一套，是目前阿斯兰帝国的主要竞争对手，但是这两个国家也在不断的竞争中发展迅速，首先我为大家介绍几个需要注意的人。"

　　屏幕上出现了一个粗犷的战士，一脸的胡子："马纳拉索的主力先锋哥仑，看起来年纪很大，其实只是长得比较急，二十岁，原来是一名义务兵，后来发现了他的战斗天赋，被送到马纳拉索深渊军事学院进行深造，战斗经验丰富，拥有极强的战斗素养，目前已知是力量和速度混合型双 X 能力者，级别大概在 D 级上阶。"

　　说完，朱紫菱往旁边一让，出现的是哥仑的战斗视频，只有短短十多分钟，因为对手根本没在他手下撑过五分钟，攻击是狂风暴雨式，完全是压迫性直接打到爆，凭借优势力量和杀伐的时候突然加速，几乎无解。

　　在机甲战斗中，掌握了力量和速度，就主宰了一切。

　　"第二个人，拉西雷，本来预定的队长，后来变成副队长，全能战士，适合任何位置，上一届的 IG 成员，最擅长的还是均衡的战士型机甲，今年的马纳拉索年度军校生，在马纳拉索威望非常高。此人今年保持了五十八连胜，未尝一败。"

　　接下来是拉西雷的一场战斗，其实看不出太多东西，X 能力没有展现，只是战斗基本功和素养都是压倒性的，对手在他面前有点像小孩子。

　　紧跟着朱紫菱一一介绍其他队员，都是这些队员在马纳拉索的一些战斗练习和一些国际交流赛中的表现。

　　屏幕上出现了一个眼神冷峻的年轻人："此人叫文森特，是马纳拉索的队长，但在开始的时候他并不是队长，准确地说他是在 IG 即将确定的时候临时加入的，但很快被任命为队长，我们这里只弄到了两个他的战斗视频。"

众人一愣，狙击型机甲非常不利于一对一，尤其是在封闭的训练场，屏幕上放了文森特的两次战斗，所有人倒吸一口凉气，这是一个敢于近战的狙击手！

精密卡位射击步法！

谁都知道，一旦机甲进入近战，镭射枪反而会成为负担，尤其是在有能量盾保护的情况下，所以一旦进入近战距离都会最快地改为近战模式，但是这个文森特却是等对手冲到跟前，一枪一枪打爆对手。

朱紫菱没有加入自己的分析，她的职责就是介绍，因为在场的这些年轻人虽然年纪没她大，但在战斗眼光上却比她强太多。

文森特显然是有戏耍的意思，这步伐、这自信很逆天，甚至计算出镭射撞击产生的制动力进行闪避，这是完全掌控的感觉。

视频播放完毕，王铮等人依然是安静的。蒙恬是狙击手，看到文森特这样的表现，唯一的感觉就是无解。

一个不惧怕近战的神枪手，这已经是到了极致，而且文森特根本没使用 X 能力，就轻松击败对手。

但是大家都知道，这帮人的实力绝不仅仅是这样，这些只不过是对手的练习视频，能反映出五六成的状态就不错了。

不过蒙敖搜集到这些资料也算不容易了，至少先让大家熟悉一下人。上一轮马纳拉索轻轻松松三比零，毫无借鉴意义，众人看得还是非常认真的，从一些细枝末节还是能看出一些风格。

很随意的情况下能有这种表现，对手的实力比前面高出一个层次。

朱紫菱望着这帮人，按理说他们应该感受到压力，但实际上以王铮为首的几个人看上去都很淡定。朱紫菱少校同时也是情报分析官，就这些表现来说，马纳拉索强大得可怕，远超太阳系的水平，就是为了要给他们提个醒，千万别以为一路赢到这里就大意，若是玩命拼一下说不定还有希望。

其实隐晦的意思是，失败可以接受，但别太惨就好。

视频看完了，每人逗留一会儿就闪了，朱紫菱叫住了王铮。

"王铮队长，还有什么需要帮忙的吗？"

王铮微微一笑："辛苦了，其他没什么，明天战了就知道。"

……朱紫菱很无语，就这样了，难道不想多关注一下对手？要知道文森特从一个籍籍无名的小辈一下子成为马纳拉索的队长，这可是相当逆天的成就，他就不想了解一下为什么？

马纳拉索那边，则是由副队长拉西雷带着队员观看太阳系战队的视频，他们前面打了不少比赛，每个人都有表现，一清二楚。

然而文森特并不在，但是队员们对这个队长的缺席却并不在意，在马纳拉索强者是拥有特权的，虽然他是临时出任队长，可是所有人都很服气。

"这一届太阳系分成了两个类型，一派基础很扎实，一派能力很有特点，像这个张山的空间移动就很不错，可惜基本功差了一些，一对一用处不大，但在团战中会有不错的表现。"

"太阳系最大的特点……"

"最大的特点就是妞很不错，哈哈！"

但是看到孔斩的表现之后，拉西雷还是产生了疑惑，对孔斩他并不陌生，这小子蹿升得很快，实力也确实很强，可是竟然战都没战就认输了，这个太蹊跷了。

黑幕？

难道就是为了保送太阳系晋级？

真是搞笑啊，拉西雷有些莫名其妙，倒是那个章如男很对胃口，很有个性的女人，长得真不错，枪法也有点意思。

"哥仑，这女的，交给你如何？"拉西雷笑道。

哥仑豪迈一笑："这妞有个性有实力，我喜欢。拉西雷，我可说了，虽然会赢她，但不会弄伤她的。"

"其他人到目前为止看不出什么威胁，优缺点都很明显，很容易针对。"

看了一遍之后，众人就对太阳系战队失去了兴趣，至于旋转铲子什么的……

太傻了，缺点太明显，缓慢地移动，全靠那技巧性的攻击，难道每个对手都傻得非要玩命硬碰？

在当今节奏飞快的战斗时代，这种花哨的战斗技巧并不流行。

十六强争夺战开打，D区第一场是克拉克战队对阵摩根洛克战队。

麦克斯带领着克拉克以黑马姿态登场，跟太阳系一样一路黑到这里，而且从整体上说克拉克的表现比太阳系更稳定、更好一些。

看似是黑马，但克拉克的崛起也不是太惊讶。克拉克共和国曾经是商贸殖民地星球，后来起义，独立成立了克拉克共和国。其实这个共和国的人数并不是很多，一度也很拮据，克拉克行星的公民多以犹太人为主，也是一个古老的民族，相当团结，经过了长期的战斗，克拉克共和国逐渐恢复了和平。但在这个时代，这个国家依然实行全民兵役制，制度不是重点，在不少的国家都有这样的制度，但从执行力上，真没多少能和克拉克相比的。在克拉克共和国，成为一名军人是一种荣耀，他们并不像亚比坦那样疯狂，却带着更高的自主性。

比如说，你是军人的话，在克拉克的街头，随便招手，出租车甚至私家车都会停下来，免费送到目的地，无一例外。

所以这些年，趁着和平时期，克拉克共和国发展迅猛，虽然综合国力无法跟一些大国相比，但全民皆兵，素质极高。还有，在克拉克共和国，所有女性公民，除非是信仰禁止、怀孕、有犯罪记录，同样都要服役两年。所以在克拉克共和国，美丽的女兵是一道亮丽的风景线，而她们绝不仅仅是好看。

这方面不少国家是存在女性军官，但在军队的比例上是完全无法比的。

看台上，除了两队的代表团，太阳系联邦战队和马纳拉索战队的人也都到了，这场比赛结束就轮到他们了。

D组只有两支队伍能进入十六强。

麦克斯冲着看台上的王铮挥挥手，竖起大拇指，看得出克拉克战队的心态相当好。

第十三章
月亮之上

"王铮，这小子貌似挺乐观啊，不知道他们能不能闯过摩根洛克这一关，你说是不是啊，男……如男。"

张山说道，自从章如男的容貌稳定住了之后，大家都感觉怪怪的，有点不太习惯章如男忽然之间变成这样。

章如男自己也觉得有点儿别扭，但她的 X 能力提升了，一旦再度变身之后，就会很固定为现在的形态，只是一贯大咧咧的张山在面对美女的时候很不习惯。

"其实克拉克共和国的实力这些年来增长非常迅速，如男可以参加军花选美了。"连阿克琉蒂斯也忍不住调侃道。

"看比赛！"章如男冷不丁地给众人当头棒喝，相比之下，还是蒙恬比较淡定，两人之间话不多，却非常有默契。

然而接下来的战斗却给了所有人一个惊讶，克拉克共和国和摩根洛克实力相当，若从以往比较来说，摩根洛克还要占据上风，排名也高出三十多位，但在麦克斯的带领下，却以疯狂的四比零直接带走了摩根洛克。

克拉克共和国战斗前一定要祈祷，感谢神赐予他们生命，感谢神赐予他们食物，感谢神赐予他们战斗的力量。

系统、扎实、全面、团结，就是现在的克拉克共和国战队，在麦克斯的带领下，克拉克共和国战队史无前例地杀入十六强。

全场都是克拉克队员和代表团的欢呼声，而另外一边的摩根洛克却神伤无奈，这场战斗没有死亡，只有三个轻伤，足以显示出克拉克队员对于战斗的掌握。

一直以来都被低估的克拉克共和国借着这次 IG 开始崛起。

其中麦克斯的表现更是可圈可点，摩根洛克的队长博依考本来是打算在第二场利用队长战扳回不利的局面，结果却被麦克斯直接打爆，导致摩根洛克战队的士气大跌，后面就直接跪了，队长出战是双刃剑，尤其是在队内影响力比较大的，赢了，肯定士气高涨，输了就不用打了。博依考做梦都没想到，他会被一个名不见经传的小子击败。

获得胜利的克拉克战队向全场行礼致敬，表现得非常谦和，胜不骄败不馁，保持一个平常的心态，这样的队伍、这样的国家很强大。

接下来的重头戏要开始，马纳拉索帝国战队对阵太阳系联邦战队。

麦克斯等人并没有立场，庆祝了一会儿之后都回到看台上，他们有足够的心情欣赏下一场比赛，虽然这是一场没有悬念的比赛，但感觉跟太阳系联邦战队很有缘分，他们也愿意加油助威。

IG 是没有过多花哨，裁判员在念完屏幕列表的出战队员之后，比赛就正式开始。

双方队长选择先锋战人员。

顿时大厅里一下子安静下来，马纳拉索代表团成员显得格外平静，对他们来说只是一场普通的比赛，不需要大惊小怪，对于太阳系联邦战队来说就有点紧张了，这是第一次碰到如此强大的对手。

王铮的目光从众人面上扫过，太阳系战队是没有克拉克战队那么好的气氛，但有的时候有分歧也代表了另外一个含义，强者很多。

这一战的水准自然不同，先锋战不容儿戏："第一战，阿克琉蒂斯，是时候向银盟展现一下我们太阳系的实力了。"

王铮笑道，阿克琉蒂斯站了起来，点点头："等很久了，总算可以活动活动筋骨了。"

无论是不是最后一场战斗，大家都可以拿出实力表现一下了。

阿克琉蒂斯出场，对面的文森特看了看哥仑："美女没来，小白脸一枚，你去把他收了。"

哥仑无所谓地站了起来："真爷们不挑食，男女通杀！"

哥仑，马纳拉索的急先锋，打量了一下阿克琉蒂斯，直接选择了马纳拉索的重装人型机甲"鼎天锁"。马纳拉索以生产奇形怪状的机甲出名，其中最有名的无疑是金轮斗神，当然那个是失败作品，而鼎天锁则是成功的。这款重装机甲除了在能量护盾火力方面秉承了重装坦克机甲的特点之外，特别配备了"殛电镰锁"，攻击范围二十米左右的镰刀锁链，尖端是带挂钩的镰刀，锁链本身伸缩自如，一旦陷入团战之中，简直所向无敌，能抗能打，软兵器的爆发和诡异轨迹让它如入无人之境。

同样的，鼎天锁也是很难掌握的一款机甲，但在马纳拉索的王牌小队中必然会配备。

在主力舰队配备王牌机甲战队的时代，机甲的数量已经不是局部战场的重点，更重要的是质量。

在这样的训练场上格斗，面对鼎天锁，无解。

众人望向太阳系战队的小白脸，终于有人的脸比王铮还白了，阿克琉蒂斯表情很平静，但大家知道这人肯定是故作镇定。

这鼎天锁没有明显的破绽，若是在开阔复杂地形，可能还有办法针对，但在这种地方……

阿克琉蒂斯却并没有太多的犹豫，很快找到了他所需要的机甲，来自月球的"月夜圣骑五代"。这是一款均衡的战士机甲，并不算是特种机甲，性能很好，在月球军的优秀部队中都有配备，伸缩钛金枪，左臂戴有小圆盾，具备一定的防守型，均衡一贯是月球人的特点，只是月夜圣骑打得动鼎天锁吗？

双方进入升降机，机甲启动，融合，链接，百分之十……百分之五十……百分之一百……

两架机甲的眼睛亮了，这时观众席上陆续又多了"小猫"三两只，能进来的只有各国代表团的人以及军政要员，或者银盟阿斯兰方面的人，他们来这里，只有一个目的，审定一下马纳拉索帝国战队的实力。三十二强是所有强队的热身战，一旦进入十六强，战况将空前激烈，了解未来对手的状态是必需的。

哥仑也是要这一场热热身，把自己调整到比较好的状态，下一轮很可能会碰上同一个级别的对手。所有有经验的战队都会做好这样的准备，否则，对付一个太阳系联邦战队，还不需要他哥仑少尉出面。

轰隆……轰隆……

两架机甲出现在场中，张山立刻站起来狂吼，顿时所有人的目光都在他身上，因为只有他一个……

马纳拉索代表团的人看他的眼神跟看一个疯子没什么两样，蒙敖脸色也有点尴尬，这小子也太外向了点。

但是张山无所谓，人生一世，草木一秋，何必想那么多。

月夜骑士出现之后并没有急于做准备，双臂一伸，钛金枪合成，前面的比赛是随意一点，要想走得长远就要控制心态和状态，爆过早没意义，但到了这里，太阳系战队需要一些士气和给对手的压迫力，这就是王铮让他登场的意义。

这一场的太阳系里面出现了三个人，除了他，还有李尔和王铮，他和李尔都拥有功法，本身的天赋又极强，这是烈心差了一筹的地方。烈火诀不错，可是烈心的天赋还没到一骑绝尘的地步，但他和李尔不一样，这也是他们野心熊熊燃烧的原因，没想到的是多了一个更奇特的王铮。

虽然目前队内不是很太平，但无论是谁，目标是一致的，李尔虽然喜欢搞小动作，但在大是大非面前，他不是个愚蠢的人。

这第一枪就由他开始吧。

哥仑望着对手，忽然笑了，调戏一下对方吧。

鼎天锁一声轰鸣，双手霰弹镭射，双臂镭射炮同时翻了出来，如同一个超级怪物，瞬间对准了月夜骑士。

所有人一呆的时候，轰隆隆隆……

镭射瞬间笼罩了月夜骑士，哥仑边笑边轰，这人真喜欢装×，明知道火力差那么多，竟然还装模作样地摆 pose，难怪太阳系一直这么弱。

噌……

一道影子从弹幕中冲了出来，哥仑也不意外，肩炮一转，瞬间两个火箭雷爆弹轰向月夜骑士，跟踪型，恰巧能封住月夜骑士的移动路线。

刚刚强控躲避了一轮凶猛的攻击，这夜月骑士还能再做动作吗？

阿克琉蒂斯却并没有闪避，而是直接迎了上去，钛金枪出手。

这……尼玛，是自杀吗？

噌……噌……

间不容发，两个火箭雷爆弹竟然没有爆炸，而是被拨开了，轰向了两边。

哥仑一瞬间瞳孔放大，这是什么能力？！

但是马纳拉索人的反应非常迅速，惊讶归惊讶，动作却一点都不慢，漫天火力，直接封锁对手的压迫路线。

月夜骑士引擎强控冲天而起，钛金枪朝着哥仑杀了过去，哥仑微微一笑，一拳斩了过去。

轰……

月夜骑士弹飞，地面滑行六七米，停住，鼎天锁也缓缓挺起腰，肩炮收回："看不出你还有两下子！"

哥仑能感觉到，对手刚刚那一下并没用全力，钛金枪只是点了一下就借势后退了，似乎不太屑于这种攻击机会。

双臂一展，左手锁链，右手镰刀，镰刀在手中旋转起来，很快在空中形成了禁区，鼎天锁一步一步地逼近月夜骑士。

阿克琉蒂斯冲击了，噌……

第十四章
盛名多是屠狗辈

殛电镰锁呼啸杀出，在空中划出不规则的轨迹，兜头绕向月夜骑士，又凶又急，月夜骑士一低头，锁链擦肩而过，但是这锁链是不能抓的，一旦接触会受到二十万伏特的高压电攻击，这可不是闹着玩的。

然而阿克琉蒂斯刚准备发动攻击，警兆出现，哥仑嘴角泛起冷笑，一拉，镰刀回旋而来，整个绕向月夜骑士。

漩涡套马索！

哥仑的独门绝活，一旦被殛电镰锁套住，那就真的跟瓮中之鳖没什么两样了。

轰……

月夜骑士冲天而起，与此同时，银枪在地上一点，就是这一点的助力，让月夜骑士从殛电镰锁的包围中摆脱出来。

但是耳边传来轰鸣声，巨大的鼎天锁已经朝着月夜骑士冲了过来，太凶猛暴力了。

此时月夜骑士已经开始下坠，哥仑露出兴奋的表情。

这一招叫作鸡飞蛋打！

轰……

时间刚刚好，就是月夜骑士将落未落之际。

银枪虽然锁住，但是力道还是全部承受，月夜骑士直接被撞飞出去。

哥仑擦了擦嘴，见鬼了，这么滑溜的一个家伙，竟然又没撞实。

殛电镰锁开始旋转，同时高压电注入，整个锁链闪电四射，旋转起来耳边全是嗡嗡的声音。

"哥仑，有点沉不住气啊。"

"被太阳系的人戏弄了，也难怪了。"

知道哥仑的人都瞪大了眼睛，在场记录的人更是全神贯注，因为这就是哥仑横行无阻的绝招，哥仑可不是太阳系的无名小卒。

他的殛电镰锁在马纳拉索可是顶尖的，源自他独特的 X 能力和殛电镰锁配合起来，简直是 bug 的存在。

带着旋转的殛电锁链，鼎天锁一步步逼近月夜骑士，速度一点都不快，更像是调戏对手，可是任何人望着鼎天锁手中的磁暴锁链那浩大的声势都有点心怯，同样是重装机甲，灵活性差更是死路一条，若是斥候，也没戏，再灵活也容易被锁链干扰，一旦擦碰直接就完了。

战士型机甲，恰好在中央，有点机会，但实际上最没机会，要速度没速度，要防御也不够，这样的暴击，能量盾都挡不住。

旋转锁链由于速度太快加上高压电，在空中像是形成了一张网。

双方机甲的距离进入十米，完全在鼎天锁的掌控之中，而月夜骑士显得毫无办法。面对这样暴力的机动战士，月夜骑士像个无助的小媳妇，在壮汉面前的任何挣扎只不过是增添情绪。

"杀！"

鼎天锁的手臂猛然一抖，殛电锁链要出手了，但是惊人的一幕出现了，锁链并没有杀出，这一抖，殛电锁链竟然抖出一个磁暴雷团，瞬间套向月夜骑士。

噌……

如此近的距离……无解！

束缚！

瞬间月夜骑士像是被能量锁链锁住一样，这就是哥仑的 X 能力，他对亲雷电基因、对雷电的理解超乎想象，加上强横的肉体力量，让他在马纳拉索当之无愧地占据了先锋的位置。

致命的镰刀这个时候甩出。

轰……

全场鸦雀无声，都被鼎天锁这神乎其神的力量震得无话可说，无解，毫无办法，碰上就是死，月夜骑士被打成了小鸡仔。

阿克琉蒂斯也像是用了全力，最紧要关头钛金枪动了一下，挡住了致命的镰刀，但锁链瞬间缠住了钛金枪。

哥仑猛然发力，瞬间把月夜骑士拉了过来，同时引擎轰鸣，这是暴力突击的前兆，一旦中了他的磁暴禁锢，能量盾会在一分多钟处于失效状态，正面被鼎天锁撞中，小白脸肯定会粉身碎骨的。他一个是喜欢美女，一个就是喜欢碾压小白脸。

巨大的鼎天锁如同炮弹一样冲向月夜骑士，严小稣已经闭上了眼睛。尼玛，太凶残了，他这样心软的人真不适合看这么残忍的场景。阿克琉蒂斯虽然不怎么对路，但好歹也是自己人啊，这样粉身碎骨也太惨了，多么好的牛郎潜质啊。

叶紫苏很认真，她看的不是战斗的胜负，而是机甲的性能。在这场战斗中，鼎天锁处于完全的优势和压制，以月夜骑士的性能完全无法改变这场战斗的节奏，这是死局。

最关键的是，中了磁暴束缚，机甲不但能量盾无用了，机能能剩下一半就不错了，在暴力的鼎天锁面前毫无还手之力。

一米……

蓦然之间，已经认命的月夜骑士猛然抓住锁链，面对冲上来的鼎天锁，只是轻轻一点，机甲瞬间被弹飞，这样凶猛的冲击力岂是这么好借力的？

但错身的瞬间，锁链绕住了鼎天锁，哥仑一愣，面露狰狞，更加发力，他不知道对手是怎么摆脱束缚的，但是就凭月夜骑士这样的小鸡仔就想困住鼎天锁，你这么牛，你妈知道吗！

轰……

这一瞬间，所有人的眼珠子仿佛要弹了出来。

月夜骑士仿佛脚下生根，巨大的鼎天锁硬生生被拉了起来，瞬间的加速度恐怕到了十五六倍，哥仑瞬间全身赤红，口鼻溢血，大脑一片嗡叫。

巨大的鼎天锁被扯到了空中，月夜骑士一枪杀出，比赛开始到现在，这是阿克琉蒂斯唯一做出的像模像样的攻击。

无法形容这一枪给人的感觉，仿佛眼前的鼎天锁锁不住机甲，而只是个脆皮玩具。

轰……

草鸡了……

巨大的鼎天锁破甲挂在了单臂擎天的月夜骑士上。

枪走。

鼎天锁轰隆落地，胸口火花四射，距离驾驶舱只有毫厘之差。

钛金枪一个回旋收起，一切都是那么潇洒从容，这就是太阳神阿克琉蒂斯的风格。

太阳系战队，阿克琉蒂斯 WIN。

急救人员冲了进去把哥仑从驾驶舱里拖了出来，他的伤势主要是全力前冲却被瞬间拉回导致五脏六腑的错位，但是这家伙确实是狠角色，竟然硬挺着没昏过去，一双牛眼死死地盯着那个小白脸，一只手就干掉他的小白脸。

阿克琉蒂斯微微摇了摇头："盛名多是屠狗辈。"

整个观战大厅安安静静的，直到升降梯回来，阿克琉蒂斯漫步走来，脸不红，心不跳，面带微笑。

这一刻，太阳系战队的人才爆发出震天动地的欢呼声，虽然这才刚开始，但这一战打破了沉默。

克拉克共和国战队的人也都惊呆了，太阳系什么时候这么厉害了？

麦克斯和队员们面面相觑，这滋味不太对啊，难道要爆冷？

恐怖的力量，这单手拉住狂突的鼎天锁需要多大的力量，而且他竟然解掉了能量封锁，难道这款月夜骑士有这方面的功能，又或是他的 X 能力？！

马纳拉索人的表情不再轻松了，一场失败不算什么，重要的是，对手赢得太暴力了。

这是赤裸裸的示威挑衅啊，不能忍！

第二场谁上？

"拉西雷！"文森特沉声道，赛前他们对太阳系战队就是粗略了解了一下，这个阿克琉蒂斯算是他们名气最大的，绰号太阳神，以为是个狂妄自大的逗比，没想到这么猛，力量型加特殊能力的 X 能力者？

这有点不可思议了，要知道肉体能力和特殊能力一般是很难复合存在，像哥仑也是经过三轮的肌肉力量强化，这属于生物工程方面，并不是改造基因，却可以让战士的力量大幅度增强，当然也需要身体条件符合才能完成，有一定的失败几率。

可是这阿克琉蒂斯……

现在双方都没办法多想，要面对的是后面的比赛。

第二场，马纳拉索出战的拉西雷可是顶级高手，放眼 IG，这也是最强一线的存在，本来的队长，但不知因为什么原因让给了文森特，却并不意味着拉西雷弱。上一届拉西雷就有惊艳的表现，只不过输给了亚特兰蒂斯战队罢了，但这一届卷土重来势要夺冠！

太阳系这边，终于轮到李尔出场了，是龙是虫，就看李尔的表现了。

拉西雷很傲气，身为马纳拉索的副队长，同时又是上一届的参加者，足以证明他在马纳拉索军校中的影响力。不得不说，太阳系还是有两下子，第一场的阿克琉蒂斯展现出了匪夷所思的水准，这让拉西雷也放平心态。

可问题是，你放平心态，不代表对手也要放平心态，李尔上场之后，只是淡淡看了一眼拉西雷，对这位马纳拉索的副队长丝毫不感兴趣，导致拉西雷走了两步尴尬地停在原地。

李尔选择了机甲，来自地球克洛诺斯家族的刺客型机甲"无极天炼"。

这款机甲克洛诺斯推行也有十年了，但效果平平。这是一款斥候，确实具备了相当的机动性，可是坦白说，防御力太弱，由于是人型斥候，它在敏捷和速度上又比不上兽型机甲。最关键的是，它配备的是钛金剑，一般高端一点的刺客型机甲还是会选择弯刀，但是这款机甲却偏偏配备了标准款的钛金剑。

在激光剑和钛金刀主流的世界里，钛金剑已经被淘汰，徒具外形，并不利于战斗。据说这是源自克洛诺斯家族的美学嗜好，家大业大，一款机甲不流行也没什么大不了的。

第十五章
无极之道

　　作为马纳拉索的王牌选手，拉西雷涉猎的机甲相当多，但这款机甲还真没试过，只知道这也算是失败作品的斥候，设计者的脑子有点残，会被兽型斥候完爆。

　　拉西雷很讨厌这个叫作李尔的家伙，他长了一副欠抽的脸，偏偏还配上找揍的表情。

　　拉西雷选择了马纳拉索的兽型斥候——嗜血魔狼。

　　拥有优秀的移动和变向能力，惊人钛金刀刃近身肉搏能力，绝对是丛林杀手，狙击手的噩梦。

　　由于第一场阿克琉蒂斯的惊艳表现，让众人对这一场充满了好奇，据说这个李尔是太阳系战队里面口气最大、最屌的，可是这选择机甲上就显得很业余。

　　"李尔这是在给自己家做大广告吗，紫苏，这款机甲你了解吗？"严小稣问道。

　　"这算是克洛诺斯最近几年的一个失败作品，太过理想化，性能不错，感觉什么都好一点，但什么都不行，实战中推广效果不大。"叶紫苏摇摇头说道。

　　李尔若是想在这样的战斗中打广告，确实是一个很好的办法，毕竟一旦成功，会立刻引起军方的注意，但这又是极其冒险的。

　　"老大，太阳系那边把马纳拉索当兔子揍了，有没有这么嚣张啊。"卢梭笑道，他是克拉克共和国战队的先锋。

　　麦克斯也是觉得好奇，从第一场开始这节奏就不太对劲，就好像潘多拉魔盒被打开了一样，貌似太阳系联邦战队才刚刚开始认真。

可这种想法一般都是用在那些绝对强者身上的，一个没有底蕴的太阳系战队好像更多的是自大吧。

无论如何，看了这场比赛之后就知道了。

李尔和拉西雷进入升降梯，机甲已经抵达，李尔非常熟练地跳入机甲。

"无极天炼"，是他主导设计的，是他理念的一个体现，只是庸人永远不会明白天才的想法，因为这个，一度让他在家族里很被动。

什么都会点，什么都不行的鸭子机甲吗？等了这么久，终于有一个不错的机会，他是李尔，没有足够的舞台，怎么值得他出手呢？

两架机甲引擎启动，轰隆隆地走进训练场，斥候之间的战斗无疑是最迅捷的，嗜血魔狼对阵无极天炼！

战斗开始！

拉西雷的目光锁定对面那个瘦小的机甲，一把不利于砍杀的钛金剑，脑子有病的家伙，弱点分析。

这瘦弱的机甲，防御力极低，速度是最大的优势，可是面对敏捷的兽型机甲，完全就是个菜。

在斥候的世界里，兽型要比人型难掌握得多，可是一旦掌握了，局限性就小得多，人型对兽型，基本上属于自残。

上一场马纳拉索大意失荆州，这一场一定要把士气扳回来。

嗜血魔狼引擎低吼，同时身体拱起，四肢开始蓄力，瞬间一声爆响，嗜血魔狼冲向了猎物。

迅猛地冲击，四肢狂奔，这种速度是人型机甲望尘莫及的，无极天炼的钛金剑出鞘。

阿克琉蒂斯等世家子弟都盯着李尔，功法力量加强，作为发源地的地球不可能没有变化，而李尔无疑是地球传承的代表人物，他现在到什么程度了？

阿克琉蒂斯已经深切感受到天王诀的提升，这让他们不需要过度依赖 X 能力就足以给对手造成致命的打击。

这是不是意味着一个新时代的崛起呢？

轰……

魔狼腾空而起，半空中，爪刃闪电弹出，森冷的杀机笼罩无极天炼。

当当当当当……

一连串金属交错的火花四射，魔狼猛然一扑，瞬间转向，四肢发力无死角的狂攻，漫天刀光像是要撕裂弱小的无极天炼。

魔狼狂舞！

强控跳跃，瞬间改变方向，面对疯狂的攻击，李尔的防御却是一丝不苟，一剑跟一剑看不出火气。

拉西雷也是发狠，对手在他的攻击面前毫无反击之力，他要把对手活活抓死。

连续的狂攻，上中下三路全部杀遍，短短五分钟内，拉西雷做出了数百次攻击，看得众人目瞪口呆，这样疯狂的攻击却被李尔一招一式地挡了下来。

攻击，不是多就有用，要扎实。

与拉西雷的疯狂快速相比，李尔的剑很慢，对比之下像是慢镜头，可是每一次格挡都非常有效，迫使对手要做出更多的动作才能维持攻击的态势。

沉稳！

只有罗非一点想法都没，任何人只要是看过李尔的出手就再也不会有其他想法。罗非曾经问过，为什么同样的一招会有这么大的差别，李尔只是随口说了一句：当你每一招都重复过几十万次之后就算是猪也会了。

从三岁开始，克洛诺斯家族就开始对李尔进行残酷的训练，一个小孩子拿着巨大的铁剑不断地劈刺，无论刮风下雨，十次，一百次，一千次，一万次……

永远没有尽头，疯狂的家族诞生疯狂的传承。

要么在野心中灭亡，要么在欲望中疯狂。

而疯狂的极致，就是平静。

但谁能知道那平静下的魔鬼是什么样子？

砰……

无极天炼一剑挡开，拉西雷的魔狼踉踉跄跄被打了出去，兽型机甲的重心无疑是最稳的，可是却被对手非常随意地一剑打开。

从头到尾，李尔都是使用最简单的横竖格挡，无极天炼并没有追击，剑尖斜指地面，甚至目光的焦点都不在对手的身上。

马纳拉索那边都忍不住了，拉西雷在搞什么鬼，这是花式表演吗？弄死对手啊。

但是文森特却没有像队友一样抱怨，眼神完全锁定了无极天炼，遇到高手了。

太阳系怎么可能会有这样级别的存在，只有一招一式经过千锤百炼的人，才能做到这样的举重若轻。

那普普通通的一刀，却是力道十足，时机上更是精妙无比，任何一招攻击，都会有强势期和弱势期，但一般是全力地一击才会容易暴露出来，但是这个李尔是连普通攻击都能抓住的，只是要知道，全神贯注去在意这种时机，太消耗了，没人能保持，可是这人却像是已经形成了本能。

拉西雷气血翻腾，这才多久的时间，他竟然感觉到了疲惫，精神和身体上都有了疲劳感，这个瘦小的机甲竟然有这样的力量，活见鬼了！

不能这么熬下去了，解决他，解决他！

嗷……

嗜血魔狼仰天狂吼，引擎轰鸣，拉西雷显然是要发动致命攻击了。

不玩了！

嗜血魔狼猛然发动，无极天炼还是静静等待着，地面冲击？空中？侧方？

嗜血魔狼毕竟掌握着主动权，极速攻击！

瞬间魔狼张开了嘴，一道道镭射轰了出来！

这是兽型机甲的优势，远近皆宜，而且拉西雷的精准度相当高，毕竟是马纳拉索的王牌，哪怕在这样的速度中也可以保持相当的命中率，无极天炼不得不做出闪避动作，然而就在一瞬间，极速奔跑中的嗜血魔狼凭空消失了。

张山猛然一震，眼珠子差点弹了出来……空间移动！

这拉西雷也是空间移动能力者，而且距离比他远得多，最重要的是还能在高速移动中做出，他很清楚，他要使用这个，能力需要机甲处在一个相当平稳的状态。

对手高出他一个段位啊。

消失的嗜血魔狼瞬间出现在无极天炼神兽面前，钛金刀刃已经完全笼罩了无极天炼，镭射只是干扰分身，这才是杀招，绝对的万无一失！

疯狂的爪刃扫了下去，必死无疑，没人能躲过这样的攻击！

噌……

就在这一刻，异变出现了，爪刃……落空了，无极天炼竟然消失了！

难道李尔也会空间移动？

难道是加速能力？

疯狂的速度，这确实是疯了，李尔难道是速度型 X 能力者？

人们只看到机甲的残影，下一刻，无极天炼出现，还在原地。

而嗜血魔狼也静止了。

噌噌噌噌……

嗜血魔狼战机塌了，确实是塌了，它的头和四肢被整齐划一地切开，只剩下中间的一嘟噜摊在地上。

全场静悄悄的，刚刚一瞬间发生了什么？

上方的监控大屏幕及时给出了刚刚瞬间的情况，嗜血魔狼空间移动到无极天炼身后的刹那，无极天炼移动了，恐怖的横移，但这只是开始，紧跟着九十度折线在此移动，同时钛金剑杀出，再横移，再砍，再横移……

慢速之下，招式是那么普通，但是恢复到正常速度，却是恐怖的一道道残影。

步伐、强控、时机，完美结合，这……甚至不是 X 能力！

全场鸦雀无声，这是要经过什么样的训练才能出现的怪物啊！

王铮静静地看着这技巧，忽然之间笑了，要做到这一步，必然要从地狱爬过几回，这点他是最有体验的，本以为只有他这么惨，原来还是有同道中人的。

也许有一天跟李尔真正地来一场会更有意思吧。

切割得刚刚好，肢解，火花四射，但机甲竟然没有爆掉。

很显然李尔是知道对手拥有空间移动能力的，尽管在前面拉西雷根本没用过，但李尔有自己的情报渠道，根本不需要军方。

第二场，太阳系联邦战队 WIN！

"这是要逆天吗？"

"马纳拉索零比二落后……"

"你是在说笑吗，是不是说错了？"

"我也以为，但显然不是，我们的人传过来的情报，太阳系联邦战队是要逆天啊！"

第十六章
吓尿了

"真的假的，难道又是那个王铮？"

"不是，王铮还没出场，据说是碾压了马纳拉索……"

各个战区的主要人员都收到了情报，毕竟作为主要竞争对手，像马纳拉索这样的强队自然是要关注的，刚收到消息的时候还以为是马纳拉索那边表现了什么新战法，结果确实是他们零比二落后的消息。

拉西雷自己走了出来，腿有点软，那一瞬间，他竟然连反击都没做出来，完全被打蒙了。

回到会场，拉西雷看向李尔，但对方依然没有看他一眼，这样的角色，只不过是李尔生命中微不足道的过客。

李尔还是那副嘲讽全世界的表情，只是这一刻，看向他的人却只是小声议论了。

李尔静静地坐回自己的位置，胖子连忙颠着屁股把饮料递了上来，同时免费的马屁送上。

马纳拉索被打成零比二了，情况有点不太妙了，文森特微微皱了皱眉头，太阳系联邦战队，最出名的就是李尔和阿克琉蒂斯，这是 X 少年学院的风头人物，有这样的表现虽然很意外，却也在情理之中，但这场比赛是七战四胜，太阳系战队的牌要用光了，只剩下个王铮，虽然不好说他的状态，但文森特不着急，胜利的天平还在他们这边。

第三场轮到太阳系这边先派出战士了，门口又进来几个人，显然是收到了消息，其他战场基本都是波澜不惊，想在十六强的战斗中爆出冷门的可能性并不高。

就在这时，后面露出惊讶声，紧跟着所有人都站了起来。

几个强者战队的情报人员也目瞪口呆，他们发出消息之后，考虑到战队可能会派替补队员来看看这场比赛。

可是……

上帝！

亚特兰蒂斯战队全员抵达！

这是做梦吗？

亚特兰蒂斯战队已经四比零轻松横扫对手，没有出现抵抗，面对亚特兰蒂斯战队也不用抵抗了，这支强大无比的队伍被誉为本届 IG 夺冠的最大热门，也许只有阿斯兰和亚比坦能对他们构成威胁，但胜算依然不高。

因为这支队伍不但有绝对闪耀的两个王牌波迪亚和艾扎斯，号称是被神眷顾的人，其他队员无一不是一顶一的高手，亚特兰蒂斯人很擅长控制情绪，因为信仰的存在，他们无所不能。

对于亚特兰蒂斯人来说，他们是没有极限的，除非他们故意输，否则无人能赢他们。

但是这样一支战队竟然全员抵达这里……为了看马纳拉索？

显然马纳拉索虽然很牛，可是还不配啊。

人们纷纷鞠躬，因为不但队员来了，亚特兰蒂斯王子昊霖也来了。这位拥有人类和亚特兰蒂斯血统的小王子其实看起来更像亚特兰蒂斯人，只是容貌更融合，让人一见就忍不住喜欢。

马纳拉索的博列、地球的蒙敖等人也都站了起来，王子年纪虽小，但地位确实高贵无比，只是因为是特殊情况，也都简单示意了。

亚特兰蒂斯战队坐在了最后面……他们真的是来看这场比赛的。

波迪亚和艾扎斯一左一右坐在昊霖两边，他们当然不会对什么太阳系战队感兴趣，但这是殿下的要求。

只是看到比分，他们也有少许的惊讶，马纳拉索战队的实力一直很强，哪怕这一届再弱，瘦死的骆驼也比马大，这确实挺让人惊讶的。

王铮也看向这边，迎接到亚特兰蒂斯王子的目光，微微一笑，对方也笑了笑，很是友善。

王铮也不明白，他们来干什么。

但是全场确实沸腾了，一个个消息瞬间传递出去。

亚特兰蒂斯战队亲临现场，难道真是去看比赛的？

这有点搞笑吧，所有人第一个反应就是不相信，可是这么多人是不会看错的，难道请了演员？

下一战确实是蛮危险的，谁也没把握，除非王铮登场，显然这次王铮没打算在半截腰就上。

目光从烈心、章如男身上扫过，落到了正在拍马屁的胖子身上。亚特兰蒂斯王子也不在胖子的眼中，拍马屁的时候一定要敬业，不能三心二意。

"第三场，罗非。"

"到，啊，不是吧，又是我？"罗非指了指自己，上一场他已经输了，很丢人的，怎么又落到了他身上。

"这个，队长，我上一场受了暗伤，现在还……"刚说到一半却见李尔点点头，话锋立刻一转，"为了团队，我一定鞠躬尽瘁死而已！"胖子大义凛然地说道，颇有点烈士的感觉。

这一场的意义，李尔自是知道，暂时放下个人纷争，他知道，罗非的实力瞒不过王铮，也挺佩服王铮的胆量，敢用人，不怕输，也不怕非议，这样的对手难缠，但也有点意思，算是为他的王者之路增添一点乐趣吧。

张山等人有点着急，王铮怎么在这种关键时刻玩火，马纳拉索可不是以往的对手，容不得半点马虎啊。

连马纳拉索都愣了，几乎都认为不是烈心就是章如男登场，可是却又是这最废物的胖子。

这是在蔑视他们吗？

"拉米西斯，这一场交给你了，不用手下留情！"

"是，队长！"

拉米西斯站了起来，他的额骨有点塌，那是在一次训练中被击中，虽然经过治疗，但依然有个突兀的凹陷，看起来很吓人。

但拉米西斯拥有预备"机械师"的称号！

这是一个痴迷机甲成疯的存在！

见对手快步上去，胖子也连忙加快步伐，主动上前握手："这位大哥，多多关照，手下留情。"

拉米西斯冷漠地甩开手："想要认输就趁早，死了别怪我。"

拉米西斯很快选出自己的机甲，亚比坦的"屠戮者"。

这是适合近战的狙击手，绝对要求操作的机甲，可惜他碰上的却是这么厌又恶心的胖子，跟这样的对手作战简直就是耻辱，他拍马屁的恶心样子所有人都看到了，这样的人竟然也能混进来，真不知道太阳系战队搞什么，关键是这家伙还一而再再而三地得到上场机会。

这胖子选择了刚刚马纳拉索登场用过的机甲——嗜血魔狼。

……

马纳拉索人的表情立刻沉了下来，这是赤裸裸地打脸啊，教你做人啊！

这种灵活性机甲是这种肥胖子能掌握的吗？

嗜血魔狼，是要杀气，要有疯狂的机师才能发挥出来的，让这种恶心的地球人用简直就是侮辱了这么高贵的机动战士。

在太阳系战队的座位上，王铮、李尔、阿克琉蒂斯都是面色平静，但这时已经没人觉得这三人在装×了，无论最终胜负如何，太阳系战队都已经证明了他们的实力，他们打入三十二强实至名归。

胖子驾驶着机甲磨磨蹭蹭地爬了出来，对面的屠戮者早已就位，只等战斗开始！

"这机甲果然好用，马纳拉索的大哥，多多指教！"胖子说道。

听到这个声音，拉米西斯就觉得想吐，在这样高贵尊严的战场上，竟然出现这种蟑螂。

"我劝你还是投降吧，可以继续舔李尔的屁股混下去，不然一定要你命。"拉米西斯嘲笑道。

嗜血魔狼像是杂耍一样站了起来，伸出一个爪子，机甲中传来罗非的声音，只是这个声音有点走样，像是另外一个人："一分钟。"

轰……

话音一落，嗜血魔狼立刻突击，偷袭！

但是拉米西斯怎么会上当，屠戮者镭射枪立刻爆射，这种近战镭射，完爆各种斥候。

轰轰轰轰……

嗜血魔狼，东奔西进，拉米西斯露出冷笑，镭射轰鸣……克罗索矩阵点射！

必杀锁定！

这是射击类的杀招之一，瞬间的矩阵包围，专门封杀兽型机甲。

但是奔行中的嗜血魔狼战机竟然一个高速的翻滚，以完全非常规的动作躲过，翻滚之后，速度不减，这一刻拉米西斯终于意识到不对劲了。

瞳孔瞬间放大到无的状态，屠戮者开始了疯狂的位移射击，X能力——无死角致命打击模式。

这是一瞬间进入了一种不受任何干扰、完全锁定目标的对死模式，不是自己死就是对手亡，专注度提升到了极限。

双方都没有开启能量盾，谁先开，谁的动作就要受影响。

时间一秒一秒过去。

可是令所有人吃惊的不是屠戮者的表现，而是嗜血魔狼，这动作……比拉西雷还凶残，也许各有风格，但是拉西雷虽然凶猛，却还是接受的范围，可是看到罗非的嗜血魔狼，你眼前已经不是人了。

这个时候的罗非就是怪物。

嗜血魔狼进入了攻击范围，X能力爆出——虚弱！

一瞬间扫过，屠戮者的动作慢了那么一点点，嗜血魔狼已经扑了过来，但是拉米西斯可是预备机械师，间不容发地开启了能量盾，对手的虚弱能力并没有完全禁锢到他的行动，这也是马纳拉索战士强横的地方。

但……悲剧才刚开始。

嗜血的魔狼在扑到猎物的时候才会真正疯狂，不死不休！

爪刃如同疯子一样抓了过去，漫天爪影，足足是刚刚拉西雷的两倍有余。

愣的怕横的，横的怕不要命的，不要命的怕神经病的。

天下武功，唯疯不破。

轰……

眨眼间能量盾爆裂，嗜血魔狼一爪抓了出去，轰……

所有人都吓坏了，这一抓正中驾驶舱，直接把机师掏了出来！！！

嗷……

抓住猎物的嗜血魔狼发出狂吼，引擎轰鸣，只消一用力，拉米西斯就会变成肉泥。

这是近乎动物的攻击，敏锐到了极致。

这是那个喜欢拍马屁的胖子吗？

所有人都打了个冷战，那些嘲笑过胖子的人，感觉脖子都凉了。

嗜血魔狼的嘴对准了拉米西斯，黑洞洞的口炮，拉米西斯忽然发出一声惨叫……

马纳拉索的人忍不住闭上了眼，这绝对是马纳拉索历史上最耻辱的事儿——拉米西斯吓尿了。

第十七章
暗黑天幕

裁判已经紧急制动了比赛，比赛已经结束，毫无疑问。

太阳系战队三比零……

全场静悄悄的，无论是谁都想不到会是这样的结果，这尼玛，太阳系是扮猪吃老虎啊！

怎么会这样，为什么会这样？

罗非的眼睛里的血色渐渐消失，若不是紧急制动，他可能真会弄死对方，还是不太好控制自己。

关键是拉米西斯犯了胖子的忌讳。

急救人员都闻到了浓重屎尿味儿，也许大家都不怕死，可是任谁被从机舱里一爪子抓了出来，恐怕都受不了。

胖子拍了拍自己肉嘟嘟的脸，调整了一下表情，才从机舱里走出来，走向对手："不好意思，没弄伤吧？"

他一过来，几个急救人员都吓得后退几步，胖子摸了摸脑袋，有点不好意思，他真的是好人啊。

看台上，亚特阿兰蒂斯战队的队员倒没有太大感觉，水平不错，不过还不至于……

这一刻马纳拉索的博列中将已经瘫倒了，比赛结束了。

他本以为，整个太阳系只有王铮一个怪物，结果是一只怪兽带领一群怪物。

这将是此次 IG 的一次灾难。

只不过，马纳拉索是第一个牺牲者。

第四场文森特登场，马纳拉索最后的希望，他们依然有希望，只要赢了这一场，太阳系战队已经没牌了，不可能还有这样的怪物，马纳拉索依然有希望。

文森特，十九岁，却成为马纳拉索的队长，正因为他表现出的无敌能力，他依然可以力挽狂澜，要知道文森特的水平是银盟级别的。

虽然太阳系表现出这样的实力，可是大家依然有信心，因为文森特并没有太焦急，对手很强，却还在可控范围内。

差不多是决胜负的时候了。

而太阳系这边出场的自然是王铮，如果聪明点的，会找一个弱一点的对手让过这一场，但这显然不是太阳系的风格。

在众人眼中，某队长总是喜欢在该决绝的时候玩战术，在该玩战术的时候又玩决绝。

第四场队长战，同时也是太阳系战队的赛点。

王铮对阵马纳拉索的超级天才文森特。

在太阳系这边战得如火如荼，其他战区也在大战，除了几个战区实在太轻松，多数还是要纠结一番的。

A区。

阿斯兰对武仙星，阿基提纳联邦战队和人马星系战队碰到了一起。

武仙星抽到了下下签，但是，队伍的气氛没有其他人想象中的消沉，相反……

是兴奋了，集体狂吼，制霸世界的梦想，就是要从阿斯兰先开刀。武仙星不是强国又怎么样？论个人实力，武仙星人从来都是不服，特别是这一代，出了好几个天才，根本就不惧什么阿斯兰、亚比坦。

"终于碰上了个像样的对手！"

"灭了他们，什么剑圣剑魔，全部都是自封自号，笑掉人大牙。"

"虽然这个时候曝光我们的杀手锏有点早，但是，对手是阿斯兰的话，也值得了，干掉他们！"队长米德举起手，他的脸色是最兴奋的。

面对武仙星的众志成城，阿斯兰帝国这边，还是云淡风轻。

只是结果却证明，理想是丰满的，现实是骷髅的，所以武仙星被痛痛快快地灭了，而且是被阿斯兰的替补队员，过程确实有点慢，但看得出阿斯兰人依然在稳健地保持状态，并不急于表现。俗话不是说，大热必死吗？到目前为止，还没有谁敢说有绝对夺冠的实力，这种情况下，心态的成熟无疑是非常重要的。

阿瑞奥拉和奥兹则在轻松地聊天："我刚得到消息，亚特兰蒂斯全员去了D区，王子亲自带队。"

"不需大惊小怪，亚特兰蒂斯对于地球文明一直感兴趣，这些永远老传统的总是比较恋旧，若是他们能进十六强再说。"

C区，有一场极为特殊的战斗，赛前就知道，只有一支队伍能活着离开，黑暗帝国战队对上仙女星战队，这是一场宿命的对决。

两国都与星系大航海时代著名的大探险家基隆有过关系。

基隆出生于在星际大航海时代初期就已经建国的黑暗帝国，从小生活在贫民区的基隆，梦想是成为星际大探险家，而要想成为探险家，首先是要有一艘可以长时间在宇宙深空当中自给自足的深空探险船。为了梦想，基隆不惜一切，诈骗，走私……只要是能赚到钱的事情，他都干过。

然而，就在他快要赚到足够买下一艘深空探险船时，在与黑暗帝国第一家族邦特家的豪赌当中输光了一切，铤而走险的基隆带着他的团队袭击了邦特家，劫走了邦特家的终极探险船，并且曝光了邦特家违制的军火库，引发了黑暗帝国的大动乱。

动乱最后被邦特家镇压了下去，皇室成为了邦特家的傀儡，邦特家以将军的名义牢牢控制了全国，但由于曝光过错，受到了银盟其他国家的制裁，黑暗帝国的实力也被重重削弱，错过了大航海时代最重要的扩张时期，而采取了保守的防御。

基隆成为了黑暗帝国举国痛恨的第一通缉犯。

仙女星位于银河系最边缘，它的起名起源于一个误会。星际大航海时代的中期，已经成为大探险家的基隆发现了一个超距离虫洞，进入其中，经历了三天的虫洞旅行抵达了一处陌生的星系，星域周围，布满了危险的高能星云和磁场风暴，连亚空间都受到影响，进出都只能通过进来的那个虫洞。

由于定位错误和当时的科技水平限制，基隆以为他们已经脱离了银河系，进入到近邻仙女座星系当中，由于受到黑暗帝国的通缉，再加上进入这里只能通过双向的超距离虫洞，易守难攻，基隆决定在此建立仙女星系共和国。

直到这里建国百年，星际大航海时代结束以后，才发现这里仍然位于银河系当中，但是仙女星系联盟共和国的国名，已经获得了银盟的认可，也就保持沿袭了下来。

可以说，是基隆建立了仙女星系共和国，是仙女星国父。

也是基隆让黑暗帝国失去了成为超级大国的扩张良机，是国贼。

进入和平年代，双方依然是针尖对麦芒，而且发展越来越迅猛，不但黑暗帝国，仙女星由于其他独特的位置，垄断几个稀缺资源，也是生机勃勃，其他国家也乐于让两个国家互相牵制，时不时地给他们制造"机会"。

还没开战，双方战队就已经开始了针对。

"黑暗狗，今天就是你们的末日。"仙女星战队的队员很直接，集体竖起中指。

黑暗帝国这边看起来很淡定，眼神却异常凶暴，如不是该死的基隆，现在的黑暗帝国可能就取代了阿斯兰和亚比坦。

尤其是队长斯劳勃格，邦特家族的长子，第一继承人。

这是邦特家族近百年来最出色的继承人，无论是心性还是实力，都是家族百年来的巅峰之选。

而相对的，这届仙女星系的队长，是基隆的直系后人，李昂·基隆。

双方都很清楚，其他代表团也都心里有数，两支队伍的碰撞，就是生或死的对决。

实力上来讲，仙女星和黑暗帝国一直相近。

这一届，评价也都是不分上下，双方碰上，将会是修罗般惨烈的血战。

劳勃格·邦特第一个上场，仙女星战队那边嘘声一片。

劳勃格举起右手，指向了仙女星战队的队长李昂，目光冰冷，可敢一战？

李昂站了起来，目光同样冰冷，竖起了大拇指，然后，拳头一转，拇指向下，战就战！

双方互不相让，又都是攻击性极强的自信队伍，根本就不用讲什么策略，对方队长先锋，身为队长的他，也自然起来应战。

他们的战斗不仅仅是胜负，恩怨太深远了，尤其是他们的个人身份，避而不战是不行的。

仙女星战队发出了吼声："杀，杀，杀！"

相比之下，黑暗帝国战队的气氛很阴沉，但是，杀意也是一样的浓烈。

双方上场，劳勃格选择了黑暗帝国的超级系机甲冥王九代，而李昂选择的是仙女星的超级机甲仙王。

冥王对仙王。

世仇的对决。

大家都屏气凝神地看着，这一战，将会是一场恶战……只有一个人还能站着走出来。

轰……

双方机甲一个交错，拥有疾速 X 能力的李昂占了上风，举起双臂，吼，两把激光剑格外醒目。

冥王九代用的是一把死亡镰刀，很罕见的长武器。这时，可以看到，冥王九代左胸有着一道长长的刀痕，刚才的碰撞，吃了武器和速度的亏，以长击短，在近身疾速短打的时候，效果并不好，幸好只是擦过，而不是刺入。

李昂的状态前所未有地好，舔了舔嘴唇，越是这种生死战，他对速度 X 能力的感觉就越好，而且，身为基隆的直系后人，能在 IG 斩杀邦特家族的第一继承人，想想都觉得兴奋。

仙女星那边也是士气高涨，吼，李昂必胜！

黑暗帝国则是更阴沉了，眼神并没有因为劳勃格的失利而有一丝波动。

不在乎？

轰……

冥王九代猛地冲向仙王机甲，主动攻击。

李昂没有退避，正面迎击，突然，李昂心中一震，瞳孔瞬间放大……

世界一片黑暗！

不对，不是世界变化了，而是……

李昂失去了他的视野！

能量盾秒开，然而，已经迟了，死亡镰刀就像收割稻草一样，直接一钩，仙王机甲的头部直接爆开，整架机甲失去了动作，只是惯性地向前冲击，冥王九代转身一斩，镰刀直接斩入驾驶舱中。

轰……

正吼声如雷的仙女星战队瞬间失声。

黑暗帝国，还是没有多少声音，目光冷冷，理所当然地看着，因为，他们的队长是百年来邦特家族最强继承人，仙女星的李昂，从他上场的那一刻，就已经是死人了。

李昂的死，让整个仙女星战队都陷入了恐慌，接下来几场，其实双方的实力相近，但仙女星战队接连失利，蒙头蒙脑，直接被打了个四比零，惨遭淘汰，其中，有三场都是惨烈地战死！

黑暗帝国，在三十二强时，终于露出了他们的爪牙。

X能力暗黑天幕，不仅仅是从视觉上，还能制造心理上的恐怖，这不是幻觉系的X能力，而是黑暗帝国独有的黑暗降临，超稀有的X能力，程度甚至比空间移动还罕见。

黑暗帝国的残暴是引起了争议，尤其是他们是否涉嫌故意杀人，但这一切都将在扯淡中化为乌有，因为黑暗帝国众口一词：连贯动作，根本停不下来！

这个时候的D区却一片肃静，因为王铮再度选择了马纳拉索的金轮斗神。

第十八章

金轮斗神 vs 光轮王

此时的马纳拉索已经不复刚才的镇定骄傲，不知不觉已经零比三落后了，最后的希望全在文森特身上。

对于王铮的选择，文森特只是微微有点诧异，慎重地做出了自己的选择。

——"光轮王"！

这是马纳拉索的超级机甲，任何一个骄傲的国家，比如马纳拉索都不会跌倒在同一个地方，金轮斗神虽然失败，但也提供了更多的素材，然后诞生了这款光轮王。这是金轮斗神的升级版，战士型机甲，拥有恐怖的突进位移能力，同时爆发的攻击力更是让人瞠目结舌。

据说，在马纳拉索只有机械师才可以使用，因为这种机甲对身体和精神的要求极高，至少要双控以上的水准才能驾驭，想要完全发挥出来恐怕要三控。

一直以来，马纳拉索战队很高调，但是作为队长的文森特却很低调，就连代表团的人都可以保持沉默。

可是到了这个地步，显然是事关生死，必须全力以赴，不要想后面面对阿斯兰如何如何了，先把眼前这一关过去吧。

若是倒在太阳系战队面前，恐怕老对手阿斯兰会笑掉大牙的。

当文森特选出光轮王的时候，所有队员都松了口气，已经开始讨论后面怎么战斗了，论替补深度，他们有绝对的信心，若是太阳系战队每个都那么变态，就没什么好说的了，但这是绝对不可能的。

现在肯定是太阳系战队的全盛状态了。

"队长，加油！"张山把手弄成喇叭状狂吼道。

周围的人都像看小丑一样看着他，这么关键的时候，要的就是冷静，哪儿有这样大呼小叫的。

张山毫不在意，得意地旁观四周，好像这场比赛已经赢了一样。

"王铮练过金轮斗神吗？"蒙恬忽然有点担心地问道。

"金轮斗神，那是什么东西？"张山只是听说过，"没差别，都是机甲而已，大同小异。"

"无知真可怕。"李尔冷哼一声，淡淡地望着场上，略微有点担忧。王铮这小子总是不按常理出牌，这一战不能输，看似太阳系战队占据绝对优势，可是一旦输了，气势立刻倒向马纳拉索，等于放虎归山。对于剩下的几块料，李尔还真不怎么信任。

可是他不是队长。

"切，王铮是天才，管他金轮银轮，打爆不就完了。"

阿克琉蒂斯苦笑摇头："金轮斗神是马纳拉索最失败的作品，而光轮王，是建立在金轮斗神失败的基础上成就的超级机甲，在马纳拉索只有机械师才可以驾驭，照这样看，文森特已经打破了最年轻机械师的称号了，马纳拉索还真能忍啊。"

目前最风光的无疑是亚比坦等几个帝国的队长，可是马纳拉索这一届出奇地低调，恐怕是图谋更大啊。

"殿下，地球人又浮躁了，看似三比零，其实很危险，这金轮斗神我用过，完全是理想化的机甲，根本不适合实战。"艾扎斯说道。

相比艾扎斯，波迪亚属于更缜密一点的，王子殿下虽然年纪小，可他是神选之子，拥有匪夷所思的感觉。

波迪亚认真地盯着这个叫作王铮的人，自从进来，殿下一直很关注他。

"说不定此人正好使用金轮斗神，任何一款机甲都是有灵魂的，一旦灵魂匹配，废物也可成神。"

"呵呵，波迪亚，你想太多了。"

对于王铮这个选择，绝大多数人都不太理解，除了两个人，蒙敖和博列。两人不自觉地对视一眼，博列压力很大，非常大，不过不是没有胜算，擅长群战，却不一定擅长一对一，光轮王在性能上还是可以压制的，只要节奏把握住，以文森特超绝的天赋，有机会！

在入口处，一个略显落寞的身影悄悄地坐在角落中，是孔斩，他没有走，心神矛盾之下，他做出了一个那样的决定，其实他并不觉得是错的，因为若是让王铮发挥出来，士气被夺，后面就更完了，但最终他输了，背负了太多太多的东西，队长之位被剥夺。这一切他并不后悔，既然做了就要承担，可是他想知道，王铮到底有没有那个实力，那个视频到底是不是真的。

若……不是那样，他可能会立刻撞死自己。

没人在意孔斩，一个失败者是没有价值的。

金轮斗神的机甲位稍微远一些，花了点时间，因为没人觉得会用这样的冷门机甲，倒是文森特的机甲很快就准备好了。

银色炫酷的光轮王，八面光流学设计，最大限度地减少空气摩擦，而且高速行进时会形成推进涡轮效果，这是马纳拉索的顶级专利，牛×不是吹的，机甲的大小中等，武器是两个特制的光圈。不得不说马纳拉索的科学家也是疯子，他们竟然用超导合金研制成了这样变态的武器，谓之超导光轮，近战坚硬无比，而中远距离，这两个超导光轮一旦充能就可以释放出致命的超能转轮，漫天飞舞，对能量盾有极强的切割效果，无死角、无轨迹的致命杀招。

远近皆宜的超级机动战士，但这款机甲的要求也极高，机师的精神强度必须是 C 级 X 能力者，肉体强度至少也是 D 中阶的能力者，只有这样才能支撑这么一款机动战士。

超导光轮要比金轮更直接更凶猛，而且不需要回收，科技是第一力量。

所以也有人说光轮王为金轮斗神的成熟版，金轮斗神根本不能算是成形的机甲。

机甲来了。

金轮斗神的大小和光轮王差不多，但从外观上明显看得出细节上的差距，金轮斗神略显粗糙，两个巨大的金轮，显得格外……土。

最关键的是，文森特对这款金轮斗神同样无比了解！

作为马纳拉索的天才机械师，他想尝试征服这个给帝国带来耻辱的机甲，最终他做得是不错的，可以做出一定的杀伤力，只是并不稳定，坦白说，还是不适合实战，若是一般对手也就罢了，像这样关键的比赛是不能玩火的，用光轮王虐金轮斗神，绝对的完爆。

对手可能是想用这个来刺激他，但他是不会上当的，就当这个王铮可以操作金轮斗神吧。

两个对手互相行礼，无论王铮还是文森特都不是喜欢斗嘴的类型。

机师随升降梯进入机甲，载入，融合，两架机动战士的眼睛亮了。

太阳系联邦战队和马纳拉索帝国战队的决胜一战。

场面一下子安静下来，两架机甲同时向前走了几步，站定，一种奇怪的氛围开始弥漫。

只有成痴的人，才能明白机甲。

文森特就是这样一个人，他的生命中只有机甲，以机甲为生，他发誓要成为这个马纳拉索，不，整个银盟最强的机动战士，第一步已经很近了，他已经成为了史上最年轻的机械师，IG无疑是一个可以让他大步前进的舞台。

一个懂的人，只要一看就能明白，明白人，明白机师。

从走路的细节，看似只是普通的几步，却全无死角。

太阳系是真的要崛起了，竟然出现了这么多顶级高手。

但是可惜，还是要倒在马纳拉索的脚下，光轮王，这可是银盟十大机甲之一。

以帝国不朽之名，战！

誓言在文森特的内心爆发，机甲轰鸣，光轮王出击，与此同时，金轮斗神出击。

超导光轮和金轮瞬间轰在一起，砰……

只是一击，全场都寂静了。

超级战！

看似只是一击，但两人交错的瞬间，文森特的左右超导光轮各自轰击了五次，而王铮的金轮也同时防御了五次。

两架机甲交错而过，紧急制动转身，第一回合势均力敌，但明显光轮王的性能要好出那么一点点，所以光轮王的转身更快，而更恐怖的是后面。

文森特不断转身迅猛，竟然二话不说，发动了光轮王的杀招之一——轮回地狱！

光轮王暴力突进，瞬间只留下一道残影一样，金轮斗神的转身慢了一点，力道无法发足。

超导光轮已经迅猛地旋转起来，轰……

光芒四射，金轮斗神的上中下三段爆出漫天的光点，三段轮回，每一段做出十次攻击，三十次攻击只花了一秒多一点点，金轮飞舞勉强挡下了第一波攻击，可是光轮王如同炸雷一样，一声巨响之后又消失了。

侧方！

又是上中下三段暴杀，无论攻防双方都已经无法呼吸。

轰……

金光和白光爆裂，面对这样凶猛的攻击，金轮斗神竟然还是防了下来。

但……

轰……

所有人张大了嘴，光轮王的轮回暴击只是一轮，文森特已经使出第三轮了。

这一次已经出现在了金轮斗神的身后，金轮斗神没有完全转过身来。

这就是光轮王的恐怖之处，超级性能加上超级操作，成就超级战士。

轰隆隆隆……

两架机动战士同时炸开。

……

挡住了？

背挡……

文森特也无法相信，这样暴力的三重三段多频攻击，就算是他自己都无法挡下来，可是这人竟然挡住了，几乎是背对的情况下挡住了自己的三段攻击！

王铮也是手心微汗，好久没这么爽了，跟打虫子完全是两回事，那个无技术含量，但是这个不同，只可惜对手的攻击还是太规范，若是稍微变化一点，他可就要吃亏了。

第十九章

杀 神

双方机甲的距离并不是很远，文森特的眼神变得凛冽起来，这一刻他想起了将军的叮嘱……什么事儿能让将军这么说，他和王铮的接触，唯一的可能就是那次的复活赛。

若是……C级，不，哪怕是B级，也可能引起将军的注意，难道是A级？

文森特露出了笑容，兴奋了，他竟然颤抖了，太兴奋了，竟然有人突破了A级难度。

既然这样，他就不需要客气了。

二十米的距离，光轮王的超导光轮爆出强光，充能！

李尔眼神一冷，他太清楚这光轮王的威力了，这个时候王铮必须动手了，否则必死无疑。

这点在场的顶级高手都清楚，光轮王被称为十大机甲之一绝对不是吹的，超导光轮充能完毕，会瞬间释放出五十击以上光轮的攻击，能量盾根本挡不住这样的攻击，也躲不开这样无规律的旋转攻击，而最可怕的是，经过充能旋转的超导光轮才是最致命的，已经足以瞬间切开任何常规机甲，包括满状态的能量盾，可以说，这是马纳拉索科学家的梦，在光轮王身上得到了完美的体现。

超导光轮一旦发出，收回有点困难，会让机甲存在数秒的停滞，但这并不重要，因为敌人已经死光了。

几乎所有人都以为王铮必须抢攻的时候，金轮斗神的金轮也转了起来。

尼玛，你以为你是谁啊！

金轮斗神这种残货，能跟银盟十大机甲相比吗？

完全是天差地别的攻击力，这是必死，谁都救不了！

自信有时候会害死人的！

金轮斗神的转轮刚刚好，也就慢了一丁点，光轮王就好了，急速充能，虽然会在施展之后让机甲的性能急剧下降一段时间，可是这种爆发在时间就是生命的战场上决定了生死。

问题是，王铮金轮还没有出手，尼玛，你见鬼啊。

光轮王满状态出手——天罗地网！

嗡嗡嗡嗡嗡嗡……

漫天的光轮呼啸杀向王铮，密密麻麻的，尤其无数的回旋，光是看着都晕了，开能量盾啊！

张山都吓呆了，他没想到光轮王这么强，上天无路入地无门……擦啊，这一刻他真想把自己的空间移动能力让给王铮，可是就算空间移动的距离也不够啊，除非能凭空消失。

砰砰砰砰砰……

疯狂的转轮瞬间汇集到金轮斗神上，这是要被轰出渣渣、切成碎片的节奏啊。

文森特已经完全进入暴走模式，光轮不死不休地继续轰杀，做到五十以上的光轮算是合格，但是他文森特，他是马纳拉索史上最强年轻的机械师。

他的光轮超过一百！

光轮的爆裂漫天，光芒四射，完全看不清金轮斗神了。

轰……

金轮斗神突进了！

？？？

漫天的光轮竟然被金轮全部挡了下来，金轮斗神正踏着让人吐血的步伐，不是交叠步，不是变频步，从没见过的步伐，却总能让机甲处于最佳的防御角度，最大限度发力，而最恐怖的是王铮的判断力，那回旋轨迹竟然没一个判断错的。

这个……变态啊！

他没开能量盾！

王铮不是不想开，是不敢啊，高手之争就在这毫厘，稍微一慢就死绝了。

对手的突进反而激起了文森特的野性，一天一天又一天，他的训练从来一丝不苟，别人休息他还在练习，他是天才，他早就可以掌握，但是他要做到最好，他要成神！

杀啊！

又是一轮猛爆，光轮暴击，两拨光轮已经超出一百，这绝对是惊悚级的攻击。

但是更恐怖的是王铮的防御，金轮斗神的超级转轮大概是唯一可以克制这种旋转攻击的，以旋转对旋转，无死角的防御，这同时要警觉的方向至少五个，五度强控？

王铮展现出了非人的防御天赋，可是没用，他还是被压制了，两人的距离更近了，此时光轮王的最终杀招出现了。

两把致命的超导光轮已经旋转到了最强杀伤的地步。

到了这一步，已经停不下来了！

文森特眼神中流露出一丝惋惜，可是，你要死，任何阻碍马纳拉索、阻碍文森特的人都必须干掉。

杀！！

嗡嗡……

两把超导光轮已经化成死神的镰刀朝着金轮斗神收割过去，无解！

金轮斗神瞬间横移，可是没用，光轮还剩十几个！

可是这一瞬间，王铮手中的金轮出手了，这是金轮斗神第一次出手。

嗡嗡……

想要同归于尽，这是不可能的，文森特瞬间开启能量盾，全神贯注，他的走位一样无敌。

但是金轮攻击的却是超导光轮。

与此同时，十几个光轮回旋杀向王铮，这一刻，神迹上演。

金轮斗神，转身横移侧身平动，十个光轮竟然全部落空。

轰轰……

金轮和光轮剧烈撞击，竟然撞飞了。

两架机甲同时启动回收功能，文森特完全做好准备，稳稳地迎接光轮，但是强横的冲击力依然让光轮王禁不住后退一步。

而此时的金轮斗神刚刚躲过光轮完全失去平衡，而金轮已经来了……难道，他要被自己的轮子切了？

噌噌……

金轮入手的同时，金轮斗神重心一下拉平，两把金轮完全没有丝毫的停歇，像是不到零点一秒，只是轻轻一沾。

嗡嗡……

金轮杀出！

所有人的眼珠子都快掉出来了，孔斩脸色苍白，梦魇来了……

真的出现了！

文森特也完全惊呆了，这根本不可能，没人可以做到啊！

轰……

根本来不及闪避，双臂本能一挡……轰……

能量盾瞬间下降到百分之二十，两把金轮斜飞出去，而文森特毕竟是机械师，几乎是本能地借着撞击力飞速后退，然而金轮斗神已经冲击。

面对从两侧呼啸而来的致命金轮竟然看都不看，双手一招，上帝啊……

这没法看了！

金轮斗神在测试时曾经出现过由于注意力不集中机师被自己的金轮切成重伤的情况。

金轮斗神诡异地停顿侧移一步，机甲微微前倾，两把金轮入手，下一刻，呼啸杀出。

没有停顿，不但没有减弱，似乎旋转力还增强了！！！

文森特无法相信自己的眼睛，眼前的一切摧毁了他的自尊和骄傲，因为他试验过，这个世界上没有人可以做到！

不后仰，无时间差！

这是不可能的啊!

轰……

能量盾爆裂……

光轮王要完了,而就在这时,光轮王身前的空间出现了扭曲,两把金轮斜着飞了出去。

间不容发!

文森特的 X 能力,这是他最后的力量,两把金轮被彻底改变了轨迹回旋着杀向金轮斗神。

最后的机会。

但是金轮斗神没有任何停顿的意思,依然伸出了双手。

文森特咬紧了牙,这世界上没有人可以接得住被改变旋转力的金轮!

噌……

确实慢了那么一点点,就那么一点点,以机械师的洞察力可以感觉到的停滞,零点一秒?

金轮第三度杀出呼啸着掠向光轮王。

这一刻绝望的不仅仅是文森特,是所有人。

光轮王没有动,没有躲,因为这一刻死亡可能才是解脱。

梦,被彻底摧毁。

轰……

金轮穿过了光轮王,呼啸着撞向能量磁场猛烈反弹,却又乖乖地回到了王铮手中。

咔咔咔……

光轮王那炫银的机甲上出现了整齐的切口,机甲被切成了上中下三段。

这是真正的死寂一片,所有人的表情都像是被定住了。

这是人吗?

金轮缓缓制动,回到了金轮斗神的双臂。

这是马纳拉索的耻辱吗?

这是无敌斗神!

第二十章
当无解被无解破解

博列闭上了眼睛，他知道结果会是这样，尽管一度他渴望奇迹，出于自私的角度，他甚至也想让这一场弃权，就像银蛇共和国做的一样，因为这对于文森特来说，是一场灾难。

很可能，这个马纳拉索的天才从此就废了。

文森特被急救人员抬了出来，闭着眼睛，身上的伤势已经不重要了，灵魂的创伤，泪水一滴一滴地滑落，因为训练无数次受伤，无论发生什么，他都不曾气馁过，他相信只要努力他就是世界上最好的。

直到刚才，他的世界崩塌了。

亚特兰蒂斯人一言不发，这一刻，即便是强大的亚特兰蒂斯共和国战士也只能表达尊敬。

当无解被无解破解，这是多么震撼，是战士一辈子都想要经历的。

裁判都像是静止了，这不是用脑子可以想得到的，金轮斗神怎么可以不后仰！

光轮地狱怎么可能被躲过去！

这是电脑都会放弃的计算！

这他妈的肯定是在搞笑，这尼玛是太阳系战队吗？

所有马纳拉索队员都石化了，他们没有意识到他们已经输了，强大的马纳拉索帝国战队倒在了三十二强。

屈辱的零比四。

当裁判宣布了结果之后，所有人才回过味儿来，大厅里爆出了惊天动地的欢呼声。

这是神迹！

这是斗神！

克拉克共和国的队员们面面相觑，忽然之间，他们都看到了彼此眼神中的庆幸。

因为他们的运气太好了，不用做十六强的对手，而且进入十六强之后，下一轮他们也不用跟太阳系的怪物分在一起。

这尼玛哪是黑马，这绝对是本届 IG 最强的战队之一啊。

太阳神阿克琉蒂斯，李尔王李尔，克洛诺斯，当然最可怕的还是他们太阳系战队的队长。

这是一个什么样的人？！

当王铮出现的时候，队员和代表团的人已经一拥而上把王铮扔了起来。

蒙敖他们都差点冲出去，将军们毕竟还是要面子的，总不能跟年轻人一样闹腾，可是他们的脸上都带着孩子般的笑容，终于等到了！

这样一个人！

一个可以让地球、让太阳系崛起的人！

不，准确地说，是让太阳系雄霸银盟的阵容！

阿克琉蒂斯云淡风轻，李尔还是一贯的蔑视天下的骄傲。

这样的天才，一个就谢天谢地了，在太阳系联邦战队有三个。

定要逆天！

各大战区基本上都分出胜负了，尤其是那些王牌队伍，当马纳拉索零比四被横扫的消息传出来，整个 IG 都被震荡了。

所有人第一反应就是比分弄反了！

马纳拉索可是赛前被保送的队伍啊！

IG 的评估是不可能错的，他们可是多方位衡量，可不是仅看名气，尤其是到了这一步是七战四胜，基本上不存在偶然性了。

太！阳！系！联！邦！战！队！

叶紫苏和严小稣也乐坏了，饶是两人对王铮很有信心，可是看到光轮王那恐怖的攻击也都感觉无力，可是王铮竟然解掉了这不可思议的攻击，攻防都展现了绝对的统治力。

亚特兰蒂斯人悄悄地退场了，但是临走的时候很明显，亚特兰蒂斯的队员眼神中带走了一些东西。

这支太阳系战队勉强够资格跟他们一战了，如果他们能走到最后的话。

麦克斯带领着队员送上祝贺，毕竟他们大胜的是马纳拉索帝国战队，意义非凡。

最让麦克斯震撼的是，经历了这样的战斗，王铮竟然没有虚脱，虽然有汗迹，但整体的气息依然很充沛。

这是机械怪物吗？

麦克斯等人没过多打扰，因为后面是太阳系战队的庆祝，这是IG到目前为止最大的冷门。

但也因为这一战，太阳系战队将不复以前的待遇，他们会被所有对手研究，用显微镜研究，找出他们的问题缺点。

没有人是没有缺陷的，没有战队是无敌的，不但太阳系战队，他们克拉克战队也是一样，进入十六强都不要想着投机了，后面将是智慧和力量的双重比拼。

兴奋的严小稣这时才想起了远在地球的哥们儿。

比赛实在太惊人了，让严小稣忘了还要传递消息，此时姚艾伦和老鹿正在解说比赛，这是一场友谊赛，一面看比赛，一面为远在阿斯兰征战的太阳系联邦战队加油。

百万级的观众，这在其他任何CT战区都很难见到的，这里绝对是热度空前，这也让索伦的地位在总部那边不断提升，尤其是当得知骷髅竟然是战神学院的学生，传奇成真，而现在王铮正在征战IG，这让所有人知道，他们不需要再意淫了。

只是在进入十六强的战斗中，太阳系战队面对马纳拉索。稍微有点理智的地球人都知道，这是没戏的，只要别输得太惨就行，这方面地球人有过太多的教训了，输不算什么，经常会被屠杀侮辱。

老鹿看了一眼姚艾伦，姚艾伦微微摇摇头，看了看自己的天讯，还是没有消息，一种不妙的感觉正在笼罩着所有人。

若是赢了，不可能到现在还没说一声，除非是输了，而且还输得很惨。

老鹿表情微微一黯，但很快恢复正常，他是职业解说，必须提前铺垫情绪："目前还没有进一步的消息，马纳拉索是目前银盟最强的国家之一，机甲研究方面也是领先水平，在马纳拉索最优秀的机师可以获得机械师的称号，无论结果如何，只要我们的队员能打出太阳系的骄傲就是胜利！"

此时的战神学院可是紧张焦虑之中："严小稣这死家伙在搞什么，不管输赢总要给个话啊！"

"陈秀，催一下，什么情况啊，该不会有什么死伤吧？"

陈秀也是很焦急，就在这时天讯响了，消息弹了出来，陈秀呆住了。

周围人一拥而上，怎么这副表情，难道有人战死？

结果看到的人也都愣住了，第一反应是……是不是搞错了？

没多久严小稣的影像冒了出来，土豪稣双手指天，极其神棍："就在刚才，奇迹降临，大太阳系威武，我们四比零横扫马纳拉索帝国战队，可惜，这区区的比分完全没法反映我们的真正实力，这是神迹！"

顿时全场沸腾了，很快整个学校都沸腾了，太阳系联邦战队四比零横扫马纳拉索帝国战队，强势挺进十六强，一时之间大家第一反应都是假消息，但很快得到了证实。

索伦通过关系得到的是官方证实，尽管他也只能得到一个结果。

但是 CT 官网立刻挂出了横幅：恭喜太阳系联邦战队，四比零横扫马纳拉索帝国战队，杀入 IG 十六强！

老鹿还在讲解，姚艾伦直接从座位上跳了起来，老鹿目瞪口呆，小兄弟，你好歹也算是半职业了，镇定一点好不好。

"老鹿，我们四比零横扫马纳拉索！"

"×，果然是……你说什么，我们横扫马纳拉索？"

"没错，哈哈哈，各位观众，刚刚得到消息，太阳系联邦战队四比零横扫马纳拉索。奶奶的，现在谁还敢小看我们，第四场，我们的队长王铮，也就是我们的骷髅，完爆马纳拉索超级天才、史上最年轻的机械师文森特！"

顿时整个 CT 论坛直播室、军事论坛等炸开了，这尼玛简直就跟做梦一样，做梦都没这么美，这要比小说还要意淫啊！

正在打比赛的双方都停了下来，结果出现了最诡异的一幕，比赛双方的机甲拥抱在一起，鸣枪庆祝……

但谁会怪他们呢？

我们是大太阳系联邦的一员！

第二十一章
目 标

马纳拉索的休息室一片死寂，他们堂堂的马纳拉索帝国竟然以如此惨痛的失败告别 IG，而马纳拉索一代天骄第一次代表国家出战就遭遇滑铁卢，对这位外表沉默内心狂野的年轻人恐怕是不小的打击。

门开了，进来的是博列中将。博列挥挥手示意其他人都出去，队员们默默走出，他们知道将军是想跟文森特说话。文森特是最被军方看好的，他展现出来的天赋和努力，以及对机甲的痴迷是成就大器的关键，博列也是伯乐。

见到博列，文森特站了起来，经过简单的治疗，他已经没有大碍了："将军。"

博列微微一笑："坐。"

望着文森特，博列还是颇为满意："冷静下来了？"

"是，将军，他们很强，却也并非无懈可击！"

"失败并不是末日，年轻的时候受点挫折是好事儿。你看看人类历史上，只有那些历经磨难的人才能真正成就大器。这只是个开始，你们都还年轻，关键是从哪儿跌倒从哪儿爬起来。"博列说道，身为马纳拉索的中将，对于成败的东西，看得更开一些，尽管回国之后少不得要遭受各种批判和质疑，但这就是人生。

"将军，您放心，既然金轮斗神是可以使用的，我回去一定会练成！"文森特说道，毫无疑问，他是专业的，跟王铮一战，他已经敏锐地发现了金轮斗神的威力。虽然都说光轮王是金轮斗神的升级版，但仔细想想，只不过是通过科技手段掩盖了问题，金轮斗神的本质源于合金轮的无限攻击，而光轮王说穿了，只不过是攻击的形状一样罢了，不后仰，是因为改变了攻击方式，高速突进和超导光轮都是技术进步，概念上已经完全变了。

可以骗别人，不能骗自己。

博列点点头："你有这样的想法就对了，本来还不太放心，现在看，有个东西是可以给你看一下了。"

"是不是他通过的 A 级测试？"文森特问道。恢复冷静的文森特，思路变得非常清晰，之所以能这么快想开，主要也是因为胜负对他来说还在其次，重要的是对机甲的痴迷。失败是痛苦的，可是一想到金轮斗神的恐怖威力，一个解不开的题被解开了，有些苦涩，但又跃跃欲试。

博列微微摇摇头："是 S 级。"

"S 级？有这样的级别？"

"那是最高难度的测试，仅有千分之一的几率，然后他中了，还过了。"

博列打开了天讯，虽然是禁止的，但只要不公开，其实都是睁一只眼闭一只眼的，只是这样的视频在赛前看有害无益，现在输了，马纳拉索也要回家了，有必要让文森特知道对手的真正实力，因为这样才能最大限度地激发他。

天讯弹出，博列知道，偷偷弄到这段的人绝对不止他一个，只是大家都隐而不发罢了。

时间一分一秒过去，自始至终文森特都没动一下，无论看过多少遍，震撼都是一样的，只是可惜，这个人为什么不是马纳拉索的。

文森特的表情也相当丰富，从惊讶震撼麻木苍白直到最后的……平静。

"懂了吗？"博列说道。

文森特立正，认认真真地敬礼："是，将军！"

博列的目光很深邃："不知道是不是该高兴，金轮斗神真的是无敌杀神，也许是我们最成功的机甲，可是我们自己却用不了，这是不是悲哀呢？"

"将军，我发誓，一定会练成金轮斗神，并找到可以普及的方法。"

博列笑了："很好，放平心态多学习，这次的 IG 很有趣，太阳系战队……恐怕很难过下一关。"

文森特一呆，这样的太阳系恐怕和谁都有一战之力，怎么……忽然之间文森特知道太阳系战队的下一个对手是谁了，那是一个让你有实力都发挥不出来的战队——黑暗帝国战队！

IG 十六强诞生，银盟最强的十六支队伍，他们经历了全方位的考验，当之无愧的强者。

A 区

阿斯兰帝国战队、阿基提纳联邦战队。

阿斯兰，人类最强大的国家之一，一直以来都是被追赶的对象，全面均衡。本届 IG 是阿斯兰的主场，更是诞生了阿斯兰号称五十年一遇的天才，而且一出现就是两个，在自己的地盘上，阿斯兰志在问鼎。

阿基提纳联邦战队，老牌强队，今年全盛爆发。这是一个富有激情的联邦，从生活到军事，都充满了情绪，有利有弊，起伏性有些大，但今年是他们澎湃的一年，队员激情昂扬。阿基提纳联邦整体军力算是银盟中游，可是他们总是诞生出富有天赋和激情的天才，这是顶尖的。

B 区

亚特兰蒂斯共和国战队、天狼星战队。

亚特兰蒂斯就不用说了，一直无解，从来无解，每个队员放在其他队伍里都可以做队长了，而亚特兰蒂斯双星更是强大。对亚特兰蒂斯只有一句话能形容：一直被模仿，从未被超越。

天狼星帝国，拥有强大攻击欲望的国家，实力强横，只是限于资源和人口，一直无法成为顶级势力，但国家的攻击力却是非同小可，天狼星战队也是 IG 十六强的常客。跟亚比坦有点像，但风格却不同，天狼星人的本能更强大，也许是融合了当地土著的关系，人类在融合其他物种的时候，也在改变，诞生了不少新的支流，天狼星就是其中之一。而天狼星不死不休的战斗风格，更是独特，在天狼星战斗的历史上从来没有被俘虏过。

C区

加纳星战队、黑暗帝国战队。

加纳星，典型的多种族混合的星球，人类、娜迦人、考肯斯人混居，但也形成了独特的风格。由于一直处于战乱纷争，战斗力极强，养兵不及练兵，练兵不及实战，尤其是加纳星独特的兽型机甲更是其他人模仿不来的。

黑暗帝国战队，他们所处的行星二十四小时标准计时只有一个小时的白天，而且光芒还很微弱，但地热发达，是一个非常特殊的行星。按理说这样的国家非常适合旅游，比如夜生活，可是实际上，这帝国却拥有强大的攻击欲望，他们的文化认为黑暗代表着永恒，而这世界属于黑暗，光明只是点缀。曾经一度他们有希望取代现在阿斯兰、亚比坦等帝国的位置，但可惜被基隆给破坏了。近几十年来，黑暗帝国强势崛起，已经不可阻挡。此次战队中，劳勃格·邦特更是被誉为黑暗之星，在国内舆论中，是可以带领黑暗帝国走向辉煌的。

D区

太阳系联邦战队、克拉克共和国战队。

这是赛前绝对没有想到的，D区竟然是这么两支队伍冒出来，而太阳系战队更是凭借与马纳拉索一战一举跃升为夺冠大热门。

夺冠大热门，这个词听起来是多么的惹眼。

E区

亚比坦帝国战队、玛雅帝国战队。

亚比坦帝国战队，最强的战队之一，奥里维多斯，也被誉为本届的最强者。从目前表现看，奥里维多斯最被看好可以获得本届IG的王牌队长。跟阿斯兰一样，他们志在夺冠。

玛雅帝国战队，人类星际大航海中找回的失落文明之一。玛雅帝国很强大，跟亚特兰蒂斯不同，玛雅帝国的扩张欲望很强，也比人类更强大，但不幸的是，他们碰上的是人类扩张史上第二个隐秘时代，遇上的是无解的帝王，最终只能臣服。当时，凭借人类自身的力量并不是玛雅帝国的对手。

F区

利亚斯芬克共和国战队、冰云联盟战队。

利亚斯芬克共和国，银盟十大常任理事国之一，老牌强国，外交相对温和，政治经济军事上都有着强大的影响力，只是有点中规中矩，但正因为这样，利亚斯芬克共和国也是长盛不衰，战队常年打入八强。

冰云联盟战队，冰云联盟所处三个行星都被万年冰雪覆盖，但奇特的是非常利于人类生存，冰层下温度和冰层上温度是奇妙双悬浮效果，人类在这里建造独一无二的冰雪世界、旅游胜地。当然冰云联盟的美女也是很有名的，外表冷若冰霜，内心热情如火。

十二名队员中，竟然有高达六名的女战士，也是 IG 之最。

G区

双子星战队、仙蛮星战队。

双子星战队，拥有极高的重力，所以这里的人个头偏矮，但是体质要比诺顿星强不少，这大概跟星球的元气有关系，八强常客，毋庸置疑的强大力量。

仙蛮星进入十六强也是一次突破，算是不大不小的冷门，第二轮的竞赛给他们加分不少，而仙蛮星人对天通星有点克制，尤其是天通星的心电感应能力无从发挥。

H区

玛迦共和国战队、地龙联邦战队。

玛迦共和国，十大常任理事国之一，近些年国力有些下降，但瘦死的骆驼比马大，依然稳健地杀入十六强。

地龙联邦战队，传统强队，母星地龙星拥有最美的洞穴建筑，从地面到山上连成一片，蔚为壮观。地龙也是混居行星，但不像加纳星的奴隶制，在这里一片祥和，算是人类和外星民族和谐共处的典范。

第二十二章
笃 定

十六强名单出炉，IG 也进入一个三天的休整期。说是休整，恐怕是 IG 总部变着法儿要给这些天之骄子出难题，现在传出的消息是，太简单过程无法满足某些人，但要变换模式，难度也很高，但阿斯兰方面似乎愿意提供方便，毕竟单挑厉害的并不能代表一个战士的最高能力。

为了不让这些精力旺盛的年轻人无聊，十六强的对阵名单公布，所有人都可以提前做些准备，当然是几家欢喜几家愁了。

加纳星战队　vs　克拉克共和国战队

双子星战队　vs　天狼星战队

玛雅战队　vs　利亚斯芬克战队

阿斯兰帝国战队　vs　仙蛮星战队

太阳系联邦战队　vs　黑暗帝国战队

亚比坦帝国战队　vs　玛迦共和国战队

冰云联盟战队　vs　阿基提纳联邦战队

亚特兰蒂斯共和国战队　vs　地龙联邦战队

显而易见，好不容易杀入十六强的仙蛮星是比较倒霉的，碰上了阿斯兰他们是有死无生了，地龙联邦战队也比较惨，对上了没人愿意碰的亚特兰蒂斯战队，这也意味着他们的终结。虽然地龙联邦展现出了超强的战斗力和独特的能力，可是面对亚特兰蒂斯，用屁股想都知道没戏，没人会认为亚特兰蒂斯还会翻船。

至于其他的几支队伍则各有特点，四六开、三七开什么的，都是有机会的。

这三天显然不会平静，对手一旦出现，各大战队都动员起来，搜集情报分析对手，总之，先杀入八强再说，进入八强，意义就完全不同了，那是光耀银盟的八支队伍，绝对是可以被人记住的，都已经进入了十六强，没人愿意止步不前。

进入十六强的战斗中，超级黑马太阳系战队，横空出世，从黑马变成金马，大有一飞冲天的气势，替补深度虽然不够，但是主力已经拥有了银盟一流的水平，尤其是王铮，更是成为所有自认为可以进入八强的对手的研究对象，其他人在 IG 开始之前都了解得差不多了，该知道的都知道了，不该知道的也不可能知道，但这王铮不同，赛前，谁知道他是公是母，但现在却无人能忽视，任何一个用三轮子秒杀了文森特人的都不能被忽视。

视频，被分析了一遍又一遍。

黑暗帝国战队，休息室，同时，也是作战协调室，所有队员都在看着上一场太阳系联邦战队横扫马纳拉索的视频，没有人比他们更迫切，毕竟就是下个对手，只是正常战斗看完，所有人都鸦雀无声。

闻名不如见面，见面更胜闻名，在此之前，都听说黑马黑驴之类的，究竟是个什么样子，谁也不知道，但是看了这场比赛，当真有种窒息的压力。

"阿克琉蒂斯，月球人，X 少年学院成员，成绩一直第一名，大家看到了，此人属于稳中求胜型，基础扎实，擅长用枪，X 能力不详，但应该是跟力场相关的方面。"

黑暗帝国的情报分析人员列出一个老长的表格，记录了数十条阿克琉蒂斯的小习惯，以及攻击方式的特点，比如喜欢从左路开始还是右路，是否有沉肩的习惯，这些小动作很可能会决定胜负。

"接下来，是李尔，此人也是 X 少年学院的学生，地球人，典型的地球人，谁都看不起，包括他们的队长，太阳系联邦内部有矛盾多是源自此人，以前一直被阿克琉蒂斯压着，在学院内成为万年老二，X 能力属于能力型，他的自负或许是可以利用的破绽。"

黑暗帝国的分析相当到位，先是观看了记录，然后是一对一的分析，从个人以往资料和本届大赛的表现，甚至一些内部的事儿都打听了，知己知彼百战百胜，黑暗帝国特别重视这点。

除了这两人，烈心和罗非无疑是表现非常独特的，属于太阳系的第二梯队。烈心的独特功法在银盟也是有一定名气的，毕竟烈家也算是拥有悠久历史，罗非则像是有双重人格，但这两人比之第一梯队还是降了一个实力水平，所以太阳系整体的弱点还是相当明显。除了这几个人之外，其他人在进入八强的战斗中完全是看客，顶多是用来兑子，这也是需要注意的地方，当然这战术由队长决定。毫无疑问，劳勃格·邦特是这方面的天才，上一战其实是一场苦战，由于他的一战定乾坤，让胜利变得容易得多。

"最后，是王铮，太阳系战队的队长。"

说到王铮，做着情报分析的伯宁停顿了一下，所有人的表情明显发生了变化："这个人也是太阳系联邦偶然发掘出来的，从阿克琉蒂斯和李尔手中抢走了队长的位置，比赛之前他的表现很一般，但最近一段时间连连出彩，战术分析人员给出的判断是，最好兑子。"

说着，休息室的大屏幕上面，出现战斗视频，正是王铮最初使用大力神的画面。

"这是王铮第一轮的表现，给人一种奇兵制胜的印象，实力其实只是略强的感觉，但多次认真分析之后，还是能够发现，他对机甲力量的掌握，达到了入微级，要完成这种动作，手指上所要承受的力量难以想象，高达十五倍以上的持续重力加速度。"

视频画面一闪，光轮王 vs 金轮斗神。

"大家关心的是金轮斗神为什么不后仰的问题，但是，在我看来，这只是个小问题，当成是机甲自带的性能又如何？所以，想要赢他，要考虑的不是为什么他可以做到，而是他能做到什么……注意他的走位，给人的感觉像是行云流水，中间毫无间隔，再一次体现了他对力量的掌握和控制力，虽然没有动用 X 能力，据我推测他应该是擅长某种辅助控制性质的精神类 X 能力。当然，这只是猜测，目前对于此人的资料太少。"

伯宁很卖力，黑暗帝国的战队队员们也都听得非常认真。

足足三个小时的会议，没有人叫累，也没有人走神，甚至，有些地方，还被不断反复地拿出来讲。

黑暗帝国崛起的，不仅仅是实力，还有态度，在他们身上，看不到年轻气盛的张狂，而是一种老成的稳重，这是黑暗帝国最沉痛的教训。本来可以创造辉煌，却因为一个小人物毁于一旦，背负了数百年的耻辱，所以黑暗帝国最讨厌的就是轻敌和失误，在帝国里，任何失误都要被严惩，这是历史教训。

劳勃格站了起来，淡淡说道："好了，想必大家心中有数了，若是正面对抗，胜负在五五之数，但我要的是百分之百的胜利，王铮确实很强，我们没必要硬碰，兑掉他，其他人必输无疑！"

"队长，其实就算是王铮，面对您的能力也是一筹莫展，何不干掉他，这样也扬我国威！"

"是啊，队长，这种货色在您的能力面前不值一提，只要您出手，我愿意立军令状，绝对可以干掉他！"

黑暗帝国所有人都是信心十足，因为任你万般牛，在伟大的劳勃格·邦特面前都是浮云。

劳勃格略一沉思："看情况再定吧。"

黑暗帝国战队所有队员都是一怔，然后，沉稳的神情都露出了兴奋的意味，显然知道劳勃格话中的意思，只有伯宁张了张嘴："劳勃格队长，这个时候曝光，会不会太早了？"

"进入了八强，藏是藏不住的，太阳系联邦不好对付，而且，也是打出我们黑暗帝国气势的时候了。"

第二十三章
钢铁荒兽

劳勃格眼中野心勃勃，干掉老对手之后，他也是憋着一股气要宣泄。太阳系，不过是路边的一颗小石子，算不上是障碍，但是，彻底碾碎这颗小石子，可以震慑挡在道路中间的大老虎，就是另一回事了，他相信，自己的能力是无解的，这个世界上没人比他的能力更可怕了！

黑暗帝国战队的眼神都变了，现在，是他们真正一鸣惊人的时候了。

阿斯兰战队休息室……

同样的情报分析人员，正在对太阳系做着分析。

"他的转身，真的是慢了吗？我的感觉，是他在掌握节奏，如果跟着光轮王的动作而转身，就是陷入了文森特的战斗节奏，这一点点差别，就有可能带来完全不同的另外一个战果。同时，他虽然没有完全转过身来，但是，金轮斗神的防御并没有因此而减弱。注意一个细节，金轮斗神的双手以及金轮的预热，可惜文森特的攻击太墨守成规了，熟练的攻击虽然更迅猛，却也容易被防住……"

"呵呵，其实这些不重要，奥兹你觉得他不后仰的关键是什么？"阿瑞奥拉笑道，面对一个不起眼的弱势盟友的崛起，阿斯兰也挺好奇的。

赛前，太阳系那边竟然真的来打招呼，说什么方便的时候适当地照顾一下，在阿斯兰内部引起了一些讥讽。这么多年了，太阳系联邦还是这样的毛病，照顾？怎么照顾，弱者就是弱者，可是现在看，太阳系联邦只是照例客套一下。

奥兹淡淡地伸出两个指头，阿瑞奥拉微微一笑，其他人都竖起了耳朵，说实在的，哪怕是阿斯兰人也被这样的动作震慑了，当然看似精彩的比赛，也有可能是因为对手的弱小造成的，虐菜往往比较热闹，只是文森特确实不能算是菜。

"步伐和手指控制，注意看细节，每当转轮靠近的时候，他的位移，看到没，这方向的调整就是为接轮子做准备，也就是说他是利用金轮斗神的系统做预判，然后瞬间发射则就是靠着手上的绝活了。当然在顺势而为的时候，金轮到来的后坐力并没有那么强。"奥兹笑道，"这人是个天才，确实有两下子，我很希望能和他交手。"

阿瑞奥拉却微微摇摇头："差了一点，也不怪你，你没驾驶过金轮斗神，我确实试过，若是靠系统判断是来不及的，文森特虽然稚嫩一些，可是实力确实不错，尤其是在攻击频率和速度上。"

"你的意思是……完全靠眼……不，是感觉？"奥兹微微一愣。

阿瑞奥拉点点头："若是没猜错的话，这家伙很难整。可惜啊，他们碰上了黑暗帝国，换一个对手，有很大可能进入八强。"

至于仙蛮星，确实不算对手，恐怕热身都不够用。

太阳系对黑暗帝国的分析，也同样进行着。太阳系战队的气氛充满了自信，联邦驻阿斯兰少校朱紫菱的嘴角也都是淡淡的微笑。

太阳系联邦能够将马纳拉索淘汰，这种话，一天之前，谁说谁就要被各种打脸，而现在，成为了真得不能再真的事实。

而且，马纳拉索这不可逾越的大山都过去了，接下来要迎战的黑暗帝国战队，给人的感觉，似乎并不是很难。

"关于黑暗帝国的情报，我们收集到的并不多，主要的，还是他们 IG 上面的一些表现，前期都很低调，但是与仙女星共和国的宿命战中，曝光了不少东西，需要特别关注的是他们的队长劳勃格·邦特，黑暗天幕的能力，据说是可以剥夺视野，让对手陷入黑暗之中……"

所有人都万万没想到，太阳系竟然赢了，而且，还赢得那么锐利果断和强势！

只是，这个时候再去调查接下来的对手，时间明显不足以得到更多的情报了。

黑暗帝国也是铁血治军，而且相比亚比坦他们带有一定的宗教色彩，信仰暗黑女神，认为黑夜才是永恒，这个队伍整体实力都很强大，从替补深度到个人实力恐怕不比马纳拉索差，当然最关键的还是他们的队长，这黑暗天幕的能力根本无解，眼睛看不见还打什么？

但是就算是她，也没有任何解决办法，甚至没有克制对手的X能力。

等朱紫菱说完，蒙敖望着众人："王铮，李尔，阿克琉蒂斯，你们都说说，有什么想法，有什么需要的尽管开口！"

李尔表情依然是淡淡的："若是遇上，交给我就好了。"

蒙敖望着王铮，王铮笑了笑："很想试试他的黑暗天幕。"

阿克琉蒂斯也只是笑，摆摆手，他无所谓。

阿斯兰军方正在忙碌地准备着什么，八强战如期而至，地点在基地的主训练场，所有参加的十六支队伍聚集，这一次每支队伍都会放大在未来的对手面前，只有真正的强者才能走到最后。

阶梯大厅里，最前面一层是为选手准备的，中间是各自队伍的代表团，而在最后则是银盟的相关人员，八强争夺战，也意味着IG进入关键阶段。

一天两战，第一场由加纳星战队对阵克拉克共和国战队。

加纳星代表团里一半是外星人，充满了野性和桀骜不驯，加纳星战队这次可是野心勃勃。

克拉克共和国战队走到这一步相当不容易，加纳星并不是特别强的对手，至少也有四成把握，这算是上上签了，麦克斯希望带领着他的兄弟们进入八强，创造克拉克共和国的历史，为这个团结的国家赢得荣耀。

不少强队是第一次坐在同一个房间里，亚特兰蒂斯战队、亚比坦战队、阿斯兰战队……

亚特兰蒂斯战队依然是最显眼的，他们的出现，让所有队伍为之侧目，无论亚特兰蒂斯多强，都不能作为人类的最高水准，因为他们不是人类，而击败亚特兰蒂斯的国家，将成为人类的巅峰王者。

这一届，亚比坦、阿斯兰等等国家，都是为了这个目的，不要想让，他们要堂堂正正地战胜这一届亚特兰蒂斯战队。

群星闪耀之下，王铮率领的太阳系联邦战队就没那么显眼了，强者心里很简单，凡是失败的都是弱者，所以马纳拉索是弱者，战胜了马纳拉索也没什么大不了的。

在这个会场里，一半以上的人都认为自己才是最好的！

作为主角的两个队伍的队员站在最前面，随时准备出战，双方队长克拉克的麦克斯、加纳的亚当斯登台。亚当斯之所以最终当选队长还是因为人类的身份，毕竟这是人类的 IG。

双方抽签，加纳这边先出战。

亚当斯指了指葛乔勒斯，这是加纳人的先锋，凶猛的考肯斯人，也可以称之为岩石人，他们凶猛的绝不仅仅是外表。

麦克斯派出的是他们的先锋卢梭。

卢梭向前一步，右手放在胸前："神赐予我们生命，神赐予我们食物，神赐予我们战斗的力量，为了荣耀！"

"为了荣耀！"

所有克拉克共和国的人全部起立，这个看起来不怎么强的国家每每创造奇迹，靠的就是团结，也许他们的天赋并没有那么强，但是人类的优势被他们充分发挥出来。

葛乔勒斯根本懒得等对手，也不需要什么战术，直接选择了机甲——钢铁荒兽。

这是加纳星特有的机甲，专门为考肯斯人打造，不太适合人类使用，而考肯斯人可以把这机甲发挥得淋漓尽致。

进入八强战的主训练场是室外场，给机师足够的发挥空间，当然也是考虑到这些人的破坏力也在直线增加。

卢梭选择了克拉克非常著名的浮图系列，浮图九代，这是一款人型战士机甲，标配激光剑，性能优良，远近皆宜。

两人进入传送机，很快被送到竞技场，两架机动战士出现，大一号的是钢铁荒兽，浮图九代是剑盾机甲，激光剑配合钛金盾，挡住钢铁荒兽的攻击，寻找机会。

半兽型的钢铁荒兽显得格外霸气，考肯斯人一直认为，人类之所以能统治银盟，不是说他们有多强大，是尼玛数量够多，比虫子还凶猛的繁殖力，他们一直不明白为什么人类这么能生，而且长得还那么快，在加纳星，考肯斯人总共才十多万，而且只有战士才有生育的权利。

一声枪响，战斗开始，葛乔勒斯像看小狗一样盯着全神贯注防御的对手，嘴咧开最大，露出石头一样的大牙，轰隆……

钢铁荒兽迈开大步朝着对手轰隆隆地冲了过去。坦白说钢铁荒兽的速度和敏捷性很一般，但考肯斯人偏偏能给你一种排山倒海的气势，卢梭的镭射枪开始轰鸣，他一点都不想被对手靠近。

镭射打在钢铁荒兽的能量盾上泛起一道道波纹，钢铁荒兽确实不太适合躲闪，或者葛乔勒斯根本就没打算躲闪，人类就是弱小猥琐，从来不敢和他们堂堂正正一战，但是伟大勇敢的考肯斯人根本就不在乎蚂蚁的撕咬。

第二十四章
欺人太甚

　　双方距离进入二十米，钢铁荒兽由于没怎么闪避，能量盾被削弱得很惨，哪怕能量盾比较厚也架不住这样消耗，卢梭很喜欢这样"耿直"的对手，冲吧，绝对可以在近前的时候把你打成狗！

　　轰……

　　又是一枪，钢铁荒兽还是……没有躲……

　　加纳人都这么逗比吗？

　　然后忽然之间，钢铁荒兽发出一声暴吼，偌大的机甲如同炮弹一样冲了出去。

　　这是……

　　卢梭眼睁睁地看着巨大的机甲以匪夷所思的速度冲了过来，下意识地举起了自己的盾牌……

　　但这个时候显得是那么的脆弱。

　　轰……

　　地面爆裂，卢梭感觉自己像是被炮弹击中了，能量盾虽然打开，但是依然感觉五脏六腑都被震碎一样，只是一击，能量盾的能量瞬间下降到百分之三十。

　　强行咬破舌尖，让自己清醒过来，但钢铁荒兽已经腾空而起，抓住了半空中的浮图九代，朝地面摔了过去。

　　波……

　　轰隆隆隆……

　　地面炸出一个巨大的陷坑，碎石漫天。

半晌传来考肯斯人的狂笑："这么脆弱也敢来参加 IG，回家吃奶吧，小朋友。"

第一战，加纳人胜。

急救人员连忙入场，但是看到这一幕都惊呆了，浮图战机已经被摔成了破烂，卢梭当场死亡，这种程度根本就不用救了。

钢铁荒兽忽然走向急救人员，急救人员吓得连忙后退，机甲里传来考肯斯人的大笑，加纳队伍里的外星人也都笑了，人类真是胆小啊。

IG 到现在来说，轻伤较多，战死并不多，对手显然是故意的，已经完全掌握了局面，可还是下了杀手。

亚当斯无所谓地笑了笑，他虽然是人类，但出生在加纳，那个人可以吃人的地方，当然你胃口好也可以试试其他东西的味道，生死本就是很正常的事儿，这些小朋友连这种心理都没有，竟然也敢来。

"呵呵，克拉克队长，不要生气，生气会干扰正确的判断。"亚当斯说道。

麦克斯硬生生地让自己冷静下来："斯杰，第二场交给你！"

"是，队长！"

斯杰站了起来，眼神中充满了愤怒，他要为自己的兄弟报仇！

"冷静，不要上了对手的当！"

"明白！"

亚当斯微微一笑，指了指早就跃跃欲试的雷安德。娜迦人早就坐不住了，他的大尾巴不停地骚动着，望着上场的斯杰咽了咽口水，猎杀有趣的猎物是身为战士的权利和荣耀。

雷安德根本没把对手放在眼里，大多数外星人很少会像人类那样想太多，他们更愿意相信纯粹的实力，当然基本上这也是在他们觉得对手就是羔羊的情况下。

雷安德选择的是娜迦人的专用机甲天蝎战机，兽型机甲，也许该称为昆虫类机甲，很罕见的机型，拥有极好的机动力，适应各种环境，双钳特制，可以肉搏，同时还是镭射枪，尾巴像是鞭子一样，可攻可守，但只有娜迦人才可以操作，因为他们才有这样有力的尾巴。

开场仅仅几分钟，就成了一边倒，雷安德就像是个怪物一样调戏着猎物，一钳子一钳子地扫荡，而那尾巴更是致命，防不胜防，斯杰被打得跟跟跄跄差点摔倒，耳边全是对手怪物般的叫声。

愤怒的斯杰还是没有忍住怒气，对手在羞辱他，他愤怒地冲了起来，可是刚跳到半空，胸口就被刺穿了，天蝎战机的尾巴是全钛金锻造，直接穿透了驾驶舱，紧跟着像是扔垃圾一样扔了出去。

场外只有雷安德那刺耳的尖叫声。

场内静悄悄的，只有克拉克人的颤抖，若是僵持对战，生死有命，可是这明显是故意的，但却没办法。所以说，进了十六强不见得是好事儿，被淘汰的也不见得是坏事。

有命进，没命享啊。

亚比坦的人都看不过去了："但愿不要让我碰上，否则让他们生不如死。"奥里维多斯淡淡地说道。

亚比坦人从不关心弱者的生死，但是最讨厌有人敢在亚比坦人的面前装×，你丫的不知道装×是亚比坦人的专利吗？！

愤怒有余，士气被夺，加纳人的实力确实强大，不仅仅是肉体，更是机甲的针对。克拉克是个团队，意志也很坚定，技术相当全面，可是这是争夺八强战，仅仅全面是不够的。

"看来麦克斯的好运结束了。"阿克琉蒂斯轻轻叹了口气。

"战术错了，太保守了。"王铮点点头，狭路相逢勇者胜，面对这样的暴力型，以克拉克人的身体素质和技术，防是防不住的，全力一拼还凑合。

"废物。"李尔冷哼一声。

不知道是说克拉克人还是加纳人，但是加纳星成功地激起了人类的愤怒。

怜悯，是战士永远不需要的。

第三场，麦克斯上场了，作为克拉克共和国战队的最强者，麦克斯确实创造了奇迹，带领着队伍杀入十六强，可是仅仅两场比赛，队伍中最宝贵的两名队友已经战死。

克拉克帝国的天才并不像其他国家那么多，他们培养了多年才有现在的局面，队伍里的人，一起吃饭，一起训练，一起战斗，不是亲兄弟，却胜似亲兄弟，所以他们才有今天，可是欢笑仿佛就在昨天，一切成泡影。

这个仇一定要报。

可是亚当斯却没给麦克斯这个机会，他没有上，加纳人无疑是野蛮的，但问题是他是加纳的人类，在加纳这种环境中生存并出头的人类才是最狡猾的，他有人类的智慧却没有人类的冲动和软弱，所以才能成为加纳的队长。

面子？

真搞笑，这东西什么意义都没有。

麦克斯被兑子了，他打爆了对手的一个替补，其实他应该忍忍的，卢梭和斯杰的惨死让他完全失去了冷静。

也许是麦克斯太嫩，也许是加纳人太狠太强，紧跟着的两场，加纳人轻松横扫，比较庆幸的是，克拉克的队员只是重伤，从亚当斯开始显然是手下留情了，之所以不杀，还是因为不到时候，已经赢得了比赛，不需要在情绪上再多费力了。

一路很幸运的克拉克战队一比四惨败，而且损失了两员大将，这是克拉克共和国不可承受之重。

只是，不经历这样的事儿永远无法成长，逃避不是战士之道。

前面的胜利，让克拉克战队并没有做好充足的心理准备，忽略了IG的残酷性，而对于加纳星战队来说，这就是一场微不足道的胜利，也没什么值得庆祝的，加纳星第一个挺进八强。

只是他们并没有注意的是，像阿斯兰、亚比坦、太阳系联邦战队的目光。

上午的一场结束，克拉克共和国和加纳星的梁子也算是结下了。

中午休息之后，下午的比赛开始，双子星战队对阵天狼星战队。

本以为麦克斯等人会离开，毕竟，多待一会儿都是悲伤，但克拉克的队员除了受伤的都到了。

他们眼神的痛苦依然没有消去，但他们必须面对，只有正视失败和痛苦，才能胜利，这就是克拉克共和国从一个弱小的国家一步步走到现在的根本。

他们拥有着其他人所不及的忍耐力。

王铮感觉既是当局者，可是时不时又是旁观者，别人经历过的、没经历过的，他都经历了，这让他小小年纪就有点两极分化，但又相当奇葩地没有精神分裂。很多时候王铮都感觉自己有这个倾向，但实际却不是，归一诀进入第二重之后又变得平稳下来，他每天的修行并没有荒废，其实已经成了习惯，不但是他，李尔等人也是一样，而恰好赶上这次 IG，对他们无疑是大有裨益。境界的提升，很多时候就需要情绪冲击，愤怒、渴望、欲望、野心等等，越强烈越好。

对麦克斯来说，这次的失败确实很惨，但塞翁失马焉知非福，也许有一天，正因为这个经历会让他成就大器。

在场的所有人都太年轻了，活着就有希望，至少他还活着。

王铮感觉有人在看他，回过头，看到的是亚特兰蒂斯王子如同好奇小宝宝的目光。王铮微微一笑，王子殿下也露出灿烂的笑容。

对于亚特兰蒂斯，王铮并没有太多的感觉，只是觉得神秘强大，他也有点好奇，幻影之王确实是奇迹，这种变幻，把人、机甲、能量完美地统一。

看似战斗力差不多，人类其实还是要有一大步迈进，这方面阿斯兰恐怕又走到了众人的前面。

双子星战队对阵天狼星战队。

一边……个头确实有点矮，双子星由于普遍重力比较大，加上其他一些原因，导致数百年来，双子星人基因发生了很大的变化，有人戏称他们是人类里的外星人，平均身高在一米五多，一米六的是高个儿，但双子星人，骨骼强韧，力大无穷，相当恐怖，堪称诺顿星人的升级版，所以诺顿星人适合做重装机甲战士，而双子星人适合做重装机甲战将。

天狼星人则是高大威猛了，自认拥有狼神血统的他们彪悍无比，天狼星也是属于无人敢惹的国家，拥有异常坚韧的战斗素养，天狼星人从没有俘虏的疯狂，可见一斑。

第二十五章
胜利女神

这场战斗无疑是针尖对麦芒，双方都是以战斗意志著称，就看谁能坚持到最后了。

双子星的队长傲紫薇，一个女孩子，这点毫无疑问，她还是队伍里个子最高的，官方数据是一米六。双子星的女孩子虽然个子不高，但非常匀称秀美，不像男性那么粗犷大头。在双子星，男女平等，无论生活中还是战斗中，以实力为尊，双子星人没那么多花花肠子，更直接豪爽。

天狼星战队队长贪狼沃尔福，拥有天狼星土著的狼神血统，也是天狼星第一大家族的继承人。土著类狼人并不丑，不像考肯斯人那么怪，类人，英俊，凶猛，在不断的融合之中，兼容了人类的智慧和自身的强横，形成了现在强大的天狼星人，沃尔福就是完美的代表。

这次 IG，他们的目标是四强。

第一场先锋战就创造了纪录，双方的先锋鏖战一个小时，双子星人的耐力和天狼星人的韧性都是闻名银盟，这两支队伍碰到一起当真是火花四射，不死不休。

如此强度的近战，足足一个小时十六分钟才分出胜负，换一个星球的人，恐怕早就累瘫了，直到最后两人都保持了相当高的水平，最终双子星人拿下第一战。双子星人就像石头一样稳定，挑逗、谩骂，无论用什么手段，他们都稳定在自己的节奏之中，扎实地防御，压迫性地攻击，并不出奇。而天狼人则是什么招狠、什么招奇就用什么，可惜碰上了双子星人，根本不给任何机会。

第一战也揭示了整个战斗的节奏，双子星战队三比零领先天狼星战队，每一场战斗都在一个小时以上，感觉天狼人不是战败的，是被熬死的。

无论什么奇思妙想，遇到不解风情的双子星人都完全无语，一旦被拖入双子星人稳扎稳打的节奏，最终都要失败。

用双子星人的话说就是，所谓战斗，就是双方你来我往鏖战之后，双子星人取得胜利的游戏。

双子星人很喜欢用战斗来为节日助兴，而他们的节日又特别多，基本上每周都有，每月都有大型狂欢，所以双子星又被称为快乐行星。

最终的重头戏还是在傲紫薇和沃尔福之间展开。

号称双子星璀璨明珠的傲紫薇和贪狼沃尔福之间的终极对决。

傲紫薇长得绝对不算难看，当然也没有惊艳，但她在双子星绝对是女神，无数年轻人的梦中情人。

"贪狼"这个绰号并不是贬义，这是对沃尔福的尊称，狼性本贪，"天狼"这种称号还不是沃尔福可以继承的，在天狼星，任何关于狼的称号都是慎重严肃的。

双子星战队已经把天狼星战队逼到了生死边缘，傲紫薇其实可以让掉这一场，然后轻松获胜，但她并没有这么做。

傲紫薇选择了正面对抗，坦白说，对于那些有志于成为王者的人，不应该惧怕挑战，这种观点是双刃剑，成王败寇。

傲紫薇——胜利女神，来自双子星的高级机甲，均衡强硬，基本配置激光剑、镭射枪，目前双子星特种部队标配机甲。

沃尔福——狼神五代，这是天狼星最著名的兽型机甲系列，作为狼神的后裔，沃尔福自当把这款机甲发挥到极致。对于他来说，已经没有退路，这已经不是失败的问题，而是他们天狼星的尊严，这一战必须置之死地而后生，他应该感谢傲紫薇，因为傲紫薇给了他一个机会。

强者们总算从瞌睡中睁开了眼睛，前面的战斗虽然不错，却不足以吸引像奥兹、奥里维多斯等人的目光，只是略微一看，他们就大约知道了水平，但这一战，所有人都打起了精神，无论傲紫薇还是沃尔福都是年青一代顶级的高手。

两架机甲出现在训练场中，手下的连连失利已经让沃尔福处于失控的边缘，这个时候的他，才是最可怕的。

枪声一响，狼神五代已经如同离弦之箭蹿出去。关于天狼星机甲，在各国都不少见，但没有一个能和天狼星相比，他们是深入骨髓地理解，一声狼嚎，整个机甲都变成了奇特的红色，像是燃烧了一样。

"这就是狼神血统的人和天狼系列机甲的契合吗？"

"应该是吧，第一次见到，看起来也没什么。"

天狼战机的 G 物质大概是一般战机的三倍多，只有拥有天狼星土著血统的人才可以发挥出这款机甲的真正实力。

傲紫薇的镭射出手了，一枪接一枪地轰向狼神五代，对手的攻击轨迹太直线了，可是接下来的一幕所有人都惊呆了。

沃尔福并没有开能量盾，可是镭射像是蒸发了一样……

能量攻击无效？又或远程攻击无效？

伴随着沃尔福的狼嚎和那红色的光芒，竟然挡住了镭射。

瞬间狼神五代就杀到了傲紫薇的跟前，疯狂的狼爪已经抓了过来，噌……

傲紫薇的胜利女神闪电般后撤，地面留下三道裂纹。

明明还有一米多的距离……

每当沃尔福发出狼嚎，机甲身上的红光就会冒出，这个时候沃尔福当真就如同狼神附体一样，所向无敌。

沃尔福被深深刺激到了，他们天狼一族才是无敌的战士，谁也无法阻挡他们的胜利，等他撕碎傲紫薇，他的手下一定可以赢得胜利。

轰……

傲紫薇的激光剑终于出鞘，跟沃尔福发生了第一次正面碰撞。瞬间，沃尔福就发出了漫天的攻击，速度、力量、敏捷这是天狼星人最大的特点，无与伦比的身体素质，而且他的血统所达成的 X 能力更是独一无二，可以短暂地抵挡能量伤害，同时再度提升力量、速度、敏捷度，完克任何对手！

最基础的条件就是最凶残的，何况一下子提升了三项。

傲紫薇确实是双子星人的佼佼者，稳扎稳打是他们的特点，可是现在完全跟不上节奏啊！

轰……

傲紫薇整个被击退数米，但是这位强横的女战士竟然不肯卸力而是硬生生地抵消掉，沃尔福发出一声嚎叫，狼神五代间不容发地扑了过来，傲紫薇没有退，激光剑挥出。

轰……

狼神五代的爪子已经挡住了激光剑，不但挡住了，沃尔福是要一举干掉对手的，对手的攻击已经完全被他看破，完全跟不上他的速度，但是天狼战机却被打了个跟头。

轰……轰……轰……

傲紫薇的胜利女神每一次挥舞激光剑砍中狼神五代，狼神五代都挡了，但都没挡住……机甲被打得节节后退，而作为机师的沃尔福更是直接被打得吐血，他为什么挡不住？

这是什么 X 能力？

轰轰轰轰……

傲紫薇的每一击都是那么沉稳，越来越快，越来越凶猛，最关键的是，每一下都可以防住，可是机甲却像是承受了巨大的打击。

轰……

狼神五代被直接轰飞，半空中沃尔福发出狼嚎，浑身是血的他已经发狂了，嗜血狼魂！

轰隆隆……

天狼战机在半空爆机……

整个大厅目瞪口呆，一干强者眼神都变得凛冽起来，从未出现过的 X 能力，它让一把简单的激光剑变成了无解的圣剑。

这时人们才发现，胜利女神那把激光剑已经变成了常规的两倍大小而且光芒四射，所有的双子星队员都举起了双臂为他们伟大的胜利女神欢呼。

个头虽然不大，但是论嗓门，双子星战士可是独占鳌头。

"能量扩散？"

"不太像，有点增幅，但又不是，这天狼战机像是被活活震爆的，挡又挡不住，躲又不能躲，这攻击有点 bug。"

"难怪一个女人可以成为双子星的 IG 队长，天狼星输得不冤。"

"我看这霸王妞还没尽兴，以双子星的扎实底子再配上这样的 X 能力有点让人讨厌了。"

"哈哈，这种硬骨头说不定有人愿意啃呢。"

双子星战队以四比零横扫天狼星战队，也算是爆出一个不大不小的冷门，本来大家都认为这一场是最势均力敌的。

走出来的傲紫薇坦然地接受了队友的欢呼，显然她对这场战斗胸有成竹，差不多用了五成力吧。

这个时候八强战第一天应该结束了，可是傲紫薇却做了一个令所有人都匪夷所思的动作，指了指太阳系联邦战队的某人，做出了一个双子星人特有的手势。

等你来战！

第二十六章
玛雅人

第一天的战斗，双子星的胜利女神傲紫薇，和加纳星的三狂进入了众人的视野，尤其是傲紫薇，毫无疑问，她将成为双子星系的重点培养对象，同时也会收到银盟的邀请。

第二天的战斗开始了，看了第一天的情况，大家也都清楚，要么是鏖战，拿出自己的看家本事，哪怕失败也不冤枉，要么就是实力悬殊，那当家人也要适当地秀一下自己，打出风格和气势，这也非常重要。

玛雅帝国战队对利亚斯芬克共和国战队。

玛雅帝国，也是从太阳系走出去的失落文明，但是和亚特兰蒂斯相比，他们运气比较差，野心勃勃却碰上了人类的隐秘时代的绝对强者，被摧枯拉朽地教训了一通，绑上了人类的大船。当然随着神迹的消退，玛雅帝国卧薪尝胆图谋爆发的机会来临了，只是有一点，无论什么时候，玛雅帝国都保持了和太阳系的友好关系。若是没有玛雅帝国的鼎力支持，恐怕太阳系常任理事国的位置早就不见了，可是若说亲密，玛雅并不愿意提供任何关于科技进步上的东西。

王铮等人跟着蒙敖、烈广和德拉马克三名上将一起，与玛雅帝国的将军代表一起观战，这种比较复杂的关系有各种版本的传说，原因，似乎和隐秘时代有关联，但那是一段被遗忘的历史，很多记载，都跟神话传说一样夸张，当不了真。

王铮好奇地打量着玛雅代表团的人，看上去，和人类并没有太大的区别，只是皮肤显得更加细腻晶莹。最大的特点是每个玛雅人身上，都佩戴着闪亮的水晶，而且，无论男女，无论职位，包括将军，头发都结着小辫子，绑着辫尾的也是水晶。

就在这时，战场当中，玛雅帝国的准备区中，一架闪闪发亮的人型机甲从地下运输升了起来，这是玛雅人自己从玛雅帝国运输过来的。

即便是阿斯兰也没有全面的样机，主要是玛雅人管控非常严，而且他们孤僻地保持着自我，并不像亚特兰蒂斯那么好说话。

王铮好奇地观察着，机甲的外壳，用一种独特的技术，镶嵌着一块又一块的水晶，这些水晶除了会发光，还散发着奇异的波动，拥有着独特的属性。

玛雅文明，又被称为水晶文明，所谓水晶，并不是装饰品的那种，而是能量结晶，这是玛雅文明的基础，如同亚特兰蒂斯的精神符文一样，构成了他们的一切。

虽然玛雅人严格保密，但人类的研究从未停止过，只是很快放弃的原因是体质。玛雅人的外形跟人类类似，但身体的元素构成已经有很大不同，甚至比一些外星种族的差异还大，虽然不清楚他们是怎么做到的，但是确实只有玛雅人的身体才能和能量水晶形成反应，这构成了玛雅的世界，点点滴滴，除非人类愿意改变自己，而到目前为止，人类对自身还是相当满意的。

众人都很好奇地看着这些光芒四射的机甲，有点违背战争基础。战斗中，越不起眼越好，这么亮晶晶的简直就是找打，也许是刻意的低调，玛雅帝国确实无法和亚特兰蒂斯的名头相比，可是却无人小看他们的实力。

在场的人都是交头接耳，显然对这样的东西都相当感兴趣，像叶紫苏这样的机甲专家，更是瞪大了眼睛，这次 IG 简直是她梦寐以求的学习机会，通过这些年轻的高手可以把机甲设计者的本意体现出来，这个时候所散发出来的灵感给了她成长的帮助。

利亚斯芬克共和国战队后发，他们选择的是滕狼机甲，一款半兽型机甲，利亚斯芬克共和国第一机甲科学院最新研发成功的超级系机甲。

利亚斯芬克是老牌强国，银盟十大常任理事国之一。和太阳系联邦不同，利亚斯芬克是彻彻底底地用强大的武力维持着他们在银盟中的常任理事国的地位不可撼动。

先锋战，事关气势的一场，利亚斯芬克派出的是最具侵略和攻击天赋的选手。

开始的号令枪声响起。

玛雅的水晶机甲向前迈动了一步，站在那里不动了，闪烁的水晶像是在嘲弄对手一般反射着光线。

滕狼机甲里面，蓝里克可是相当慎重，第一场，无疑是最关键的，失败了，后面上场的人就失了气势，十分天赋用不出七分，反之若是赢了，气势大增，十分天赋能爆发出十二分来，原本打不过的，搞不好都践踏过去了。

蓝里克能被选出来对玛雅打先锋战，除了最擅长强攻以外，他冷静稳重的头脑也是重中之重。

对手很嘲弄他，这个无所谓，玛雅人擅长远程攻击，因为他们的水晶机甲对于镭射有极强的防御效果。

但滕狼机甲的远程火力极为凶悍，蓝里克对武器的操作，也是有着极强的天赋，轰隆隆……

滕狼机甲爆发了，强大的能量激光直接横扫，不是镭射枪，而是能量激光炮！

上来就全力开火，有效防御并不代表全部防御，玛雅人肯定以为他会全力攻击，偏偏给他个下马威！

"蠢猪，对付玛雅人，最好不要用光系的武器。"

看台上，有熟悉玛雅帝国的人在摇头。

显然利亚斯芬克的人也不信玛雅人不怕光学武器这个邪，或者说同为处在巅峰的国家，他们根本没把自己往弱势的地位上放。

激光能量不断爆发，超级系机甲的威力百分之一百地完美爆发出来！

然而，玛雅机甲竟然不闪不避……

只是站在那里，任由滕狼的激光一道道地轰在闪闪发亮的机甲身上。

没有爆炸，也没有破损，这时，在激光的侵蚀下，可以看得更清楚了，玛雅机甲的外甲，和人类或是亚特兰蒂斯的机甲有着本质的区别，不像是装甲，而更像是……皮肤？

被激光击中的位置更是如此，显得格外细腻。

什么情况？吸收能量？

在场所有人都被镇住了，这些年玛雅都显得格外低调，谁想到他们的机甲竟然做到了这样的突破，原来抵御能量最多在百分之五十左右，现在竟然完全无视镭射攻击？

"不是抵挡……好像在吸收……"

叶紫苏对机甲的熟悉程度已经是入微级，观察更是细致，因为镭射轰击到水晶机甲，表面浮起一层水晶光膜一样的东西，正在吸收……

蓝里克脸色变了变，他本来想给对手个下马威，伤不伤到都不要紧，至少争取一个机会，可谁想到会是这样，这跟战前的资料完全不同！

难道，这是玛雅人的新型水晶机甲？开始彻底免疫能量光学式的武器了？

没有选择，突击！

滕狼一个半兽变型，如同狼人一般，背上有着一对闪耀着蓝光的机甲羽翼，却是羽式推进器，猛然一扇，蓝光爆发喷出，带动着机甲腾空飞起，速度极快，这不是飞行，而是短距离的爆发式突进。

对近身的近战，蓝里克有着绝对的信心，而这绝对是玛雅人的软肋！

一旦战局进入他的攻击节奏当中，就算是利亚斯芬克的队长，也不一定能够把他压得下来。

这就是他，蓝里克的进击！

瞬间的短距离突进，一下，就拉近了距离。对手的玛雅机甲仍然没有闪避或者逃避的动作，就连机甲的手臂都没有举起来反抗一下的意思。

历史上，玛雅帝国在 IG 当中的失败，都是因为被对手近身，失去了水晶力量的优势。

改变近身能力？

不！

因为这不是玛雅人的特长，无论怎么练都比不上其他国家，但是，只要把自己擅长的发挥到极致，一样可以天下无敌！

一直一动不动，就好像玛雅驾驶员睡着了的水晶机甲突然张开了嘴，整架机甲就只有这么一个动作，然后……

一道澎湃的能量从机甲的口中轰出，如同愤怒的水晶战神在咆哮一般……

蓝里克极限反应，但是，这种暴进之下，近在咫尺，不是敌死就是我亡……

能量盾就像是碰到开水的雪一样，瞬间消融，然后，能量扫过滕狼机甲的腹部以下……

全部气化消失了，就和中了战舰主炮一样。

这时，后续的能量撞击到战场的防护壁上，一小片区域都变得通红，直到阿斯兰的工作人员加大了护壁的能量值，才又稳定下来。

玛雅人很冰冷，一样的强势，似乎这是一个信号！

将军们都在跟身边的人讨论，以往玛雅人可是相当低调，这次是怎么了？不但暴露了新技术，很克制人类的新技术，还下这种重手，要知道以往的玛雅人可是非常绅士的……

玛雅人的新技术给了在场所有人一个不太妙的预感。

接下来的两场，玛雅人没有再一动不动，而是乘胜追击，根本就没有给利亚斯芬克调整心态的时间，没有给对手近身攻击的机会。玛雅人的远程攻击确实精妙，堪称无敌，这也跟机甲的设计和材质有关系。人类的机甲因为格局，动作是要慢一些，尤其是远程对射，玛雅人占据完全优势，还是一模一样地不惧能量攻击。

轻轻松松三比零，没给利亚斯芬克任何机会，根本就是打蔫了，这跟战前获得的情报完全不同。

这种变化，毫无疑问将引起整个银盟的注意，甚至会导致机甲大改革。镭射无效，这是绝对不允许的，一定要找出问题的关键。

第二十七章
连环爆发

利亚斯芬克很绝望，至少在比赛的阶段他们是无法破解玛雅人这种吸收能量的能力，第二场第三场都是在倒在冲锋的路上。别忘了，玛雅人的远程能力不是吹的，可是到目前为止，他们除了机甲的特点之外，技术上并没有过多的表现。

这不代表没有，而是利亚斯芬克根本无法让玛雅人使出全力！

玛雅人很淡然，第四场，利亚斯芬克已经到了绝境，他们的队长比耶尔登场了。老牌强国，是无法接受这种耻辱的，无论如何他要拿下一场。他们已经讨论过了，没有其他方法，只有尽可能地冲到玛雅人跟前，近战是唯一的机会。

比耶尔选择了利亚斯芬克的刺客型机甲飘影五型，本来维鲁斯是擅长战士型机甲，可是很显然，在这样的战斗中战士型机甲的机动性还是不够防守一搏！

玛雅人那边，他们的队长维鲁斯终于出场了，这是个子略高的玛雅人，皮肤洁白晶莹，泛着玉石的颜色，光润晶莹，这说明他的生命非常旺盛，当玛雅人生命结束的时候，光芒会彻底暗淡。

看得出玛雅的队伍里对他们的队长非常尊敬，玛雅人的表情并不丰富，维鲁斯没有表示对对手的任何感觉，选择了自己的机甲。

玛雅人给出的名字是——天王战晶铠！

两架机甲出现在竞技场，战斗进行到这个地步，利亚斯芬克人已经毫无退路，在裁判枪响的瞬间，比耶尔就全力冲了出去。

战术明确，比耶尔是电属性 X 能力者，机甲的行进也是电折线步伐，这也是比耶尔横行的绝学，无论是远程攻击还是近战，都是双重杀手锏。

然而玛雅人的队长却静静地一动不动，完全没有想要用远程压制的意图！

难道玛雅人连近战的问题都解决了？

所有人都带着这个疑问，比耶尔已经无暇顾及这么多了，强横的电折线步伐让他的飘影五型就如同一道闪电一样，很难抓住攻击轨迹。

激光剑出鞘，全力一击！

置之死地而后生！

随着一声暴吼，比耶尔距离这光亮的对手只有五米的距离了，这个时候，维鲁斯的天王战晶机甲伸出了手，轻轻一推。

波……

两架机甲出现了一道网格光幕，比耶尔根本来不及做任何反应，机甲穿越了光幕。

……

准确地说，被分割成无数的小块。

完灭！

沉寂多年的玛雅人终于出手了，远近无解！

或者说，包括亚特兰蒂斯、玛雅、加纳人等等，这些类人近人文明开始崛起了，只不过他们不约而同地选择了这个契机。

这一届可不是什么人类的天下，而是整个种族的天下，即便是阿斯兰和亚比坦面对这样的对手也不见得有多大优势吧。

玛雅人狂胜，四比零横扫利亚斯芬克战队，晋级八强。

这一战利亚斯芬克两死两重伤，被打得毫无还手之力。利亚斯芬克的将军面色苍白，对他们来说，实在是太惨了。

IG，不仅仅是考验新生代的力量、机甲的性能，更重要的是借机打击对手，彰显武力，以谋求在银盟中更大的权力和地位。

几起几落，这就是现在的银盟，在 IG 中落败的国家，多多少少都会受到影响。

利亚斯芬克这些年已经有点颓势了，这一败，恐怕他们的竞争对手是不会轻易放过的。

下午，阿斯兰帝国战队对阵仙蛮星战队，这是毫无悬念的一场，阿斯兰必然四比零，只不过，怎么赢是个问题。

前面的对手可都彰显了自己的武力，阿斯兰肯定也要表示表示。

不过谁也没想到，第一个登场的竟然是阿斯兰帝国双子星之一的剑魔奥兹。

奥兹前面虽然有出场，但是显得格外随意，轻轻松松地获胜，在这个时候，他作为先锋出场恐怕是要虐的节奏。

仙蛮星那边经过讨论，最终慎重地派出了艾拉。

并不是兑子，谁都知道第一场的重要性，气势起来了一切皆有可能，若是气势被打蔫了，后面就一蹶不振了。

艾拉是这段时间崛起最快的，也不知道为什么，好像是跟谁打了一场比赛之后，一下子开窍了，她的丛林疾走确实有点出神入化。

这一场的目标很明确，跟剑魔奥兹耗，只要拖得住，有没有机会不说，先把对手的气卸掉，想一击定胜负完全是做梦。

艾拉——丛林疾走。

奥兹——剑盾玫瑰三型。

剑盾玫瑰是一款很普通的阿斯兰战士型机甲，奥兹选一个一般机甲倒没什么，可是这机甲的机动性跟得上丛林疾走吗？现在的战场可是有足够的移动，面对奥兹，艾拉显然不需要在乎什么面子，有需要能跑多远就跑多远。

两架机甲出现，机甲轰鸣，显然都是做足了准备，只等裁判枪响的瞬间就开始做动作。

艾拉电光标枪在手，心神宁静，她要的就是那种融合的境界，无论对手是谁，她的手中只有自己的电光标枪。

奥兹嘴角的笑容越来越盛，他刚刚听到了有趣的传闻，相当有趣，好像有人闯过了S级的复活赛。S级，传说中的，竟然还有这样的人，不知怎么，奥兹感觉自己要沸腾了，和这样的人交手肯定很有趣！

显然对手并不在奥兹眼中，枪响了，很意外，两架机甲同时冲向对手。

两架机动战士瞬间进入了五十米，这已经是丛林疾走的绝对攻击距离了，兽型机甲瞬间起立，电光标枪充能完毕，艾拉深吸一口气，眼睛忽然闭上，电光标枪如同殛电一样杀出。

　　然而这个时候的奥兹却并没有躲，激光剑瞬间出鞘，一剑砍出，一气呵成！

　　……这是眼瞎了吗？

　　还有四十多米呢！

　　随着激光剑的扫荡，一道红光横扫而出。

　　嗡……

　　电光标枪擦着剑盾玫瑰的肩膀掠过，剑魔只不过微微侧了一点，所有人都认为丛林疾走该撤退的时候，丛林疾走确实开始变成兽型开始撤退了。

　　但……

　　上帝，这是怎么了？

　　丛林疾走像是中了魔一样，慢慢地"爬"行，然而奥兹已经抵达。

　　一剑拍下，丛林疾走无助地趴倒在地。

　　在强队里面，阿斯兰大概是最有人性的，这一剑砍下艾拉必死无疑。

　　阿斯兰胜！

　　完全无解，一点办法都没有，这差距如同鸿沟一样悬殊，甚至无人知道这是阿斯兰机甲的新能力，还是奥兹的 X 能力。

　　从没听说过这种能力。

　　仙蛮星鸦雀无声，很快连输三场，无法跨越的差距，阿斯兰人一样全面没有缺陷。

第二十八章

队长夺天战

太阳系对阵黑暗帝国，这一战终于到来了，不知道有多少人等着这一场比赛。王铮、李尔、阿克琉蒂斯的表现确实引起了众人的注意，尤其是现在 IG 流传着，王铮的复活赛并不是 C 级，更不是 D 级，而是传说中的 S 级。

而他的金轮斗神更是出神入化，击败的文森特，可是马纳拉索的骄傲，这个少年天才绝对不是盖的。那王铮到底是个什么水准，太阳系是真的崛起了，还是昙花一现，这一场就是一个很好的检验。

实力这个东西很难说，并不是说基础扎实就行，真正的强大要应对各种各样的挑战，有些甚至是很奇葩的，比如眼前的黑暗帝国。

同样的，黑暗帝国在劳勃格·邦特的带领下也是野心勃勃，一举击败老冤家，他们已经不可阻挡，太阳系联邦战队显然更不应该是他们的对手。

偌大的观战厅忽然显得有些拥挤，都不知道从哪儿冒出这么多人，年纪比较大的将军忽然之间多了不少，这显然不是冲着黑暗帝国来的，而是太阳系联邦战队。

任谁都无法忽略人类的起源地，哪怕这些年太阳系联邦战队都已经菜成狗了，可是太阳系联邦依然是十大常任理事国之一，而当太阳系联邦一旦崛起，那影响力要比任何一个国家都要凶猛，这就是太阳系的底蕴，只要你是人类，就永远无法忘记自己的根。

劳勃格·邦特也观察着对手，他也得到了消息，虽然不是很确切，但上面的意思已经说得很清楚，兑掉王铮这一局，根本不需要和他正面战斗，只要拿下最后的胜利就行。

这算是赤裸裸地无视他的存在吗？

劳勃格有点不太满意，以他的力量，这还是第一次被上面这么无视，只可惜，军方对他并没有直接管辖权，他是邦特家族的继承人。

亚特兰蒂斯、阿斯兰、亚比坦、玛雅等等强队，队员也全部到齐，很明显注意力完全不同，都在兴致勃勃地聊着，不知道太阳系战队怎么对付黑暗帝国。

双方对战抽选，第一场，黑暗帝国先上。

先锋战！

黑暗帝国派上的是邦特的堂弟，邵峰·邦特，帝国的天才斥候，劳勃格的左右手。

太阳系联邦，这先锋战毫无疑问要从李尔和阿克琉蒂斯中出一个，这是最稳妥的，王铮虽然喜欢出奇，但这个时候也不可能玩火。

上一次出任先锋的是阿克琉蒂斯，这一战就交给李尔了。

李尔登场。

李尔选择的依然是无极天炼。

邵峰·邦特选择的是黑暗帝国的王牌战机——影魅系列，影魅收割者，轻盈的刺客机甲，典型的收割类型，用来做特种突袭无疑是上佳选择。

双方都是世家子弟，说起来邦特在目前的优越性可能更高一些，在他眼中，李尔也就是个屌丝而已，但这个屌丝竟然还特别喜欢装×，真当地球还是以前的地球？

邵峰看向劳勃格，劳勃格轻轻点了点头，邵峰心里有数了，嘴角泛起笑容，虐死对手。

从机甲性能上，双方各有特点。对于刺客机甲的理解，黑暗帝国的人特别有心得，尤其是邦特家族的子弟，恐怕要看双方 X 能力的比拼了。到目前为止双方的 X 能力都还是未知数，但这一场是应该拿出来了。

轻灵的刺客型机甲之间的战斗也是最凶险的，技术好的一方绝对可以完虐。

不过在李尔眼中，一切非地球人都是浮云，都应该是奴隶。

影魅收割者的武器是异种兵器双侧镰，攻防一体，这是黑暗帝国的最爱，而且很克制那些刀啊剑啊什么的。

枪声一响，邵峰就出手了，影魅收割者的速度很快，但是那种飘忽的速度，也是这款机甲的特点，不像一般机甲那么容易被判断出来，飘忽就意味着变向方面更强。

李尔的钛金剑很随意地下垂着，影魅收割者已经杀到，钛金剑陡然砍出。

两架机甲进入高速的对战之中，瞬间漫天火花四射，黑暗帝国的邦特家族又被称为刺客家族，别的不说，对于刺客型机甲的研究，从性能到技术可谓是下了血本，但是在李尔的手中竟然讨不到丝毫的便宜。

无极天炼大有一种剑在手、无敌天下的霸气，很沉稳，攻防一体，攻击的时候迅若闪电，防守的时候稳如泰山，难得的是李尔的心态，一丝不苟，并没有打算一击致命。

当然想要一击致命，往往就是给对手一击致命的机会。

"大家多注意，李尔给我们机会观察黑暗帝国的套路。"阿克琉蒂斯说道，他还是比较了解李尔的，毕竟竞争了那么多年，以李尔的性格无疑是不愿意做无用功，但太阳系联邦战队战胜马纳拉索之后，他们的优势已经不复存在，对手肯定已经深入研究过他们，一旦被针对，你会发现在战斗中就没那么轻松了。

充分地了解对手的套路相当重要，而黑暗帝国无疑又是制式训练，套路上大同小异。

砰砰砰砰……

面对影魅收割者的狂攻，无极天炼竟然稳稳妥妥的，让人搞不清这到底是战士型机甲，还是刺客型机甲，时快时慢。

很快，邵峰·邦特已经感觉到了对手的用意，想看清他的套路吗？

轰……

影魅收割者发出刺耳的爆响，如同幽灵一样地围绕着无极天炼发出了疯狂的攻击，高频打击——影魅龙卷杀！

利用影魅收割者的飘忽移动力，加上极速的 X 能力，环形缠绕打击，非常利于双侧镰发挥威力，一瞬间火花四射，无极天炼完全限于被动之中。

可是刺客型机甲偏偏防守得一丝不苟，一剑接一剑，不带丝毫错乱，颇有一种坚若磐石的气势，似乎就从没见李尔这个人焦急过。

这是要赢的节奏，一旦影魅收割者这一次狂攻没有奏效，接下来就是李尔反击的机会了。

大家也看得出，黑暗帝国的攻击套路主要是速度为主，对付他们以守代攻是最好的，对手攻势一弱就是他们的机会了。

然而就在这时，影魅收割者的速度更快了，邵峰·邦特的 X 能力全面爆发——环绕极速！

速度型 X 能力很多，但是细分之下也有多种类型，有的是直线距离提速，有的是折线速度，而邵峰·邦特的能力是环绕速度，也就是弧线速度，在弧线之下，不但速度不减，反而会叠加提升，一旦狂攻开始，停都停不下来。

对于黑暗帝国的人，同样不要失败者。

影魅收割者的影子完全把无极天炼包围，狂暴的攻击出现在四面八方，像是一个要把无极天炼吞噬的怪兽一样！

只要撑住，只要撑住！

就在这时，场外的劳勃格嘴角泛起一丝冷笑，瞳孔突然消失。

虽然对手攻击很疯狂，但并没有突破李尔的防御，可是忽然之间，眼前的一切都消失了。

一下子机甲消失了，世界消失了，甚至身体都消失了，无边无际的黑暗要把肉体和灵魂一并吞噬，剩下的只有恐惧。

X 能力——暗黑天幕！

劳勃格嘴角带着自信的笑容，只要他在，哪怕是一个垃圾都可以变成无敌的战士。

他的暗黑天幕能力范围极广，只要被他锁定了暗黑印记，瞬间就可以发动，一旦被暗黑天幕笼罩，不但视野全失，X 能力也被禁锢，剩下的只有恐惧。

距离越近，效果越强，虽然这次的距离远了一点，但做到一秒也足够了。

这才是真正无解的领袖能力！

轰隆隆隆……

刹那间，黑暗消失，两架机甲炸开，暴退十多米，一动不动，紧跟着两架机甲都冒出了火花，爆裂……

急救人员涌入，连忙把两个机师从机舱中拖了出来。

劳勃格也愣了一下，在这种情况下，竟然还能反击，这李尔的心智可真够硬的。

慢镜头出现，两个屏幕，另外一个屏幕是暗能量现实，交手最关键的时候，无极天炼机甲忽然被一个黑色的球体笼罩，李尔就算再怎么精明，千算万算也算不到这个，最狠的是，他的 X 能力在这一瞬间还被禁锢了，而对手则早就等着这一刻了。

完全失去视野和 X 能力的李尔竟然还做出了攻击，他的惊人基本功，迅猛的横移依然是慢了一点，没有躲开胸口的一击，但紧跟着做出的攻击也让影魅收割者吃了大亏，邵峰·邦特确实没想到受到暗黑天幕攻击的情况下还能做出这样的反应和动作。

结果无极天炼中了六击，影魅也中了三剑、一脚。

两架战机同时失去战斗能力。

所有人都看向劳勃格，显然大家都感受到了 X 能力的波动，只是谁也没想到，相隔这么远的距离他依然可以发动 X 能力，要知道劳勃格的暗黑天幕已经被列为重点注意的能力，他们的老冤家仙女星人到处免费奉送他们的情报。

暗黑天幕的能力确实恐怖，瞬间失去视野，这不是说仪器上的，而是直接攻击机师，无法防御，无解的能力，同时附带心灵恐惧的效果，除非心智极其坚定，否则都要受到影响。高手之争，一点失误就是致命的，而最可怕的是，它可以禁锢对手的 X 能力，时间不详。

只是谁也没想到的是，他的暗黑天幕竟然可以这么远的距离使用，那近距离的时候，他的 X 能力能持续多久？

忽然之间，大家真的有点为太阳系联邦惋惜了，李尔在遭遇了这样的力量竟然还可以做出反击，赢得了一场平局，这简直是不可思议的，只能说他的心智绝对够可怕，基本没受恐惧的影响，在 X 能力被禁锢的时候，凭借本能做出横移，然后跟着感觉做出反击，绝对是久经沙场的人才能做出的以命换命的打法。

可是接下来怎么办？

这能力不是说你知道就可以防得住的，相反，越是知道越是可怕，若是心里惦记着场外的对手，这一分神就不用打了，也就是太阳系每一场都要面对一对二，其中还有黑暗王子劳勃格·邦特。

两个机师都受了伤，小邦特显得很愤怒，竟然让煮熟的鸭子飞了，他确实没想到被暗黑天幕笼罩的人还能做出反击。

李尔的胳膊全是血，一块碎片击中了右臂，但是李尔的表情却显得格外阴冷，别人赞赏的眼光在他看来都是垃圾，这次是他想太多了，他不应该给对方机会，应该一上来就弄死的。

团队是最害人的，若不是废物太多，他哪儿至于这样费劲！

现在情况不妙了。

阿克琉蒂斯等人都想不出任何办法，只要劳勃格不是驾驶着机甲冲进去就不算犯规，看着黑暗帝国得意的表情，恐怕早就料到会如此。

有种能力，越知道就越恐惧，没人可以阻挡黑暗帝国的前进。

李尔没有接受深度治疗，冷漠地坐下，望着王铮、阿克琉蒂斯。显然太阳系联邦遭遇了最难的问题，正面打，他们根本不怕，可是他们现在面对的对手都将拥有两项可怕的 X 能力，也许阿克琉蒂斯和王铮能拿下两场，可是接下来的呢？

王铮站了起来，走向台前，望着裁判："太阳系联邦愿意执行队长夺天战。"

顿时全场哗然……

队长夺天战，IG 的一项很特别的选择，基本上 IG 开始这么多年来，还从没人选择过，无论初赛还是决赛阶段都可以使用。

因为这是一个人挑战对手整个队伍的选择，不是五个人，是十二个人全体。

IG 是军人的战斗，并不会完全杜绝强者的选择，也就是说要给万人敌机会，所以一旦发起队长夺天战，对手不能拒绝，但对手获得杀死对方的权力，也就说生死不论，可以不择手段。

王铮这是赤裸裸地找死……

"王铮，没到最后一步，不用这样，我们还有机会！"阿克琉蒂斯连忙阻止道。

李尔也愣了，一挑十二，这种疯狂送死的事儿他绝对不会做。IG夺冠固然是他想要的，可是用自己的命去换，显然不值，这个神经病！

王铮没有动摇，只是望着黑暗帝国的人。

不得不说，王铮没有选择，天下之大，高手辈出，劳勃格的这个能力很无解。

裁判呆了呆："你确定？"

王铮郑重地点了点头，顿时全场如同炸锅一般沸腾起来，IG史上第一个队长夺天战出现。

这是要一个人扛着一支队伍前进吗？

第二十九章
风　神

比赛紧急暂停！

IG 史上第一次出现的队长夺天战，与其说是夺天，更像是夺命了，因为主动发起的人不能投降，命完全掌握在对方手中。

组委会也紧急磋商，考虑如何安排这场战斗，暂停十分钟。

先别说黑暗帝国了，连太阳系联邦这边也是展开了激烈的争辩。

大部分队员是持反对意见的，反对最激烈的竟然是张山、蒙恬等人，王铮这绝对是送死啊。

"王铮，你怎么比我还冲动，我有办法啊，不就是那混蛋的 X 能力距离比较远嘛，我可以搞他啊，大不了一会儿直接冲过去跟他斗殴，或者说，他使用能力的时候，我直接穿过去揍死丫的！"张山怒道。张山很少这样生气，他最佩服王铮，无论什么时候都是那么冷静，竟然做出这样的决定，就算输了，太阳系到这一步也可以了，根本不需要拿生命冒险。

"别这么幼稚，你当黑暗帝国的人都是死的，IG 从不禁止这样的 X 能力，但你要乱来，我们直接就被淘汰。"李尔淡淡地说道。

以前也出现过这样的 X 能力，范围极广，比如上一届出现一个治愈系的 X 能力，可以远距离支援，让自己的队友一直处于最佳状态，这种能力 IG 是不管的。IG 的规则，只要你不是人自己出现在场中就行，至于干扰，要是这么容易的话，邦特也就不会被称为黑暗之子了。

"滚你的，敢情冒险的不是你，你不是一直很牛的，怎么就只换了个平局！"张山怒道。

李尔依然很平静，嘴角只是露出微微笑容，这个张山在他面前太幼稚了。

遭遇突然发难，完全没有准备的情况下，李尔能拿到一个平局全身而退已经相当不容易了，换成张山，人家可能连招儿都不用就直接干掉了，但李尔显然不愿意做口舌之争，他很想知道，王铮到底有多强。以王铮的性格主动请缨，哪怕是万不得已，恐怕也是有几分胜算的。

黑暗帝国的巴尔加斯中将立刻用这点时间，紧急把队伍召集起来。黑暗帝国的队员显得格外轻松，没想到这王铮竟然狗急跳墙，想一个人送死，胜利到手，这也算是另外一种不战屈人之兵了。

巴尔加斯望着漫不经心的众人，尤其是劳勃格，所有人都认为胜利在望了。

巴尔加斯的沉默还是吸引了队员的注意，感觉到气氛不对，所有人都安静下来。

"我只跟你们说一件事儿，王铮在复活赛上完成的是S级的任务，史无前例，因为IG的规矩我不想多说，但是只告诉你们一件事儿，他用金轮斗神屠杀了一万多只扎戈，并击杀母虫，一个人，你们十二个人一起能完成吗？！"

巴尔加斯冷漠地说道："地球人有一句俗语，天外有天，人外有人，若是你们不能打起十二分精神，这一战必败无疑。"

瞬间所有人都张大了嘴……传言是真的？真有这样的怪物，就那个小子？

劳勃格微微一笑："很好，兄弟们都听到了吧，干掉他，我们就是超S级的队伍，跟着我劳勃格，我带你们赢得这个世界！"

"邦特万岁！"

巴尔加斯总算松了口气，他知道这个眼神的劳勃格进入了猎杀状态。

毕竟虫子不是人，太阳系联邦遇到谁都有一战之力，可惜碰上了黑暗帝国，劳勃格的能力实在有些bug。

这一届确实出现太多奇才，只有那个最谨慎的，才能夺得冠军。

赛会正在紧急准备战场，显然下面那个训练场相比这一战还是小了点，还稍微需要一点时间。

王铮的选择彻底给在场所有的战队上了一课。

"别的不说，这小子胆量真有，很对我胃口，阿瑞奥拉，若是碰上了，一定要让给我。"奥兹忽然说道。

阿瑞奥拉微微一笑："怎么，你觉得他有机会赢？"

就算他不惧黑暗，面对十二个黑暗帝国的高手，也是有死无生，以劳勃格的性格是绝对不会放过他的。

这个劳勃格，阿斯兰关注了很久，尤其是他的能力，没想到比情报来得还厉害。

在这个时代最厉害的能力是叠加能力，可以增幅周围队友，进入八强之后就有团战了，没想到在十六强里见到。

斯嘉丽不知道自己该不该多嘴，可是看到这一幕，她还是给爱娜公主发了一个信息。不过消息一直没有动静，大概是自己多想了，公主殿下顶多是爱才，怎么会真的……

亚比坦还没开战，但是一样轻松，没人怀疑亚比坦会进入决赛。

一直显得冷漠无聊的奥里维多斯终于睁开了眼睛，他冰冷的血液忽然之间有点热了，很久很久没有感觉到了。

他来 IG 不是为了什么狗屁的冠军，那不过是政客的游戏，他来这里是为了战斗，为了寻找可以抵挡他的对手，他是为战斗而生，但到目前为止，很失望，很失望，全是一些脆弱又自以为是的蠢货。这个王铮有点意思，如果传言是真的，就够资格和他一战了。

亚特兰蒂斯这边也是交头接耳："你猜这人会用什么？"

"以他对金轮斗神的理解，恐怕有希望，不过怎么说呢，要看他能否抵挡暗黑天幕，这个不太好对付。"

"金轮斗神都不太够，移动能力差了一些，要知道他面对的是一群黑夜刺客，恐怕还只有我们亚特兰蒂斯的机甲可以对付，可惜，他用不了。"

"勇气可嘉。"

"看他挺自信的，说不定有奇迹。"

亚特兰蒂斯人是最不八卦的，可是这样的决定让他们也很好奇，倒是一贯是好奇宝宝的王子殿下很淡然，兴致勃勃地等待着。

会用什么？

叶紫苏很担心，严小稣也搓着手："应该可以，绝对可以，老大不会拿自己的性命开玩笑的。"

可是严小稣满头都是汗，这 IG 越看越没底，越不像是正常人待的地方。面对这些怪物，王铮要一挑十二，这简直跟活见鬼了一样，可是严小稣心里很清楚，若是王铮不上，后面根本没有机会，对手的能力太变态了。

这次的冠军，王铮是一定要拿的，没人比严小稣更清楚，这是和爱娜的约定。

准备夺天战的场地的时间稍微有点长，阿克洛夫中将力图为这一战选择一个合适的地点，看得出，这位银盟的将军很不想王铮死在这里，尤其是死在黑暗帝国手中，这些年黑暗帝国太不安分了，若是他们在 IG 上所向无敌，恐怕更要生事，只是这样的一战他也没有底，金轮斗神还能再创奇迹吗？

短时间内，几乎所有人都知道了王铮的金轮斗神的能力绝不仅仅是和文森特一战那样，更强，但人不是虫子，尤其面对的是团队，劳勃格训练他的队员绝对狠，这些人都是邦特家族精挑细选的，并不是一盘散沙。

文森特静静地坐在角落里等待着，他不知道金轮斗神的极限在哪里，可是他实在想不出如何面对这样的对手。坦白说，若出战的是他，他觉得一点机会都没有，一对一可能还有戏，但是一对十二，完全跟做梦一样。

难道是选择逃跑，然后各个击破？

可是这不太可能，对方肯定会选斥候，而且谁也不知道劳勃格的暗黑天幕可以持续多长时间，若是十多秒的话，撑过去可能有机会，万一不是呢？

最终场地被确定，训练场被完全打开，五百米之外就是丛林，至于王铮能不能跑进去就看他的命了。

毕竟是王铮要开夺天战，IG 没有道理为他提供便利。

如果是金轮斗神，面对一群黑暗斥候，一点儿机会都没有。

毕竟人类不是虫子。

忽然文森特感觉到一阵淡淡的香气，转过头，一下子石化了，这……

虽然是马纳拉索人，但同样对眼前这个女孩子熟悉无比！

阿斯兰帝国第一公主爱娜，身后一群军官跟随，她怎么会来这里？

爱娜的抵达还是引起了短暂的喧闹，但很快平静下来，据说公主殿下是听说 IG 首次出现了夺天战，特来观看一下勇士之战，同时为阿斯兰帝国战队助威，爱娜自然要坐在阿斯兰的席位里。

但是她的目光始终没有离开王铮，王铮看到了，也知道，但是王铮的嘴角始终带着笑容，有把握吗？

不知道啊，很多事情只有做了才知道，毕竟他没有品尝过暗黑天幕。但这个时候，他最感谢的就是曾经诅咒了一百万次的骨头，因为是他的非人训练让他在面对这样的选择时，有这样的勇气。

斯嘉丽就坐在公主的侧方，刚刚打完招呼，但是斯嘉丽彻底惊呆了，尽管公主装作很巧合，可是斯嘉丽还是看到了爱娜雪白脖颈上的汗滴，这绝对不是凑巧赶来，要来，昨天也应该来啊，阿斯兰都比完了，再说了，以阿斯兰的实力，四强是稳的，这点都做不到，这帮阿斯兰队员都无脸见人了。

劳勃格带领着十一名队员上台，望着王铮："虽然是对手，我还是要为你愚蠢的勇气表达敬意，不过有一件事儿还是要告诉你，我的暗黑天幕，可以五分钟不间断。"

劳勃格笑得很灿烂，也很骄傲，这是绝了王铮拖延时间的想法，没有这样的实力，他怎么会渴望成为黑暗之王，等进入四强战，他的暗黑天幕能力更是会发挥到极致，什么阿斯兰、亚特兰蒂斯，还有亚比坦那个蠢货，都是菜而已！

黑暗帝国战队没有矫情，全部选择了斥候机甲，影魅收割者。十二架影魅收割者实在是太壮观了，黑压压地让人不寒而栗，在黑暗中被十二个死神盯上，这种滋味想都不敢想。

但没人在意这个，用屁股想都知道黑暗帝国会这样，重要的是王铮究竟会选择什么。

金轮斗神，大力神，还是地球的其他机甲？

无论是什么都觉得有些欠缺。

王铮并没有给大家太多纠结的时间，他的机动战士被确定！

——风神！

严小稣恶狠狠地握了握拳头，肯定是风神，也只有风神！

X能力什么的，他不懂，但是风神一旦进入林区，以王铮的操作，绝对是无敌的。

叶紫苏咬着嘴唇，她很担心，好担心，她的能力太不足了，若是风神能更强大、更灵便，王铮的把握就更大了，可是在改进上一直没有进展，她帮不上任何忙，只能这样看着。

风神对阵十二影魅收割者！

第三十章
梦幻移动

但是王铮这个选择可把相当一部分人吓坏了，蒙敖的心脏都要掉出来了，这是什么情况？

竟然不是金轮斗神？

不用金轮斗神怎么打？

全场窃窃私语，据说这个王铮最拿手的就是金轮斗神，也是靠着这个金轮斗神创造奇迹完成复活赛，同时击败了马纳拉索，难道他还擅长其他的？

要知道，哪怕是一个王牌机师也就一个主修的机甲，虽然说可以操作其他的机甲，但威力可要降低不少。

文森特彻底愣在那里，他毫不怀疑王铮会选择金轮斗神，可是王铮选择的却是风神？

这是什么东西，听都没听说过。

风神是新机甲，虽然闹腾了一阵，但银盟太大了，大多数人根本不关注这样的新闻，何况它还没有量产。

见识过王铮表现的亚特兰蒂斯人也在交头接耳，显然他们也想不出，用这奇形怪状的机甲怎么能赢，金轮斗神还是有一定希望的。

不过有一点是对的，风神是斥候型机甲，移动速度会有优势，金轮斗神太慢了，绝对跑不进树林就会被对方围住，一旦围住，那就是瓮中捉鳖了。

双方的机动战士走进战场，如同十二只恶狼盯着一只小红帽，只要一声枪响他们就会一拥而上。

"别让他跑了！"邦特淡淡地说道，看来根本用不着自己的 X 能力了，所有人都弄错了一点，他的手下能打入 IG 可不是靠着他的 X 能力，每一个都是出类拔萃的战士。

黑暗帝国的机甲引擎都处于强控状态，看到风神也在蓄力，知道他是想跑，双方的距离大概有两百米，以影魅收割者的速度，最多五分钟就能追上对手这个莫名其妙的机甲。劳勃格还听说过一点，只是也并没有太在意，据说是地球的一个美女机甲设计师的作品，有点特点。

一声枪响，机甲的轰鸣声响彻天空，十二架影魅收割者疯狂地以弧线阵形包围过去，然而风神的动作吓了所有人一跳。

王铮不但没有朝林子里跑，反而冲向了对手！

在场的所有人都惊呆了，包括那些身经百战的将军都张大了嘴，见过出人意料的，没见过用自己的小命去演绎的。

你当对手真是纸糊的？！

黑暗帝国的队员也吃了一惊，但很快以更快的速度冲了过去，这算是轻视他们吗？这绝对是要蹂躏至死的。

劳勃格嘴角泛起一丝冷笑，他要给对手一个永生难忘的终结。

时光定格，如果上帝能给劳勃格再来一次的机会，他肯定不会参加这次 IG 大赛，这个噩梦一直困扰着黑暗王子十多年都不曾散去。

双方机动战士迅速拉近在五十米，双侧镰散发着森冷的光芒，他们要分割了眼前的蠢货。

王铮很兴奋，非常非常兴奋，不得不说，他没料到爱娜会突然出现。要说一声，是这直接导致了黑暗帝国的悲剧。像王铮这样的战士，一旦肾上腺素成倍强化会是什么样的情况？

噌……

"尼玛，这是什么东西？"

一架影魅忽然发现身上多了什么东西，然而一道银光从天而降，只听到一声巨响，紧跟着一声爆裂声。

"开启能量盾！"

嗡嗡嗡嗡……

剩下的十一架收割者纷纷打开能量盾，四个围拢过来，七个镭射瞄准。

一击击爆，风神却没有丝毫停留，双脚发力，引擎轰鸣，一个强控腾空而起，半空中瞬间成了靶子，与此同时磁力源射出，风神如同极光一样猛然蹿出，身后的镭射轰向空中。

一落地，风神轰地发力，再次冲向最近的影魅收割者。面对风神的攻击，黑暗帝国的战士丝毫不惧，双侧镰立刻砍了过去，然而近在咫尺的风神忽然从眼前消失了，简直就像是发生了空间位移一样。

而在旁边的一架影魅收割者直接被踹倒，风神的钛金刃瞬间爆出强攻，轰……

确实耽误了王铮一点时间，能量盾被打爆，可是王铮还没来得及下手，这架影魅收割者就被黑暗帝国人打爆了。

推开肉盾，风神陡然蹿出，完全不惧枪林弹雨。

"蠢货，收起镭射，干掉他！"劳勃格一声暴吼，"暗黑天幕！"

嗡……

瞬间一切陷入了绝对的黑暗之中，哪怕是辅佐劳勃格的人也感觉到阳光消失了，周围一片昏暗，但不同的是，他们依然能看清楚目标。

而在王铮的世界里，一切都消失了，无边无际的黑暗，风神一下子静止下来。

所有人的心立刻揪紧了，这是劳勃格无解的暗黑天幕。

劳勃格一挥手，立刻两架影魅悄无声息地飘了过去，影魅收割者配合暗黑天幕简直是无解。

陡然之间，风神的磁力源猛然出手，紧跟着杀向左边的一个，一脚踢中，同时腾空，半空中钛金刃旋转，直接收割了机甲的脑袋，没有停留，下一刻，引擎强控冲向了右边的一个。

右边有了反应的时间，这是黑暗帝国的先锋，拥有强横的力量型 X 能力，望着横踢过来的风神，丝毫不惧，一声暴吼，疯狂地撞了过去。

然而半空中的风神，磁力源再次射出，插在地上，双磁场的吸引，加上引擎控制，风神在虚空中打了个弧度，让过了影魅收割者的冲锋，一下子到了背后，噌……

刺穿！

黑暗依然在蔓延，可是转眼间黑暗帝国的十二个队员就只剩了八个。

劳勃格惊呆了，没人能在他的暗黑天幕之下还看到的，更完全不受影响。

场外，奥里维多斯忽然站了起来，他感受到了那强烈的杀气。

他一度以为，这个世界上只有他才有这样的力量，这是只有从地狱爬出来的怪物才会有的，抛弃了作为人的一切。

恐惧？

王铮很久以前就不知道是什么意思了，骨头说过，超级战士不需要恐惧，活下来的，都不再有。

暗黑天幕给他的不是恐惧，而是兴奋，完全点燃了王铮心底负面的力量。

归一诀全面运转，王铮根本不需要眼睛，他的世界里，黑暗之中，一个个机甲如同火焰一样清晰。

轰……

又一架机甲被打爆，第五架，这是被轰开能量盾之后活生生地打爆，紧跟着王铮冲向另外一架，一旦被磁力源命中，完全无法闪避，如同附骨之蛆。

轰……

劳勃格间不容发的一道镭射命中风神，最关键的时候，黑暗帝国队长做出了最精准的判断，因为风神为了追求速度，没开能量盾。

嗡……

风神表面浮现一层能量盾，被镭射一枪爆裂，但风神却只是受到一点震动。

第三十一章

男人可以这样活

然而这一迟缓，却给了影魅收割者机会，侧镰全力扫向风神，这个时候风神必须撤退，否则就算不被砍死，也会陷入纠缠，黑暗帝国的人也疯狂了，就算抱住风神同归于尽也决不会后退。

风神也没有后退，强控发力，地面炸裂，如同炮弹一样撞了过去。

靠山崩！

嗡……

能量盾剧烈震荡，但是没碎，可是里面的机师已经七窍流血，昏死过去，机甲踉踉跄跄地栽倒在地。

第六架。

然而做出这样动作的风神像是不知疲倦的机器，噜噜噜……

瞬间六个磁力源飞出，暗黑天幕之下，劳勃格的手下也受到了一定的影响，反应比平时会慢一点，王铮的磁力源一出，所有人都吓了一跳。

可是，风神却并没有接磁力源，而是正面冲击，轰……

正当王铮就要得手的时候，一道影魅从天而降，一下子抱住了王铮。

黑暗帝国战队的主力加尔斯，X能力是精神隐匿，一旦中了他的X能力，他就可以进入五秒的恍惚时间，对手稍微一不小心就会失去他的踪迹，配合上暗黑天幕，简直是无敌的刺客，但面对这个疯子，他也用了全力，死死地抱住风神。

瞬间劳勃格带领着其他四个人纷纷拿出镭射，同样是斥候型机甲，力量相差无几，只要再坚持两秒，风神就死定了。

"为了帝国荣耀，黑暗之王万岁！"加尔斯爆发出疯狂的吼声。

然而刚吼完，整个机甲都被掀翻了过来直接砸向地面。

轰……

钛金刃直接插入，吼……

轰……

影魅收割者被撕成了两半，扔向了其他的收割者。

第七架！

能量源发出，风神立刻跟进，劳勃格动作最快，瞄准了磁力源！

风神猜中磁力源的同时，又是镭射刚好发到。

但是那层薄薄的能量盾又出现了，刚刚抵消掉一枪。

窗外，无论是亚比坦、亚特兰蒂斯的，还是玛雅的，无论是已经比赛完的，还是未战的，都鸦雀无声。

这样的操作闻所未闻，这样的机甲闻所未闻！

文森特一直觉得只要努力，总有一天他可以达到王铮的那个境界，把金轮斗神控制得出神入化，但是他没想到的是，金轮斗神只不过是王铮的一架机甲而已。

如果金轮斗神是王铮的杀神战士，那这架风神就是王铮的死神战机，这才是暗夜下的收割者。

真正的无解！

这是在 X 能力被禁锢的情况下。

忽然之间，黑暗消失，暗黑天幕的能力结束了，一切都恢复到阳光之下。

劳勃格等人不知不觉地已经聚集到一起，五架机动战士竟然畏缩在一起，不远处正是一步步走来的风神，那锋利的钛金刃，像是诉说着一个不朽的传说。

"上！"

劳勃格发出嘶吼，其他四个对手一咬牙，怒吼着"帝国万岁"冲向了风神。

一把侧镰上带着澎湃的闪电 X 能力，具有足够狠的麻痹效果，但是交叉攻击完全扑了个空，轰……

风神由下而上，一击穿刺，直接刺穿了收割者的脖子，一拖一甩，磁力源射出，风神又从眼前消失了。

轰……轰轰轰……

一套攻击打完，风神紧跟着又蹿到了另外一个目标上，如同鬼魅，所有人只看着号称十大斥候机甲的影魅收割者原地打转转，机师疯狂地叫喊着，隔空挥舞着他们号称收割的镰刀。

四架机甲的能量盾全爆，没了能量盾的保护，就像是被剥光了衣服一样，面对风神，黑暗帝国的影魅竟然开始后退了。

面对这样的对手，他们不知道该怎么战斗了。

噌……

一个磁力源出现在四架机甲的中间，风神如影随形而至。

——天方四面崩！

一瞬间，四架同时爆机，一秒之内的疯狂飞旋强控掠杀！

砍瓜切菜！

火焰四射，风神还是带着那层薄薄的能量盾从火海之中缓缓而出。

忽然之间，一对十二，已变成了一对一。

劳勃格咬着牙，不知不觉中，太用力了，血顺着牙齿流出，他的手在颤抖，他想控制，可是完全控制不住。

从诞生那一刻，他就被誉为邦特家的天才，代表了黑暗，可以统领黑暗，恐惧是他的武器，他用恐惧让对手臣服，让对手懦弱，而现在他感受到了从来没有过的情绪——恐惧。

眼前这架银色的机甲，不断放大，越来越大，像是诸神一样无法反抗。他是那么渺小，对方随时都可以扼杀他的梦想、他的野心、他的一切，不能这样，他是黑暗之王，他是人类的希望，他是统治者！

口水和眼泪从劳勃格的口中、眼睛中流出，近乎癫狂。

但在他的黑暗世界里，风神那冷酷残忍的大脚朝着他踩了过来。

直接踩死在地上，如同一只蟑螂。

轰……

机甲传来一声惨叫，劳勃格的影魅收割者暗淡下去，而这时，风神距离影魅收割者至少十米。

镜头立刻切了过去。

所有人都目瞪口呆，劳勃格的瞳孔无限放大，口水鼻涕横流，不知死活，有一点是每个人都能看到的，里面充满深深的恐惧。

若是不能奴役恐惧，就要被恐惧奴役。

罕见的 X 能力反噬。

夺天战，太阳系联邦战队胜。

只是这一刻，里里外外都没有半点声音，也许，现在剩下的所有人都要面对同样一个问题，如何来对付这个叫作王铮的……怪物。

这已经不是王铮第一次震撼 IG、震撼在场的高手了，只是每一次都那么变态，让人无法接受。

从大力神，到金轮斗神，又到风神，跨越了基础战士型、输出型，到现在的刺客型，每一个都让人瞠目结舌。

对机甲这种程度的理解，有一个就足以名扬 IG 了，可是他有三个，但这是尽头吗？

没人知道。

蓦然有人跳到了桌子上，是张山，紧跟着代表团里面严小稣也直接蹦了起来，振臂狂吼。

紧跟着其他人才反应过来，太阳系战队又一次从死亡边缘回来了，他们击败了黑暗帝国战队！

疯狂的呐喊，这一刻不需要压抑，太阳系战队历史性地挺进八强。当 IG 开始的时候，太阳系就已经没落，垫底已经成了习惯。八强，这仿佛是在做梦，但又不是做梦。

饶是蒙敖等人历经沧桑，也经过了多少起起伏伏坐到今天的位置，可是看到这样的战斗，这样的胜利，也跟其他人一样疯狂地欢呼起来，一起涌到了前面，他们要迎接太阳系的英雄。

与太阳系的狂欢相比，其他战队依然是一片寂静，谁也没想到太阳系战队竟然出现了这么一个无解的人。

如果说马纳拉索的失败还不能完全让众人警惕，这一战已经告诉所有想要夺冠的人，太阳系战队是他们的对手，而王铮是他们必须迈过去的一关！

从机甲走出来的王铮脸色略显苍白。人和虫子确实不同，虽然战斗时间不长，可是几乎每一秒都没有喘息的机会，可以说是最高强度的全力出手。归一诀已经运转到了巅峰，若不是进入了第二层，这一战必死无疑。

张山太兴奋了，兴奋得眼泪都出来了，其实他也不知道怎么了，反正他娘的眼珠子就是不听使唤了，他太幸福、太庆幸了，若不是被王铮这家伙忽悠着转入了机甲系，他又怎么会知道男人可以这样活！

吼……

"张山你这头猪，轻点。"男人太粗枝大叶了，章如男忍不住骂道。

"哈哈，没事儿，王铮是钢铁战士，奶奶个腿，打爆他们！"张山大笑，笑得像是第一次考了年级第一。

远远的，爱娜是多么想冲过去，两人是那么近，那么近……

图书在版编目（CIP）数据

骷髅精灵与《星战风暴》/ 乌兰其木格著． -- 北京：
作家出版社，2018.12

（网络文学名家名作导读丛书）

ISBN 978 - 7 - 5212 - 0321 - 9

Ⅰ . ①骷…　Ⅱ . ①乌…　Ⅲ . ①网络文学 – 长篇小说 –
小说研究 – 中国 – 当代　Ⅳ . ①I207.425

中国版本图书馆 CIP 数据核字（2019）第 003099 号

骷髅精灵与《星战风暴》

作　　者：乌兰其木格
责任编辑：袁艺方　王　烨
装帧设计：天行云翼·宋晓亮
出版发行：作家出版社有限公司
社　　址：北京农展馆南里 10 号　　邮　　编：100125
电话传真：86 - 10 - 65067186（发行中心及邮购部）
　　　　　86 - 10 - 65004079（总编室）
E – mail: zuojia@zuojia.net.cn
http: // www.zuojiachubanshe.com
印　　刷：三河市北燕印装有限公司
成品尺寸：152 × 230
字　　数：390 千
印　　张：27.75
版　　次：2019 年 4 月第 1 版
印　　次：2019 年 4 月第 1 次印刷
ISBN 978 - 7 - 5212 - 0321 - 9
定　　价：48.00 元